IL PRIMO
APPUNTAMENTO

LIBRI DI SUE WATSON

In lingua italiana
Il primo appuntamento

In lingua inglese
Psychothriller
The Wedding Day
The Nursery
The Resort
The New Wife
The Forever Home
First Date
The Sister-in-Law
The Empty Nest
The Woman Next Door
Our Little Lies

Love und Lies Serie
Love, Lies and Lemon Cake
Love, Lies and Wedding Cake

Ice-Cream Cafe Serie
Ella's Ice Cream Summer
Curves, Kisses and Chocolate Ice-Cream
Snowflakes, Iced Cakes and Second Chances

SUE WATSON

IL PRIMO
APPUNTAMENTO

Bookouture

A Nick Watson, il mio miglior primo appuntamento.

«Ho sempre desiderato un Labrador giallo», dico, cercando di addentare un pezzo di pane agliato senza far colare il burro sul mento.

«No?» sorride. «È pazzesco!»

«Perché?» sto lottando con il mio piatto di pasta facendo schizzare sugo all'arrabbiata dappertutto; non proprio una bella immagine.

«Lo sai? La gente parla sempre di avere giardini con staccionate bianche e 2-4 figli», dice.

Mi si stringe il cuore, stava andando tutto così bene, ma ecco che arriva il solito commento da fobici dell'impegno. «Mmm...?»

«Beh, non mi interessa la staccionata bianca. Voglio solo un Labrador e tre figli.»

«Tre? Non è possibile! Anch'io!» mi si scalda il cuore. Avevo avuto un buon presentimento su questo uomo quando abbiamo iniziato a parlare, ma ha appena parlato di bambini? Al primo appuntamento? Sono sbalordita.

Sto cercando di mangiare con dignità e di non sembrare troppo entusiasta, non voglio rovinare tutto. Non capita tutti i giorni di incontrare qualcuno che vuole tutto quello che vuoi tu, le cui speranze e i cui sogni coincidono con i tuoi, fino alla razza di cane che desideri. Ma non devo lasciarmi trasportare. Non ancora.

«Allora... musica. Chi ti piace?»

«Adoro gli anni Novanta, mi ricordano quando ero giovane. Sono un grande fan degli Oasis.»

«No? ADORO gli Oasis», dico. «L'album preferito?» mi chiede.

«*What's the Story, Morning Glory?*» diciamo entrambi all'unisono e ridiamo.

«Per forza, c'è "Wonderwall"», dice.

«Sì, anch'io amo quel brano», dico, stupita. «Allora facciamo un altro test, qual è il tuo posto preferito per le vacanze?», chiedo con impazienza.

Ci pensa un attimo. «Immagino che i tipi con cui esci di solito vanno in posti fighi come le Hawaii o, non so, l'Islanda.»

Scuoto la testa.

«Temo che sarò molto noioso.» Sospira. «Ma la mia meta preferita per le vacanze è probabilmente il Devon...», riflette per un attimo. «Sì, il Devon, dove ho trascorso delle bellissime vacanze quando ero bambino. Continuo a pensare che mi piacerebbe tornarci.»

«Davvero? Anch'io!»

«Ora la situazione si fa strana.»

«Sì! *Adoro* il Devon. Non ci vado da secoli; di recente dicevo alla mia amica Jasmine che mi piacerebbe tornarci per un fine settimana, affittare un piccolo cottage di pescatori in riva al mare e poi fermarsi a gustare una tazza di tè con pasticcini fino a essere così piena da non riuscire più a muovermi.» Entrambi ridiamo alla prospettiva. Quello che non dico è che avevo detto a Jasmine che volevo che fosse un weekend *romantico*, che avrei voluto avere un uomo bellissimo con cui andarci. E ora, mentre i nostri sguardi si incontrano a lume di candela, mi stupisco di come a volte la vita ti dia esattamente ciò che desideri.

«Ok, quindi vogliamo entrambi dei cani, tre figli e il Devon?» sorride.

«Qual è il tuo piatto preferito? Io adoro la cucina francese.»

«Ahh che peccato, per me la migliore è l'italiana, dopo tutto forse non siamo anime gemelle», scherzo..

«Beh, c'è ancora una possibilità. Anch'io amo il cibo italiano.» finisce la pasta primavera nel piatto, come se volesse dimostrarlo, e beve un sorso di Merlot.

«Sì, adoro la pasta», dico così, senza senso, e con la voce che si affievolisce e mi sciolgo mentre lui mi guarda dritto negli occhi.

«Ok, allora forse *potremmo* ancora essere anime gemelle.» sorride solo con gli occhi, come se avesse un segreto divertente che vuole condividere ma non osa. Voglio conoscere *tutti* i suoi segreti.

Immagino la prossima estate mentre in un tramonto infuocato camminiamo insieme su una spiaggia tenendoci per mano, e alla fine torniamo in quel romantico cottage con le rose intorno alla porta. Provo un brivido di eccitazione al pensiero.

Ora è seduto e mi osserva, con quel mistero che gli ride ancora negli occhi. «Allora, Hannah Weston, siamo fatti l'uno per l'altra?» si china in avanti e la sua mano sfiora la mia sul tavolo, facendomi salire un brivido di piacere lungo il braccio.

«Vogliamo davvero le stesse cose nella vita, o ti sei appostato sulla mia pagina Facebook per conoscere la mia razza di cane preferita e la mia passione per la costa sud-occidentale dell'Inghilterra?» alza gli occhi in segno di finto sospetto e, appoggiando il mento sulle mani, fa finta di scrutarmi.

Sorride e beve un altro sorso di vino: aveva ordinato la bottiglia prima del nostro arrivo, a quanto pare la sua preferita che, guarda caso, è anche la mia. Di quanti segnali abbiamo ancora bisogno per capire che questo è destino? Perché non mi chiede subito di sposarlo e non la smette con le chiacchiere? Rido della mia follia. Ammetto di averlo cercato sui social media, ma sul suo profilo Instagram non c'era nulla sui Labrador o sul Devon, solo paesaggi anonimi e lunari e qualche selfie. Alex versa altro vino per entrambi mentre mi parla del suo lavoro di avvocato presso Boyd and Walker, un grande studio legale delle Midlands.

«Deve essere molto interessante», dico, tanto per dire qualcosa. Non sono brava sotto pressione. Ho la tendenza a chiacchierare senza senso. Non voglio dire qualcosa di stupido e far precipitare la serata dopo un inizio così brillante; devo mantenere la calma e arrivare alla fine senza rovesciare un bicchiere di vino o raccontare troppo della mia vita. Devo essere riservata e non raccontargli tutto di me finché non saprò esattamente chi è. Visti alcuni uomini terribili che ho incontrato, sto cercando i difetti, ma per ora va tutto bene. Si sa che il mondo degli appuntamenti online è pieno di pericoli, dalle cene con potenziali serial killer alle uscite con tipi cattivi o con figli di mamma. Mi ero allontanata da questo tipo di incontri... avevo già trascorso i miei vent'anni ad avere appuntamenti con sconosciuti trovati su Internet. Il primo appuntamento spesso iniziava bene ma, ammettiamolo, nessuno ha intenzione di rivelare le strane abitudini, la vera età o la moglie segreta al primo appuntamento. Ma le cose cominciavano presto a precipitare, come nel caso di quel ragazzo bellissimo che al nostro primo e unico appuntamento era sembrato divertente, intelligente e affascinante e che, dopo una cena meravigliosa, mi aveva invitata ad andare da lui per un caffè. Avevo colto l'occasione al volo. Arrivata a casa sua, simile a un mausoleo, mi aveva portata al piano di sopra e mi aveva chiesto se poteva spazzolarmi i capelli con la spazzola di sua madre, morta da dieci anni. Ora rabbrividisco al pensiero del potenziale psicodramma che avrei potuto scatenare, e chissà se oggi sarei stata ancora qui, se non mi fossi scusata e non me ne fossi andata.

Finora Alex è intelligente, di bell'aspetto e non ha mai parlato di sua madre. Né ha fatto riferimento alla sua "bellissima" ex o si è vantato delle sue conquiste amorose, come aveva fatto un precedente potenziale compagno al primo appuntamento. A quanto pare Meet your Match, app che afferma in modo rassicurante che "la tua anima gemella è a soli dieci minuti di distanza", potrebbe avere la formula magica che ho cercato in tutti questi anni. È difficile credere che fino a oggi abbia preferito a questo Adone un takeaway indiano e una serata in pigiama con Jasmine a guardare Netflix. Ed è proprio Jas che devo ringraziare per questo. Senza il suo incoraggiamento non avrei mai cominciato a cercare appuntamenti online. A trentasei anni mi sembrava troppo tardi. Ma dal modo in cui Alex mi guarda davanti al suo bicchiere di vino, comincio a pensare che dopotutto potrebbe esserci qualcuno per me.

«Hai avuto molti appuntamenti online?», mi chiede ora.

«Ho avuto una relazione per un po', poi sono tornata su Meet Your Match, ma ho avuto parecchi appuntamenti in passato», lo guardo. «E, credimi, non erano le mie anime gemelle. Non lo faccio da anni», aggiungo, indicando me e lui. «L'ultimo tipo - che rimarrà senza nome - sembrava abbastanza carino. Al nostro primo appuntamento mi ha detto che si depilava le gambe ogni giorno perché era un appassionato di ciclismo. Poi ho scoperto che il vero motivo per cui gli piacevano le gambe lisce era perché gli piaceva indossare abiti femminili. Ora non ho problemi con...»

«Uomini in abiti attillati?»

«Onestamente, io non ho alcun problema con questo, lo stai avendo tu. Ma se una cosa è una parte così importante della tua vita, vale la pena di parlarne prima di invitare qualcuno a prendere un caffè.»

Alex ride e io continuo la storia, sperando che lo diverta e che non pensi che io sia cattiva.

«Si è interessato in particolare a un top leopardato che indossavo - mi ha persino chiesto di poterlo provare.»

Smette di bere e sembra inorridito. «Al vostro appuntamento? In pubblico?»

«No, quando mi ha invitata di nuovo», mi fermo, rendendomi conto che potrei dare un'impressione sbagliata, che un invito a prendere un caffè mi porti immediatamente a spogliarmi. «Era solo un caffè. Tutto qui», aggiungo.

Sorride e continua a chiedermi del mio lavoro, e io lo aggiorno sulla vita e i tempi di un'assistente sociale, su quanto possa essere gratificante e frustrante.

«Alcuni dei nostri assistiti hanno bisogno di tanto sostegno, ma non possiamo darglielo a causa dei tagli al budget. Io lavoro con gli adolescenti, e alcuni dei problemi che hanno avuto nella loro vita sono terribili, e sono ragazzi... ancora solo dei ragazzi.»

Scuote lentamente la testa e mi guarda affascinato. Mi piace il modo in cui mi fa sentire.

«Avevo ventidue anni quando ho trovato il mio primo lavoro e pensavo di poter cambiare il mondo.» sospiro. Dio, sembro un dannato cliché. Credo che abbia più a che fare con il cancellare il mio passato che con il fare la differenza, ma non voglio confidarmi troppo in questo primo incontro. «Dopo quattordici anni di battaglie, ho dovuto rivedere le mie aspettative.» bevo un sorso di vino. Con mia sorpresa, non ha approfittato del silenzio per intromettersi con una storia tutta sua, come spesso le persone fanno. Sta aspettando di sentire cosa dirò dopo. «Comunque, ora so che mi ero solo illusa di poter cambiare *qualcosa*», dico, posando il bicchiere. «Non c'è abbastanza denaro né tempo per difendere tutti i bambini da ogni situazione di potenziale abuso. Spesso, una volta superati tutti gli ostacoli burocratici, è troppo tardi.»

Sta ancora ascoltando con attenzione. *Credo di essermi innamorata.*

«E... i bambini continuano a essere maltrattati e trascurati», aggiungo, mentre lui annuisce. Mi sento compresa. Dopo essere stata ignorata per tanto tempo nella mia precedente relazione, sto cominciando a capire come *potrebbe* essere, come *dovrebbe* essere. «A volte torno a casa dopo una giornata di battaglia e mi sento così inutile.» Probabilmente dovrei smettere di bere vino perché sto parlando troppo e non devo rovinare tutto. «Scusa», dico, toccando lo stelo del bicchiere e allontanandolo leggermente.

«Non ti scusare, sei motivata e questo è un *bene*. Ma mi dispiace che ti faccia sentire così.» lo dice con una tale sincerità che so che lo pensa davvero. Non è annoiato dal mio sfogo, è *commosso*.

«Jasmine, o Jas, come la chiamiamo noi, è il mio capo - e la mia amica - e mi dice sempre che non dovrei farmi coinvolgere così tanto. Sostiene che può influenzare il processo decisionale. E che il lavoro sarebbe più facile se fossi più distaccata...»

«Distaccata?» ride. «La vita sarebbe molto più facile se fossimo *tutti* più distaccati, ma siamo umani, è quello che facciamo. Immagino che il tuo capo sia un robot.» I suoi occhi ridono di nuovo.

«No.» sorrido. «È un capo di quelli buoni».

«Ma dire che devi essere più distaccata mi sembra un po' troppo severo. Voglio dire, è la tua gentilezza, la tua premura a brillare. Se ti allontanassi, se ti preoccupassi di meno, beh, non saresti Hannah, non saresti quello che sei», dice, come se mi conoscesse da sempre. E mi sembra che sia davvero così. «Devo solo essere più professionale. Reagisco alle situazioni con il cuore, non la testa», ammetto.

«Posso capirlo.» sospira. «Come avvocato è la stessa cosa nel mio lavoro, perdere un caso mi uccide, soprattutto se so che qualcuno è innocente. Sento di averlo deluso. Ho paura di non capire le persone che dicono "pensa solo con la testa". Quello è per i banchieri, i tipi della finanza... e per il tuo capo.» Sospira di nuovo. «Non per me.»

Sono d'accordo, sembra che non ci sia nulla su cui non siamo d'accordo. È un'esperienza strana ma non spiacevole incontrare finalmente qualcuno che sembra così in sintonia con me. Non voglio che questo appuntamento finisca e sono più che felice di ordinare il dessert per prolungare la serata. Lui mi chiede se mi va di dividerne uno e io dico di no, perché amo il dolce e lo voglio tutto per me, il che lo fa ridere.

Quando arrivano i nostri dessert, do ad Alex precise istruzioni di non avvicinarsi. Mangia la sua porzione di pudding con salsa al caramello commentando in continuazione. «È appiccicoso, dolce e caldo... Oh, la profondità di quel caramello, il retrogusto del cioccolato...», esclama, chiudendo gli occhi in finta estasi.

Rido, non solo è bellissimo, ma è anche divertente.

«Che peccato che tu abbia deciso di non condividere con me la tua mousse al cioccolato. Avrei potuto condividere questo con te», mi stuzzica.

Sto al gioco. «Posso assaggiarne solo un pezzettino?» dico, facendo credere di volerne un po', ma in realtà non è così, perché il mio cuore si è messo da qualche parte tra il petto e lo stomaco.

Scuote la testa. «Nuh-uh.»

«Non voglio il tuo pudding, comunque, mi piace la mia mousse», lo prendo in giro, fingendo di tenere il broncio.

«Qual è il tuo dolce preferito», chiede, «quello che vorresti sempre chiedere?»

«Mmm, probabilmente il gelato al pistacchio.»

«Oh, buono», dice, «ma questo è meglio.» solleva teneramente il cucchiaio verso di me.

I nostri occhi si incontrano e io prendo il boccone dolce e appiccicoso. È una sensazione intima, sensuale, e assaporo la dolcezza voluttuosa che si scioglie sulla mia lingua. È delizioso, ma non ne voglio più, eppure Alex insiste e spinge delicatamente un altro cucchiaio carico di appiccicosità contro la mia bocca chiusa. Non ho scelta, o lo prendo o mi ritrovo con una poltiglia di caramelle mou su tutte le labbra, quindi apro la bocca.

Indugiamo entrambi sul caffè e ho l'impressione che anche lui voglia far durare l'incontro più a lungo possibile. Ma quando finalmente ci guardiamo intorno, ci rendiamo conto che nel ristorante siamo rimasti solo noi e che il personale ha l'aria di voler andare a casa. Ci alziamo per andarcene. Io vado avanti e mi volto giusto per vederlo raccogliere con discrezione il mio cucchiaino da caffè e il tovagliolo usati e infilarseli nella tasca dei pantaloni.

Lo guardo, sorridendo con aria interrogativa, mentre un cameriere annoiato ci tiene aperta la porta. «Ti ho appena visto rubare le posate?» mormoro, sottovoce.

Per la prima volta in tutta la serata perde leggermente la calma e sembra un po' agitato. Per un attimo mi chiedo se ho rovinato tutto anche solo accennandolo, evidentemente non si era accorto che l'avevo visto, ma mentre usciamo nell'aria fredda della notte, sembra ritrovare il sorriso.

«Sono a corto di cucchiaini», dice.

«Non lo sono tutti?» ridacchio e non parlo del mio tovagliolo usato. Non voglio metterlo in imbarazzo, né voglio che questa serata perfetta sia macchiata da qualcosa di strano. Quindi lascio perdere. Per ora.

Un'ora dopo, mentre siamo in piedi nel portone interno del mio condominio, Alex mi dice che ho ancora un po' di mou sulla guancia. Mi tocca il viso e con l'altra mano mi tira verso di sé con dolcezza, ma con decisione. Mi sciolgo in lui, che profuma di pineta e di cuoio - e con un sottile sottofondo di qualcos'altro, fumoso e scuro. Lo inspiro mentre mi bacia profondamente, portandomi altrove, riempiendomi la testa di meravigliose assurdità, e chiudo gli occhi, andando alla deriva nella notte. E poi, con mia assoluta sorpresa, nel bel mezzo di tutto questo, si stacca. Apro gli occhi e lui mi sta guardando. È buio e, per quanto mi sforzi, non riesco a vedere bene il suo viso. Non capisco cosa sta succedendo. Mi sento confusa, abbandonata, lui mi tiene lontana, le sue mani sulle mie spalle.

Poi all'improvviso mi bacia sulla testa e dice «Buonanotte, Hannah, è stato bello.»

Vorrei che dicesse di più, che mi attirasse di nuovo a sè, che mi stuzzicasse con altri baci, che si spingesse oltre, ma non lo fa, si gira e se ne va.

Penso che potrei piangere per la delusione e la confusione mentre lo guardo andare via, con i lampioni che illuminano la strada e le case e una figura scura che si allontana. Mi ricorda le sue foto su Instagram, desolanti, illeggibili, con la pioggia che si riflette sui marciapiedi. Rimango al freddo per molto tempo dopo che se n'è andato. Stasera sono stata adorata e rifiutata nel giro di poche ore, e ora sono vulnerabile, un libro aperto, visibile a chiunque si trovi a passare.

2

Quando mi sono svegliata stamattina, la prima cosa a cui ho pensato è stata ieri sera. Ho preparato una tazza di tè e ho rivisto i suoi occhi; ho scaldato il porridge al microonde e ho analizzato tutto ciò che aveva detto, ogni espressione del suo viso, ogni sfumatura. Ho allontanato il bacio finito così bruscamente e ho cercato di non soffermarmi sul cucchiaino e sul tovagliolo infilati in tasca. Piuttosto, rivivo le parti migliori della serata. Guidando verso il lavoro, sono quasi passata con il rosso mentre ricordavo come la sua mano ha sfiorato la mia, il modo in cui mi ha guardata e ascoltata. Mi ha ascoltata davvero.

«Com'è andata ieri sera?» Sameera mi chiama appena arrivo, spuntando dalla cucina dell'ufficio e aspettandomi.

«Bene, bene», rispondo, grata per il cameratismo e il sostegno dei miei colleghi, ma allo stesso tempo desiderosa che non debbano sapere tutto. È colpa mia, parlo troppo, ma quello che non dico a loro glielo dice Jas, quindi Sameera e Harry, l'altro mio collega, vengono praticamente informati su tutto in un modo o nell'altro.

«Hai fatto sesso?» chiede Harry.

«Come se te lo dicessi se l'avessi fatto!» rido.

«Oh no, sei stata raggirata?» ride. «Era davvero un settantaseienne con problemi di cuore e un harem di giovani spose?»

«È stato adorabile, in realtà.» sorrido.

«Ha nastro adesivo e forbici in macchina?»

Sorrido di nuovo e gli faccio una linguaccia.

In questa professione ci si affeziona rapidamente ai propri colleghi. Quando si ha a che fare con il caos della vita, si ha bisogno di ricevere e dare supporto. In ufficio siamo solo in quattro, affrontiamo molte cose insieme ogni giorno e il nostro legame è profondo.

«Allora, com'è andata?», dice Jas attraverso il vetro del suo ufficio. Sto controllando il telefono per vedere se ha chiamato o mandato un messaggio. Non l'ha fatto. «Dai, sputa il rospo, voglio sapere tutto», mi chiama, facendomi cenno con il dito di andare nella sua stanza.

Jas si è assunta il compito di essere la mia "coach di appuntamenti". Dopo la mia terribile rottura con Tom l'anno scorso, mi ha incoraggiata a conoscere altri uomini. Jas ha perso suo marito, Tony, in un incidente d'auto più di dieci anni fa e posso solo immaginare quanto dev'essere stata devastata dal fatto di essere rimasta improvvisamente vedova a trent'anni. Credo che Jas sia terrorizzata all'idea di trovare di nuovo l'amore e poi perderlo, il che spiega perché cerca solo relazioni occasionali e vuole vivere indirettamente attraverso di me. Ora vuole un resoconto dettagliato di ieri sera. Ma non importa quanto io pensi che sia andata bene, il fatto che non abbiamo preso accordi per un secondo appuntamento mi fa pensare di aver sbagliato tutto. Voglio credere che sia andata bene, ma perché si è allontanato dal bacio? Ho interpretato male i segnali? Sono combattuta tra il sentirmi euforica e il chiedermi se lo non rivedrò mai più.

Margaret, la nostra receptionist e segretaria amministrativa, mi saluta dall'altra parte dell'ufficio. «Era così bello come in foto?», mi chiede, dopo aver studiato il suo profilo online nei dettagli, insieme al resto dell'ufficio, l'ultima volta che ha fatto una pausa.

«Più bello, se possibile, Margaret», rispondo.

Sorride e mi fa l'occhiolino. È come la mamma dell'ufficio, prepara persino le torte per i nostri compleanni. «Non ho mai avuto la fortuna di avere dei figli», mi ha detto una volta, «ma l'universo ha un modo per darti ciò di cui hai bisogno.»

Ieri sera l'universo mi ha dato Alex. Ma ora sta facendo strani giochi e potrebbe avere in mente di portarmelo via. Mentre i minuti passano senza alcuna notizia da parte sua, il mio cuore comincia a sentirsi un po' in pena.

«Il fatto è», dico a Jas, dopo averle raccontato i momenti salienti del mio appuntamento, «che non sono sicura che lui provi la stessa cosa.» Le ho detto del bacio, ma non ho menzionato il "furto" del cucchiaio e del tovagliolo; non è importante e lei lo trasformerebbe in un dramma. «Perché pensi che non si sia autoinvitato a prendere un caffè, Jas?» so che avrà una teoria.

«Oh, ragazza, è passato un po' di tempo, vero?» si siede, appoggiando i piedi infilati nelle Converse sulla scrivania. Jas adora dedicare le sue energie alla mia inesistente vita sentimentale, probabilmente è una gradita pausa tra adolescenze traumatizzate e anime perse con cui abbiamo a che fare ogni giorno.

«Gli uomini di oggi non vogliono sembrare invadenti, hanno paura di essere accusati di qualche crimine efferato. O forse stava solo giocando con te, facendosi desiderare e poi allontanandosi?»

«Due teorie solide, ma, e se semplicemente non gli piacessi?»

Ride.

«Voglio dire... le mie foto sull'app mi fanno sembrare piuttosto attraente, ma se lui pensasse che sono orribile in carne e ossa? Sembro più vecchia, più grassa?»

«Hannah», dice, «per favore, smettila con questa continua autoflagellazione. È noioso. Ma se non ha parlato di un secondo appuntamento, peggio per lui - non si rende conto di quanto sei fantastica. Gli uomini non lo fanno mai - sei *bellissima* e non dimenticarlo.»

«E tu sei gentile - o cieca.» distolgo lo sguardo, non sono brava ad accettare i complimenti. «*Sembrava* che fosse andata così bene. *Pensavo* di piacergli. Ma ho bevuto un sacco di vino, un Merlot, che pare sia anche il *suo* preferito. Onestamente, Jas, abbiamo così tante cose in comune che è pazzesco.»

«Merlot, eh? Spero che tu non abbia intenzione di iniziare a bere Porn Star Martini con *lui*, il Martini è il *nostro* drink» scherza.

«Non se ne parla. Sarai sempre la mia compagna di Porn Star Martini.»

«Probabilmente non era poi così fantastico», dice per sdrammatizzare. «L'hai visto attraverso il fondo di un bicchiere di vino. È facile per loro presentarsi come tipi da sogno al primo appuntamento; ma, fidati di me, se avessi avuto un paio di appuntamenti, avresti visto un uomo diverso da quello di ieri sera.»

So che sta solo cercando di consolarmi, ma non funziona. È stata Jas a suggerirmi di andare su quella maledetta app di incontri, quindi mi dà fastidio che ora stia facendo il suo discorso "non c'è pesce nel mare che valga la pena avere".

«Jas, se fossi stata lì, se l'avessi conosciuto, capiresti cosa intendo: siamo semplicemente *in sintonia*.»

«Sono sicura che lo siate e, inoltre, non c'è nulla che ti impedisca di chiamarlo», suggerisce.

«Mmm, potrei», mormoro dubbiosa.

Alza le sopracciglia, sposta le lunghe gambe fasciate nei jeans dalla scrivania e chiude la conversazione con il linguaggio del corpo.

Harry è sulla porta e aspetta di vederla, così mi alzo e faccio per uscire.

«Avete finito di discutere... no, di sezionare, gli uomini con cui siete andate a letto ieri sera?» chiede Harry.

«Sfacciato», dico, ridendo. «Non sono andata a letto con *nessuno*.»

«Probabilmente è meglio così, perché *ucciderà* di nuovo», dice con accento americano, mentre mi mette lentamente le mani intorno al collo.

Lo allontano, come una mosca fastidiosa. Harry ha solo ventisei anni e a volte si vede. Gli vogliamo tutti bene, ma in certi casi è come un fratello minore fastidioso.

«Fammi sapere se si fa vivo o se decidi di chiamarlo», dice Jas, ignorando completamente Harry. «Voglio dire, non siamo negli anni Quaranta.»

«Lo so, ma io...»

«Quando voi due avrete finito con la terapia di coppia, abbiamo un appuntamento alle nove e mezza.» Harry fa un gesto verso Jas con la testa.

Jas alza gli occhi al cielo. «Entra.» Si volta verso la scrivania e mi viene da sorridere quando chiudo la porta e la sento dire: «Allora, hai già detto a Gemma che la ami?»

Jas ama farsi gli affari degli altri e, quando non è il capo, è la zia impicciona dell'ufficio. L'anno scorso ha convinto Harry a rompere con Natalie, il suo amore d'infanzia, dicendo che non stavano bene insieme. Poi un giorno, dopo essere entrata nella Brown's Bakery, ha notato Gemma che lavorava dietro il bancone e ha deciso che era "quella giusta" per Harry. Da allora, la storia d'amore di Harry con Gemma è stata come una soap quotidiana, con Jas che l'ha seguita in ogni momento.

«Potrei diventare una organizzatrice di matrimoni se questo lavoro nel sociale non dovesse funzionare», scherza. In realtà sembra che Jas abbia un buon istinto per le coppie romantiche, perché Harry sta con Gemma da quasi un anno e sono follemente innamorati. Harry cerca sempre scuse per andare al bar a trovarla, e una di queste scuse è prendere qualcosa di delizioso e ipercalorico, che scarica su di me al suo ritorno. Non mi lamento, però, Gemma prepara una torta strepitosa e raramente resisto.

Harry è giovane e prende in giro le aspirazioni romantiche delle sue colleghe, ma in fondo credo che abbia gli occhi a cuoricino come tutti noi. Una volta mi ha raccontato che quando stavano insieme da poco, Gemma gli aveva preparato una serie di mini ciambelle e prima di dargliele le aveva baciate. Credo che sia la cosa più romantica che abbia mai sentito. All'epoca stavo ancora con Tom e vedere Harry con Gemma mi aveva confermato quanto fossimo lontani dall'amore. Ieri sera pensavo di aver trovato qualcosa, ma ora sembra che non ci sia più niente.

Più tardi, dopo la riunione con Harry, Jas si avvicina alla mia scrivania. I suoi capelli scuri e ricci le scendono sul viso, le sue labbra sono un muto broncio interrogativo che chiede se Alex abbia chiamato, ma io scuoto la testa prima che lo chieda davvero.

«Non provava lo stesso, ovviamente», borbotto, alzando la testa dallo schermo del computer.

«Sì, ovviamente ti ha trovata ripugnante», dice, senza peli sulla lingua.

Devo sembrare sorpresa, perché lei si lascia andare a una risata sincera, con i suoi denti bianchi e perfetti incorniciati da labbra rosse. Comincio a ridere anch'io e ora Harry e Sameera alzano lo sguardo per capire il motivo di tutto questo rumore.

«Jas dice che sono noiosa e brutta», dico loro.

«Dimmi qualcosa che non so,» Harry scrolla le spalle, rientrando nella sua modalità predefinita di fratello minore che stuzzica.

Sameera gli lancia una palla di carta. «Sei bellissima, Hannah!», dice, aggrottando la fronte verso di lui.

Schiva la palla e finge di concentrarsi sul lavoro, ma gli si forma una fossetta sulla guancia. Cerca di non ridere e dalla sua espressione capisco che sta pensando a una punizione per Sameera ben peggiore di una palla di carta.

Io e Jas ci guardiamo e guardiamo i due "bambini" dell'ufficio.

Una volta uno psicologo con cui ho lavorato mi ha detto che all'interno di un gruppo di persone emerge sempre un'unità familiare. Per quanto si conoscano da tempo, le persone finiscono per assumere inconsciamente ruoli tipici; lo vedo ogni giorno nel nostro piccolo team. Jas ha poco più di quarant'anni, è al comando ed è molto alfa, la sorella maggiore del gruppo. Non credo che qualcuno possa contestare la mia teoria secondo cui, a trentasei anni, io sono la seconda sorella maggiore, mentre Sameera e Harry, entrambi ventenni, sono i ragazzini indisciplinati.

Guardo Jas mentre risponde a una domanda di Harry su uno dei suoi assistiti. È così "pronta", sa esattamente di chi sta parlando e risponde in modo chiaro ma precisa. Pratica un "coinvolgimento emotivo controllato" che ,come tutti sappiamo è il segreto di un buon assistente sociale. Si preoccupa, capisce, entra in empatia, ma non permette alle emozioni di offuscare il suo giudizio. A differenza di me.

Nonostante la pila di scartoffie sulla mia scrivania e almeno cinque visite a domicilio da fare oggi, riesco a pensare solo ad Alex e le mie emozioni offuscano *tutto*. Guardo Jas attraverso il vetro del suo ufficio e mi chiedo se abbia ragione a dire che è come tutti gli altri. Come ha detto lei, so che non spetta solo a lui mettersi in contatto - ma voglio che *desideri* un secondo appuntamento tanto da chiamarmi e chiedermi di farlo, piuttosto che essere io a inseguirlo.

Un paio d'ore dopo, alzo gli occhi dallo schermo del computer e mi rendo conto, con una fitta al cuore, che non ha ancora chiamato. Mi chiedo se sia come me e non voglia essere lui a chiamare. Quante grandi storie d'amore si sono arenate prima di cominciare perché nessuno dei due ha avuto il coraggio di fare la prima mossa?

Avevo rinunciato agli uomini, finché Jas non mi aveva parlato di Meet your Match. Mi convinse che sarei dovuta "tornare in sella dopo Tom".

«Anche se si tratta solo di un tipo con cui andare al cinema, dormire, qualcuno che metta fuori la spazzatura», aveva detto.

«Voglio di più», avevo risposto, mentre eravamo sedute al bar dell'Orange Tree quella sera.

«Non esistono uomini che vogliono impegnarsi. Vogliono solo un'avventura di una notte», aveva detto, mentre sorseggiavamo il Porn Star Martini, il "nostro drink".

«Ma voglio una casa, una famiglia, tre figli e... un Labrador. Voglio un grande giardino con un trampolino e le vacanze nel Devon, come quando ero bambina... e...»

«Piña colada e passeggiate sotto la pioggia?» aveva sospirato. «Ecco perché non riesci a trovare nessuno. Voglio dire, parlare di Labrador e bambini spaventerebbe qualsiasi uomo normale. Credo che tu debba essere un po' più simile a me e abbassare i tuoi standard. Tutto ciò che chiedo è che un uomo sia bravo a letto, che faccia un ottimo toast con formaggio, che non faccia troppe domande... e che comunque non abbia bisogno di un cane e di bambini.»

Jas si sta "vedendo con qualcuno", ma non ha una relazione. Sta con un insegnante conosciuto mentre lavorava a un caso familiare. Vivono le loro vite e si incontrano solo di tanto in tanto, e lei dice di essere felice, ma di recente lui non ha risposto alle sue chiamate e mi ha detto che pensa che si veda con un'altra. Non pensavo che la cosa le desse troppo fastidio, ha sempre detto non volersi impegnare, non vuole sposarsi di nuovo, ma a volte mi chiedo se stia mentendo a se stessa. Ha quarantadue anni e ama i bambini, e qualunque cosa *dica*, temo che possa rimpiangere di non essere madre. Forse le sto solo attribuendo le mie paure, perché io voglio davvero il matrimonio e i figli e non voglio giocare con me stessa fingendo di non volerlo. So che può sembrare antiquato, ma è questo che desidero, una famiglia tutta mia e qualcuno che si impegni abbastanza da restare con me oltre il prossimo weekend.

I fine settimana di Jas trascorrono bevendo troppo vino, aggiornandosi sul lavoro e pulendo casa. La sua casa è immacolata, con superfici lucide, un odore permanente di candeggina e ogni singola cosa al suo posto. Dice che è a causa del suo passato.

«Ero una ragazzina che si lasciava un po' andare, andavo a letto con un sacco di ragazzi», mi ha detto una volta. «Ero minorenne e selvaggia. L'ho fatto per far arrabbiare mio padre. Era così severo che cercava di chiudermi in camera, così scappavo dalla finestra.»

«Almeno gli importava?» ho suggerito.

«Troppo», aveva risposto, e non dimenticherò mai la sua espressione. «Per questo non ho la porta della mia camera da letto.»

Ricordo di averla abbracciata rendendomi conto che, in modi molto diversi, condividiamo un'infanzia perduta. La sua è trascorsa in fuga da casa, mentre la mia è trascorsa alla ricerca di una casa. Avevo nove anni quando mi trasferii nella mia prima casa famiglia. Mamma non riusciva a farcela, ma io credevo che fosse colpa mia e che vivere con degli estranei fosse la mia punizione per averla fatta soffrire. Allora non capivo che la sua tossicodipendenza era il motivo per cui non poteva funzionare come madre, e solo ora mi rendo conto di quanto la mia vita sia stata rovinata.

L'incontro con Alex di ieri sera mi ha dato un piccolo barlume di speranza di poter incontrare qualcuno con cui realizzare la vita che ho sempre sognato, e anche di avere una vera casa. Ho la sensazione che lui voglia le stesse cose che voglio io e che io abbia finalmente la possibilità di avere qualcosa di bello nella mia vita. Se solo mi chiamasse.

«Vai sull'app, dimostrami che mi sbaglio e trova Mr Right.» Jas aveva riso tra i fumi dell'alcol quella sera di settimane fa all'Orange Tree. Con il passare della serata, era diventata sempre più brilla e più desiderosa di farmi provare l'app. Per un po' l'avevo distratta mettendo "Wonderwall" sul jukebox e cantando con lei; ma Jas è come un cane con un osso.

«Come tuo capo, sono qui per dirti che lavori troppo, quindi è ora che ti rilassi, faccia sesso e *ti* diverta.»

«Io *mi* diverto», avevo protestato.

«Oh sì, sono sicura che lo fai, stando a casa ogni sera a scrivere rapporti, controllando gli adolescenti per assicurarti che siano nel loro letto e non in quello di qualcun altro?»

«È per questo che faccio questo lavoro, per cercare di tenerli al sicuro.»

«Beh, penso che dovresti uscire di più. Ooh! lui è sexy.» aveva indicato una foto sull'app. «Un avvocato affascinante, che vive a pochi minuti di distanza da qui e che non vede l'ora di avere una donna di trent'anni per completare la sua vita? Sì, ti prego», aveva commentato. «Hannah, è appena uscito sull'app; è come comprare una bella casa, quando viene messa sul mercato, bisogna approfittarne.»

«Non intendo avventarmi sopra.» avevo riso. «Ho già avuto appuntamenti online e non fa per me.»

«Senti, clicca subito su "si"», aveva urlato con impazienza (è sempre rumorosa nei bar), «e se non funziona, mi prendo i tuoi scarti, lui è bellissimo!»

Così, alimentata dal suo entusiasmo e dall'alcol, avevo cliccato e circa quindici minuti dopo lui cliccò su di me. Mi ero sentita improvvisamente nervosa. Che cosa mi aspettavo? Avevo detto a Jas che avevo cambiato idea, ma - tipico di Jas - lei non ci stava.

«Fai un tentativo, Hannah. Stai andando a un appuntamento, non lo stai sposando, per l'amor di Dio.» aveva riso. «Divertiti e poi, quando avremo entrambi sessant'anni e saremo ancora single e senza figli, andremo a vivere insieme.»

Avevo riso, sperando con tutta me stessa che non fosse l'unica cosa che mi aspettava. Voglio bene a Jas, ma non è per tutti. Ha tanta energia, ma a volte non sa quando fermarsi. Può prendere il sopravvento se glielo permetti, il che è spesso irritante, ma a volte nella vita hai bisogno di qualcuno che lo faccia, che ti prenda per mano, che ti faccia compagnia e che ti dica a gran voce che andrà tutto bene. E dopo la mia rottura con Tom, lei ha fatto tutto questo e mi ha aiutata a uscirne.

All'inizio ero così pazza di Tom che dopo qualche settimana gli chiesi di venire a vivere con me. Ma mi resi conto molto presto che si trattava solo di infatuazione da parte mia e che, una volta superati gli occhi azzurri e il sorriso assassino, c'era ben poco. Arrivava dal lavoro, accendeva la TV, si spalmava sul divano, si apriva una birra e giocava al telefono tutta la sera. Speravo in qualcosa di più - un contatto visivo prolungato o una conversazione sarebbero stati un inizio. Ma le cose non sono cambiate e dopo i primi mesi quella piccola fiamma che c'era stata si era spenta. Era come vivere con un coinquilino; presto non ci fu più nulla tra noi.

Gli ho dato quasi un anno di tempo. Il fatto è che non sapeva come essere un partner. Non mi ascoltava mai, e spesso il venerdì mi portava un mazzo di fiori da quattro soldi pensando che questo gli permettesse di passare il fine settimana al pub. Come sottolineò Jas all'epoca, «È solo un pessimo fidanzato e non cambierà mai.»

Così un venerdì sera, quando al lavoro tutti parlavano dei loro programmi per il weekend capii che non volevo passare il mio con lui, e gli chiesi di andarsene. Fu molto difficile perché non aveva fatto nulla di male. Gli dissi che avevo troppo lavoro e che non avevo tempo per una relazione - ma in realtà non lo amavo. «Sei solo stanca», aveva detto, e aveva alzato il volume del televisore per non sentire le mie parole. Il che diceva tutto. Alla fine aveva accettato di fare le valigie e se ne andò quel fine settimana.

Mi ero sentita in colpa, ma anche sollevata. Non volevo passare il resto della mia vita con qualcuno che non mi dava nulla. Sentivo di meritare di più.

Dopo la sua partenza, quel sabato, chiamai subito Jas, che mi aveva rassicurata di aver fatto la cosa giusta. Ma Tom cominciò a telefonare in lacrime, implorandomi di riprenderlo, e si era persino presentato al lavoro per chiedermi se poteva accompagnarmi a casa. In quel periodo dormiva sul divano di un amico e io mi sentivo così in colpa per averlo reso un senzatetto che cominciai a pensare che sarebbe stato più facile lasciarlo tornare a casa. Ma Jas mi diede la forza di dire no, con fermezza. E poi, quando lui è diventato cattivo e ha detto che era colpa mia se era stato sospeso dal lavoro, lei mi è stata vicina in ogni momento, e senza il suo sostegno non so cosa avrei fatto.

Jas aveva ragione, ovviamente. La relazione non avrebbe mai funzionato e avevo dovuto porvi fine. Ma qualche mese fa ho rivisto Tom in un bar e mi è sembrato triste e piuttosto trasandato. Temo che la rottura abbia avuto su di lui un impatto più duro di quello che avevo immaginato.

Ma scaccio i pensieri preoccupanti su Tom quando vedo il telefono sulla mia scrivania lampeggiare. Rispondo e riprendo fiato. È un messaggio vocale di Alex.

3

«Mi chiedevo se ti andasse di rivederci. Ehm... se sì, per favore chiamami.»

Breve, dolce e che potrebbe cambiare la vita? Non mi aspettavo che Alex mi chiamasse al lavoro. Non gli ho dato il numero. Deve averlo cercato su Google. Il solo sentire la sua voce mi fa venire voglia di ballare in mezzo all'ufficio, ma resisto.

Controllo il messaggio successivo, è di nuovo lui. Un attimo di silenzio, niente battute sgrammaticate, solo belle frasi imperfette, parole spezzate.

«Mi... sono appena accorto di averti lasciato un messaggio vocale ma non il mio numero. Non sentirti obbligata a chiamare. Mi piaci, ma capisco se... Senti, mi è già capitato di leggere male le situazioni, quindi non preoccuparti... Oh, ora sto divagando. Scusa. Comunque, richiama se sei stata bene. Potremmo uscire di nuovo, stasera, domani, la prossima settimana? Chiamami...» Dettando il suo numero, stava chiaramente per mettere giù il telefono, e io stavo per sciogliermi in una pozzanghera sulla scrivania, quando aggiunge «Oh... inoltre, mi avevi detto dove lavoravi, quindi ho pensato che fosse meglio chiamare e lasciare un messaggio piuttosto che chiamare il tuo cellulare.» Fa una pausa e mi rendo conto che sto sorridendo da un orecchio all'altro come un'idiota. «Così puoi ignorare il messaggio. Se è questo che vuoi fare. E... se ci incontriamo per strada, puoi far finta di non avermi visto o di non aver ricevuto il messaggio. Ciao.»

Mi seduce la sua onestà, il modo in cui parla, senza nascondersi, con modestia - è così rassicurante. Sembra così sincero,e la sua sensibilità nel farlo in questo modo, senza mettermi in difficoltà se volessi dire di no.

Lo richiamo subito dal telefono del lavoro. Risponde immediatamente e io mi sento un po' goffa, come se avessi di nuovo tredici anni e stessi parlando con la mia prima cotta.

«Ehi, Alex, sono Hannah. Mi *piacerebbe* rivederti», dico. «Fantastico... è davvero fantastico, Hannah. Non ero sicuro che mi avresti richiamato.» La sua vulnerabilità mi commuove. «Certo. Sono stata benissimo.»

«Anch'io. Allora... quando sei libera?»

«Sono sempre libera.» Non vuole giocare, quindi non lo faccio nemmeno io.

«Stasera?», suggerisce.

«Sì, perché no?»

«Fantastico, fantastico. Ti passo a prendere?»

«Perché non ci vediamo fuori dall'enoteca, come l'ultima volta?»

«Perfetto, alle otto?»

«Perfetto.»

Metto giù il telefono e mi sento come se fossi appena stata avvolta in un cashmere rosa e profumato. Per quanto mi sforzi di gestire le mie aspettative, di prepararmi alla delusione, voglio anche che funzioni. Dopo essermi detta a lungo che non ho bisogno di nessuno se non di me, ora mi rendo conto che ho ragione: non ho bisogno di *nessuno*; ma vorrei *qualcuno*. E Alex potrebbe essere quel qualcuno.

«Oh Dio, era un messaggio dolcissimo», dico a Jas durante il pranzo.

Stiamo mangiando alla sua scrivania dei panini presi da Greggs. Nel suo ufficio c'è un'elegante macchina per il caffè, per cui di solito ci sediamo qui nelle rare occasioni in cui abbiamo tempo per mangiare. Oggi abbiamo circa diciassette minuti prima della mia prossima visita a domicilio e del suo incontro con il responsabile locale dei servizi sociali, quindi è un pranzo un po' frettoloso.

«Ti dico che Alex è autentico», dico, godendomi il suo nome sulla lingua. «E fantastico, premuroso, sensibile e ascolta... ascolta davvero, Jas.» Sorrido, riscaldata dal pensiero di lui.

Jas mi lancia un'occhiata di avvertimento. «Sembra troppo bello per essere vero. E quando qualcuno sembra troppo bello per essere vero - è perché lo è.»

«Devi smetterla di essere così cinica», dico, delusa dal fatto che non si unisca al mio entusiasmo. «Perché all'improvviso sei contraria? Sei *tu* che per prima mi hai suggerito di andare su Meet Your Match. Hai detto che era proprio quello di cui avevo bisogno.»

«Sì, ma intendevo dire di divertirsi, di non prenderla troppo sul serio. Hai avuto un solo appuntamento con questo TIPO e sei tutta presa a parlare di cani e bambini e... È stato lo stesso con Tom, nel giro di pochi giorni ci sei cascata in pieno e l'hai portato a vivere con te. Questo ti rende vulnerabile, ed è per questo che Tom si è preso gioco di te, Hannah. Hai fatto tutto per lui e lui non ti ha dato nulla in cambio.»

«Tom era diverso. Alex è...»

«Sì, credo che ormai sappiamo tutto di Alex.» alza gli occhi al cielo. «Dovevi andare sull'app di incontri per divertimento, tutto qui, per poter fare qualcosa di diverso dal guardare *The Great British Bake Off* ogni sera.»

«Non va in onda tutte le sere», dico io, un po' offesa dalle sue parole.

«Sai cosa intendo. Scusami, non volevo sembrare un stronza, è solo che stai già parlando come se fossi follemente innamorata e non lo *conosci* ancora. Non metterti in un'altra situazione alla Tom.»

«Te l'ho appena detto, Alex non è Tom», dico sulla difensiva.

Sospira esasperata. «No, ma questo...» Fa una pausa, aggrotta le sopracciglia. «Credo che il fatto che non ti abbia chiesto un altro appuntamento la sera stessa, ma ti abbia fatto aspettare, e poi abbia chiamato al telefono di lavoro il giorno dopo, sia un grosso segnale di allarme, cara.»

«No, non lo è.»

Jas dà un grosso morso al suo panino, mentre io sostengo la mia tesi.

«Se lo sentissi, Jas, capiresti cosa intendo; la sua onestà è... beh, è piuttosto disarmante, e gli credo quando dice che non voleva mettermi in difficoltà. Fidati, è un uomo premuroso che non vuole farmi pressione, tutto qui.»

Alza le spalle, come a dire che *è quello che pensi tu.*

«Quindi esci di nuovo con lui?» mette giù il panino e si alza per preparare il caffè.

«Sì, esco di nuovo con lui.»

«Quando?», chiede.

«Beh, mi ha proposto di farlo stasera.»

Fa una smorfia, non è contenta.

«Cosa?» insisto.

«Niente», borbotta, dandomi le spalle mentre prepara il caffè, poi si gira. «È solo che stasera dovevamo andare al cinema a vedere quel nuovo film con Ryan Reynolds.»

«Oh... Dio! Non avevo capito che avevamo detto *stasera.*» Sono sicura che non avevamo preso nessun accordo. È stata una vaga conversazione della scorsa settimana sul fatto che dovevamo vedere il film. Ma tant'è.

«Senti, non importa, se hai già organizzato di *vederlo* stasera, non c'è problema. Potremmo andarci un'altra sera, forse.»

«Ti dispiace?»

«Farebbe qualche differenza?» mi mette davanti un caffè con la schiuma appena fatto.

«Certo che sì, non fare così, Jas.»

«Va bene, ti stavo solo prendendo in giro», dice, ma io non credo che lo stia facendo. «Se è così bello come sembra sul suo profilo di Meet Your Match, non ti biasimo se vuoi vedere lui piuttosto che me.» Torna a sedersi con il caffè e ne beve un sorso. «Potrei trovare un lavoro come barista se non dovesse funzionare», dice.

«Pensavo che saresti diventata un'organizzatrice di matrimoni se il lavoro nel sociale non dovesse fare per te.» Scherzo, cercando di sdrammatizzare. Ora mi sento in colpa. Mi ha teso un'imboscata con i nostri presunti accordi per il cinema; quella che a me era sembrata un'idea vaga, era stata chiaramente vista da Jas come un impegno. «Jas, mi dispiace davvero, non avrei detto di sì ad Alex se avessi pensato che io e te avessimo fatto un programma preciso.»

«Va bene, va bene.» Lascia cadere i resti del panino sulla scrivania. «Ma non si tratta di me o del cinema, penso solo che tu avresti dovuto suggerire di incontrarvi domani. Non essere così disponibile. «"Falli aspettare" è il mio motto.»

«Sì, ma se è onesto e non fa giochetti, perché dovrei aspettare?» Non risponde. Credo che sia più incazzata per il cinema di quello che fa sembrare.

«Senti, Jas, mi dispiace per il cinema.»

«Non mi interessa il cinema, posso andarci con qualcun altro». È chiaro che le importa.

«Non *devi* andare con qualcun altro. *Possiamo* andarci

domani sera», dico con fermezza. «E accetto quello che dici. Sì, mi lascio coinvolgere facilmente, mi innamoro in fretta. Ma non applicherò la tua regola del "coinvolgimento emotivo controllato" alla mia vita privata». Sorrido per attenuare l'irritazione della mia voce.

«Non sto dicendo questo. Ti chiedo solo di non buttarti in un'altra relazione per non pentirtene, tesoro. Cavolo, a volte quando parlo con te mi sembra di parlare con uno dei nostri adolescenti.» Non me la prendo, ma a volte esagera. Paragonarmi a un ragazzino che fa scelte sbagliate non è corretto.

«Sai che mi dici sempre che non dovrei farmi coinvolgere così tanto dai casi dei miei assistiti?» dico, addentando la mia baguette al tonno.

Jas alza lo sguardo dal suo caffè. «Sì...?»

«Beh, forse sono troppo coinvolta. Ma è perché non ho nient'altro che mi riempia la mente. Uscire con un tipo simpatico come Alex mi darà una prospettiva. Così, invece di preoccuparmi degli assistiti, avrò qualcun altro a cui pensare, no?»

«Suppongo di sì», dice, gettando l'involucro del panino nel cestino, ponendo fine alla nostra conversazione. «Scusa, cara, ma ora devo lavorare. Devo buttarti fuori.»

«Certo.» Mi alzo ed esco dal suo ufficio, stringendo gli avanzi della mia baguette e della tazza di caffè con la schiuma. Conosco Jas troppo bene: non riesce a nascondere i suoi sentimenti ed è arrabbiata con me perché sono quello che lei considera un "debole". Non vuole che discutiamo, tuttavia, ha intenzione di elaborare i suoi sentimenti - lo so perché mi ha detto che la sua terapeuta le ha consigliato di isolarsi quando le persone la fanno arrabbiare o la feriscono. Non l'ho ferita intenzionalmente, ma dal suo punto di vista l'ho fatto, non seguendo i suoi consigli. È una persona complicata. Gli abusi infantili fanno questo effetto su una persona. E la rabbia improvvisa di Jas è solo una delle risposte emotive di un adulto che ha subito abusi sessuali da bambino.

Nel nostro lavoro abbiamo sempre a che fare con bambini traumatizzati, ed è quello che siamo, Jas e io, bambine traumatizzate cresciute. Ma questo non ci definisce. Siamo soprattutto amiche e ci capiamo a vicenda. Entrambe vogliamo che l'altra sia al sicuro e sia felice; lei si prende cura di me, come io faccio con lei - vorrei solo che a volte si fidasse di me, che posso prendere decisioni giuste. Nel caso di Alex, credo davvero che sia la decisione giusta.

Aspettare Alex fuori dal bar è un inferno. Sono tornata a casa di corsa dal lavoro dopo una giornata difficile, che ha visto la chiamata di Chloe Thomson, una sedicenne con lievi difficoltà di apprendimento. Chloe ha anche una vita familiare difficile: i suoi genitori si sono separati quando lei era piccola e sua madre, tossicodipendente, ha appena fatto trasferire un altro dei suoi fidanzati nel piccolo appartamento che condividono. Quando sono andata a trovarli oggi, la madre aveva un occhio nero, apparentemente causato dall'aver "sbattuto contro qualcosa", cosa a cui, ovviamente, non credo. Ho cercato di non pensare alla povera Chloe mentre mi facevo la doccia, mi vestivo e mi mettevo il rossetto. Mi sono sciolta i capelli, lasciandoli cadere intorno alle spalle, e ho indossato un maglione nero a collo alto, che secondo me sta bene con i miei capelli biondi. Poi ho fatto tutta la strada da casa mia al wine bar sotto la pioggia e, quando sono arrivata, il mio ombrello si è rovesciato e mi ha abbandonata, così l'ho buttato nel cestino e mi sono messa al riparo sotto una tenda da sole. E ora i miei capelli sono umidi, crespi e non mi stanno bene! Sono ventitré minuti che aspetto Alex. Dopo dieci minuti, ho controllato dentro per vedere se era già arrivato, ma non l'ho visto. Ho pensato di sedermi al bar e ordinare da bere, ma c'era un uomo in piedi vicino al bancone che mi fissava e quando ha tirato fuori uno sgabello e lo ha accarezzato, sono uscita. Fa così freddo e piove che penso di tornare dentro, ma se quel tipo strano stesse ancora aspettando al mio sgabello? Oh, vorrei che Alex si sbrigasse. Ora mi chiedo se si farà vivo e, proprio mentre sto per chiamarlo per verificare se il posto è quello giusto, mi appare davanti. È in ritardo di ventisette minuti, ma pieno di scuse: «Ho un caso molto importante al momento, e uno degli avvocati con cui sto lavorando voleva che la incontrassi alle 18:00 per parlarne. Ci credi?»

Mi irrito un po' al pensiero che non voglia deludere un collega donna, ma che sia apparentemente felice di lasciarmi sotto la pioggia.

«Avrei voluto dirgli "Ho un secondo appuntamento con una donna molto sexy, ti dispiace se ci vediamo un altro giorno?" Ma, di certo, non avrei potuto.» Alza gli occhi al cielo.

Mi costringo a sorridere. Lavoro? È la sua unica scusa? «Stavo per andarmene», dico. «Non è così che mi aspettavo di passare la serata, aspettando sotto la pioggia gelata!»

Il suo volto si rabbuia. «Oh, Hannah, mi dispiace tanto. Non avevo il tuo numero, quindi non potevo fartelo sapere, ma avrei dovuto chiamare il bar, no? Ho già rovinato tutto?»

Sorrido addolcendomi, quando si rende conto del suo errore. «Non ancora, ma sei in prova.»

«Prometto, non violerò i termini della mia libertà vigilata. Mi dai solo un'altra una possibilità?» sta scherzando, a metà, ma capisco che per lui è importante, che gli dispiace di essere arrivato in ritardo. Non mi sta prendendo in giro, ma credo che l'avvertimento di Jas mi abbia scosso più di quanto pensassi e mi abbia fatto cercare aspetti negativi che non ci sono.

Decidiamo di entrare per un drink e, mentre siamo lì, chiacchieriamo delle nostre rispettive giornate di lavoro, poi lui propone una pizza. Sto morendo di fame, così finiamo di bere e ci dirigiamo verso la porta, ma basta dare un'occhiata fuori per capire che piove a dirotto.

«Ci bagneremo», dico mentre ci stringiamo nell'ingresso.

«Dov'è il tuo ombrello?»

«Non ce l'ho.»

«Ah,. Voglio dire... ho pensato...» balbetta, «*so* solo... so solo che saresti il tipo di persona che ne ha uno.»

«In realtà ne avevo uno, ma è nel cestino.» Faccio un cenno al cestino sul marciapiede, con l'ombrello incastrato dentro, che sembra un corvo morto, con le punte che spuntano come zampe. «È morto.»

«Oh, cielo.» Ride e, togliendosi la giacca, me la tiene galantemente sopra la testa. «La pizzeria è a soli cinque minuti da qui, vero?», mi dice all'orecchio. Il tocco delle sue labbra sul mio lobo è elettricità. «Facciamo una corsa?», mi chiede, con un sorriso.

Dopo una folle corsa verso la pizzeria, veniamo accompagnati al tavolo, dove ordiniamo del Merlot. Lo definisce "il nostro solito" e mi piace come suona, come se noi due avessimo già una storia, come se ci appartenessimo. Nonostante un piccolo inconveniente all'inizio, quando è arrivato in ritardo e io mi sono irritata, ha sciolto tutti i miei dubbi e questa è la sensazione giusta.

Non assaggio ancora la pizza, mi ricordo a malapena che cosa ho ordinato, qualcosa con i funghi? Ma non riesco a smettere di guardarlo, e i suoi occhi sono costantemente nei miei. Qualunque cosa possa dire Jas, se fosse qui in questo momento, *saprebbe* che questo è un vero affare.

«Allora, sei un avvocato penalista?», chiedo tra un boccone e l'altro, volendo sapere tutto di lui.

«Sì», sorride. «Non è la più bella o la più affascinante delle professioni, e finisco per passare un sacco di tempo alla stazione di polizia fuori orario, bevendo tè disgustoso e facendomi insultare.»

«Ah, sembra divertente», dico, esagerando l'espressione di dubbio sul mio viso e pensando che anche questo però sembra più piacevole che avere a che fare con la madre di Chloe Thomson. Oggi pomeriggio, quando a quanto pare ho fatto una domanda di troppo, mi ha mandata a quel paese sbattendomi la porta in faccia.

«Sì, in realtà è tutto OK. Oggi in tribunale sono riuscito a evitare che un ragazzo finisse in prigione. Era stato costretto dai fratelli maggiori ad aiutarli a rubare un'auto; i capi d'accusa erano infiniti e ho usato tutti i trucchi del mestiere per cercare di fargli ottenere la sospensione della pena. Alla fine è stato condannato solo con una multa e ai lavori socialmente utili e sai che cosa mi ha detto dopo il processo?»

Scuoto la testa.

«Io volevo tornare dentro, amico.»

«Ahi. Sono stato tentato di dire "Difenditi da solo la prossima volta!"» Metto giù coltello e forchetta; non voglio mangiare altra pizza, sono troppo piena.

«Sì, ma questi ragazzi non hanno alcuna possibilità, vero? È come se dal momento in cui nascono, la loro vita fosse già programmata: pressione dei coetanei, povertà, droga, prigione, abusi...»

«E qui che entro in gioco io.»

«Sì, credo che sia così.» scuote tristemente la testa, ricordando quello che è successo. «E poi... pioveva quando siamo usciti dal tribunale. Aveva solo una maglietta addosso e non aveva i soldi per l'autobus o per il treno.»

«Che tristezza», dico, sapendo per esperienza che, per alcuni, il biglietto dell'autobus è un lusso.

«Così ho finito per dargli un passaggio a casa.»

Sento il cuore gonfiarsi per questo. «È stato gentile da parte tua.»

«Sì, spero che in qualche modo lo abbia aiutato a sentire che ci tenevo a lui al di là del tribunale e non solo come una persona pagata per fare un lavoro.»

«Ne sono certa, alcune persone non hanno mai conosciuto la semplice gentilezza.»

Annuisce. «E come ci si può aspettare che qualcuno si

affranchi da una vita di crimini quando non ha nulla e non ha speranza di nulla? Ha diciannove anni e già sente di non avere un futuro.»

Annuisco, so esattamente cosa intende. «Caspita, sembri proprio me. Di recente ho scritto un articolo per un blog di professionisti nel sociale dove sostengo proprio questo.»

«Davvero? Mi piacerebbe leggerlo una volta o l'altra.»

Arrossisco leggermente, apprezzando il fatto che si stia interessando così tanto a me.

«L'ho accompagnato a casa sua», continua. «La vernice scrostata, il puzzo di urina... gli ho dato trenta sterline, era tutto quello che avevo con me; sai, giuro di aver visto le lacrime nei suoi occhi. A volte mi chiedo perché non sono diventato un ricco avvocato d'impresa - ma è proprio *per questo* - per i ragazzi come lui, che non hanno fiducia e nessuno che lotti per loro.»

Mi guarda e sento una scossa. Quest'uomo è davvero meraviglioso.

Lui alza le spalle e prende fiato. «Allora, anche oggi prendiamo il dessert?» solleva il menu, archiviando il suo eroico atto di gentilezza.

Anche modesto.

Non riesco più a mangiare, ho lo stomaco in subbuglio, il mio appetito diminuisce sempre quando mi innamoro di qualcuno. Per me è tutto o niente, o sono grassa e single o sono magra e innamorata.

«Sono troppo piena per il dessert», dico.

Allunga la mano sul tavolo. Le punte delle sue dita toccano le mie. È così erotico. Mi guarda negli occhi. «So che è solo il nostro secondo appuntamento, ma è... bello questo» Fa un gesto verso di me e verso di lui e io annuisco con entusiasmo.

«Sì, è bello», è tutto ciò che riesco a dire. Vorrei dire molto di più, vorrei dirgli che non mi sentivo così da anni, che il mio ex mi notava a malapena, che non pensavo che sarei mai stata in grado di amare di nuovo qualcuno, e che tutto è così veloce; ma in questo momento penso che stia accadendo. Ma ovviamente non dico nulla di tutto questo, devo prenderla con leggerezza e non voglio spaventarlo.

Ma quando poco dopo mi bacia fuori dal portone di casa e mi propone di rivederci l'indomani sera, gli dico senza fiatare, «Non vedo l'ora.»

Salgo di corsa i gradini per il mio appartamento, mentre lui mi guarda entrare; è così dolce, si assicura che io sia al sicuro prima di andarsene. Ma proprio mentre entro e mi dirigo verso la porta, sento qualcosa fuori. Mi giro e un improvviso bussare al portone mi spaventa a morte. So che non dovrei aprirlo, ma potrebbe essere tornato Alex per prendermi tra le sue braccia, ma anche se non fosse Alex, il rumore sveglierà i miei vicini del piano inferiore.

Vado al portone, lo apro con cautela e, con grande sollievo, vedo che è lui. Mi aspetto che cerchi di baciarmi, ma non lo fa.

«Mi dispiace, Hannah, non ho il tuo numero di cellulare!» Si sta sporgendo nell'ingresso, trafelato, al riparo dalla pioggia. Rido, sollevata che sia lui, e ci scambiamo i numeri prima che corra via nella notte piovosa, fermandosi brevemente per salutarmi mentre sto sulla soglia a guardarlo inciampare tra le pozzanghere, illuminato momentaneamente da un lampione o da un'auto di passaggio.

Quando infine non lo vedo più, entro e salgo di corsa due rampe di scale senza nemmeno sentirle. L'innamoramento rende persino sopportabile l'esercizio fisico; stasera potrei fare venti rampe di scale se fosse necessario! Una volta dentro, accendo il bollitore, preparo una camomilla e rivivo la serata nella mia testa. È come rivedere il vecchio film preferito, ricordare ogni sfumatura, ogni parola, il modo in cui il suo sorriso gli fa scintillare gli occhi e il suo viso si illumina all'improvviso.

Scuoto la testa. È ancora presto; devo smetterla di pensare sempre a lui, Jas mi aveva avvertito di questo. Oh, merda. Merda. *Merda. Jas!* Ho promesso di andare al cinema con lei domani sera, e ho appena organizzato di vedere Alex. Oh Dio, non sarò mai *quella* donna che scarica la sua amica non appena arriva un uomo. Ma, d'altra parte, non voglio nemmeno disdire l'appuntamento con Alex. È una cosa nuova e non voglio che pensi che lui non mi piace o che ho cambiato idea - o che sono inaffidabile. Che cosa diavolo devo fare?

4

Ovviamente Jas non mi avrebbe permesso di darle buca stasera. Ha già prenotato due posti al cinema e sta persino parlando del tipo di popcorn che mangeremo durante il film, e sono solo le 10 del mattino! Dovrò mandare un messaggio ad Alex, non posso nemmeno chiamarlo perché lei sentirebbe e non voglio che pensi che stavo *considerando* di vederlo stasera, perché ferirebbe i suoi sentimenti. Non voglio che mi faccia un'altra ramanzina. Jas si preoccupa per me, ma lei semplicemente non capirebbe cosa c'è già tra me e Alex.

Così mando un messaggio ad Alex per fargli sapere il prima possibile che non potrò vederlo stasera. Gli spiego che è una cosa che avevo concordato in precedenza e gli propongo di fare qualcosa più avanti nella settimana. Non mi risponde subito, probabilmente è impegnato.

Harry arriva in ufficio poco dopo, portando un caldo croissant alle mandorle in un tovagliolo. «Per lei, signora», dice, appoggiandolo sulla mia scrivania.

«Oh, grazie, ma non dovresti», dico.

«*Dovrei*, è il tuo preferito. Gemma ne aveva un po' in più, così ne ho preso uno per te.»

«Hai ragione», dico, addentando il croissant morbido. «È il mio preferito. Quando hai intenzione di sposare questa ragazza, dannazione?»

Ride, mentre si avvicina alla sua scrivania. «Sono troppo giovane per il matrimonio. Stiamo bene così.»

«Sameera di solito è la prima ad arrivare, stamattina non c'è?» chiedo. Lei è molto legata ad Harry.

«Sameera?», dice, guardando la sua scrivania. «Oh sì, sta...» deve scervellarsi per ricordare. «Sta facendo qualcosa di noioso, come fare la prova dell'abito da sposa, assaggiare la maledetta torta per la centesima volta.»

Rido. «Sei proprio un ragazzaccio, Harry.»

«Beh, sono un mucchio di sciocchezze, no?»

«Puoi pensarla così, ma noi signore di una certa età sogniamo questo genere di sciocchezze; io sicuramente.»

Ride e scuote la testa.

«Pensi che tu e Gemma vi sposerete mai?», chiedo.

«No.» È ancora giovane, ma mi sorprende la sua risposta determinata; sembra così felice con Gemma, così preso da lei.

«Perché no?»

«Non so, non ci ho mai pensato. E Gemma non me l'ha mai chiesto.» Fa spallucce.

«Sì, credo ti stia usando solo per il tuo corpo.»

«Speriamo sia così, eh?», dice distrattamente, mentre sfoglia la posta.

Mi collego al computer. «Una volta ero come te, ma quando si invecchia la prospettiva cambia. Prima pensavo che il matrimonio fosse patriarcale, arcaico e tutto il resto - ma ora penso che potrei davvero vedermi in un abito di pizzo bianco.» Non dico che in un angolo della mia mente sono in piedi accanto ad Alex, che ho conosciuto in carne e ossa solo qualche sera fa.

Harry alza lo sguardo. «C'è una piccola falla nel tuo piano - devi trovare uno sposo che si abbini al vestito.»

«Sì, questo è un dettaglio. Ma l'ultimo candidato sembra piuttosto promettente.» sorrido.

«Oh, davvero?» Vedo che non è molto interessato. Vorrei che Sameera fosse qui, si sposerà l'anno prossimo e adora parlare di matrimoni.

«Sì. Mi piace», dico, sminuendo i miei sentimenti. «Sono pochi giorni - abbiamo avuto solo due appuntamenti - ma sono... fiduciosa.»

«Pensavo avessi detto che dopo «Comesichiamalui» non saresti più uscita con nessuno», dice Harry, riportando gli occhi sullo schermo del computer, già annoiato dalla conversazione.

«L'ho fatto, ma mai dire mai.» Prendo il croissant che mi ha portato e cambio argomento. «Grazie, ma non devi continuare a portarmeli, Harry, o ingrasserò.» In realtà, è una manna dal cielo, non ho mai tempo per fare colazione prima di uscire di casa e chissà quando riuscirò a pranzare oggi.

Lui sorride e inizia a scrivere, visto che la nostra chiacchierata sul matrimonio, piuttosto unilaterale, è ormai conclusa.

Do un morso al croissant e mi segno mentalmente di comprargli qualcosa in cambio di tutti i dolci che continua a portare a tutti noi. Controllo il telefono. Alex mi ha risposto con un messaggio per stasera.

È un peccato 😟, ma non preoccuparti, divertiti al cinema. Pensavo di prepararti la cena stasera. Devo farmi perdonare per il mio ritardo al secondo appuntamento. Allora che ne dici di cenare da me domani sera, ti va?

Gli rispondo subito con un messaggio.

Sì. Grazie, perfetto. Non vedo l'ora. X

Questa volta la sua risposta è immediata.

Anch'io! X

Mi sento bene. Ho gestito bene la situazione e ho reso tutti felici, il che, per un'intrinseca piaciona come me, è tutto ciò che serve. Alex si sta dimostrando di essere perfetto come pensavo, prendendo la situazione con filosofia e confermando anche un terzo appuntamento, e cucinerà per me. Sta facendo tutto bene.

Più tardi, mentre io e Jas ci godiamo il cinema, mi rendo conto che posso destreggiarmi tra la mia amica un po' bisognosa ma benintenzionata e il mio nuovo fidanzato, devo solo essere sensibile e non parlare di lui. Entrambe desideriamo invece Ryan Reynolds.

«Dio, cosa darei per quindici minuti con lui», dice Jas mentre usciamo dal cinema e ci dirigiamo verso il wine bar per un ultimo drink.

«Sì, anch'io», gli faccio eco, senza pensarlo veramente. Quello che penso davvero è che preferirei passare quindici minuti con Alex, il che, lo so, sembra assurdo.

«Mi è piaciuto molto, ma mi sembra che la madre in quel film fosse totalmente monodimensionale», aggiunge.

Sono d'accordo, e ci sediamo con i nostri drink a parlare della rappresentazione delle madri nei media.

«Le madri non godono dei favori dei media», dico.

«Sì, ma non sono tutte Madonne.» sospira. «Guarda le nostre madri.»

«Trovo difficile affrontare mia madre e il mio passato.» sospiro a mia volta. «Preferisco pensare al futuro, mi aiuta a superare il passato.»

«Buona fortuna nel cercare di superare il *proprio* passato. È quello che ci forma, Hannah, e non importa quanto cerchiamo di essere positivi, il nostro passato è ciò che siamo.»

«Sì, ma le nostre vite non sono predestinate. Solo perché mia madre era una tossicodipendente non significa che lo sia anch'io. Ho lottato con le unghie e con i denti per avere una vita diversa.»

«Mmm, purtroppo la mia vita è una copia di quella di mia madre. Sai quel tipo con cui mi vedo, Richard?»

«Sì», rispondo.

«Avevo ragione. Si scopa un'altra.»

«Oh, Jas, che situazione di merda. Lo *sai* per certo?»

«Sì.» abbassa lo sguardo. «So che non era niente di serio, ma pensavo potessimo avere un futuro.»

«Sì, ma in ogni caso te l'avrebbe dovuto dire», dico, sentendomi protettiva nei suoi confronti. In apparenza sembra così forte, sempre attenta a tutti gli altri, molto protettiva con gli amici, eppure è lei stessa così vulnerabile.

«Esattamente. Comunque, ieri sera l'ho affrontato, dicendogli che avevo visto alcuni messaggi sul suo telefono. Hannah, la cosa che più fa male non è il tradimento. È il fatto che voleva chiaramente che li vedessi. E dopo aver "confessato", ha detto di sentirsi molto meglio.»

Scuoto la testa. «Mi dispiace. Non sapevo che avessi trovato delle prove scritte.»

«Sei stata occupata», dice con tono deciso.

«Mai troppo occupata per te», dico, sentendomi ormai in colpa.

Lei alza le spalle e beve un generoso sorso del suo drink. «Non sapevo che foste esclusivi...» faccio una pausa.

«Cosa vuoi dire?» si volta rapidamente a guardarmi. «Non era così regolare, ma... fa ancora maledettamente male.» Il lampo di rabbia nei suoi occhi mi sorprende. Non è da lei essere brusca, deve essere arrabbiata.

«Non sto dicendo che tu non stia soffrendo», aggiungo rapidamente, mettendo la mia mano sulla sua. «Penso solo che a volte si tengono a distanza le persone e poi quando se ne vanno, ci si sorprende. Ma non sembrava fosse qualcuno che avresti voluto avere accanto», dico, facendo un leggero passo indietro per non ferire i suoi sentimenti. «Voglio dire, tu stessa hai detto che a volte sembrava una visita di cortesia... per entrambi», dico maldestramente, e voglio mordermi la lingua mentre le parole escono dalla mia bocca.

Lei mi guarda. «Wow.»

«Mi dispiace l'ho detto in modo sbagliato, stavo cercando di consolarti, di farti sentire come se non avessi *perso* nulla, ma...»

«Invece sei riuscita a banalizzare la mia relazione *e* i miei sentimenti in una sola frase. Bel colpo, Hannah.» Beve un altro bel sorso di vino, arrabbiata.

«Non volevo...»

«Sai che cosa penso?» mi interrompe.

Non sono sicura di volerlo sentire.

«Hai avuto *due* buoni appuntamenti e improvvisamente pensi di essere l'autorità su ciò che costituisce una relazione.» Beve il resto del vino e ne ordina altri due bicchieri.

«Non lo sono. E non stavo davvero banalizzando...»

Alza la mano in segno di "stop" e io torno al mio drink, sapendo che quando è così è meglio smettere di scusarsi, perché non farei altro che scavare una fossa ancora più profonda. Il carattere calmo di Jas sul lavoro è molto diverso da quello personale, dove a volte si infiamma quando è ferita o arrabbiata.

Mi rendo conto di come devo suonare alle orecchie ciniche di Jas e non la biasimo per essersi arrabbiata, probabilmente pensa che io sia una saputella saccente. Non è così, ma cambio comunque argomento e torniamo a parlare del film.

Ma essendo Jas, non può lasciar perdere e, ferita da quelle che considera critiche sul suo stato di single, torna subito a me e Alex. «Allora, come vanno le cose con il tuo Principe Azzurro?» chiede.

Faccio finta di non sentire il sarcasmo della sua domanda, ma solo l'umorismo. «Fantastico. Domani cucinerà per me», aggiungo, desiderando condividere la cosa con la mia amica ma allo stesso tempo sentendomi in colpa per la mia felicità.

«Andrete a vivere insieme la prossima settimana.»

«No, sarebbe troppo presto.»

«Stavo scherzando», dice con tono deciso.

«Anch'io.» sorrido. Ma dentro di me sono delusa dalla reazione di Jas. Dovrebbe essere la mia migliore amica e vorrei che mi sostenesse in questo. «Jas, so che il momento è sbagliato, hai appena chiuso con Richard», dico assecondando il suo racconto della relazione, «ma vorrei che tu potessi essere un po' felice per me. Sei sempre stata così incoraggiante prima, ma questa volta sembri, non so, davvero molto negativa.»

Capisce, cambia espressione e mi abbraccia. «Tesoro, mi dispiace, hai ragione, mi sto comportando da egoista. È solo che a volte mi guardo intorno e vedo altre persone che hanno una relazione stabile, e mi ricordo come ero prima...» la sua voce si spezza e mi rendo conto che avrei dovuto sapere che questo pessimismo non riguarda me e Alex. Si tratta di Tony. Non parla molto di lui perché è ancora così doloroso, probabilmente lo sarà sempre.

«So che ti manca ancora, anche dopo tutto questo tempo», le dico, toccandole il braccio.

Annuisce. «La gente si aspetta che io l'abbia superato, ma quando muore qualcuno che ami, non lo superi mai. Diamine, sono passati anni, ero una persona diversa quando ero sposata, ma lui sarà sempre qui.» Si tocca il petto.

«Posso solo immaginare il dolore» sospiro.

«Sameera che si sposa mi fa pensare al giorno del mio matrimonio, a tutte le speranze e all'ottimismo. E tu hai incontrato quest'uomo che *sembra* fantastico», mette l'accento su "sembra" e io sussulto leggermente. «E quando dico certe cose, non è perché sono negativa nei suoi confronti ma solo perché non voglio che tu ti senta ferita. Quindi, per favore, non prendere la mia "negatività" come qualcosa di più che un semplice tentativo di prendermi cura della mia amica.» Sorride e mi prende la mano. «Sono felice per te ma, con prudenza.»

«Lo so. Ma sto bene e qual è la cosa peggiore che mi può succedere? Che potrebbe rivelarsi una schifezza come Tom? Ma voglio godermi il divertimento e le farfalle nello stomaco finché dura... E ho bisogno che la mia amica sia con me.»

«Sono al tuo fianco, amica, ma puoi essere naïf e, diciamocelo, sarò io a raccogliere i pezzi se questo succederà, no?»

Mi mordo la lingua. Il suo commento mi dà fastidio, ma il Pinot ghiacciato mi rinfresca la gola e mi calma.

«Credo che entrambe dobbiamo iniziare a darci delle priorità», dico «e lei, signora, deve smetterla di preoccuparsi della vita amorosa degli altri e concentrarsi sulla propria.»

«Quale vita sentimentale? Tutti, tranne me, ne hanno una. Anche il maledetto Harry ha una relazione stabile.» Ride senza gioia. Credo che sia un rischio del mestiere: è bravissima nelle relazioni altrui, ma sembra avere tante delusioni dalla sua vita privata. Anch'io sono così quando si tratta di assistiti e amici: mi preoccupo troppo degli altri e non sempre considero le mie relazioni. Forse è questo che è successo tra me e Tom. Se fossi stata più presente e non fossi stata immersa nel mio lavoro, lui sarebbe potuto diventare un partner migliore, un fidanzato più attento e più impegnato. Dopo tutto, bisogna essere in due.

«Potrei andare di nuovo da quello strizzacervelli», dice Jas, giocherellando con lo stelo del suo bicchiere.

«Sì, potrebbe essere utile.» Annuisco, ma dubito. Nel nostro lavoro facciamo spesso ricorso alla terapia per i nostri ragazzi, ma per me personalmente non ha funzionato. «Il mio problema con la terapia», dico, «è che mi sento in colpa per il fatto che il *mio* senso di colpa si ripercuote sul terapeuta. Che ne dici di questa ironia?»

«Non fare la scema.» ride. «Te l'ho detto, comunque, tu non hai bisogno di un terapeuta. Puoi semplicemente parlare con me.»

«Sì, grazie, Jas», dico, ma sembra che il sostegno della mia amica sia subordinato a delle condizioni. Sono ancora un po' irritata per il suo commento precedente sul fatto di dover essere lei a raccogliere i cocci quando la mia vita sentimentale va a rotoli. «Jas, tanto per essere chiari, non devi sentirti responsabile per me. Sto facendo le mie scelte e, qualsiasi cosa accada, sono perfettamente in grado di badare a me stessa», le dico gentilmente.

«So che lo sei, ma ci hai messo un po' a riprenderti dopo la storia di Tom, con lui che ti incolpava di tutto ciò che non andava nella sua vita, le telefonate e altre stranezze. E per questo non sei stata presente per un po', e non voglio perdere la mia migliore amica. Di nuovo.»

«Sì, lo so.»

È stata dura dopo Tom, e lui non ha reso le cose facili, ma ora ho voltato pagina e non voglio più pensare a tutto questo.

«Voglio solo che tu sappia che ci sarò per te in ogni caso. Se ti fa del male, o se è sposato o...»

«Jas, basta», dico, e alzo le sopracciglia in un gesto di gentile avvertimento.

«Mi dispiace, ma penso che...» vede dalla mia espressione che non voglio sentirlo di nuovo, e ci ripensa.

«Non è che dovresti andare su Meet Your Match anche tu?», suggerisco, sapendo che se avesse una nuova relazione, potrebbe essere una distrazione e potrebbe preoccuparsi meno della mia.

«No, ho bisogno di una pausa dagli uomini», sbuffa. «Non ho certo intenzione di inseguirli online. Sono assolutamente felice da sola.» Sorride, ma i suoi occhi dicono qualcosa di diverso.

5

Il giorno seguente è un incubo di burocrazia e drammi, inframmezzato da Jas che mi tormenta, Sameera che la zittisce e un casino di briciole su tutte le scrivanie a causa della torta al limone avanzata da Gemma, che Harry ha portato come cibo di conforto. Per come si sta svolgendo la giornata, credo che avremo bisogno di altri carboidrati dolci, abbiamo ormai mangiato tutto quello che c'era in giro.

«Penso che Chloe Thomson abbia problemi con il nuovo fidanzato di sua madre e che Jack Morris non abbia un posto dove dormire stanotte, e questo è solo l'inizio», dico a Jas quando mi chiede se sono impegnata.

«Ok, sembra la *mia* giornata.» sospira. «Sono stanca e speravo di poter andare via presto stasera, ma vedo che non sarà così.»

«Già, Dio solo sa quando lascerò l'ufficio», brontolo. «È meglio che chiami Alex per dirgli che farò tardi.»

«Ah già, stasera cucinerà per te, vero? Beata te!», mi dice, tornando nel suo ufficio. L'ha detto con gentilezza, senza alcun apparente sottinteso, e apprezzo il fatto che stia cercando di essere positiva per me.

Prendo il telefono per chiamare Alex. «So che stai cucinando e non solo, ma stasera lavorerò fino a tardi», gli spiego quando risponde.

«Non c'è problema. Ti è permesso arrivare in ritardo», mi prende in giro. «Dopo tutto, l'ultima volta sono io quello arrivato in ritardo.»

Gliene sono grata, è così tranquillo e non ne fa un dramma.

«Qui c'è una situazione assurda. Possiamo rimandare, se vuoi.»

«No, no! Sono ore che sto sgobbando a questo forno caldo», scherza.

«Oh, non sei al lavoro?»

«Sì, beh... lo ero. Sono uscito prima, ho mollato tutto per poter preparare la cena.»

Rido. «In questo caso, arriverò il prima possibile. Va bene?»

«Sì, assolutamente. Promettimi solo che a qualunque ora finirai, verrai comunque.»

È così bello sentirsi desiderati, soprattutto dopo Tom, che non mi ha mai fatto sentire così.

«Lo farò... e, Alex...»

«Sì?»

«Grazie per essere così comprensivo.»

«Va bene, per me è lo stesso quando sono in tribunale o ho un caso importante. È meglio che ci abituiamo entrambi», dice comprensivo.

Sono entusiasta dell'allusione a un qualcosa di più di tre appuntamenti: "è meglio che ci abituiamo" è musica per le mie orecchie. Arrossisco leggermente e ridacchio stupidamente.

Mentre metto giù il telefono, Jas cattura il mio sguardo dalla porta aperta del suo ufficio. «Stai bene?», dice muovendo la bocca.

«Sì», rispondo io. Sorrido e torno alla problematica relazione di Chloe con il fidanzato di sua madre e agli altri drammi in corso.

«Ciao Hannah.» Margaret appare sulla soglia del nostro ufficio. È salita dalla reception e ha in mano il più bel mazzo di rose color crema.

«Questi sono per te, tesoro», dice mentre viene verso di me. Spero davvero che Jas stia guardando, perché mi sta consegnando un bouquet stupendo e so che è da parte di Alex. Sa che sto avendo una giornata infernale, che lavorerò fino a tardi e che non arriverò a casa sua presto, e questo è il modo in cui Alex mi dice che va tutto bene. Voglio solo che Jas veda quanto è diverso da Tom e che questa volta non deve preoccuparsi per me.

«Per me?» fingo sorpresa, non voglio sembrare troppo compiaciuta, ma non posso fare a meno di sorridere mentre prendo dalle braccia di Margaret l'enorme mazzo di quelle che sembrano cinquanta rose a gambo lungo. Deve averle ordinate subito dopo aver chiuso il telefono per farle arrivare così presto.

«Sembra che tu abbia fatto centro con questo tipo.» Margaret sorride.

«Credo di sì Margaret.» Sorrido a mia volta, sapendo di essere arrossita e tutti mi stanno guardando.

«Oh, devono essere costati una *fortuna*!» dice Sameera mentre si avvicina per dare un'occhiata.

Avvicino il naso ai fiori, hanno un profumo straordinario; li appoggio sulla scrivania mentre Sameera mi aiuta a strappare il biglietto regalo. So di chi sono, ma voglio leggere che cosa c'è scritto. Conserverò questo biglietto regalo per sempre, così potrò guardarlo quando saremo una vecchia coppia di sposi e ricordare com'eravamo all'inizio.

«Raj non mi manda mai dei fiori.» Sameera sospira, accarezzando i fiori sulla mia scrivania.

«Non credo che Bill mi abbia mai mandato dei fiori, e siamo sposati da trent'anni», dice Margaret. «Non lasciartelo scappare, cara», aggiunge prima di andarsene.

Sameera sta ancora guardando i fiori e Harry ci sorride.

«Si direbbe che voi due non abbiate mai visto un mazzo di fiori», dice, scuotendo la testa e tornando allo schermo del computer.

«Oh, questo non è solo "un mazzo di fiori"! Hannah, è da togliere il fiato... Voglio che Raj ne mandi anche *a me*!», scherza.

Sorrido e apro la piccola busta, c'è un bigliettino con scritto LOVE. Guardo Sameera e sorridiamo entrambe, condividendo questo piccolo momento. Ci stiamo legando perché siamo entrambe innamorate e sappiamo che cosa si prova.

«Potrebbe trattarsi di una proposta di matrimonio!» sussulta lei.

«Non essere sciocca, ci siamo appena conosciuti.»

Per la verità, vorrei prendere il biglietto, correre in bagno e leggerlo in privato – dopotutto è privato – ma Sameera mi sta guardando, aspetta di sapere che cosa c'è scritto, e mi sembra meschino andarmene proprio adesso. Così apro il biglietto e scorgo il messaggio. È stampato, perché presumibilmente ha ordinato i fiori. Sono solo poche frasi, ma voglio assaporare ogni parola. Inizio a leggerlo nel silenzio.

«*Ho voluto inviarti questi fiori delicati e profumati perché mi ricordano te, mia cara...*»

Sento Sameera ridacchiare e battere le mani eccitata. «Questo tipo è *proprio* da tenere stretto!»

Alzo gli occhi al cielo e poi continuo, ma mentre leggo le parole mi suonano strane. Non sembra Alex, lo so anche se siamo all'inizio della nostra relazione, e sul momento non riesco a capirne il senso. Smetto di leggere ad alta voce e lo passo senza dire nulla a Sameera.

Mi ricordano te, perché tu sei la spina in mezzo a queste rose, e io so cosa stai combinando, perfida puttana. Non potrai mai lasciarmi. Ti osservo, osservo sempre, puttana bugiarda, ogni tuo respiro. Finché anche questo non finirà.

Sempre tuo. X

«Perché? Perché dovrebbe scrivere una cosa del genere?» dice Sameera, quasi in lacrime, mentre mi siedo dietro la mia pila di rose color crema, un perverso scherzo da sposa.

«Non è Alex» sospiro. «Deve essere Tom.»

Sameera si porta la mano alla bocca, non dimenticherò mai l'espressione di orrore e pietà sul suo volto. Nel silenzio, Harry si alza dalla sedia e Jas esce dal suo ufficio.

«Stai bene, cara?», mi chiede.

«Tom», dico, con gli occhi lucidi. «Pensavo avesse smesso con queste stranezze, ma evidentemente non è così.»

Jas raccoglie il biglietto da terra, dove l'ho gettato quando ho capito cos'era. Annuisce lentamente. «Sì, *probabilmente* Tom… quindi?»

«*Sicuramente* Tom», dico con rabbia, chiudendo il discorso e prendendo il telefono.

«Stai chiamando la polizia?» chiede Jas.

Scuoto la testa. «Chiamo il maledetto Tom e lo *minaccio* di chiamare la polizia», dico, furiosa per il fatto che stia ancora cercando di rovinarmi la vita.

Perché non riesce ad andare avanti? Da quando ci siamo lasciati è diventato così acido e pieno di risentimento, e l'unico motivo per cui non chiamo subito la polizia è che non posso provare che sia stato lui. E in verità perché mi sento ancora in colpa per averlo buttato fuori di casa e non voglio spingerlo ancora più in basso. Essendo stata una figlia adottiva, so come ci si sente a essere espulsi da casa propria senza capirne il motivo, e faccio ancora fatica a riconciliarmi con il fatto di averlo fatto a qualcun altro, ma quando è troppo è troppo. Aspetto e aspetto che risponda per poter urlare al telefono, mentre Jas e Sameera stanno accanto alla mia scrivania con l'aria un po' scioccata. Ma non risponde e allora gli lascio un messaggio molto arrabbiato, minacciandolo di rivolgermi alla polizia.

«Diavolo, ha davvero bisogno di lasciarsela alle spalle», dice Jas.

«Lo so. Per l'amor di Dio, non si preoccupava così tanto quando stavamo insieme, da dove vengono ora tutte questa passione e intraprendenza?»

«Forse se te ne avesse mostrate un po', staresti ancora con lui» suggerisce Sameera.

«Difficile, si è rivelato un dannato psicopatico da quando lei lo ha scaricato... se è lui», dice Jas.

Harry torna alla scrivania, apre un tubetto di Smarties e ne ingoia la maggior parte in un sol colpo. «Non ne indovini neanche uno, Hannah», dice.

«Credo sia un eufemismo.» Sospiro, cercando di capire perché Tom possa aver fatto una cosa del genere.

Ripensandoci, ha preso la nostra rottura molto peggio di quanto mi aspettassi e sembrava davvero sconvolto e riluttante a lasciare l'appartamento.

Poi, un paio di giorni dopo la sua partenza, ho iniziato a ricevere telefonate nel cuore della notte da un anonimo. Qualcuno respirava pesantemente, era davvero inquietante e mi faceva sentire molto a disagio, ma sapevo che era lui. Chi altri poteva essere? Non volevo però gettare benzina sul fuoco e, quando lo dissi a Jas e agli altri, giungemmo tutti alla conclusione che la cosa migliore da fare era di ignorare le telefonate.

«Se gli telefoni per dirgli di smettere, gli dai l'attenzione che desidera», aveva detto Jas, «e così continuerà a farlo.»

Da allora spegnevo il telefono quando andavo a letto. Ma poi, una notte, verso le 3 del mattino, fui svegliata da un rumore all'esterno come se qualcuno strusciasse o sbuffasse. Era davvero strano. Sembrava che qualcuno stesse annusando la porta d'ingresso. Sono rimasta seduta sul letto, con i capelli dritti sulla testa, fino a quando quel qualcosa o qualcuno non se ne fu andato. Smise dopo circa venti minuti, ma a quel punto ero pietrificata e in lacrime. Pensai di chiamare la polizia, ma mi avrebbero preso sul serio se avessi detto che avevo sentito qualcosa o qualcuno annusare alla porta di casa? Dopotutto, poteva trattarsi proprio di questo. Uno dei miei vicini aveva un cane, poteva essere stato lui. Ma non l'avevo mai sentito prima e non l'ho più sentito dopo.

Le telefonate con il respiro pesante erano già abbastanza spaventose, ma questa era semplicemente inquietante, così il giorno dopo ho chiamato Tom, che ovviamente ha negato. Ha anche sbraitato al telefono che era contento di essersene andato e che ero io ad essere arrabbiata; poi ha aggiunto che evidentemente ero troppo spaventata per vivere da sola e che sperava che questo mi dispiacesse.

Come disse Jas quando glielo raccontai, «A me sembra una confessione, piccola.» Comunque, mi suggerì di andare a stare da lei finché non si fosse calmato. Non credo che Tom avrebbe mai fatto qualcosa di folle, ma Jas aveva ragione ad avvertire, «Le persone ferite diventano pericolose.»

«Vieni a vivere da me», aveva detto. «Nessuno oserebbe chiamarmi tardi e rovinare il mio sonno di bellezza; e per quanto riguarda qualcuno che annusa alla mia porta, beh, nessuno l'ha più fatto dal 2008!»

Mi aveva fatto ridere. Questa è una delle cose migliori di Jas, riesce sempre a farmi ridere.

Così mi trasferii dal mio appartamento a quello di Jas per qualche settimana. Ha rischiato la sua sicurezza per ospitarmi a casa sua e non lo dimenticherò mai. E anche se non è esattamente entusiasta della mia nuova relazione, non devo dimenticare quanto sia stata brava in passato.

Ma non risolse il problema con Tom. Ovviamente non riusciva a trovarmi al mio appartamento e io l'avevo bloccato sul mio telefono, così iniziò a chiamare l'ufficio, cercando di farsi passare da Margaret. Ma lei era stata avvertita e lo respinse gentilmente. Ben presto iniziò a chiamare Harry e persino Sameera, per chiedere loro se stavo bene e se pensavano che avrei potuto riprenderlo. L'ultima volta che è successo è stato mesi fa, e pensavo davvero che avesse voltato pagina, ma sembra che sia ancora amareggiato.

Jas prende le rose e le getta nel cestino, ma io tengo il biglietto, potrebbe servirmi se la cosa dovesse continuare. Sono sconvolta. È così strano, ma da quando io e Tom ci siamo lasciati ho visto un lato diverso di lui a dimostrazione che le persone possono sorprenderti, anche quelle che pensi di conoscere.

6

Sono le 19.30 quando finalmente esco, e che giornata, ma nonostante questo mi sento in colpa, perché Jas è ancora qui e anche Harry lavora fino a tardi. Ha appena ricevuto una telefonata da Gemma, che sembra dargli filo da torcere.

«Non ci metterò *molto*. Lo so, lo so», dice con tono di sufficienza.

Mentre mi alzo per andarmene, rivolgo a Harry un'occhiata comprensiva; annuisce e sgrana gli occhi.

«Resterai qui ancora per molto?», chiedo dopo che ha messo giù il telefono.

Lui alza le spalle. «Non lo so. Sembra che sia impazzito, non è vero?»

«Sì, anche Jas è ancora qui.» faccio cenno in direzione del suo ufficio.

«Non sta lavorando, però», dice.

Sono sorpresa. «Oh, allora perché è ancora qui?»

«Quando sono entrato nel suo ufficio, circa dieci minuti fa, stava sfogliando un sacco di foto di uomini sul suo telefono. Credo che stia cercando un appuntamento galante.»

«Mi ha detto di averne abbastanza degli uomini.»

Ride. «Lo dice sempre.»

Prendo la borsa per uscire e, passando davanti all'ufficio di Jas, la saluto.

«Ehi, Hannah, lascia che ti accompagni alla macchina», mi dice.

«Non sono in macchina, vado da Alex. Vive solo a quindici minuti da qui, credo. E non voglio guidare. Potrei voler bere qualcosa stasera», aggiungo.

«Sì, dopo quello che è successo oggi credo che ne avrai bisogno.» sospira. «Vuoi un passaggio da Alex?»

«No, sto bene, devo fermarmi in un negozio lungo la strada.» «Sono solo preoccupata nel caso in cui quel coglione di Tom sia in giro.»

«No, è un vigliacco, Jas, se ne sarà andato da un pezzo, probabilmente sfregandosi le mani dopo avermi rovinato la giornata. Ma non gli permetterò di rovinarmi la serata. Anche se quando avrò per le mani quel sociopatico...»

«Questa è la mia ragazza», dice, salutandomi mentre mi dirigo verso la porta.

Ho chiuso con Tom, con il lavoro e con le preoccupazioni. La giornata è stata rovinata, ma non gli permetterò di rovinarmi il resto della serata che è dedicato a me e ad Alex.

Esco nella fredda serata autunnale. È già l'inizio di novembre e sembra di arrivare e di uscire dal lavoro con il buio, e stasera è maledettamente buio. E freddo. Mi stringo nel parka, tirando su il cappuccio mentre inizia a piovere. Speravo di tornare a casa, farmi una doccia e cambiarmi prima di andare da Alex, ma non ne ho il tempo. Né ho avuto l'accortezza di portare con me al lavoro trucchi o vestiti extra nel caso avessi fatto tardi. Non posso credere che incontrerò Alex, solo per la terza volta, con i miei abiti da lavoro e i segni della giornata sul viso. Così lo chiamo per sapere se va ancora bene che io vada, visto che quando arriverò da lui saranno quasi le 20.00. Inoltre, deve essere avvertito che la donna affascinante con cui è uscito l'altra sera, questa sera non si presenterà.

«Ehi, Alex. È tardi, ho appena finito, sei ancora sicuro per stasera?»

«Certo. Sei uscita ora?»

«Sì, OK?» le mie vecchie insicurezze si fanno sentire. Non è solo educato, vero?

«Meraviglioso», dice, con una voce roca e impaziente che mi riscalda.

«È solo che non volevo metterti in difficoltà...»

«Ho preparato il tuo dessert preferito, il gelato al pistacchio.»

Sono così toccata da questo. «Beh, come posso resistere? Mi hai convinta con il gelato», dico e lui ride. «Ma Alex, ti avverto, sembro un cane bagnato e ho bisogno di una doccia.»

«Ora stai solo cercando di eccitarmi» scherza.

«Mmm, se sei sicuro di volerti godere un terzo appuntamento con una donna che ha bisogno di una doccia e che si addormenta sul tavolo in abiti da lavoro...»

«Sembra perfetto, proprio come mi piacciono i miei terzi appuntamenti.»

«Ok, ma non dire che non ti avevo avvertito. Sono a dieci minuti da te», dico ridacchiando mentre chiudo la telefonata ed entro nel negozio.

Dopo aver passato in rassegna il poco assortimento, trovo un Merlot decente, costa venti sterline, ma se Alex offre la cena, il minimo che possa fare è portare il vino. Mentre faccio la fila per pagare, noto una scatola di Smarties a forma di Babbo Natale e la prendo per Harry, per ringraziarlo di tutti i croissant e i dolci che ci porta.

Pago e lascio il negozio con i miei acquisti in un sacchetto. Ho inserito il codice postale di Alex nella app del mio telefono, come mi aveva suggerito. «E un po' un labirinto», mi aveva detto. Venti minuti dopo, sto ancora camminando intorno al "labirinto", sicura di aver visto alcune di queste case più di una volta. Non è lontano dalla strada principale, ma questa parte della città non è un luogo in cui mi avventuro spesso, è un'area dimenticata di edifici vuoti e di erbacce incolte, e le uniche case qui sembrano disabitate. Non posso fare a meno di sentirmi vulnerabile, soprattutto dopo aver ricevuto l'orribile biglietto di oggi, e mentre cammino continuo a voltarmi indietro.

Non c'è nessuno e mi rendo conto che è sempre più tardi. Giro in tondo, non ho idea di dove mi trovi e la cosa comincia a essere inquietante. Sono tentata di chiamare Alex, ma mi sento un'idiota a perdermi seguendo una mappa in una città in cui ho vissuto per la maggior parte della mia vita. Ma dopo altri dieci minuti sono un po' in preda al panico e decido di chiamare, ma chiama prima lui.

«Stai bene, Hannah? Dove sei? Pensavo avessi detto che eri qui vicino.»

«Io... io... non ne sono sicura. Abiti in Black Horse Road, giusto? La app mi ha mandato da un'altra parte... sono vicina al canale, almeno credo. Ho inserito il codice postale, ma...» mi sto congelando, spero che non senta battere i miei denti.

«Ahh sì, il codice postale non è molto affidabile, fa confusione con i navigatori satellitari. Senti, sto venendo a cercarti, ma siccome non ho idea di dove tu sia, dovrò trovarti con il tuo telefono.»

«Ok, ma non so come si fa.»

«Semplice. Ti invierò una richiesta sul telefono, tu la accetti, io posso vedere dove sei e venire a prenderti», spiega.

«Fantastico», dico, sollevata.

Nel giro di pochi secondi arriva un messaggio che chiede di permettere ad Alex di vedere la mia posizione. Faccio clic e lo sento dire, «Sì, vedo dove sei, resta lì, sto arrivando.» E la linea cade.

Sono le 20.15 di un mercoledì sera d'inverno. Sta piovendo, per strada non c'è nessuno, e io sto tremando; così, piuttosto che stare ferma ad aspettare, cammino lentamente lungo la strada per vedere se c'è un posto dove posso ripararmi dalla pioggia finché non arriva Alex. Poco più avanti vedo una pensilina dell'autobus e mi ci dirigo. In che stato sono. Al nostro ultimo appuntamento mi ero fatta i capelli, avevo messo il vestito nuovo, il trucco, il profumo, tutto quanto, e anche se quella sera pioveva, ero riuscita a evitare il peggio. Ma ora la pioggia è così forte che, anche quando sono al riparo, rimbalza sulla plastica e mi schizza sulla testa e sulle gambe. Nel giro di pochi minuti, un'auto si affianca a me, il finestrino del guidatore scende e io mi avvicino, sentendomi un po' come una prostituta.

«Grazie a Dio sei tu!» dico ridendo, mentre Alex si china e spinge la portiera del lato passeggero. Quasi cado dentro, con la pioggia che mi scrolla di dosso e finisce sulla tappezzeria chiara della sua Audi. «Mi dispiace tanto di averti trascinato fuori», dico, allacciando la cintura di sicurezza.

«È un piacere, non c'è alcun problema.» Le sue mani sono sul volante e mentre mi sistemo alzo lo sguardo, mi sorride.

«Lo so, lo so, ho un aspetto terribile, ma ti assicuro che sono la stessa donna con cui sei uscito l'altra sera, sono solo molto bagnata.»

«E ancora più bella», sussurra a mezza voce, mentre si china e posa delicatamente le sue labbra sulle mie.

Quello che inizia come un bacetto diventa qualcosa di più e solo quando una macchina suona forte dietro di noi cerco di allontanarmi. Ma lui continua, la sua lingua spinge con più urgenza nella mia bocca, le sue braccia ora mi avvolgono. Vorrei rilassarmi e godermi la scena, ma la macchina dietro di noi emette un altro bip, questa volta più forte e più lungo, e Alex smette di colpo di baciarmi.

«Ma che cazz...?» guarda nello specchietto retrovisore e la sua mano fa per aprire la portiera del conducente. Sta per scendere.

«Alex, che cosa stai facendo?» dico, guardando dietro di me

- non c'è da stupirsi che il bip sia così forte, è un autobus. «Siamo alla fermata dell'autobus, dobbiamo *andarcene*», aggiungo ansiosa. Ha aperto la portiera e sta mezzo fuori e mezzo dentro. La luce interna è accesa e posso vedere sul suo volto quella che sembra pura rabbia. Gli metto una mano sul braccio per impedirgli di uscire e in un attimo sembra ripensarci.

Si sposta di nuovo sul sedile, senza parole gira la chiave nell'accensione, spinge sull'acceleratore e partiamo a razzo lungo la strada. Troppo velocemente. Sotto la pioggia. Sono confusa, accecata dal momento e dalla sua sorprendente reazione per ciò che è appena accaduto.

Sto cercando di capire, ma mi sento stordita da tutto questo.

«Cosa... cosa stavi facendo? Stavi per dire qualcosa all'autista?» chiedo, incredula.

«No, no, stavo solo cercando di vedere se lo conoscevo.»

«Eravamo alla fermata dell'autobus. Era un *autobus*.»

«Sì, sì. Ma non me ne sono accorto finché non sono uscito... pensavo fosse qualcuno che conoscevo».

Sono confusa. Quando l'autobus ha suonato il clacson per la seconda volta, la reazione immediata di Alex è stata di rabbia, il che non suggerisce che pensasse di conoscere l'altro conducente. E poi è buio e piove: è chiaro che non stava scendendo dall'auto per salutare qualcuno.

«Sembravi arrabbiato», dico a bassa voce.

«Dio, no, per niente. Ho solo pensato che fosse un tizio che... conoscevo.» La sua voce si affievolisce. «Allora, com'è andata la giornata?» cambia argomento. Mi chiedo se non abbia immaginato tutto, o forse è stato solo un momento di rabbia e ora è un po' imbarazzato.

«Ho avuto una giornata terribile», rispondo, con la mente ancora a quello che è appena successo, sentendo che ha reagito in modo eccessivo; ma ci siamo passati tutti, un bip arrabbiato, un saluto col dito medio in risposta.

«Beh, speriamo che la tua giornata stia per migliorare. Stai bene?» chiede, probabilmente vedendo le domande nei miei occhi.

«Sto bene», dico, mentre lui rallenta per uscire dalla strada e appoggia delicatamente la mano sul mio ginocchio.

Forse pensava di conoscere l'autista, o forse il segnale acustico lo ha un po' scosso. È normale che sia un po' nervoso perché siamo nuovi l'uno all'altra e ho l'impressione che sia un tipo protettivo, e forse ha pensato che fossi turbata dalla reazione del conducente dell'autobus. Non devo pensare troppo a tutto, è una brava persona, è un terzo appuntamento, devo solo godermelo - e sistemandomi nella calda, costosa e profumata auto nuova, sono sicura che lo farò.

«Non so come sono finita lì.» sorrido. «Non sono riuscita a trovare la tua strada, l'app delle mappe sul mio telefono è inutile.»

«E il codice postale. Come ho già detto, dà un sacco di problemi.»

A poche centinaia di metri da dove è venuto a prendermi svolta in Black Horse Road. «Oh, sono proprio una stupida. Ero solo a pochi minuti di distanza, ti ho trascinato fuori nella notte fredda e umida, mi dispiace tanto.»

«Per niente, non ti scusare», dice, accostando davanti a una splendida casa a schiera. In questa zona piuttosto depressa, questo posto è un'anomalia, con alberi di alloro in vaso ai lati della porta d'ingresso e la luce del portico che rivela un gradino piastrellato, e un piccolo e ordinato giardino anteriore.

«È casa tua»? chiedo speranzosa. È così bello, proprio il tipo di posto in cui in genere vivono gli altri. Ma con Alex potrebbe succedere a me. *Potrebbe* essere il luogo in cui potrei vivere. Riprendo il controllo, non devo lasciarmi trasportare.

«Sì, questa è casa», dice, tirando il freno a mano.

«Sembra bella, anche se non ho idea di dove mi trovi», aggiungo incerta.

«Non preoccuparti, ti accompagno io a casa», si offre, con mio grande sollievo.

«Grazie», mormoro e raccolgo il mio sacchetto col vino, esco dall'auto e lo seguo attraverso il cancello d'ingresso.

Apre la porta e mi fa entrare. «Benvenuta a Casa Alex», mi dice, mettendomi un braccio intorno alle spalle mentre accende la luce del corridoio.

Mi sento avvolgere da un calore delizioso, dall'odore di cucina e di casa, mentre lui mi aiuta a togliere il parka bagnato e poco elegante e lo appende con cura allo attaccapanni, come se fosse la cosa più preziosa di cui si sia mai occupato. Prende la mia borsa da lavoro.

«Non occorre», dico, tirandola istintivamente a me. Sembra un po' sorpreso e io mi scuso, spiegando che nella borsa c'è il mio portatile.

«Oh, ci sono tutti i tuoi segreti lì dentro?»

«No, mi dispiace. Mi comporto come se avessi il diamante più grande del mondo nascosto qui dentro. È solo l'istinto di tenerlo con me. Tutto è sul mio portatile, tutte le mie cose di lavoro.»

«Ah, qualsiasi cosa ti faccia sentire a tuo agio», sorride. «Se vuoi, puoi lasciarlo su questa mensola.»

«Grazie, lo lascio qui», dico. Sono proprio un'idiota a fare storie per un dannato portatile di lavoro.

Mi fa cenno di precederlo e attraversare il corridoio per andare in cucina, ma mi accorgo che non mi sta seguendo.

«Ehi, vieni?» dico.

«Solo un secondo», risponde. «Vai avanti tu.»

Proseguo, come mi suggerisce, ma mi volto discretamente e lo vedo frugare nelle tasche e tirare fuori una chiave. Senza rendersi conto che lo sto guardando, appoggia il viso contro lo stretto pannello di vetro della porta. Rimane così per qualche secondo, fissandolo. È assolutamente immobile, e lo sono anch'io, a pochi metri da lui in fondo al corridoio. Che cosa diavolo sta facendo? Mi sento leggermente spaventata e mi chiedo se sono stata stupida a venire qui. È stata una giornata abbastanza strana, dopo la consegna dei fiori e ora questo. Che diavolo sta facendo?

Dopo qualche secondo si allontana e penso che stia per voltarsi, così mi precipito in cucina e sparisco dalla sua vista. Poi sento che chiude la porta a chiave una volta e poi un clic mentre la chiude di nuovo.

7

Merda, sta chiudendo la porta a *doppia* mandata! Sta tenendo qualcuno fuori o me dentro? In ogni caso è inquietante.

Sono in piedi in cucina, ma mi sporgo leggermente per poterlo vedere in fondo al corridoio. E Alex sta di nuovo guardando attraverso il vetro! Sta aspettando qualcuno? Sta controllando che la via sia libera, cosa? Alla fine si allontana dalla porta e si dirige verso il corridoio per raggiungermi, mentre io faccio finta di ammirare i mobili grigio lucido.

«Una cucina stupenda», mormoro, mentre mi appoggio all'isola, sotto una fila ordinata di pentole e padelle appese al soffitto. È bella e sembra rinnovata di recente, ma faccio fatica a distogliere l'immagine di lui nel corridoio. Che cosa diavolo stava facendo?

Guardo la cucina mentre lui controlla il forno, è tutto molto raffinato e minimalista, senza disordine, senza calamite sul frigorifero, sarebbe abbastanza tranquillizzante se non fossi così disturbata dal suo strano comportamento in corridoio. Nella mia cucina sembra sia esplosa una bomba e il mio frigorifero ha così tante calamite che ogni volta che apro lo sportello ne cadono parecchie a terra. Probabilmente sono sessista, ma sono sorpresa di quanto sia ordinata e pulita e di quanta roba abbia in cucina per essere un uomo solo.

Non devo pensare troppo al fatto che abbia chiuso la porta e che abbia guardato attraverso il vetro - sono sicura che sia stato solo prudente. Per distrarmi dai miei pensieri, mi soffermo su un set di bellissime stoviglie, fatte a mano; mobili da cucina di grande tendenza, bellissimi; per non parlare di quegli alberi di alloro gemelli ai lati della bella porta d'ingresso dipinta di grigio. Non ho mai incontrato un uomo etero con un gusto così meraviglioso. Forse è più un riflesso degli uomini con cui sono uscita in precedenza, piuttosto che qualcosa che ha a che fare con la sessualità di Alex, ma devo chiederglielo, nel caso in cui mi sia sbagliata di grosso.

«Sei gay?»

Ride. «Non che io sappia.»

«Non pensavo, in effetti.» sorrido. «Ma è così... elegante, così ben arredato, così *pulito*.» Gli do le spalle mentre mi guardo intorno e mi volto per sentire la sua risposta, ma lui si limita a fissarmi, senza espressione.

Fa un passo verso di me. È così vicino che posso sentire il suo respiro sul mio viso, mentre mi prende delicatamente il polso con la mano. Ora siamo faccia a faccia, i suoi occhi sorridono nei miei, e io mi sciolgo. Ha un viso stupendo e, in piedi davanti a me con una camicia di jeans blu, si vede che fa sport. Se è possibile, sono ancora più attratta da lui di quanto pensassi, il mio cuore batte forte. Sono qui con un uomo bellissimo, nella sua bellissima casa, e sto cercando di non crollare su quelle che posso solo immaginare siano costosissime piastrelle di terracotta. Cerco disperatamente di pensare a qualcosa da dire. Ma la mia mente è vuota e lui continua a guardarmi negli occhi, con la bocca pericolosamente vicina alla mia. Vorrei che mi baciasse, ma potrei cadere.

«È una zona sicura?» mi viene da chiedere. So che sembra una cosa strana da dire a questo punto, ma non riesco a togliermi dalla testa la visione di lui che chiude la porta di casa. Prima di baciarci, devo sapere cosa stava facendo e se devo preoccuparmi.

Lui tira indietro la testa confuso per la mia completa inversione di rotta nella conversazione.

«Lo... chiedo solo perché... ci sono parecchie case disabitate qui intorno. C'è molta, ehm, criminalità?»

«No, non proprio.» Sembra un po' interdetto dalla mia domanda e mi guarda, come se stesse aspettando una spiegazione.

«Oh, è... Solo che mi chiedevo solo perché avessi chiuso la porta a doppia mandata. Non ti senti al sicuro qui?»

Esita per un attimo. «Sì, ho chiuso la porta a doppia mandata, vero? Forza dell'abitudine, suppongo.»

Annuisco vagamente, non sono sicura che abbia davvero risposto alla mia domanda.

«Voglio dire. Non si sa mai, e non c'è niente di male a stare più attenti.» aggiunge, con aria leggermente imbarazzata.

«Sì, hai ragione.»

Questo ha senso, più o meno. Ma sono un'idiota, mi sono messa in una situazione che sconsiglierei a qualsiasi assistito. Sono in casa di un uomo, siamo soli e non lo conosco. D'altra parte, sono forse paranoica? Mi ha preparato il gelato al pistacchio. I serial killer non fanno il gelato al pistacchio per le loro vittime. Vero? E sì, è solo un terzo appuntamento, ma mi sembra di conoscere Alex da molto più tempo. Sono una persona intuitiva. Sicuramente avrei già colto qualsiasi potenziale stranezza. È perfettamente normale. È assolutamente splendido. E ci sta versando del vino nella sua bella cucina lucida. Devo darmi una calmata.

«Spero solo che non stessi cercando di chiudermi dentro»,

mi sento dire con voce allegra nel tentativo di ottenere una spiegazione soddisfacente.

«Dio no, non sto cercando di chiuderti dentro. Le chiavi sono *qui*», dice, tastando la tasca. Ma non le tira fuori e non le appoggia di lato, cosa che mi farebbe sentire meglio. «Spero di non averti spaventata, è solo che mi piace essere al sicuro.»

«Per niente», mento. «Stavo scherzando. Gli avvocati *di solito* non sono serial killer, vero?»

«Non fino ad ora.» Sorride lentamente e per una frazione di secondo il mio cuore perde un battito, finché non inizia a ridere.

«Ok, *ora* mi stai spaventando», esclamo, dandogli un colpetto sul braccio per rimproverarlo con leggerezza.

«Mi dispiace averti preso in giro, hai ragione ad essere preoccupata, Hannah. Tu non mi conosci e siamo in questa casa da soli e, ehi, potrei essere... *chiunque*», dice in un modo esageratamente inquietante che mi fa sorridere e sgranare gli occhi.

«Sì? Beh, non sarà un bene per i tuoi affari se fai qualcosa di strano», rido. «E tutti i miei amici sanno dove sono», aggiungo, per sicurezza.

«E i miei amici sanno dove sono e *con* chi.» ride. «E alcuni di loro sono poliziotti, quindi se hai qualche piano omicida, Hannah Weston, ripensaci.»

Spinge un bicchiere di vino verso di me e io rido, un po' troppo istericamente, mentre mi rendo conto che i miei amici al lavoro sanno che sono con lui, ma non conoscono il suo indirizzo e nemmeno il suo cognome. Se domani non mi presentassi in ufficio, nessuno verrebbe immediatamente a cercarmi, potrebbero pensare che stia facendo una visita a domicilio. Potrebbero accorgersi della mia assenza solo a metà mattina. Jas è sempre così impegnata, Harry non se ne accorgerebbe nemmeno e Sameera è troppo ossessionata dal suo matrimonio per chiedersi se la sua collega non stia per essere protagonista di un vero e proprio giallo. Quindi, se Alex si rivelasse essere un serial killer, il prossimo Ted Bundy, probabilmente sarei spacciata. Bevo un bel sorso di vino, e il rosso caldo che mi arriva in gola mi calma un po'.

Sta controllando il forno, quindi bevo un altro sorso e mando rapidamente un messaggio a Jas con il suo cognome e l'indirizzo, spiegando che è puramente precauzionale, in modo che lei non pensi che sia un grido d'aiuto, poi metto il telefono in silenzioso. Non voglio sembrare scortese, come se stessi conversando con qualcun altro mentre lui cucina una cena romantica. Non c'è nulla di cui preoccuparsi, sono solo confusa. Sono un po' nervosa a causa delle rose, del biglietto e del fatto che Tom è ancora latitante. Ma forse c'è dell'altro. Forse è il lavoro. L'essere stata esposta al peggiore dei comportamenti umani giorno dopo giorno, è inevitabile che lasci un segno. Come mi avverte sempre Jas, quello che facciamo può insinuarsi nella nostra vita personale e minacciare di trasformare ogni situazione in una crisi, quando in realtà non lo è.

Alex apre il frigorifero per tirare fuori un po' di verdure per l'insalata e noto che c'è ben poco, il che si adatta meglio al mio stereotipo maschile piuttosto che i suoi alberi di alloro e le stoviglie blu. Si concentra su quello che sta facendo, tagliando un peperone, ma non sorride più. Spero di non aver rovinato l'atmosfera e di non aver creato imbarazzo tra noi.

«Mi dispiace», dico.

«Perché?» alza lo sguardo dal peperone.

«Per aver messo in discussione le tue disposizioni di sicurezza domestica.» cerco di dirlo con una voce divertente, ma lui non sorride.

«Te l'ho detto, *va bene* così. Ora, altro vino o preferisci una tazza di tè?» È in piedi accanto all'isola della cucina, con una bottiglia di rosso in una mano e l'altra che indica una teiera piuttosto elegante.

«Vino, se non ti dispiace», dico, indicando il mio bicchiere mezzo vuoto mentre lui solleva la bottiglia per riempirlo. Guardo il liquido rosso sangue uscire dalla bottiglia e decido di andarci piano con l'alcol. Sono sicura che va tutto bene, ma non voglio rendermi più vulnerabile di quanto non lo sia già. D'altra parte, mi ha offerto il tè come alternativa, il che è vagamente confortante.

«Posso facilmente sciogliere un po' di sonnifero nel tè, a te la scelta», dice, come se mi leggesse nel pensiero. «Cosa?»

Mi guarda con occhi sorridenti e so che mi sta prendendo in giro di nuovo.

«Scusa, non sono abituata a questo... Qualcuno che cucina per me, che è gentile e attento, sto cercando il rovescio della medaglia. Ne hai uno?»

«Un lato negativo? No. In realtà sono perfetto», dice, versandosi subito un bicchiere.

«Salute... e grazie», dico.

«Per cosa?»

«Per essere stato gentile, per avermi invitata a casa - per non esserti arrabbiato perché mi sono persa per strada e poi ho iniziato ad interrogarti sulla chiusura della tua porta di casa.»

«E un posto difficile da trovare e una domanda perfettamente ragionevole.»

All'improvviso noto la borsa della spesa sul pavimento vicino ai miei piedi. «Ho qualcosa», dico, e tiro fuori la bottiglia di vino. Mi allungo per appoggiarla sull'isola della cucina, ma maldestramente tocco il bicchiere con la bottiglia e lo faccio cadere. Il vetro e il vino rosso vanno dappertutto. Sono mortificata.

Lo sento dire «Merda!» sottovoce e vorrei morire.

«Mi dispiace *tanto*.» Afferro uno strofinaccio blu piuttosto bello, fin troppo bello per pulire il liquido versato, ma ci provo, strofinando freneticamente e cercando di raccogliere i frammenti di vetro dal piano di lavoro.

«Basta, basta. È tutto a posto», dice gentilmente, avvicinandosi al disastro con paletta e scopa. «Spostati di lì e lascia che me ne occupi io.» mi prende il braccio e mi manovra delicatamente spostandomi di lato.

Non so davvero che cosa dire. Vorrei che facesse una battuta, ma non la fa; il lavoro di raccolta e di pulizia continua per un po' in silenzio, mentre io rimango in disparte. Pulisce con cura il pavimento, poi raccoglie ogni piccolo frammento rimasto tra l'indice e il pollice, prima di pulire il bancone e dare un'ultima passata al pavimento. Alla fine, quando ha eliminato ogni scheggia di vetro e ogni goccia di vino rosso, alza lo sguardo e sorride. «Ecco fatto.» Si sposta al lavandino per lavarsi le mani. Io rimango lì impotente, come un bambino.

«Mi dispiace, di solito non sono così. Scommetto che il bicchiere era costoso, te ne comprerò un altro, fammi sapere dove...»

Mi dà le spalle al lavandino e alza la mano in segno di "non importa".

«Mi dispiace tanto», ripeto.

Si gira. «Hannah, per favore, non continuare a dire che ti dispiace, è solo un bicchiere - tutto qui.»

Faccio una smorfia di dolore. «Ma era un *bellissimo* bicchiere; doveva essere costoso.»

Alex scrolla le spalle e, prendendo un altro grazioso strofinaccio, si pulisce le mani e prende la bottiglia di vino che ho portato, con la quale ho appena causato tutti quei danni.

«Buono», mormora.

«Sì. So che ti piace il Merlot, beh, piace a entrambi.»

La tiene in mano per un po' e legge l'etichetta, mentre io me ne sto lì a chiedermi cosa fare. Mi chiedo se ne valga davvero la pena. Una relazione vale tutta l'incertezza, la follia dell'inizio, il fare, il non fare, il voglio o non voglio? Sarò abbastanza brava?

«Non posso mentire, sono un po' nervosa», mi sento dire nel silenzio.

«Lo so, anch'io. I primi appuntamenti sono sempre un po'

snervanti. Ma io, questo...» fa una pausa e indica me e lui. «Mi sembra giusto.»

Provo una sensazione di sollievo: gli piaccio, e lui mi piace, dobbiamo solo superare questi primi appuntamenti imbarazzanti poi sono sicura che inizierà a succedere qualcosa di bello.

All'improvviso allunga la mano oltre le mie gambe e prende il sacchetto che conteneva il vino, poi si accorge che c'è qualcosa dentro. «Scusa, pensavo fosse vuoto, stavo per buttarlo via.»

Me lo porge. Glielo prendo e appoggio il sacchetto su una sedia vicina. «Sono solo delle caramelle per una persona con cui lavoro.»

«Oh, è il suo compleanno?» Si avvicina al forno e controlla attraverso il vetro.

«No, no, è un ringraziamento - per il mio amico Harry.»

«Oh sì, l'hai già nominato prima.» Non si gira.

«Sì, la sua ragazza, lavora al bar vicino al mio ufficio. Conosci la caffetteria Brilliant Bakes?»

«Sì, credo di sapere qual è.» Alex torna verso di me in piedi contro l'isola della cucina, tenendo entrambi i bicchieri in mano, come se fossimo al bar.

«Beh, Harry mi porta i croissant alle mandorle avanzati dalla caffetteria, sono i miei preferiti, è un po' un gioco costante. Gli ho preso una confezione di Smarties, perché non vuole soldi da me», aggiungo.

«È gentile da parte tua», dice, e sento la sua mano sulla mia, che accarezza lentamente ogni dito, uno per uno. Mi piace.

«Harry ama gli Smarties...» la mia voce si affievolisce, desidero che mi baci.

Il viso di Alex è ora vicino al mio, il suo respiro è caldo sulle mie labbra. Stiamo per baciarci quando lui si scosta leggermente. «Stai attenta, Hannah. Se una bella donna mi comprasse dei dolci, potrei pensare di avere una possibilità.» Mi lascia per tornare al forno e mi sorprendo di quanto lo desideri di nuovo qui accanto a me.

«Innanzitutto, non sono bella...»

«Lo sei.» Mi dà le spalle mentre apre lo sportello del forno.

«E Harry non è così. È molto giovane e un po' fastidioso, a dire il vero. Siamo amici, ci facciamo due risate, ma ha dieci anni meno di me. *Ed* è follemente innamorato di Gemma.»

«Non riesco a immaginare nemmeno per un minuto che sia bella come te, però.» sospira. «E che cosa sono dieci anni di differenza?»

Rido, lusingata. «E molto carina... e dieci anni sono un intero decennio.»

Bevo un altro sorso di vino, sentendomi come una sedicenne al primo appuntamento. «È bello stare qui. È molto meglio che in un bar o in un ristorante con la gente intorno», dico, sentendomi più a mio agio ora.

«Vero? Credo che si possa capire molto di una persona dallo spazio in cui vive. Ti ho chiesto di venire qui perché voglio che tu conosca il vero me. E anch'io voglio conoscere te.»

«Non sono proprio sicura che tu sia pronto per il mio appartamento - è un po' troppo piccolo rispetto a questo», ammetto. «Spero che non dica *troppo* di me. Sarei inorridita se lo facesse.»

Ride. «Credo di conoscerti senza aver visto dove vivi. Ma mi *piacerebbe* vedere casa tua. Voglio vedere dove mangi, dove ti rilassi, dove dormi. Voglio sapere *tutto* di te. Ma capisco che ci si possa sentire vulnerabili a far entrare qualcuno a casa propria.»

«Esattamente», dico. I nostri occhi si incontrano e so che proviamo la stessa cosa, che entrambi stiamo cercando qualcosa, qualcuno che non siamo mai riusciti a trovare. Ed entrambi speriamo che sia così.

«La mia paura più grande è che tu possa essere intimidita dalla mia inestimabile collezione d'arte», dice, indicando i quadri incorniciati e appesi con gusto sulla parete.

«Senza prezzo?» sussulto.

«Originali.»

«Oh wow.»

«Quando dico *"originali"*, intendo originali Ikea», aggiunge con un sorriso.

Rido, sentendomi un po' sciocca. Devo capire meglio quando scherza e quando è serio. Ma il suo umorismo mi mette a mio agio, la sua casa è calda e accogliente e finalmente comincio a rilassarmi.

«La cena sarà pronta tra dieci minuti», dice e suggerisce di andare in salotto. È pieno di librerie e ci sono molte foto in cornici diverse appese a una parete, tutte raggruppate insieme; un look che ho tentato qualche tempo fa, ma che ha finito per sembrare un pasticcio. Alex ha sicuramente un occhio di riguardo per i dettagli.

«Sono foto di famiglia?» chiedo domandandomi se qualcuna delle sue precedenti fidanzate è finita sul muro della notorietà.

«Sì.»

«Non vedo nessuna foto di *te*», dico, scrutando la parete.

«Odio farmi fotografare», dice con disprezzo, facendomi cenno di allontanarmi dalle foto e di dirigermi verso un divano di velluto verde mare scuro.

Mi siedo e penso alle poltrone malandate del mio appartamento trasandato e fuori moda e tremo al pensiero di doverlo invitare a casa mia. Come ha detto lui, si può capire molto di una persona dall'ambiente in cui vive.

Sorseggio il vino e sento che mi rilasso sempre più quando lui mi raggiunge sul divano. La sua coscia è contro la mia, le nostre spalle si toccano. Inclina la testa mentre parla di qualcosa che è successo oggi in tribunale e io sento la sua vicinanza. Rido per qualcosa che dice, non sono nemmeno sicura che volesse essere divertente, ma lui sorride e io mi sento benissimo. Poi, con delicatezza, mi prende il bicchiere di vino dalla mano e lo posa sul tavolino di fronte a noi, e si china verso di me.

Credo che il mio cuore si fermi quando inizia a baciarmi dolcemente sulla bocca. Ogni terminazione nervosa formicola, ogni parte di me viene toccata da questo bacio, e ogni piccolo filo di ansia, ogni sfumatura di dubbio scompare, diventando vapore e danzando nell'aria calda e odorosa di aglio. Ho dimenticato Tom e le rose, il modo in cui Alex ha sbirciato dalla porta d'ingresso e gli avvertimenti di Jas di non cadere troppo in fretta. E anche se me lo ricordassi, sarebbe troppo tardi ora, sono innamorata e al punto di non ritorno.

8

Qui, con Alex, sono in un mondo diverso e tutto mi fa stare così bene - è quella sensazione dolce e calda che si prova quando l'alcol o la droga fanno effetto. È selvaggio e inebriante. Vorrei baciarlo per tutta la notte e non lasciare mai questo splendido e morbidissimo divano.

Alla fine smettiamo di baciarci e, nel silenzio un po' imbarazzante del dopo bacio, gli chiedo della sua giornata e lui mi parla di un caso a cui sta lavorando.

«Questo ragazzo è un senzatetto ed è stato accusato di aver accoltellato il suo amico. Ma credo con tutto il cuore che sia accusato di un crimine che non ha commesso. Ero l'avvocato di turno la sera in cui è stato portato in centrale e ho capito subito che non era in grado di compiere un atto così violento.» Continua a spiegare in modo più dettagliato e mi lascia senza fiato la sua premura, la sua passione per ciò che fa. «È per questo che ho intrapreso la professione legale», dice. «Voglio aiutare le persone che non possono aiutarsi da sole.»

Capisco perfettamente il suo punto di vista. «Mi sento allo stesso modo nel mio lavoro», dico, ma guardando questa bella casa, credo che lui venga pagato molto di più.

«A volte rimango scioccato da ciò che certe persone devono passare e da come ognuno di noi possa trovarsi in una situazione disperata come quella di queste povere anime. Il genitore sbagliato, l'abbandono, la povertà... tutti noi siamo a un passo dall'abbandono o dall'abuso», dice.

Sono d'accordo e mi chiedo se forse sta parlando per esperienza personale, ma so che è troppo presto per chiederlo. Devo aspettare finché non mi darà spontaneamente queste informazioni.

«Lavorare con persone come queste, rendermi conto di quanto siano difficili alcune vite, mi turba», dico. «Non mi fido facilmente, sono sospettosa delle persone e vedo tutto molto più oscuro, più minaccioso di quello che forse è. L'altro giorno ero da Tesco e una donna stava sgridando il figlio; ho dovuto resistere alla tentazione di andare da lei e dirle di smettere. L'ho persino seguita fuori dal negozio, a distanza, e l'ho osservata mentre usciva in strada; ero così preoccupata per il bambino. Ma quando sono arrivati alla fermata dell'autobus, la donna ha preso una banana dalla sua borsa e gliel'ha data. Mi sono avvicinata, ho fatto finta di aspettare l'autobus e mi sono sentita così sollevata quando ho sentito la donna parlare dolcemente al bambino. Quello che voglio dire, credo, è che, a causa di quello che faccio e delle cose che devo affrontare ogni giorno, la mia mente va lì, che io lo voglia o no.»

Alex non dice nulla e io smetto di parlare, pensando che sia annoiato o che, peggio ancora, pensi che io sia pazza a seguire gli sconosciuti che vedo al supermercato. Ma poi vedo dall'espressione del suo viso che tace perché sta valutando quello che dico e ascolta con attenzione, non mi parla sopra con la sua storia, con le sue teorie.

«Probabilmente sembro un po' fuori di testa a seguire una donna sconosciuta in giro per la città», dico.

«No, mi sembri gentile, premurosa e adorabile.» Mi abbraccia. «Vorrei solo che ci fosse stata una persona come te quando ero piccolo.»

«Oh?» dico, sperando che si apra, chiedendomi se c'è qualcosa di difficile nel suo passato. Ma forse per lui è troppo presto per condividere.

«Io... non sono mai riuscito a fare nulla di buono per i miei genitori. Mio padre mi diceva sempre che ero un perdente.» Sospira e vedo dolore nei suoi occhi.

«Oddio, Alex, è terribile.» Sono scioccata nel sentirglielo dire, anche se affronto queste situazioni quasi tutti i giorni con i miei assistiti. Il mio cuore si stringe ancora di più a lui, rendendomi conto che, come tutti, è vulnerabile, fragile.

«Ormai l'ho superato. Non sono più in contatto con i miei genitori. Ogni volta che andavo a trovarli, odiavo vedere la delusione nei loro occhi.»

«Come possono essere delusi da te? Hai fatto così bene, una splendida carriera, una bella casa...»

«Come ho detto, non sono mai riuscito a fare nulla di buono», dice con disprezzo. È chiaro che non vuole continuare la conversazione e cambia argomento. «Allora, che mi dici di te? I tuoi genitori sono orgogliosi? Hanno foto di te con il cappello e la toga nel soggiorno?»

«Non esattamente. Sono entrambi morti», dico. «Non parliamo del passato, lasciamolo per un altro giorno.»

«Mi dispiace tanto.» sorride tristemente. «Sì, assolutamente, lasciamo il passato al suo posto per ora. Allora, com'è andata la giornata?»

Il fatto che si parli di oggi mi fa scattare la molla. Quasi rabbrividisco al pensiero delle rose bianche, del biglietto crudele. Quando si è figli adottivi, si impara a non fidarsi delle persone. I tutori adulti possono nascondere molte cose dietro un sorriso. La maggior parte di loro era buona, ma alcuni erano piuttosto crudeli, e più di una volta sono stata scioccata da un'improvvisa irascibilità, da uno schiaffo pungente, da un'osservazione scortese. Anche se non ti hanno mai più dato uno schiaffo o avuto un'altra reazione, la minaccia è rimasta nell'aria come una nuvola scura che ti porti dietro fino all'età adulta. Ricevere quelle belle rose e scoprire un messaggio orribile nascosto al loro interno è stato come lo schiaffo pungente dell'infanzia, l'osservazione sgradevole quando meno te l'aspetti. Proprio quando tutto sembra andare bene, ecco la minaccia, sempre presente, di perdere tutto.

Decido di non dire ad Alex delle rose. È troppo presto e la serata è stata troppo bella per rovinare tutto con l'idea di avere un ex vendicativo in agguato dietro l'angolo. Quindi rimango su un terreno sicuro e parlo del mio lavoro.

«La mia giornata è stata impegnativa e frustrante. Con gli adolescenti con cui ho a che fare può essere difficile comunicare, soprattutto con i ragazzi maltrattati e trascurati, e non è sempre facile aiutarli.»

Annuisce, ascoltando con attenzione le mie parole.

«Spesso mi chiedo per quanto tempo riuscirò ad andare avanti, e proprio quando sto per arrendermi c'è una svolta e succede qualcosa di bello», dico. «Alla fine riesco a salvare un bambino da una famiglia violenta, un adolescente esce dall'assistenza e si trasferisce in un appartamento proprio e con un lavoro, e allora, e solo allora, sento che ne è valsa la pena di passare tutte quelle notti insonni. Harry dice sempre che li osservo come un genitore che guarda il suo bambino di un anno muovere i primi passi.»

«Harry ci sa fare con le parole», dice. C'è un filo di ironia nella sua voce, è un po' geloso di Harry? Se è così, è esilarante, perché non appena lo conoscerà si renderà conto che per lui è la persona meno minacciosa e quella per cui preoccuparsi meno.

«La lezione più difficile che ho dovuto imparare è che alcune persone non vogliono essere salvate», dico, tornando all'argomento.

«Già. E questo fa male.» Sospira. «La gente prende le cose

nel modo sbagliato, pensa che tu stia esagerando, quando tutto ciò che vuoi fare è sistemare le cose. Cioè, non fai altro che chiedere loro di comportarsi in un certo modo - lo fai solo per *loro*, ma non riescono a capirlo.»

«Intendi dire con i clienti?» chiedo, incerta su quello che sta dicendo.

«Sì... Forse a volte do troppo e, sì, probabilmente chiedo anche troppo. Ma è per loro, sempre per loro.»

Sento la sua passione, la sua attenzione e mi riconosco in lui. Ma non sono del tutto sicura che stia parlando del suo lavoro.

«Do molto - ma mi aspetto molto», aggiunge.

«Non c'è niente di male in questo.»

«Mmm, ma spesso rimango deluso.»

Mi chiedo ancora una volta se stia parlando delle persone che difende o di qualcosa di più vicino a noi. Anche Alex è stato deluso dall'amore? Ha avuto il cuore spezzato?

«Da quanto tempo sei single?» chiedo.

«Da circa dodici mesi.»

«Un anno è un periodo lungo per una persona come te per essere single», dico con civetteria mentre bevo un sorso di vino. È proprio un buon partito, non riesco a credere che non sia stato accalappiato da qualcun'altra. Attraverso la porta lancio un'occhiata alla cucina lucida. «Alcune donne uscirebbero con te solo per quella cucina», mormoro, scherzando solo a metà.

Sorride. «Oh no, mi vuoi solo per gli elettrodomestici e il piano di lavoro?»

Annuisco. «Accidenti, sono così ovvia? Hai una bella cucina, Alex.» Faccio finta di sospirare con desiderio e lui ride.

«È un complimento, credo. Forse è qui che ho sbagliato nelle mie relazioni passate. Avrei dovuto prima sedurle con la mia cucina», scuote la testa in modo teatrale.

«Sì, potrebbe essere. Oppure, come me, hai scelto quelli sbagliati», dico, aprendo leggermente la conversazione.

Fa spallucce e mi chiedo quale sia la storia con la sua ultima ex. Ma non ho la possibilità di scoprirlo perché si allontana rapidamente da quella che sembra essere una zona di pericolo.

«Non manca molto alla cena. Sto preparando una ricetta mediorientale che mi ha consigliato un collega», dice con tono vivace. «È deliziosa, l'ho già fatta in passato - ma richiede un po' più di tempo di quanto avrei voluto.»

«Ha un profumo meraviglioso», dico, e siccome sono abituata ad avere conversazioni difficili con gli assistiti, insisto per avere più informazioni sulla sua ex. «Quindi, sei stato single per un anno intero?» Lancio un'occhiata discreta alla parete piena di foto, sperando di trovare una sua foto.

Alex abbassa la testa annuendo, lentamente. «Sì.»

«È... laggiù sul muro?», chiedo, piuttosto maldestramente.

Guarda il muro, poi distoglie lo sguardo. «No, no, ho tolto le sue foto. Non potevo sopportare di continuare a vederla.»

Il mio cuore perde un battito e mi chiedo se l'abbia davvero dimenticata.

«Deve aver significato molto per te», incalzo.

«Sì, l'ha fatto. Da allora non sono stato con nessun'altra. Non ero pronto... fino ad ora.» alza la testa e mi guarda dritto negli occhi. Mi viene la pelle d'oca - in senso positivo.

«Perché vi siete lasciati?» chiedo.

Ora guarda lontano e non risponde subito. «Perché ci si lascia? Ci eravamo allontanati, lei non voleva più le stesse cose.» Si gira verso di me e il suo volto è pieno di dolore. «È stata lei a chiudere.»

«Mi spiace. Non sentirti obbligato a parlarne se per te è troppo...» mi interrompo, sentendomi in colpa per aver sollevato la questione. È chiaro che è ancora piuttosto doloroso, anche dopo tutto questo tempo.

«No, no, va bene.» Ma scuote la testa, non è così. «Ha solo detto che non mi amava più. Ero felice, pensando che fosse fantastico, e poi - boom - è finita. *Tutto* sparito, in pochi secondi.»

Penso a come deve essersi sentito Tom quando ho chiuso con lui, sento una pugnalata di tristezza e di colpa, e tocco il braccio di Alex per confortarlo.

«Sembra dura.» Sospiro, sperando che Tom trovi qualcuno che guarisca le sue ferite, come spero stia succedendo ad Alex.

«Oh, le persone passano di peggio. Mi hanno detto che prendo le cose troppo sul serio. Sono sempre io quello che si fa male», aggiunge tristemente.

Accarezzo di nuovo il braccio in un gesto di conforto e lui lo riconosce con un lento sorriso.

«Comunque, sto andando avanti. Ci sono già passato, sono abituato a dire addio. Ho perso mia madre quando avevo nove anni. Dopo di lei, niente può più toccarti.»

«Mi dispiace tanto.» Non mi aspettavo che si aprisse così tanto. Anch'io ho perso mia madre quando ero giovane, ma non è il caso di parlarne ora, è il turno di Alex di raccontare la sua storia. «Non sapevo che tua madre fosse morta, mi dispiace. Quando hai detto che non eri in contatto con i tuoi genitori, ho pensato...»

«Sì. Mio padre è ancora vivo, si è risposato. Non sono in contatto con *loro*.»

«Ah, non è facile, soprattutto per un bambino piccolo», dico. Sono abituata a gestire l'impatto delle matrigne o dei patrigni nella vita di alcuni dei miei assistiti e so quanto possano essere difficili e dannosi questi rapporti.

«Mi aspetto che alla fine tutti mi lascino. E quando la mia ultima relazione... è finita, è stato difficile accettarlo. Mi ci è voluto fino ad ora... odio gli addii.»

«Posso capirlo», dico con dolcezza.

«E andata via, ha lasciato le sue cose... alcuni dei suoi vestiti sono ancora negli armadi, aveva così tanta voglia di andare che non ha nemmeno fatto la valigia.»

Sospiro, il suo dolore è tangibile.

«Quando se n'è andata, non ho perso solo *lei*, ma anche tutto il resto, tutti i progetti che avevamo fatto, il matrimonio, i figli, persino le vacanze. Nel momento in cui se n'è andata, si è presa tutto il mio futuro. Capisci?»

Annuisco, rendendomi conto che si trattava ovviamente di una relazione a lungo termine, una cosa importante, ma non riesco a capire *che cosa stia dicendo. Non so come ci si senta* in realtà, perché io e Tom non abbiamo mai fatto progetti, non abbiamo mai condiviso un domani, quindi il mio futuro è rimasto intatto. Ma vedendo il modo in cui gli occhi di Alex si riempiono di lacrime mentre ricorda il suo dolore, non posso fare a meno di provare un forte brivido di gelosia per una donna che non ho mai incontrato.

Fa una risata senza senso. «Passo dal dolore alla rabbia quando penso a lei e... a quello che mi ha fatto.» Cambia posizione sulla sedia. «Mi è sembrato di intravederla l'altro giorno. Camminavo per Worcester e credo di averla vista entrare in un negozio di abbigliamento. E tutti quei sentimenti, il dolore... sono tornati a galla. Insomma, sì l'ho superata», aggiunge, guardandomi per rassicurarmi, «ma non è facile.»

«Oh, quindi vive ancora qui, a Worcester?»

«È andata via per un po', ma ho saputo che è tornata.»

Il mio cuore sussulta un attimo alla prospettiva che si incontrino e che lui si innamori di nuovo di lei. O lei di lui?

Restiamo seduti per un po', entrambi in silenzio. Mi chiedo cosa stia pensando e, visto quanto l'ultima rottura sembra essere stata brutale per lui, mi chiedo anche se sia pronto a voltare pagina.

«Ok, sono le 21 passate», dice, guardando l'orologio. «Mi dispiace, si è fatto veramente tardi. La cena è in ritardo e probabilmente si è bruciata.» Si alza e mi tende la mano.

«Sono sicura che andrà bene. Ho fame», dico e, prendendo

la sua mano, mi alzo anch'io. Mentre ci dirigiamo verso la cucina, gli dico che devo andare in bagno.

«Sali le scale, la seconda porta a destra», dice, tornando in cucina.

Corro su per le scale, una parte di me riscaldata dal vino e dal piacere, mentre l'altra si interroga un po' sul significato di tutto questo e sulla domanda più spaventosa, è ancora innamorato della sua ex?

Aprendo la porta del bagno, vengo calmata dalla debole luce e sono nuovamente impressionata dall'occhio di Alex per il design. Le pareti sono in pietra filigranata grigia e blu, e due modernissimi mobiletti in legno di mogano scuro sono affiancati uno all'altro. Ci sono due lavandini e noto con un senso di speranza che la doccia è abbastanza grande per due persone. Diversi grandi flaconi di costoso gel doccia sono su un ripiano e anche gli asciugamani sono coordinati. Arrotolati come l'interno di un bocciolo di rosa, sono disposti dentro degli scaffali quadrati sulla parete. Proprio come le stanze al piano inferiore, anche questa è stata pensata e realizzata in modo meticoloso.

Pensavo davvero che la sua casa sarebbe stata un appartamento da scapolo disordinato e fatiscente, ma non è così. Niente è fuori posto, nessun calzino sporco sul pavimento, nessun cestino del bagno traboccante, la doccia è splendente, così come tutte le belle superfici.

Mi avvicino ai due mobiletti. In cima c'è una selezione di flaconi marroni scuri. Prendo quello del profumo, Cuiron di Helmut Lang. Sembra costoso, sofisticato. Spruzzo l'aria e, mentre si deposita intorno a me, l'odore diventa vagamente familiare, è Alex. Ricordo di essermi sciolta in quel primo bacio sulla soglia di casa, un'inebriante infusione di pino e cuoio invecchiato. C'era qualcos'altro, però, e ora riesco a identificarlo, un ricco aroma di fumo, segreto che si snoda in una foresta di pini. Luci e ombre, rivelazioni e segreti.

Alzo lo sguardo verso l'enorme soffione della doccia, immaginando noi due insieme sotto i getti d'acqua calda, l'odore di pino e di sudore, poi, con un brivido, vedo *lei* con lui sotto la doccia. Una donna senza volto e senza nome, il suo corpo perfetto intrecciato al suo. Sfioro con la punta delle dita gli asciugamani morbidi e soffici e li immagino avvolti insieme in una nuvola del colore del Pacifico. Sono stordita dalla gelosia e dal desiderio. Desiderio per lui, per noi, per questa vita insieme, qui. Non sono nemmeno proprietaria di casa mia, la mia macchina ha cento anni e, se devo essere sincera, non avevo mai considerato il colore di un muro prima d'ora. Ma ora c'è quest'uomo, che ha quel tipo di sorriso che mi fa dimenticare il lavoro, le ordinanze del tribunale, la tutela e gli adolescenti senzatetto. Ecco qualcuno con cui posso fuggire, che mi porta via da tutto con bellissimi asciugamani, grandi docce calde e un profumo che arriva dal paradiso.

Mi sposto verso il lavabo e mi lavo le mani con il sapone liquido profumato di paradiso. Ma non posso evitare di vedermi allo specchio. Dio, mi ero dimenticata di essere arrivata qui di corsa, di non essermi cambiata e di non essermi rifatta il trucco. Come ha fatto a guardare questa faccia per più di un'ora? In mezzo a tutto questo minimalismo e a questa pietra levigata, ho l'aria di non appartenere a nessuno. Eppure, sotto il dubbio, c'è un barlume di speranza, con una persona come Alex nella mia vita, *potrei* avere e realizzare tutto ciò che desidero. Dopo una vita passata a essere la seconda scelta, non proprio la migliore, è questa la persona che potrebbe finalmente farmi sentire la numero uno?

Nella speranza di trovare qualcosa con cui pettinarmi, apro l'armadietto del bagno sotto il lavandino. Dentro c'è il solito armamentario da bagno: cerotti, paracetamolo, una confezione di crema idratante... ma niente di semplice come un pettine, e nemmeno un po' di balsamo per le labbra per addolcire il look da incidente stradale di questa sera.

Chiudo l'anta dell'armadietto e noto una borsa nera da

toeletta da una parte, che se ne sta lì, non fuori posto, al suo posto. Chiusa con la zip. Penso di aprirla ma mi dico che non devo farlo. Ho un disperato bisogno di un pettine, ma non dovrei guardarci dentro, mi sembra troppo intimo, come aprire il diario di qualcuno. Mi sforzo per tre secondi e poi la apro. Rovistando, non vedo un pettine, ma vedo di più di Alex. Il suo spazzolino da denti è un insolito guscio di tartaruga, il dentifricio è costoso, non come i miei prodotti economici da supermercato. Guardo con più attenzione: pinzette, tagliaunghie, tanti strumenti per la toelette. Ma niente pettine.

Comincio a vergognarmi un po' per aver rovistato tra le cose personali di quest'uomo, ma devo essere assolutamente sicura che non ci sia un pettine. Comunque, che male c'è a sapere che tipo di dentifricio usa? Sto solo imparando a conoscerlo di più.

All'improvviso, le mie dita si posano su qualcosa di piatto, nascosto in fondo alla borsa; lo tiro fuori con due dita. All'inizio riesco a malapena a distinguere, ma lentamente mi rendo conto di che cosa si tratta. È una fotografia consumata di una donna, ma il suo volto è attraversato da un segno furioso di penna. Come se qualcuno avesse voluto cancellarlo.

9

Non capisco la foto che ho in mano. Il segno della penna corre in diagonale, e con rabbia, sul volto di una donna. Ha circa trent'anni, più o meno la mia età. I lunghi capelli biondi le ricadono sulle spalle nude e abbronzate, indossa un top con le spalline e un cappello di paglia. Sembra lo scatto di una vacanza. La donna ride e alza la mano verso la macchina fotografica come per dire "basta".

Sono scioccata. Stasera ho imparato che se frughi bene nel bagno di qualcuno, hai buone probabilità di trovare qualcosa di inquietante. E questo è piuttosto inquietante. Probabilmente è l'ex di Alex, il che avrebbe senso. Sono sicura che se qualcuno rovistasse a casa mia troverebbe una foto di Tom, anche se la maggior parte sono sul mio telefono; non sono mai riuscita a cancellarle. Ma questa foto è usurata, è stata ovviamente guardata troppe volte, ed è nascosta nella sua borsa da bagno. La tiene in un posto sicuro, in modo da poterla ritrovare facilmente. Ma perché è stata attraversata in pieno viso con la penna, come tagliata con un coltello?

Mi guardo nuovamente allo specchio, con la foto in mano, e mi chiedo ancora una volta se sono pronta per tutto questo. Che lo sia o meno, sono stata quassù abbastanza a lungo, non posso più indugiare.

Torno al piano di sotto con una sensazione di incertezza, ma vagamente confortata dall'odore delizioso che proviene dalla cucina. Sto morendo di fame, non ho quasi mangiato per tutto il giorno. Che importa se ha tracciato una linea attraverso la foto della sua ex? Ha ammesso di essere stato sconvolto; probabilmente l'ha fatto quando lei se n'è andata per la prima volta, quando era arrabbiato. Tom ha fatto molto di peggio e non mi sorprenderebbe se avesse una foto, anzi parecchie foto, di me "scarabocchiate" come questa. Ammettiamolo, le persone più miti hanno la capacità di infuriarsi quando qualcuno che amano se ne va. Probabilmente si è trattato di uno scatto d'ira momentaneo, e lui ha nascosto la foto nella borsa del bagno perché si vergogna di quello che le aveva fatto, ma non può sopportare di buttarla via.

Mi stampo un sorriso sulla faccia e vado in cucina, dove Alex mi fa accomodare al tavolo. La tavola è stata preparata in modo splendido, con un vaso di foglie autunnali e fiori di lanterna cinese di colore arancione brillante, un contrasto sorprendente con i grigi e i blu della cucina. È difficile credere che la stessa persona che ha creato questa apparecchiatura abbia anche passato una penna sul volto della sua ex fidanzata su una foto.

Cerco di togliermi l'immagine dalla mente e, toccando i fiori di carta arancione brillante, chiedo «Li hai sistemati mentre ero in in bagno?»

Ride. «No, li ho comprati dal fioraio ieri, quando pensavo che saresti venuta. Ma quando non ce l'hai fatta, li ho tenuti nel ripostiglio, sperando che durassero fino a oggi.»

Mi commuovo per la sua premura e allontano l'immagine del volto ridente della donna, dell'inchiostro che squarcia la foto. Ora che lo conosco, vedo che mette tutto se stesso in quello che fa, e anche per una cena romantica infrasettimanale, si preoccupa dei fiori sul tavolo. Ok, odia la sua ex, posso accettarlo. Posso aiutarlo ad andare avanti, a lasciarsi alle spalle rabbia e risentimento. In questo momento, voglio solo vivere qui con lui, in questa bella bolla odorosa di aglio e stoviglie di terracotta. Potrei essere felice qui - felice e al sicuro. Sarebbe una vera casa.

Apre il forno. Colpito dal calore, fa un salto indietro e mi chiedo quanto spesso cucini davvero. Ma presto porta in tavola le pietanze fumanti e, posandole con cura, incrocia il mio sguardo; entrambi sorridiamo affettuosamente. Vorrei chiedergli se la donna della foto è la sua ex. Vorrei sapere quando ha cercato di cancellarla e se l'ha veramente superata come dice. Vorrei anche chiedergli se si immagina di poter amare un'altra donna. Come me. Ma invece di queste grandi e importanti domande, parlo di niente di veramente importante.

«Sembra delizioso», dico, e chiedo se posso aiutarlo, ma non ne vuole sapere.

Quando alla fine si siede, tutto ciò che sembra interessargli è che mi stia godendo il cibo, che abbia vino e acqua e che sia felice. Noto che la sua fronte è imperlata di sudore e capisco dalla sua espressione quando chiede «Va bene?» che questo significa molto per lui. Ha bisogno che mi piaccia quello che mi ha proposto. Gli sono grata che ci tenga e che voglia accontentarmi.

«È assolutamente meraviglioso», dico. L'agnello saporito con ceci e spezie profumate mi riscalda fino alle ossa, così come il suo sorriso dall'altra parte del tavolo.

«Sono molto contento. Come ho detto, ho avuto la ricetta da un'amica al lavoro. Lei lo prepara spesso e a me piace sempre molto, così ho deciso di prepararlo per te.»

Sorrido attraverso un'ondata irrazionale di gelosia al solo pensiero che lui ceni con un'altra donna.

«È ovvio che ha molto talento», dico, sforzandomi di non immaginare questa "amica".

Chiacchieriamo ancora un po' mentre Alex continua a servire il vino. L'atmosfera è calda e confortevole, lui è divertente e mi fa sentire molto rilassata, tanto che mangio e bevo fino a non poterne più.

«Non dimenticare che ho preparato il tuo gelato preferito», mi ricorda.

«Sei adorabile! Mi sento così viziata.» Nonostante la sazietà non voglio deluderlo dopo che si è impegnato così tanto, e poi posso sempre fare spazio al gelato al pistacchio.

«Non l'hai ancora assaggiato.»

Rido. «È un'altra delle ricette della tua amica?» chiedo, indagando sottilmente.

Alex non mi risponde, ma si alza e va al freezer, tira fuori un contenitore Tupperware, tenendolo in alto con entrambe le mani come un antico manufatto di inestimabile valore.

«È stato fatto con amore.» sospira, mentre inizia a servire il dolce cremoso verde pallido.

«Ahh, è così dolce da parte tua prenderti tutto questo disturbo per me», dico, commossa dal modo con cui sta mettendo il gelato in due coppe di vetro, aggiungendo con qualche difficoltà altri pistacchi in cima. Solo per me. «Gelato al pistacchio fatto in casa», dice, avvicinandosi al tavolo e mettendomi davanti una ciotola. «Spero solo che il sapore sia buono.»

Non riesco a resistere al gelato morbido e cremoso sormontato da pistacchi croccanti e salati. «È *meraviglioso*», dico. «Non posso credere che lo hai fatto tu. Io non saprei da dove cominciare.»

«Beh, è vero, l'ho fatto.» si china verso di me. «Sinceramente,ti piace?»

«Sì, sì, lo adoro.»

«Ci ho messo una vita, volevo che fosse perfetto, voglio che *tutto* sia perfetto per te, Hannah.» Mi sta guardando intensamente come se l'unica cosa che conta fosse la mia felicità, ed è allo stesso tempo sorprendente e un po' snervante perché non ho mai ricevuto questo tipo di attenzioni in vita mia.

I dubbi che avevo prima, dopo aver trovato la foto, scompaiono. Immagino che possa averla persino dimenticata, perché di certo in questo momento non sembra pensare a nient'altro che a me e a rendermi felice. E sta funzionando perché non mi sono mai sentita così felice così a lungo.

Mentre finisco il gelato, assaporandone ogni cucchiaiata, Alex apre il vino che ho portato. Mi rendo conto che se beve di più non sarà in grado di accompagnarmi a casa come mi aveva proposto. Ma in questo momento mi sento assolutamente a mio agio con Alex, quindi perché non vedere dove ci porterà la notte? Posso sempre chiamare un taxi. E comunque, è passato molto tempo dall'ultima volta che ho agito in modo istintivo, senza pensare alle possibili conseguenze.

Riempie il mio bicchiere e, spostando il sacchetto contenente le caramelle di Harry, guarda dentro. «*Adoro* gli Smarties», dice, come un bambino eccitato. «Mia madre me li comprava sempre quando ero piccolo e questo», dice, tenendo il contenitore rotondo di Babbo Natale alla luce, «è un pezzo eccezionale.» Scherza imitando un elegante antiquario, e mi fa ridere. «Sì, un bell'esemplare del XVII secolo... forse della dinastia Ming?»

«Stavo pensando, si tratta piuttosto della mini dinastia di Sainsbury's - nell'area di Beech Road, più o meno stasera?» mi associo.

Senza distogliere lo sguardo dal mio, inizia lentamente a girare la testa di Babbo Natale.

«Che cosa stai facendo?» chiedo, sorpresa.

«Li sto aprendo.»

«Sono per Harry», dico, consapevole di sembrare piuttosto infantile.

«Lo so», risponde lui, continuando a svitare, senza staccare gli occhi dai miei.

«Non aprirli, Alex, ti avverto...» dico, scherzando, ma sperando che capisca l'antifona e li rimetta nella borsa. «Glieli vorrei dare domani.» Alex fa un ulteriore sforzo nel tentativo di aprire la confezione.

«Gli piacciono... gli Smarties», dico disperata, mentre lui con un ultimo sforzo toglie il coperchio della confezione.

«Anche a me.» Getta la testa all'indietro e si versa in bocca i dolcetti al cioccolato dai colori vivaci.

«Alex!» esclamo, sorpresa e un po' incazzata. Ero a disagio quando li aveva presi dalla mia borsa, ma aprirli e mangiarli è qualcosa di più. «Non posso credere che tu l'abbia fatto.» Cerco di non sembrare arrabbiata, ma lo sono.

«E io non posso credere che *tu* compri regali per altri uomini», dice, sorridendo con la bocca piena di Smarties. Poi sembra rendersi conto, probabilmente dalla mia espressione, che non sono contenta.

«Scusami. Stavo solo scherzando», dice, rimettendo il coperchio.

«Sì, lo so, ma ora dovrò comprarne un'altra scatola.»

Viene verso di me, con le braccia aperte, e un abbraccio piuttosto imbarazzato si trasforma improvvisamente in un vero abbraccio e, prima che me ne accorga, ci stiamo baciando e l'ho quasi perdonato.

«Scusa», mi mormora all'orecchio, il suo respiro caldo mi fa rabbrividire. «Pensavo che ti avrebbe fatto ridere; era solo una cosa stupida.»

«No, va bene, ho esagerato, è una scatola di caramelle, non importa, basta che tu non lo faccia più», dico con finto disappunto e lo guardo come guarda un insegnante che fa capire a un bambino impertinente che ha sbagliato.

Ci baciamo di nuovo e mi dico che non importa, non è stato niente, lo ha fatto per divertirsi, e posso facilmente acquistarne un'altra.

Più tardi, sorseggiando un caffè insieme sul divano, mi chiede delle mie relazioni passate. «Ti ho detto tutto di me e della mia tragica storia con le donne, e *tu?*», mi chiede.

«Non sono sicura che tu mi *abbia* detto tutto di te», dico. Sento che c'è dell'altro. «So che hai rotto con la tua ragazza l'anno scorso, ma non mi hai mai detto il suo nome.»

«Ha importanza?», dice dolcemente, fissandomi negli occhi e attorcigliando una ciocca di capelli intorno al dito.

«No, non credo, ma è un elemento basilare.»

«Helen, si chiamava Helen. L'ho conosciuta per lavoro. È un'avvocatessa, una brava avvocatessa, molto più brillante di me.»

«Siete ancora in contatto?» chiedo.

Scuote vigorosamente la testa e beve un sorso di caffè prima di rispondere. «No, per niente.» Prende fiato. «Allora, basta con la Santa Inquisizione, lascia che ti interroghi io ora. Da quanto tempo sei single?»

«Più o meno come te, dodici mesi», dico restando sul vago.

«Perché vi siete lasciati?»

«Ho capito che non era quello che cercavo. È colpa mia, siamo stati insieme per due anni, avrei dovuto capirlo prima. Jas dice che ho continuato per troppo tempo, ma è difficile rompere con qualcuno quando tecnicamente non ha fatto nulla di male.»

Non faccio notare che anche Tom non ha fatto quasi nulla di buono, mi sembra sleale.

«Quello che dici di lui è quello che Helen ha detto di me alla fine.» Mi guarda con una tale tristezza negli occhi, che provo di nuovo quel senso di colpa. Adesso me la prendo anche con la maledetta Helen, non c'è fine alla mia capacità di autoflagellazione?

«Io e Tom non andavamo d'accordo fin dall'inizio, non avevamo nulla in comune. Mi sentivo più sola con lui che senza di lui, era così e basta. Ma più lasciavo correre, più era difficile farla finita. Voleva che gli dicessi perché, ma era difficile da esprimere. Mi disse che faceva male pensare che era solo perché non lo amavo e basta, che non c'era un vero motivo. La sua reazione mi ha sorpreso - non pensavo che la prendesse così male, ma era così sconvolto che ha pianto. Mi sento ancora terribilmente in colpa per questo.» Tralascio volutamente di parlare del modo in cui si è comportato con me da quando ci siamo lasciati. Sono tentata, ma ancora una volta è troppo presto per confidarmi del tutto con Alex.

«Credo che sarebbe stato più facile se Helen non si fosse vista con un altro. Invece mi ha mentito e mi ha detto che non era così, ma per tutto il tempo lo era, e io lo sapevo.» Vedo nei suoi occhi che è capace di provare tanto dolore, ma anche amore e vera passione, che desidero ardentemente. Spero solo che questo non venga offuscato da ciò che Helen gli ha fatto.

«Helen non capiva davvero.» Sospira. «Vedi, non voglio mezze misure, una volta che mi innamoro, mi innamoro. E mi faccio totalmente coinvolgere, temo di essere tutto o niente, Hannah.» Mi accarezza il viso con il dorso della mano.

«Anch'io», dico. «Stare con Tom mi ha insegnato che è meglio stare da soli che con qualcuno che non ti ama abbastanza.»

«Sembra che io e te siamo stati entrambi vittime. Spero di poterti amare abbastanza.» Prima che io possa rispondere o anche solo considerare ciò che ha appena detto, mi bacia e poi si allontana leggermente. «Non posso credere di dirlo a una persona che ho appena conosciuto, ma credo di essermi già innamorato di te, Hannah», dice dolcemente, e io mi abbandono a lui, solo vagamente consapevole del fatto che sta lentamente sbottonando la mia camicetta.

Le sue parole mi hanno sciolto e ora il suo tocco sta aumentando l'effetto. Sono smarrita, completamente in balia delle onde sul divano di velluto, mentre lui con attenzione mi spoglia e mi bacia lungo tutto il corpo. Dopo avermi stuzzicato per un'eternità con le sue labbra, finalmente si spinge dentro di me, continuando a baciarmi prima la bocca, poi il collo. Dice il mio nome, mormora all'orecchio promesse, desideri. Sento le sue parole, sento il suo corpo, mentre si muove dentro di me, ondeggiando, contorcendosi, tutto ciò che riesco a pensare è che questo è il sesso più incredibile che abbia mai fatto. Finalmente - *finalmente* - ho trovato quello che stavo aspettando. Alex è tutto.

Dopo, in un groviglio di membra e di lussuria esaurita, mi stringe a sé, ancora amorevole come prima, i suoi occhi nei miei, la sua mano sul mio viso.

«Quando mi innamoro, è per sempre», dice. «Ti prometto che ci sarò *sempre* per te, Hannah.»

Ricambio accarezzando il suo viso. Sento la voce di Jas nella mia testa che mi dice che è troppo presto, che mi sto buttando a capofitto in questa storia. Forse è così, ma quello che dice è proprio quello che voglio sentire. Perché anch'io mi sto innamorando, e ho sempre desiderato che fosse per sempre.

Non si accenna al fatto che io torni a casa stasera, ci spostiamo dal divano alla sua camera da letto al piano di sopra. Me ne rendo conto appena, ma mentre siamo sul letto, mi accorgo dei grigi e dei blu, di classe e di buon gusto, sontuosi alla luce della lampada. Durante la notte mi avvolgo in una coperta e scendo in cucina per bere un bicchiere d'acqua, sentendomi già a casa. C'è la luna piena così luminosa che non ho bisogno di accendere la luce in cucina. Apro diversi armadietti alla ricerca di un bicchiere e i miei occhi si posano sul cestino, dove Alex ha messo tutti i vetri rotti dell'incidente con la bottiglia di vino. Sbircio dentro per vedere i resti, chiedendomi se c'è un nome inciso sulla base del bicchiere, così posso comprargliene uno in sostituzione. Ma sotto i vetri rotti e gli avanzi della cena, vedo qualcosa che mi mette un po' a disagio.

Con molta cautela, infilo la mano nel cestino e, sotto i rifiuti, i miei sospetti trovano conferma. Un contenitore di Häagen-Dazs schiacciato. Quando lo allargo leggermente, vedo chiaramente l'etichetta, gelato al pistacchio. Credevo davvero che l'avesse fatto apposta per me. Penso che volesse solo fare colpo, e non è necessariamente una cosa negativa. Dopo tutto, chi non ha mai detto una piccola innocente bugia all'inizio di una relazione? E ci sono cose peggiori del gelato su cui mentire... non è vero?

10

Oggi Jas, come sempre, vuole sapere *tutto* di ieri sera. E io sono felice di riferirle quasi tutto della mia serata. Decido di tralasciare la parte della fotografia con il tratto di penna e di continuare a raccontare che Alex *ha fatto* il gelato per me, perché voglio che sappia quanto gli piaccio. Sono sicura che l'avrebbe fatto lui stesso, ma probabilmente non ne ha avuto il tempo, quindi non è esattamente una balla.

«Ha detto che la sua ex è ancora in giro?» dice, quando le dico che penso che il suo cuore sia ancora un po' a pezzi.

«Mmm, gli ha fatto davvero un brutto scherzo, lo ha confuso.»

«È il tuo nuovo compagno?» si intromette Sameera. Non c'è privacy in questo ufficio, è un bene che siamo tutti amici.

«Sì, abbiamo passato una notte meravigliosa», dico, ricordando come mi sono svegliata tra le sue braccia; è stato così naturale, confortevole. Un peccato doversi alzare molto presto e correre a casa per cambiarmi, ma ne è valsa la pena. «Spero solo che la sua ex non torni», dico a Sameera.

«Non credo che tu debba preoccuparti di questo», dice lei

gentilmente. «Sembra che siate una coppia perfetta, non credi Harry?» commenta trascinandolo nella conversazione.

«Sì, assolutamente», risponde lui, che chiaramente non ha la minima idea di cosa stiamo parlando.

L'ex di Alex mi ha tenuta la mente occupata da quando mi ha detto che pensava di averla vista a Worcester. Mi sento leggermente paranoica per il fatto che potrebbe imbattersi nella brillante e attraente avvocatessa, che forse conserva ancora un pezzetto del suo cuore.

I miei dubbi svaniscono presto quando ricevo un messaggio da Alex che mi dice quanto è stato bene ieri sera. È il primo di tanti messaggi, insieme a GIF divertenti ed emoji a forma di cuore. So che è ancora presto, ma mi fa sentire già una priorità, come se fossi sempre al primo posto nella sua vita. Con Tom non è mai stato così. Non vedo l'ora di vederlo questa sera. Andrò da lui in macchina, direttamente dal lavoro. Ho già preparato una borsa per la notte, così non dovrò alzarmi di nuovo all'alba per attraversare la città fino al mio appartamento per cambiarmi. Abbiamo parlato di andare al cinema stasera, ma sarei molto felice di rimanere tutta la sera nella sua bella casa. Questo mi fa capire che tutte le volte che ho assillato Tom perché volevo uscire, non era la nostra vita sociale a mancare - ma noi.

È stata una giornata pazzesca, con un gran viavai di persone. Sameera e Harry sono stati fuori tutto il pomeriggio per incontrare alcuni loro assistiti, e sono le 18 passate, ma Jas è appena tornata dopo essere stata alla stazione di polizia con un assistito.

Faccio capolino nel suo ufficio mentre esco. «Non ti ho vista per tutto il pomeriggio. Ora devo andare, ma stai bene?» le chiedo. È seduta con la testa tra le mani e alza lo sguardo, come se fosse quasi sorpresa di vedermi.

«Come? Sì, è stata una giornata intensa.» sospira. «Sono

rimasta seduta in quel posto per sei ore, sei! Che perdita di tempo.»

«Ah, che incubo», dico, sperando che non si dilunghi, perché sono ansiosa di andare via.

«Fai qualcosa di bello stasera?», chiede, distrattamente. «Sì, mi vedo con Alex», dico, e aspetto la sua risposta.

Con mia sorpresa sorride. «Adorabile», dice. «Ora mi devo occupare di queste maledette scartoffie, quindi scendi e non farlo aspettare. Goditi la serata, cara», dice, e sembra che lo pensi davvero.

Saluto gli altri, e Sameera, che evidentemente mi ha sentito dire a Jas che incontrerò Alex, mi dice di "darci dentro" e Harry ridacchia.

Rido, tutti noi amiamo prenderci in giro a vicenda, è come tornare a scuola, in senso positivo.

Nell'aria gelida della sera, cammino velocemente verso la mia auto. È talmente congelata che all'inizio non riesco nemmeno ad aprirla. Dopo aver fatto girare la chiave nella serratura e averci soffiato sopra per cercare di scongelarla, finalmente riesco a farla girare e la portiera si apre. Sono così sollevata di entrare in macchina che all'inizio non ci faccio caso, ma dopo aver chiuso la portiera e aver messo la cintura di sicurezza vengo improvvisamente sopraffatta da un profumo, un odore forte e costoso, così forte che potrebbe essere un dopobarba. Me lo sto immaginando?

Annuso l'aria; non che ne abbia bisogno, mi sta riempiendo i polmoni. Merda. Qualcuno è entrato nella mia auto. La pelle d'oca mi sale fino al cuoio capelluto e, terrorizzata, senza muovere la testa, lascio che gli occhi si posino sullo specchietto retrovisore. È troppo buio per vedere, ma... Oddio, c'è qualcuno accovacciato sul sedile posteriore?

Afferro la maniglia della portiera e, nella fretta, quasi cado fuori sul terreno ghiacciato. Mi allontano dall'auto e la osservo a breve distanza, pronta a correre subito in ufficio se dovessi vedere qualcuno. Rimango lì per qualche minuto, ma non riesco a vedere nulla, quindi, trattenendo il respiro, mi avvicino sempre di più. Quando sono abbastanza vicina, accosto lentamente il viso al finestrino posteriore e scruto con cautela, restando così immobile che il mio cuore sembra essersi quasi fermato. Lascio passare qualche secondo, poi faccio un balzo in avanti e apro rapidamente la portiera posteriore, sperando che chiunque sia lì dentro non mi salti addosso. Ma non c'è nessuno, niente. Un bel niente. Mi guardo alle spalle, poi do un'occhiata più attenta al sedile posteriore e mi rendo conto che, dopo tutto, sono sola. Sono senza fiato e mi aggrappo alla portiera per reggermi. Sapere che c'è qualcuno là fuori che vuole farmi del male è una sensazione orribile, e sicuramente sta giocando con il mio cervello.

Mi ricompongo e controllo il bagagliaio, ma niente. Sono stanca e ansiosa ed è possibile che abbia immaginato il forte odore. Risalgo in macchina, faccio un respiro profondo e lascio rallentare il mio battito cardiaco per qualche secondo prima di mettere in moto. Devo darmi una calmata, non c'è nessuno qui. Ma anche se mi convinco che non c'è nessuno sul sedile posteriore, non posso negare l'odore di quel profumo che ora pervade l'interno dell'auto. Come è arrivato qui? Di chi è? Sicuramente non è mio.

Non voglio più aspettare, metto in moto e mi avvio verso casa di Alex. Tremo per il freddo e la paura, per il sapore acre del profumo in bocca, il profumo di un'altra persona. Mentre mi allontano guardo di nuovo nello specchietto retrovisore. Scrutando l'oscurità dietro di me, noto che la spessa coperta che tengo sempre sul sedile posteriore è stata spostata. Fermo l'auto, accendo la luce interna e mi giro per osservarla. È stata stesa su tutto il sedile posteriore, coprendolo. E so che non sono stata io. Qualcun altro l'ha fatto.

A casa di Alex, esco dall'auto e cammino velocemente verso la sua porta d'ingresso. Continuo a voltarmi per controllare dietro di me, per sicurezza.

Quando Alex apre la porta, quasi cado tra le sue braccia. Mi accompagna in cucina e mi tranquillizza parlando e con una bevanda calda, mentre gli racconto dell'odore forte che c'era in macchina e del modo in cui la coperta era stesa sul sedile.

«Pensi che sia stato un gesto dimostrativo?» dico.

È chiaramente preoccupato, ma confuso quanto me. «Sei sicura che non fosse il *tuo* profumo? E sei assolutamente sicura di non aver steso tu stessa la coperta sul sedile?»

«Certo che lo sono. Mi ricorderei di averlo fatto», dico. «E non era il mio profumo. A me piacciono i profumi leggeri e floreali, questo era pesante, giglio, muschio e note scure, più che altro un dopobarba.» Me lo sento addosso, un odore stucchevole che desidero lavare via, se fossi a casa mi butterei subito sotto la doccia.

«Hai idea di chi possa essere stato?» chiede.

Per un attimo esito. Voglio dirgli di Tom, ma è giusto incolparlo anche di questo? D'altra parte, l'ho ferito e lui è pieno di risentimento. Ma perché Tom avrebbe dovuto fare una cosa del genere? E comunque, come ha fatto a entrare in macchina senza rompere il finestrino o la serratura?

«Non lo so, l'altro giorno ho avuto una consegna strana al lavoro», dico, e racconto delle rose e del vile biglietto.

Sembra scioccato. «Davvero non hai idea di chi possa mandarti una cosa del genere?»

«No, mi chiedevo di Tom... ma...»

«Tom, il tuo ex?»

«Sì, voglio dire, era sconvolto quando ci siamo lasciati. L'ha presa peggio di quanto pensassi e ci sono state delle telefonate notturne. Penso che possa essere venuto a casa... che sia rimasto fuori, ma non lo *so*», aggiungo con fermezza quando vedo l'espressione di orrore sul volto di Alex.

«Non sei in contatto con lui, vero?»

«No. Ma gli ho lasciato dei messaggi sul telefono. Non ha risposto.»

«Beh, perché mai avrebbe dovuto farlo?»

«Era ferito e arrabbiato con me, ma è successo secoli fa, ha voltato pagina, almeno così pensavo.»

«A me non sembra.»

«Mmm, ma un biglietto così sgradevole, rose bianche. È tutto un po'melodrammatico. Non mi sembra una cosa da Tom.»

«Dobbiamo avvertire la polizia?», chiede.

«Non ancora, per ora lascio perdere. Ma se dovesse succedere qualcos'altro, la chiamerò.»

«Oh, piccola.» Alex mi abbraccia con fare protettivo. «Mi dispiace che tu ti sia spaventata e sia rimasta turbata, ma ora sei qui con me.»

«Sì, grazie al cielo», aggiungo con un sospiro, mentre entriamo insieme nel soggiorno. «Comunque, cerchiamo di dimenticarcene almeno per stasera. Potrei chiamare la polizia domani, se non altro per avere un consiglio», chiarisco, sperando di non sembrare troppo paranoica.

«Sì, ma è complicato. Non sono sicuro di come si possa denunciare un reato che coinvolge l'odore indesiderato di un profumo e una coperta dispiegata.» Sorride, cercando chiaramente di risollevare l'umore.

«In effetti, non sono sicura di come andrebbe a finire alla polizia.» Cerco di stare al gioco, ma sento ancora l'odore nauseabondo che mi avvolge e chiedo ad Alex di poter fare una doccia.

Sorride, mi prende per mano e mi conduce dolcemente nella doccia, dove spoglia prima me, poi se stesso, e io rimango sotto il getto di calore, a scongelarmi mentre lui mi ricopre di un profumato bagnoschiuma. Non riesco a fare a meno di lui e presto il ritmo delle sue cosce contro le mie si accompagna al calore pulsante della doccia.

Dopo, mentre siamo nudi sul letto, con le braccia e le gambe intrecciate, mi dice «Non sono mai stato così felice, Hannah. Stare con te in questi ultimi giorni è stato meraviglioso e non voglio che finisca mai.»

Sorrido, è troppo presto per le promesse, ma so che anche io non voglio che tutto questo finisca mai.

Mi giro e cerco di addormentarmi, ma poi mi ricordo dell'odore nella mia auto. Mi riempie la testa e mi attanaglia i polmoni. So che c'era qualcuno lì dentro, ma chi?

Il mattino seguente vengo svegliata di buon'ora dallo squillo del mio telefono. Mi giro, e mi ricordo che Alex è andato al lavoro presto perché oggi è impegnato in un importante caso giudiziario. Potrebbe essere lui al telefono, così rispondo, scioccata di sentire la voce di Tom all'altro capo. Sta finalmente rispondendo ai numerosi messaggi arrabbiati che gli ho lasciato sul telefono dopo la consegna dei fiori dell'altro giorno.

«Che diavolo sta succedendo, Hannah?», urla.

Non voglio un'orribile litigata al telefono, mentre sono ancora sveglia a metà. Così gli chiedo di incontrarlo dieci minuti prima di entrare al lavoro.

Più tardi, sono seduta accanto alla vetrina del Costa Coffee nel centro di Worcester. L'edificio è intriso di storia, dalle travi scure e dal pavimento in legno sconnesso, all'inquietante maschera mortuaria di un traditore della Guerra Civile che mi guarda dal muro.

Tom lavora di fronte alla Guildhall, un bellissimo edificio del XVIII secolo che si trova proprio sulla strada principale, dove presto troverà posto in tutto il suo splendore l'albero di Natale di quest'anno. Mentre aspetto, immagino l'albero, i fili di luci lungo la strada principale e provo un brivido di eccitazione nel sapere quanto sarà diverso questo Natale con Alex.

Resto lì per un po'. Tom è in ritardo, era sempre in ritardo su tutto. Alla fine entra, si avvicina al bancone e ordina un caffè latte. Si volta a malapena per vedermi o per chiedermi se potrei gradire qualcosa da bere. Non è cambiato.

Sorseggio il mio latte allo zenzero e aspetto.

Tom finalmente mi vede e, senza fretta, si avvicina al mio tavolo vicino alla finestra e si siede. Non mi saluta, si limita a fissarmi. Se non fossi così arrabbiata, mi divertirei, il tipico Tom rilassato è chiaramente furioso perché l'ho minacciato di andare alla polizia, ma come al solito si è preso il suo tempo per rispondere.

«Che diavolo succede? Non ti fai sentire per mesi e non ti interessa sapere se *sono* nei guai, poi all'improvviso, quando la cosa *ti* riguarda, prendi subito il telefono e mi minacci con la polizia!»

«Che cosa ti aspetti che faccia quando mi arriva una roba del genere?» sibilo, prendendo il biglietto dalla borsetta e spingendolo sul tavolo. «E non far finta di non saperne nulla.»

Prende lentamente il biglietto, lo legge e alza lo sguardo. «È dannatamente inquietante, dovresti chiamare la polizia», dice, allontanandolo sul tavolo come se fosse sporco.

Non è quello che mi aspettavo di sentire. Forse sta fingendo. Ma in realtà sembra stupito e inorridito quanto me.

«Oh, *chiamerò* la polizia, ma volevo prima sapere che cosa avevi da dire prima di mandarti in galera.»

«Pensi davvero che sia stato io?» sembra sinceramente scioccato.

Alzo gli occhi al cielo. «Tom, chi altro potrebbe essere stato?»

«Prova il tuo nuovo compagno.»

«Come fai a sapere che ho un nuovo compagno?»

«Vi ho visti in giro. L'altra sera eravate insieme all'Orange Tree.»

«Non mi stai seguendo, vero?» chiedo, sinceramente spaventata.

«Hannah, non ti ho mai seguita quando stavamo insieme, perché dovrei cominciare adesso?»

Quasi sorrido, e mi ricordo che a volte poteva essere piuttosto spiritoso, l'avevo dimenticato.

«Datti una calmata», continua. «Viviamo vicini, lavoriamo a poche strade di distanza, socializziamo nella stessa piccola città con un'unica strada principale. È ovvio che ti potrei vedere in giro.»

«Io non *ti* ho visto.»

«Beh, non passo le mie serate a limonare in pubblico.»

«Si chiama essere innamorati, Tom, ma tu non sai di che cosa si tratta.»

Beve un sorso del suo caffè latte, freddo come un cetriolo, niente sembra smuoverlo, nemmeno la mia rabbia, soprattutto la mia rabbia.

«Credo che tu mi abbia frainteso», dice lui, mettendo giù la tazza. «Sì, ok, ero incazzato quando mi hai scaricato e mi hai cacciato di casa. Poi sono stato sospeso dal lavoro per delle e-mail che non ho scritto io, e ancora non so chi sia stato.» Fa una pausa e mi guarda con aria accusatoria.

«Non sono stata *io*, te lo giuro.» Poche settimane dopo la nostra separazione si presentò in ufficio urlando che avevo mandato delle e-mail a tutti i dipendenti del comune (dove lavorava) accusandolo di molestie sessuali, di scorrettezze o altro. A quanto pare c'era stata un'indagine interna ed era stato sospeso, ma io non c'entravo nulla.

«Come vuoi», dice con disprezzo, credendo ancora chiaramente che io abbia cercato di distruggere la sua vita. «Sei stata tu a scaricarmi, poi hai iniziato a punirmi... Sì, sono venuto in ufficio, ero incazzato con te, ma credimi, *non* sono uno stalker. Questo...» indica il biglietto sul tavolo di fronte a me «è un altro livello.»

Non ne sono del tutto convinta. Certo, all'epoca non ha mai fatto nulla di troppo strano, solo qualche telefonata dal respiro pesante, ma sono successe altre cose che ancora non riesco a spiegare. Poi, più di recente, c'è stato il biglietto, e ieri sera il forte odore di dopobarba nella mia auto, la coperta sul sedile posteriore. Potrebbe non essere niente. O potrebbe essere Tom.

«Comunque, quando mai ti ho comprato dei fiori?» dice ripensandoci, e ride.

Non posso fare a meno di sorridere. «Non hai tutti i torti, erano anche rose, un po' troppo di classe per i tuoi standard. Ma quel biglietto era disgustoso e, per quanto ne so, non c'è nessun altro che mi odia quanto te.»

«Mi è passata la voglia. E so che per te potrebbe essere difficile da credere, ma ora mi vedo con un'altra. Non sono davvero interessato, Hannah», dice. «E, se vuoi saperlo, questo biglietto non è di una persona che ti odia, ma di una persona che è ossessionata da te.»

Sono passate quasi tre settimane dal mio incontro con Tom e, a quanto pare, non è successo nient'altro di sconvolgente.

Non sono proprio convinta che Tom sia entrato nella mia auto quella sera. Forse il mio profumo aveva reagito all'aria gelida e questo lo aveva reso più forte, come un dopobarba. E forse il vento ha sollevato la coperta quando ho aperto la portiera. Ci credo poco ma questo mi fa sentire un po' meno ansiosa e posso continuare la mia vita quotidiana senza essere troppo paranoica.

Per quanto riguarda le rose e il biglietto, Tom ha recitato bene la parte del sorpreso quando l'ha letto. Ma il fatto che abbia detto che qualcuno è ossessionato da me mi fa pensare che *stia* solo cercando di spaventarmi - e quindi forse le ha mandate lui. Non ho detto ad Alex dell'incontro con Tom, si sarebbe solo preoccupato, mi ha avvertito di non entrare in contatto con lui, perché potrebbe essere pericoloso. E forse lo è. Fortunatamente, negli ultimi giorni sono successe molte cose che hanno tenuto le buffonate di Tom ai margini della mia mente, non ultimo il mio rapporto con Alex, che sta andando di bene in meglio.

Non riesco a credere a quanto sia cambiata la mia vita nel

giro di poche settimane. Io e Alex passiamo la maggior parte del tempo a casa sua, la sera e il fine settimana: è quasi come se vivessimo insieme. Cuciniamo, guardiamo vecchi film, ascoltiamo musica - amiamo entrambi gli stessi gruppi degli anni Novanta, soprattutto gli Oasis - ed entriamo regolarmente insieme in quella grande e bellissima doccia.

Non abbiamo ancora trascorso una serata da me. Anzi, Alex non ha nemmeno messo piede nel mio appartamento ma so che presto dovrò invitarlo. Temo che si scoraggi vedendo il mio vecchio appartamento malandato. Inoltre, adoro stare da lui, è una casa intera piuttosto che un appartamento, è più confortevole. E mi vizia come nessuno ha mai fatto in vita mia.

Stamattina, nonostante avessi mangiato una grande ciotola del suo meraviglioso porridge fatto in casa, alle 11.30 Alex ha lasciato un sacchetto di croissant caldi alla reception. Ero fuori per una visita ed ero piuttosto contenta di non essere stata lì quando è passato. Mi sarei sentita in dovere di invitarlo in ufficio, il che sarebbe stato imbarazzante, visto che tutti sono sempre occupati anche con situazioni delicate. Ad ogni modo, al mio ritorno i croissant mi aspettavano alla reception e mi hanno invasa di un'adorabile luce interiore che ha fatto concorrenza al porridge caldo.

«Sembrava così deluso che tu non fossi qui. Credo che sperasse di vederti almeno di sfuggita.» Aveva detto Margaret facendo l'occhiolino.

Entrai in ufficio tenendo in mano il sacchetto della pasticceria e annunciando che Alex era un tesoro; proprio in quel momento notavo sulla mia scrivania due grossi pains au chocolat del bar.

«Non sapevo che avessi un nuovo fornitore», aveva scherzato Harry. «Sì, ma tu sarai sempre il mio preferito», avevo risposto.

Stamattina, prima di andare al lavoro, avevo fatto un salto al Sainsbury's Local e mi ero finalmente ricordata di comprare una seconda scatola di Smarties a forma di Babbo Natale per Harry, come ringraziamento per i pasticcini. Li ho messi sulla sua scrivania dicendo «Uno scambio equo per tutti i croissant?»

«Ah, grazie, Hannah, non dovevi farlo», aveva risposto.

Credo che fosse sinceramente felice e io ero contenta di aver tenuto questa nuova confezione lontana da Alex.

«Non sono sicura di riuscire a cenare stasera dopo i deliziosi croissant che mi hai mandato oggi», dico ad Alex la sera, quando arrivo a casa sua. Ha preparato uno stufato e insiste perché ne prenda un po', ma io ne chiedo una porzione minima.

«Allora, ti sono piaciuti i croissant?», mi chiede un po' più tardi mentre finisce di mangiare.

«Sì, erano deliziosi. Così deliziosi che sono dovuta andare in palestra all'ora di pranzo», dico.

«Sei andata in *palestra*?», sembra inorridito.

«Sì, è vicina al lavoro. È bello uscire dall'ufficio ogni tanto e saltare sul tapis roulant. C'era molta gente, però, credo che tutti si stiano rimettendo in forma prima delle feste.»

«Non hai bisogno di una *palestra*. Puoi allenarti con me in garage», dice. «Ho tutto lì dentro, tapis roulant di ultima generazione e...»

«Il tuo garage? Ma non si gela lì dentro in questo periodo dell'anno?»

«Ma va bene, un po' di aria fredda non ti ucciderà. Possiamo allenarci insieme, sarà divertente. È molto più bello di una palestra piena di gente sudata.Inoltre, è romantico allenarsi insieme.»

Cerco di resistere, ma Alex non accetta un no come risposta e insiste per fare un mini-allenamento adesso, così posso "provare" la sua palestra. Ho con me la borsa da palestra, quindi mi cambio e lo seguo con riluttanza attraverso la cucina fino alla porta interna del garage. Ci sta mettendo un sacco di tempo per aprirla e, come non avevo mai notato fino ad ora, c'è un lucchetto anche a questa serratura.

«Perché hai così tante serrature? La porta del garage è elettrica, terrà fuori chiunque», dico, perplessa.

«Oh, mi conosci, mi piace essere al sicuro, e ora che sei spesso qui, voglio che *tu* sia al sicuro.»

«So badare a me stessa. Sono una donna forte, Alex», scherzo, sollevando il braccio e flettendo i bicipiti.

«Sì, ma dopo che il tuo strambo ex ha mandato quei fiori con quel biglietto crudele, credo che sia necessario chiudere tutto a doppia mandata.»

Non mi piace pensarci, è troppo inquietante, e visto che non è successo più nulla da quando ho messo in guardia Tom, credo che ormai sia finita.

«Non preoccuparti per lui. L'ha superata», dico, non volendo discutere su questo argomento.

«Come fai a saperlo?»

«Ho parlato con lui», dico, conscia che la conversazione prenderà una brutta piega.

«L'hai chiamato?» sembra agitato.

Non voglio mentire, ma non voglio nemmeno dirgli che ci siamo incontrati, lo farebbe solo arrabbiare. Penserà che mi sono messa in pericolo, mentre io non la vedo così. Non avrei mai pensato di essere una di quelle donne che per non turbarlo, nascondono le cose al proprio compagno. Non sono *intimidita* da Alex, né ho bisogno della sua approvazione, è solo più facile ed eviterà ulteriori drammi questa sera. È vero che l'amore ci rende tutti bugiardi.

«Ha insistito che non aveva nulla a che fare con lui, era incazzato perché glielo avevo chiesto.»

«È lui, però, ne sono sicuro. Vorrei che non vi foste messi in contatto, potrebbe pensare di avere una possibilità. Potrebbe seguirti e odio pensare che tu sia sola e vulnerabile. Posso accompagnarti al lavoro», suggerisce.

«Grazie, Alex, ma starò bene... sono stanca, non parliamone più.»

«Hannah, non voglio spaventarti, ma credo che tu abbia bisogno di prendere la cosa più sul serio. Vai, lascia che ti accompagni al lavoro e che ti venga a prendere. Abbiamo orari simili, posso adeguarmi ai tuoi.»

Ne aveva già parlato in passato, subito dopo che gli avevo detto del biglietto e delle rose. Mi piace che si preoccupi, ma a volte penso che si preoccupi troppo. Quello che è successo è stato orribile e mi ha sconvolta, ma non voglio rimuginarci sopra, né voglio vivere in un posto chiuso con un lucchetto con lui che mi porta in giro ovunque. È come se fosse terrorizzato dal fatto che potrebbe succedermi qualcosa se lui non ci fosse. Sospetto che possa essere un retaggio della sua infanzia. Mi aveva raccontato che quando sua madre è morta, nessuno glielo aveva detto. È morta mentre lui dormiva e quando si era svegliato suo padre gli aveva detto «Gli angeli l'hanno presa.»

«Pensavo che fosse stata rapita da questi angeli malvagi», aveva detto. Per quanto il concetto di morte fosse difficile per la sua giovane mente, l'idea che un gruppo di angeli "avesse preso" sua madre doveva essere ancora più difficile da comprendere. «Ho avuto paura degli angeli per tutta la mia infanzia, perché venivano di notte e rubavano le persone che amavi», aveva ammesso. Mi aveva fatto piangere.

«Ora la palestra è molto più calda», dico, cercando di fare gli addominali su un tappetino accanto a lui nel garage in realtà gelido. Per quanto possa essere romantico per alcuni allenarsi insieme, non è la mia idea di serata di coppia. A parte il fatto che lui è molto più in forma di me e non riesco a tenere il passo, come temevo, si gela. «Penso che rinuncerò alla tua palestra, tesoro», dico dopo un'ora di tortura al freddo. «Sono rigida per il freddo, i muscoli mi faranno male domani.»

«Tesoro, mi dispiace. E se qui dentro installassi il riscaldamento, faresti un altro tentativo di allenamento in garage?»

«Potrei», dico dubbiosa, «ma non ti disturbare, non ho problemi con la palestra. Non ti sentire obbligato, fai già tanto per me. Non sono una principessa, non ho bisogno di essere sempre accontentata», aggiungo sorridendo.

Entrambi ridiamo di questo. «Scusa, voglio solo che tutto vada bene. Te l'ho detto che a volte sono un po' troppo», dice - è vero e l'ha dimostrato all'inizio della settimana quando non è riuscito a trovare i biglietti per uno spettacolo teatrale che avevo detto di voler vedere. Ho visto guizzi di rabbia e paura del fallimento quando ha pensato di avermi delusa. E ora, mentre rientriamo in casa, dopo che ha chiuso il garage con una doppia mandata e un lucchetto, so che si sente come se mi avesse delusa di nuovo perché stasera ho trovato il garage troppo freddo.

Mi fa sentire in colpa, come se fossi l'unica ragione della sua felicità. Apprezzo le sue attenzioni, ma è una bella responsabilità, soprattutto perchè sembra che la sua missione sia quella di rendermi felice. Ha persino iniziato a riempire il frigorifero con quello che più mi piace. Dice che sono una sgualdrina quando si tratta di cibo, e ha ragione, ma poi sposta i barattoli di salsa chutney artigianale e di carciofi sott'aceto per fare posto ai miei dolcetti preferiti, i mini trifles del supermercato, e al formaggio a fette. E so che non c'è nulla che possa impedirgli di amarmi. E continuo a ripetermi che è un bene, no?

***

L'indomani mattina, quando arrivo in ufficio, racconto a Jas dell'allenamento in garage al gelo, pensando di divertirla, ma lei non ride.

«Comunque, Alex farà installare il riscaldamento, quindi non posso usare il freddo come scusa per non allenarmi in quel maledetto garage», aggiungo ridacchiando.

«Non preferiresti andare in palestra?» chiede, senza sorridere.

«Non proprio, è pieno di gente sudata. E poi è romantico allenarsi insieme.» Mi sento fare l'eco di Alex, ma ora penso che abbia ragione.

«Pensi che l'abbia fatto solo per non far*ti* andare in palestra?», dice, a voce abbastanza alta perché gli altri sentano.

Sameera chiede di cosa stiamo parlando e Jas le racconta che Alex vuole farmi una palestra in casa.

«Lui non vuole che lei faccia flessioni in lycra attillata davanti ad altri uomini», dice facendo l'occhiolino.

«Oh, non sarà un po'... troppo appassionato», osserva Sameera.

«No, non lo è», dico stancamente, incazzata per l'interpretazione di Jas della gentilezza di Alex e per il fatto che ha allargato la discussione a tutto l'ufficio. Credo che si senta un po' messa da parte perché non abbiamo avuto una serata tra donne di recente, e ora sta cercando di radunare le truppe per giudicare Alex con i suoi occhi cinici.

«*Potrebbe* essere che non voglia che tu vada in palestra perché potresti incontrare uomini affascinanti», suggerisce Sameera, quasi scusandosi.

«Questo tipo è molto possessivo?» chiede Harry sogghignando.

Questo è il problema quando si passa tutto il tempo con le stesse persone, si raccontano troppe cose e loro iniziano a elaborare proprie versioni. Jas ha la sua. Mi rendo conto che non deve essere facile per lei vedermi così presa da Alex quando la sua relazione è appena finita, ma vorrei che fosse un po' più solidale.

«Non è affatto possessivo», dico. «C'è una differenza tra l'essere *dispotico*, che credo sia quello che state dicendo, e l'essere premuroso. E, credetemi, *conosco* la differenza», dico, forse un po' bruscamente.

Harry non sta nemmeno ascoltando la mia risposta, è assorto da qualcosa sul suo telefono.

Jas alza le spalle. «Beh, è la tua vita, ma a me non piacerebbe; ho bisogno dei miei spazi, mi piace andarmene da sola in palestra o stare con altre donne.»

«Sì, è la mia vita», dico con decisione, ed è il mio turno di alzare le spalle.

Sono io che sto con Alex e so qual è la verità, non loro.

Possono pensare quello che vogliono. Io so solo che da quando ci siamo conosciuti mi sembra di vivere su una nuvola di zucchero filato rosa. Alex è gentile, premuroso, sensibile, non lascia nemmeno i calzini per terra o i piatti nel lavandino. Mi conosco, cerco sempre il problema perché niente è così bello da essere impeccabile. Ma l'unica piccola macchia sul mio orizzonte è lo spettro di Helen, la sua ex. Non ne ha più parlato da quella prima notte a casa sua e mi piacerebbe saperne di più su di lei. Ma l'unica cosa che davvero mi interessa è che lei faccia parte del passato. In questo momento, nulla conta se non io e Alex. Sono diventata una di quelle persone che, nel bel mezzo di una conversazione, sorridono misteriosamente quando ricevono un messaggio e fanno telefonate a bassa voce in ufficio. So che Jas non approva, ma Sameera e Harry si telefonano con Raj e Gemma e Jas non dice mai nulla. Forse sto solo immaginando la sua disapprovazione. Il vecchio gene del senso di colpa mi fa sentire di nuovo colpevole per qualcosa che non esiste.

Sono però preoccupata per Jas. Sembra che in questo periodo non stia bene e la sua negatività traspare. L'essere rimasta vedova a trent'anni è un pesante fardello e io non so come aiutarla. Solo ieri le avevo proposto di andare a pranzo fuori e di parlare, capisco che non voglia aprirsi in ufficio. Ma lei aveva detto che non c'era niente di cui parlare, che si sentiva solo giù, che si chiedeva dove stesse andando la sua vita e se avrebbe mai più incontrato qualcuno. La capisco, perché fino a poco tempo fa ero io quella che trascorreva i fine settimana da sola, che guardava con risentimento, ma anche con nostalgia, le foto di "coppia" sugli account Instagram degli altri amici. Guardavo le stucchevoli forme a cuore che facevano con le mani contro il tramonto, i piccoli selfie di due visi innamorati schiacciati contro l'obiettivo della macchina fotografica. Odiavo gli anniversari, i giorni di San Valentino e le cene a due. Nessuno più di me capisce come si senta Jas: per quanto sia soddisfatta della sua carriera, della sua casa, della sua vita, in realtà lei sarebbe pronta a condividerla di nuovo con qualcuno.

«Ieri la mia serata è andata a puttane», mi ha detto quando ero entrata nel suo ufficio. «Come sai, mi sono comprata un vestito nuovo, mi sono fatta le unghie e i capelli, mi sono spalmata un centimetro di fondotinta e di rossetto.»

«Sì, e com'è andata?», avevo chiesto, indovinando la sua risposta.

«Beh, alla fine mi sono seduta da sola al Pizza Express. Ero quella sfigata, che controllava il telefono e beveva un bicchiere di vino bianco. Quella dannata cameriera continuava a chiedermi se stessi aspettando qualcuno e se avessi intenzione di ordinare, come se non fosse permesso bere un drink prima di cena quando sei da sola, devi essere per forza una dannata coppia.»

«Il tipo non si è presentato?» avevo chiesto, sentendomi male per lei, che era piuttosto eccitata per l'appuntamento. Non me l'ha detto, ma sono sicura che aveva pensato che se avesse fatto come me e fosse andata su un'app di appuntamenti, la stessa cosa che è successa a me sarebbe potuta succedere a lei.

«No, *non* si è presentato. È il centesimo tipo con cui parlo di recente che sembra ritenere giusto chattare online, fare ogni tipo di proposta e promessa, fissare un orario, organizzare un appuntamento e poi non presentarsi. Gesù, siamo arrivati al punto che non mi dispiacerebbe se volessero solo un'avventura di una notte, purché si presentino davvero.»

«Oh, cara, succederà anche a te. Il fatto è che devi solo rilassarti e...»

«Non farlo.» Aveva alzato il palmo della mano in segno di stop. «Se hai in mente qualche dannato cliché su dieci autobus che passano contemporaneamente, tienilo per te. Non voglio sentirlo.»

«So che può darti fastidio, ma dicevo sul serio. Credo che anche a te accadrà, ma devi aprirti e smettere di essere così cinica nei confronti degli uomini.»

«Non è facile quando si dimostrano così spesso gli idioti che penso siano.»

Ho annuito.

Mi ha guardato, soppesandomi per qualche secondo, e io ho aspettato il commento. «Scommetto che hai passato la notte a letto tutta rannicchiata a Mr. Perfezione a guardare Netflix e ordinare un takeaway.»

«No, abbiamo solo mangiato pane e formaggio», ho detto, mettendomi improvvisamente sulla difensiva. «Abbiamo guardato un po' di Netflix - ma Alex è occupato a lavorare su un caso, quindi non è stata proprio la festa d'amore che ti immagini.»

Ho mentito. Non è andata proprio così.

Ora sono nella cucina dell'ufficio e Jas sta continuando la sua storia dell'"appuntamento infernale", raccontandomi di aver iniziato a chattare con un tipo quando è tornata dopo il bidone da Pizza Express.

«Pensavo che stessimo facendo progressi, finché non mi ha mandato la sua foto», racconta.

«Oh, non ha un bel viso?» chiedo.

«Non lo so, non l'ho visto in faccia.»

«Oh, che schifo.»

Ridiamo entrambe della ridicolaggine della cosa mentre lei descrive la foto del pene dell'uomo.

«E quel tizio in banca, con cui parlo saltuariamente da settimane, te forse l'ho nominato?»

«Solo circa centoquarantasette volte», scherzo. «Scott?»

«Proprio lui. Beh, sembra che volesse convincermi a chiedere un prestito, non a finire nel suo letto. I documenti del prestito sono arrivate stamattina, venti tonnellate di merda». Di solito riderebbe di gusto, ma è un segno di quanto sia giù il fatto che si limita ad alzare gli occhi al cielo.

«Peccato», dico, con simpatia.

«Sì! Era motivato più dalla sua posizione di agente che dalla prospettiva della posizione del missionario con me.» sorride.

Rido. «Oh, gioia, non era destino. Là fuori c'è qualcuno di meglio, che muore dalla voglia di prenderti da dietro, o da davanti... o come preferisci...»

«Grazie, Hannah, ma ora smettila.»

Rido e torno a preparare la mia cioccolata calda. In ufficio fa così freddo che mi aiuta a tenermi caldo. Jas apre la porta del frigorifero e cerca di trovare un ripiano su cui appoggiare i suoi panini.

«Maledetto Harry e i suoi maledetti pranzi da dieci portate.» Sospira, facendo spazio sul ripiano inferiore per il suo pranzo.

«Oh, scusa, sono io», dico, sentendomi in colpa, anche se a mia discolpa il frigorifero è minuscolo. «Marks and Spencer fa quel servizio di takeaway per le cene a casa: con dieci sterline compri un pasto, un dessert e del vino.» Cerco di dirlo come se non fosse una cosa importante. Invece lo è, perché stasera ho chiesto ad Alex di venire da me per la prima volta.

Jas alza un sopracciglio. «Ooh cheesecake?» leva la confezione dal frigorifero, la studia e poi la rimette a posto. «Allora, lo porti a casa sua o stasera si cena finalmente a Casa Hannah?»

«Qualcosa del genere.» Non voglio davvero sventolarle davanti la situazione e mi chiedo se pensa che dovrei invitarla a conoscere Alex. Potrei allargare la cena a tre. È ora che io e Alex iniziamo a conoscere i rispettivi amici, e lui le piacerà sicuramente perché è adorabile.

«È pronto per il casino di casa tua?» ridacchia, infilando finalmente i panini nel frigorifero e chiudendo la porta.

Si sta prendendo gioco di me? Non ne sono sicura, ma in ogni caso cambio immediatamente idea sull'invitarla da me. Sarà comunque un'impresa invitare Alex a casa mia, sapendo che la sua è perfetta, ma sarei ancora più nervosa con i commenti di Jas sui miei epici fallimenti come dea del focolare.

«Non è un sito di bombe, ho riordinato la mia stanza, mamma», dico senza sorridere.

Lei coglie la mia leggera irritazione e mi fa l'occhiolino. «Non fare caso a me, oggi sono una vecchia pentola brontolona. Sono sicura che hai pulito a fondo e messo in ordine dappertutto...»

Ora è il mio turno di ridere. «Sì, certo che l'ho fatto.» Verso l'acqua sulla polvere, la dolcezza del cioccolato mi riempie le narici, rianimandomi come un caldo abbraccio.

«Pensavo di no», sorride. «Mi hai detto quanto è pignolo, quindi vai via prima, assicurati che tutto sia immacolato, con le candele accese e qualcosa di piccante che lo aspetta in cucina - e questo puoi essere solo tu!» ride, il suo umore si è risollevato, probabilmente per la prospettiva esilarante della sitcom nella quale Alex, maniaco della pulizia, vede il mio appartamento.

Mescolo i resti di cioccolato in polvere nel liquido caldo con un cucchiaio, poi lo lecco.

«Animale», mormora affettuosamente. Poi incrocia le braccia. Il suo maglione è stretto sui seni pieni, ciocche di capelli neri le accarezzano il collo. «Allora, ragazza... resterà per il tuo cheesecake?» alza le sopracciglia in modo allusivo.

«Diavolo, sì. Il mio cheesecake è miele per gli uomini», la prendo in giro.

Jas ridacchia, poi si appoggia al bancone della cucina e, dato che la stanza è così piccola, mi blocca l'uscita, così rimango lì con la mia cioccolata calda in mano.

«Sei sicura di questo tipo Hannah?»

«Cosa?» dico, stancamente.

Alza entrambe le mani. «Mi fido di quello che mi racconti,ma lui mi sembra che abbia fin troppo bisogno di te. Ricordati dell'ultima volta che hai fatto entrare un uomo nel tuo appartamento, si è trasferito e non sei riuscita a liberartene.»

«Tengo gli occhi ben aperti, Jas.»

«Davvero?»

«Si», dico, senza sorridere.

«Lo spero, tesoro, perché nel momento in cui Tom ha messo i piedi sotto il tavolo è finita, ha vissuto nel tuo appartamento, ha mangiato il tuo cibo, ha preso, preso, preso.»

«Alex non è uno che prende e basta; lui vuole quello che voglio io.»

«Finché vuoi quello che lui *non* vuole e allora esce con i suoi amici e non torna a casa», dice lei con un sospiro.

Questo mi fa male, perché Jas sa che è esattamente quello che faceva Tom. Vorrei che smettesse di paragonare Alex a Tom.

«In realtà, ho dovuto *pregare* Alex di uscire con i suoi amici giovedì scorso», dico. «Non voleva passare la serata da solo, diceva che gli sarei mancata troppo.»

«E lui è uscito?», chiede.

«Sì, ma solo perché ho insistito.»

Stavo da lui e sorrido al ricordo di lui che se ne andava a malincuore. Se ne era andato chiudendsi la porta alle spalle; ma subito dopo era rientrato, gridando in corridoio «Mi manchi già.»

«Quindi Alex esce con i *suoi* amici, ma tu non esci con i tuoi?» alza le sopracciglia e, proprio in quel momento, entra Harry, così lei esce dalla cucina.

Merda. Perché le ho detto che Alex era uscito? Le avevo promesso che la prima volta che avessi avuto una serata libera avremmo fatto una serata tra donne e ora ci è rimasta male. Mi dispiace, ma non mi farò manipolare. Organizzerò presto una serata con lei, non perché è imbronciata, ma perché siamo amiche e vogliamo passare del tempo insieme. Sarà alle mie condizioni.

Torno alla mia scrivania e cerco di concentrarmi sul lavoro, ma tutto mi opprime. Io e Jas siamo molto unite e condivido sempre tutto con lei, vorrei tornare a come eravamo una volta, delle vere amiche, ma è come se mettesse Alex tra noi.

Poco dopo, si avvicina alla mia scrivania e ci si siede. «Spero che tu non pensi che prima abbia fatto la parte dell'amica gelosa», mi dice. Sono quasi delle scuse, o almeno un ramoscello d'ulivo.

«No, affatto», mento. «E spero che *tu* non pensi che io ti stia trascurando.»

Fa scorrere le dita sul bordo della mia scrivania, sembra che voglia parlare.

«Jas, so che abbiamo detto che avremmo avuto una serata fuori, solo noi due, e lo faremo. Abbiamo bisogno di una vera e propria riunione. Ma la sera in cui Alex è uscito, ho dovuto lavorare a casa. Come mio capo, penso che approverai.» Sorrido. So che non dovrei dare spiegazioni alla mia migliore amica, ma è una combinazione tra lei che si sente giù e io che mi sento in colpa perché non le sono stata vicina.

Resta appollaiata sul bordo della mia scrivania. «Il fatto è, Hannah, che sono un po' preoccupata per te, piccola. Sei completamente presa da quest'uomo, il che è adorabile, ma continuano a succedere cose strane, come le rose e il profumo nella tua auto. Odio doverlo dire, ma cosa sai davvero di Alex?»

«Senti, è successo secoli fa, le rose erano di Tom e tu stessa hai convenuto che il profumo era probabilmente frutto della mia immaginazione.»

«Sì, ma solo per non farti perdere la testa. So che Tom ha fatto cose strane quando vi siete lasciati la prima volta, ma questo è recente, ed è successo dopo che hai incontrato Alex.»

«Sono occupata, Jas, non ho tempo per questo.» È vero, ho

un sacco di lavoro da fare e non voglio parlare ora con lei. Devo uscire per incontrare Chloe Thomson e sua madre alle 14.

«Da quando hai iniziato a frequentare Alex non hai più tempo per niente e per nessuno. Non parlo solo di me; intendo dire che non hai tempo nemmeno per te stessa. E ora mi dici che lui esce la sera e tu resti a casa a lavorare.»

«Ti sbagli, non è andata così, sono rimasta da lui solo perché lui lo voleva.»

«Voleva che rimanessi perché non voleva perderti di vista?»

«Si chiama avere una relazione, Jas», sbotto.

«Sei sicura che non si chiami "essere controllati"?», dice con il tono da assistente sociale.

«No, *non* lo è. E mi dà fastidio che tu lo dica», replico. «Davvero, cosa ti dà il diritto di commentare la mia relazione?»

Harry e Sameera si guardano intorno; possono sentire tutto. Ma a me non importa, sono stufa di Jas che un minuto prima mi controlla e un minuto dopo dice che è mia amica e vuole che io sia felice.

«Accidenti, non intendevo... solo...» si sposta dalla mia scrivania. «Mi dispiace, Hannah, ma vedo segnali di allarme in questo caso e non mi piace.»

«Beh, io non vedo segnali di allarme e mi *piace*. Quindi, se non ti dispiace vorrei continuare a lavorare.»

Jas sbuffa e torna nel suo ufficio e vedo uno scambio di sguardi tra Sameera e Harry. È quello che pensano anche loro, che Alex sia dispotico? Nessuno di loro l'ha mai incontrato. Vogliamo passare la maggior parte del tempo insieme. Io rimango a dormire da lui e lui mi chiama al lavoro senza un motivo particolare: se questi sono campanelli di allarme, allora ben vengano. Per me sono indicatori di una relazione sana e reciproca, non che io debba giustificarmi con qualcuno. Vorrei che Jas si facesse gli affari suoi. Perché quando tra dieci anni io e Alex saremo ancora insieme, dirò "te l'avevo detto". E Jas capirà di aver sbagliato a giudicare Alex come gli uomini con cui esce.

Jas ha cercato di insinuare che la sera in cui Alex è uscito mi ha fatto rimanere a casa sua da sola ad aspettarlo, ma non è andata così. «Uscirò con i miei amici solo a una condizione», aveva detto. «Che tu rimanga qui da me, così potrò tornare a casa da te.» Così ho fatto, di buon grado; ero felice di stare nel comfort della sua casa, aspettando con ansia il suo ritorno, piuttosto che rimanere la notte nel mio appartamento da sola. E quando è tornato a casa a mezzanotte, invece di essere arrabbiato e addormentarsi sulla sedia, come faceva Tom, era sobrio e affettuoso. E, soprattutto, era così felice di trovarmi ad aspettarlo in quello che lui definiva il "nostro letto". L'idea che Jas ha di qualcuno che è "dittatoriale" è plasmata dalle sue esperienze, e se vede dei segnali di allarme solo perché qualcuno si preoccupa abbastanza da voler stare con me, allora penso che sia *lei* ad avere un problema.

Ora è alla sua scrivania e so dalle sue guance arrossate che è arrabbiata e sconvolta, e lo sono anch'io, ma le cose andavano dette. Ne ho abbastanza dei suoi commenti e, grazie a lei, sembra che tutto l'ufficio abbia un'opinione sulla mia vita sentimentale.

Raccolgo le mie cose per andare a trovare Chloe Thomson. Vive in un paesino a circa quindici minuti di macchina da qui e, onestamente, sono felice di avere una scusa per andarmene da questo posto. Mi sento come se tutti mi osservassero, ascoltassero le mie telefonate, mi giudicassero e discutessero di me e Alex. La cosa comincia a mettermi a disagio. So che Sameera e Harry sono più curiosi che preoccupati, ma i commenti di tutti, soprattutto quelli di Jas, mi fanno dubitare della mia relazione. In cuor mio so che è giusto così. Non è possessivo, non mi impedisce di fare cose senza di lui, sono io che *voglio* stare con lui.

Sono in anticipo per l'incontro con Chloe, ma devo uscire da quell'ufficio. Una volta in macchina chiamo Alex. Per quanto voglia sfogarmi, non ho intenzione di dirgli che Jas mi ha fatto arrabbiare e lo ha definito dispotico. Spero che un giorno possano essere amici e non ho intenzione di sganciare la bomba e rovinare ogni possibilità di armonia futura; Jas si ricrederà. Tuttavia, mi sento vulnerabile e ho bisogno di stare con qualcuno che so che mi ama e di cui mi posso fidare.

Alla fine risponde.

«Ehi, mi manchi», dico, «e mi chiedevo se fossi libero per un pranzo veloce, sono in anticipo per il mio incontro e ho mezz'ora e...»

«Tesoro... oh tesoro, sarebbe meraviglioso, ma sono in tribunale tutto il giorno.»

«Alex, dove sei? Sento dell'acqua scorrere.»

«Sono... sì... in realtà sono in bagno, in tribunale.»

«Oh, vi siete fermati per pranzo?» chiedo, guardando l'ora, sono le 13.00.

«No... come ho detto, non ho tempo, solo un panino veloce.»
«Oh.» sono delusa.

«Stai bene, Hannah?»

«Sì, volevo solo vederti. Oggi mi sento un po' giù.»

«Oh, mi dispiace tantissimo, ma ci vediamo stasera e mi faccio perdonare... Tieni duro, tesoro.»

Non posso fare a meno di sentirmi triste mentre vado a casa di Chloe Thomson. È stupido, lo so, e durante il viaggio mi faccio un discorso di incoraggiamento - devo essere sul pezzo per la mia assistita e non distratta da qualche tensione in ufficio.

Chloe è una ragazza che è stata più volte affidata ai servizi sociali ed è considerata vulnerabile. A sedici anni ha diritto a un consulente personale dei servizi sociali, che sono io. Così, quando cinque settimane fa ha chiamato in stato confusionale dicendo che il fidanzato della madre l'aveva toccata, ho chiamato la polizia e sono andata a casa loro a notte fonda per aiutarla. Ma poco dopo ha ritrattato la sua dichiarazione, dicendo che si era inventata tutto perché aveva litigato con la madre. Non posso fare a meno di pensare che tutto questo sia stato risolto troppo facilmente e che ci siano cose che Chloe non sta dicendo. In base alle informazioni sul suo passato, è diventata sessualmente attiva all'età di dodici anni, all'incirca nel periodo in cui i suoi genitori si sono separati e la madre ha iniziato ad accogliere in casa fidanzati tossicodipendenti. Sospetto che ci siano dei problemi irrisolti, forse legati ad abusi sessuali, problemi sui quali ora devo indagare.

So che sta succedendo qualcosa a Chloe e so che posso aiutarla se mi parlerà, deve solo fidarsi di me. So anche quanto sia difficile essere creduti. Penso al fratello adottivo che mi minacciava con ogni tipo di violenza mentre mangiavo i miei bastoncini di pesce al tavolo da tè. Sua madre, la mia madre adottiva, gli sorrideva amorevolmente, ma i suoi occhi non lo facevano. Quando, dopo un pugno allo stomaco particolarmente doloroso, osai raccontarlo all'assistente sociale, la famiglia affidataria serrò i ranghi, disse che avevo mentito e mi fece tornare a casa. Imparai allora la necessità di nascondere le cose. Da quel momento, in un angolo del mio cervello ho creato un piccolo cassetto per riporre ciò che mi fa male, come lo spiacevole biglietto è ora lì dentro, ben chiuso.

I miei pensieri sono ora liberi di vagare verso la cena di stasera da me. Cosa penserà Alex dei miei mobili essenziali, delle mie lenzuola economiche, delle mie stoviglie spaiate? Non me ne è mai importato fino ad ora. Prima di Alex, ero troppo presa dal lavoro per pensare all'intera combinazione di colori per l'appartamento. Passare del tempo a casa sua mi ha fatto capire che questi aspetti possono migliorare la vita e ammorbidire gli spigoli duri alla fine della giornata lavorativa. Ma proiettano anche un'immagine della persona che abita la casa, e ora mi preoccupo dell'impressione che il mio spazio disordinato e disorganizzato darà di me ad Alex.

Entrando nel paesino di Pershore, noto un negozio di ceramiche con bellissimi piatti fatti a mano in vetrina e, sentendomi ben disposta, mi chiedo se possa permettermene due per la cena di stasera. Sono ancora in anticipo per l'incontro con Chloe e sua madre, quindi parcheggio l'auto nel piccolo parcheggio del centro per andare a dare un'occhiata.

Una volta entrata nel negozio, vengo subito avvicinata da una commessa ben truccata, che mi informa che i piatti non solo sono fatti a mano, ma provengono dall'Italia.

«Made in Tuscany, lavorato con terracotta locale, non *adorate* quella sfumatura ambrata e cangiante?», chiede, spalancando gli occhi, con le ciglia finte e nere come la fuliggine che svolazzano.

Annuisco con entusiasmo, sapendo che Alex li amerà quanto me.

«Vuole vederli più da vicino?» Mi porge con cura uno dei grandi piatti da pranzo come se fosse una porcellana di epoca Ming. Lo prendo con altrettanto rispetto, lo tengo con entrambe le mani e immagino Alex e me a lume di candela, seduti al mio tavolino sgangherato, con i piatti fatti da mani italiane, la cena preparata da M&S e scaldata da me al microonde. So che questi piatti non trasformeranno il mio appartamento in una reggia, ma aggiungeranno un tocco di classe e di impegno e mostreranno ad Alex che per me c'è qualcosa di più di un divano vecchio e di stoviglie sbeccate.

Anche quando mi dice il prezzo, ben trenta sterline l'uno, non lascio cadere il piatto per lo shock e non dico che devo pensarci su. Immagino Alex e dico: «Ne prendo due, per favore.» Mi sento un milionario.

Sto uscendo dal negozio con un sacchetto di piatti dal prezzo folle, eccitata per la serata, quando all'improvviso vedo Alex. Sta uscendo da un pub dall'altra parte della strada, il che non ha senso perché prima, quando l'ho chiamato, mi ha detto che sarebbe stato in tribunale tutto il giorno. Forse l'udienza è stata rinviata? Deve essersi precipitato qui in fretta - il tribunale è a Worcester e dista almeno quindici minuti.

Tutti questi pensieri mi frullano in testa mentre lo saluto, cercando di catturare il suo sguardo tra le auto che passano. Il mio cuore sta facendo una piccola danza. Dopo la discussione di stamattina con Jas, vorrei correre e cadere tra le sue braccia. Spero solo di non scoppiare a piangere, perché nonostante la mia calma apparente, dentro di me sono tutta agitata.

Cerco di attraversare la strada per raggiungerlo, ma le macchine continuano ad arrivare e un paio di volte mi affaccio e devo tornare indietro sul marciapiede. All'improvviso si apre un varco e sto per attraversare quando vedo che sta parlando con qualcuno. Una donna. Mi trattengo dal chiamarlo mentre lui prosegue con lei, immerso in una conversazione. Ho perso l'occasione di attraversare, ora che il traffico si muove nelle due direzioni, quindi non mi resta che guardare. Li vedo solo da dietro, mentre proseguono lungo la strada. Poi, con mio grande sgomento, lei lo prende sottobraccio.

Camminano e io sono perplessa, scossa in realtà. Perché lui è qui? Chi è lei? Perché ha detto che era in tribunale tutto il giorno, mentre chiaramente non lo è? Più avanti, lungo la strada, lei appoggia la testa sulla spalla di lui. Non so cosa stia succedendo. È tutto vero?

Sono in piedi sul marciapiede e mi sento svenire, una donna mi chiede se sto bene e io annuisco, automaticamente, senza nemmeno guardarla. Ma lei indica qualcosa a terra e quando guardo ai miei piedi, vedo la borsa con i miei bei piatti. Le mie stoviglie nuove di zecca, in terracotta toscana, lavorate con cura da mani italiane, si sono frantumate in mille pezzi.

12

Mentre raccolgo il sacchetto di cocci, non distolgo lo sguardo da Alex e dalla donna che continuano a camminare per strada. Probabilmente il rumore del traffico ha fatto passare in secondo piano il rumore delle stoviglie che si schiantavano a terra, quindi lui non ha sentito e non mi ha visto. Credo che pensi che io sia tornata a Worcester, dietro la mia scrivania, dove non posso vederlo a braccetto con una donna sconosciuta. Era con lei quando ho chiamato? Il rumore dell'acqua corrente non proveniva dal bagno del tribunale, ma dal bagno di una casa? Il bagno di lei? Chi è lei? E soprattutto, *che cosa* è per Alex?

Cerco disperatamente di pensare a un'alternativa all'ovvio. Potrebbe essere solo un'amica, una collega o una cliente che lui ha aiutato e che gli sta dimostrando la sua gratitudine stringendogli il braccio. Non posso dire di aver mai avuto un assistito che si sia legato a me, e mentre lo farei con Jas o Sameera, sarebbe strano farlo con Harry, e lui penserebbe sicuramente lo stesso. Vorrei che questa donna fosse la sorella di Alex, ma lui è figlio unico. Non posso sopportare questa situazione, devo sapere che cosa sta succedendo, così riesco ad attraversare la strada e a seguirli a una distanza discreta. Mi sembra strano e sbagliato. Non dovrei fidarmi di lui e chiedergliene conto più tardi? O chiamarlo e avvicinarmi a loro, invece di sgattaiolare dietro di loro? Ma sarebbe una follia. Oltre a tutta la felicità, l'attesa, la sensazione di calore che ti inonda costantemente le vene - questo è ciò che l'amore fa a una persona. Fa impazzire, il giudizio si offusca e diventa irrazionale.

Rallentano leggermente e la donna esce sulla strada. Per un attimo penso che stia per finire sotto una macchina, ma lei attraversa veloce guardando da entrambe le parti. Respiro... forse si sono salutati? Ma prima che possa riprendermi, Alex la segue dall'altra parte della strada.

Consapevole solo a metà delle mie azioni, tiro fuori il telefono e lo chiamo. È un gesto istintivo, non ci penso, non so nemmeno cosa dirgli quando risponde. Anche se è corso dall'altra parte della strada, sono abbastanza vicina da vederlo reagire alla suoneria e prendere il telefono dalla tasca della giacca. Guarda lo schermo e io trattengo il fiato, aspettando che risponda. Ma esita, poi deve chiudere la chiamata perché lo squillo cessa e lui rimette il telefono in tasca.

Sono distrutta. Pensavo che mi rispondesse sempre al telefono, qualunque cosa stesse facendo. Perché ora non mi risponde più?

Mi fermo sul marciapiede di fronte e osservo la donna che sventola le chiavi di una cabrio rossa e lucida. È allora che intravedo per la prima volta il suo viso. Capisco subito chi è. È la donna della foto il cui volto lui ha furiosamente deturpato con la penna. E non solo ha appena pranzato con lei, ma mi ha anche detto che era da un'altra parte.

Non sono nemmeno discreta ora, mi sono fermata in mezzo al marciapiede, in un gelido pomeriggio d'inverno, e li osservo apertamente, mentre la gente mi passa accanto, lanciandomi occhiate arrabbiate perché non mi sposto. Una parte di me vorrebbe che Alex mi vedesse, si precipitasse da me, mi abbracciasse e mi spiegasse che cosa diavolo sta succedendo. Ma siccome sta parlando con lei, non mi vede. Poi la donna sale in macchina, Alex si siede sul sedile del passeggero e si allontanano. Proprio come una coppia che esce per un pomeriggio romantico.

Un uomo che passa mi fa quasi cadere in strada, ma prima che possa scusarsi, mi sposto e mi fermo sulla soglia di un negozio di beneficenza, stringendo la mia borsa di stoviglie rotte, sentendomi come se fossi stata investita da un camion.

Dopo qualche minuto, spengo il telefono e torno al parcheggio. Devo ricompormi. A prescindere dai miei problemi, devo andare all'incontro con Chloe. Sono qui per questo, per una ragazza che è già stata delusa da coloro di cui si fidava. Ma in questo momento mi chiedo se non sia nel suo interesse che io passi il suo caso a qualcun altro, qualcuno che possa essere più presente, più concentrato di me in questo momento.

Sono tentata di chiamare Jas per dirgli che sto male e che devo andare a casa, ma non posso fare questo a Chloe. È già passata da un referente a un altro; Harry era il suo assistente sociale prima di me, ma quando Chloe ha compiuto sedici anni, l'ha dovuta lasciare perché lui lavora solo con ragazzi tra i tredici e i quindici anni. Ha appena superato il trauma di non avere più Harry, come si sentirebbe a essere scaricata di nuovo solo perché sono troppo presa dai miei problemi personali? Non potrei vivere con me stessa. No, la sicurezza di Chloe è fondamentale. Devo concentrarmi.

Guido fino a casa di Chloe e prendo un sacco di appunti, do qualche suggerimento e metto insieme un'ipotesi di percorso nella mia testa. Ma è inutile, in realtà, perché so che c'è qualcosa che non mi sta dicendo, quindi non riesco a venire a capo del suo problema, per quanto voglia aiutarla. Ultimamente è diventata scontrosa e poco comunicativa, e mi fa male al cuore e al cervello vedere che cosa sta succedendo a questa sedicenne problematica, che già deve lottare a scuola e che probabilmente continuerà ad avere una vita estremamente difficile. Oltre alla frustrazione e ai limiti di un disturbo dell'apprendimento, Chloe ha una madre tossicodipendente, per non parlare del nuovo fidanzato di quest'ultima. Inoltre, si trova ad affrontare tutte le situazioni tipiche di un adolescente, dai problemi di amicizia, agli ormoni impazziti, ai problemi con i ragazzi e alla continua questione dell'abuso sessuale,che non posso ignorare.

Per quanto cercassi di indagare, all'incontro era presente anche la madre di Chloe che rispondeva a nome della figlia alla maggior parte delle mie domande; molto frustrante. Ho chiesto a Chloe se volesse essere incontrata da sola, ma lei ha alzato le spalle, quindi non ho potuto insistere, ma in ufficio prenderò comunque un appuntamento per incontrarla la prossima settimana.

Quando lascio le Thomson poco più di un'ora dopo, risalgo in macchina e controllo subito il telefono. Alex mi ha chiamata *sette* volte e inviato cinque messaggi. Nel primo: *Ehi, ci sei? Penso che tu mi abbia chiamato. Stai bene? Ti amo.*

Ci sono altri quattro testi similari ma con variazioni. Non ho mai ignorato i suoi messaggi e ho sempre risposto alle sue chiamate. Ma per una volta rimetto il telefono in borsa senza rispondere, metto in moto e torno in ufficio.

Mentre guido, cerco di capire perché il mio uomo abbia una relazione segreta con un'altra donna. Alex mi adora, o almeno così dice, ma la verità è che sembra che mi abbia mentito - e Jas ha sempre avuto ragione.

13

«Stai bene?» chiede Sameera avvicinandosi alla mia scrivania.

Sono di nuovo in ufficio, mi concentro sul lavoro e ignoro i messaggi e le chiamate di Alex. Non oso rispondere, altrimenti perdo la testa. Sarei sconvolta e arrabbiata e invece devo concentrarmi su Chloe.

Annuisco. «Sì, sono solo occupata... Sto avendo una giornata di merda, a dire il vero.» Sono tentata di raccontarle che ho visto Alex a Pershore, ma poi vedo Jas alzare la testa dallo schermo e decido di non farlo. Non voglio trovarmi in mezzo all'ufficio a piangere, perché Jas possa rifarsi gli occhi e dire «Te l'avevo detto.» Non ancora, comunque.

«Hai poi scoperto chi ti ha mandato quelle rose?». Chiede Sameera, appoggiandosi timidamente alla mia scrivania.

Smetto di scrivere e alzo lo sguardo. «No, Tom ha detto che non è stato lui.» Faccio spallucce.

«Beh, e perché avrebbe dovuto dirlo?»

«Sì, non è qualcosa che qualcuno sarebbe orgoglioso di rivendicare come proprio.»

«Mi piaceva Tom, era divertente, niente sembrava turbarlo. Non riesco a immaginare che possa aver mandato un biglietto del genere. Potrebbe essere qualcuno di più casuale, qualcuno che hai fatto arrabbiare senza saperlo? Come un assistito, un suo genitore...» Il biglietto con i fiori aveva sconvolto Sameera. È ovvio che continuasse a pensarci.

«Sì, potrebbe essere, possono serbare rancore, ma lo stesso vale per Tom.» Sospiro.

«Chi porta rancore?» Harry si alza dalla scrivania e ci raggiunge, mangiando un panino e lasciando cadere briciole ovunque. Sameera lo rimprovera e lui alza le spalle. «Sembri turbata, Hannah.» Mi guarda, preoccupato, e poi torna al suo panino.

«Sto bene, sono solo occupata», dico. Per ora, terrò per me le mie preoccupazioni su Alex finché non saprò da lui qual è la verità. Cambio argomento. «Ho appena avuto un incontro con Chloe e sua madre. Credo che stia succedendo qualcosa», dico a Harry mentre Sameera va a preparare il caffè per tutti.

«Con il compagno di Carol?» chiede, finendo il suo panino e appoggiandosi alla scrivania.

«Sì, e Carol era presente, quindi non ho potuto parlare con Chloe da sola. Dovrò farlo, però. Ho davvero bisogno di andare a fondo di tutta questa storia.»

Come precedente assistente sociale, Harry conosce fin troppo bene il caso e sgrana gli occhi. Sospira e indica i fascicoli. «Li hai già esaminati tutti?»

«No», dico, sentendomi in colpa. «Ho iniziato, ma sto arrancando. Li avrei dovuti esaminare settimane fa, quando mi hai passato il caso. «Mi dispiace.»

«Non ti scusare, nemmeno io sono sicuro di aver letto ogni minimo dettaglio. Ammettiamolo, vanno indietro di anni.»

«Chloe ha avuto un inizio così difficile. E Carol porta un uomo del genere in casa, con un'adolescente problematica - non mi fido affatto della situazione.»

«Dio solo sa cosa sta succedendo. Quella povera ragazzina sarà così confusa.»

«Sì, lo so. Come se le cose non fossero già abbastanza difficili, sua madre è incapace di mettere la figlia al primo posto.»

«Assolutamente sì, ma è un campo minato, fai attenzione», mi avverte Harry.

«Che cosa vuoi dire?», chiedo.

«Quella ragazza è sotto la nostra tutela da così tanto tempo, che sa come rispondere, sa cosa stiamo cercando, e se sua madre parla per lei, potrebbe essere solo perché *Chloe* vuole che lo faccia.»

«Wow, non ci avevo nemmeno pensato.» Harry è bravo nel suo lavoro e capisce come ragionano i giovani. Inoltre, è stato l'assistente sociale di Chloe per due anni, quindi la conosce bene.

«Fammi sapere se qualcosa ti preoccupa o se hai bisogno che ti traduca il linguaggio di Chloe.» Ride, allontanandosi.

«Grazie, Harry.» Sorrido. «Che cosa farei senza di te?»

Si siede di nuovo alla scrivania, facendo segno col pollice in su.

Il mio telefono lampeggia, rispondo e Margaret dice: «Alex sulla linea uno, mia cara.»

Non riesce a contattarmi al cellulare, quindi prova con il telefono fisso. Merda. Non voglio ancora parlargli, ho bisogno di pensare e voglio farlo penare. «Oh, sono molto occupata questo pomeriggio, Margaret. Ti dispiacerebbe dirgli che non sono in ufficio?» chiedo.

«In realtà, cara, è la terza volta che chiama. Pensavo che questo tipo ti piacesse.»

Dio, persino Margaret ha un'opinione sulla mia dannata vita sentimentale. So che lei non ha cattive intenzioni, ma vorrei che tutti si facessero gli affari propri.

«Sì, ma sono impegnata e poi non è il caso di essere troppo disponibili, no?» cerco di sembrare serena, non voglio che pensi che ci sia qualcosa di più.

Vedere Alex oggi con quella donna mi ha spiazzata. So che

dovrei affrontarlo, rispondere alle sue chiamate e chiederglielo, ma ho paura di sentire quello che potrebbe dire. E poi non posso fare questo tipo di conversazione in ufficio, davanti a tutti. Lo chiamerò quando sarò pronta.

Alle 18.00 il clima è gelido e le previsioni minacciano neve.

«Non fare troppo tardi, tesoro», mi dice Jas, «il ritorno a casa non sarà molto divertente se peggiora ancora.» Sta per andarsene ma viene verso di me, con cappotto e sciarpa in mano. È ovvio che ha perdonato o dimenticato il nostro piccolo litigio di stamattina, quindi lo farò anch'io.

«Non farò tardi, cara, sto solo risolvendo l'enigma di Chloe», dico e le sorrido.

«Ah quello! Abbiamo bisogno di una riunione per parlarne?»

«Non stasera, parliamone domani, quando avrò analizzato tutto questo. Ci sono un sacco di appunti scritti a mano sul suo recente colloquio con lo psicologo che devono essere inseriti nel file.»

«Lo può fare Margaret per te.»

«No, va bene, posso capire meglio se lo faccio da sola.»

«Ok, tesoro, ma non lavorare troppo.» Avvolge più volte la sciarpa di lana intorno al collo e mi dà un bacio. Ma prima di andarsene mi dice «Scusa per prima, devo starne fuori, vero?»

«Sì, devi!» Le dico ma vorrei tanto dirle di Alex a pranzo e di come mi sento, ma so che non farei altro che darle altre frecce per l'arco e ora non ne ho proprio bisogno.

«Mi dispiace molto.»

«Va bene, è tutto a posto. Io e te ci conosciamo da troppo tempo perché un piccolo litigio per un uomo possa fare la differenza.»

«Grazie per averlo detto, significa molto per me. Ti voglio bene, tesoro.» Mi manda un altro bacio.

«Anch'io», dico e le mando un bacio mentre esce, aprendo la porta e facendo entrare una ventata gelida.

Resto sola nel silenzio, con il solo ticchettio della tastiera. Si potrebbe sentire cadere uno spillo.

Il mio cervello è in fermento. Dovrei concentrarmi su Chloe Thomson, ma sono troppo preoccupata per quello che ha fatto Alex oggi per riuscire a pensare a qualsiasi altra cosa. Forse nella mia testa ho gonfiato la cosa a dismisura; devo assolutamente parlargli.

Prendo e poso il telefono più volte, prima di trovare finalmente il coraggio di chiamarlo e scoprire una volta per tutte che cosa sta succedendo. È l'uomo perfetto che pensavo fosse, o tutta questa storia è stata solo una farsa?

14

Alex sembra contento e sollevato di sentirmi quando risponde al telefono.

«Hannah, ero così preoccupato per te, ti ho chiamata tutto il giorno. Non hai ricevuto i miei messaggi? Ti ho mandato anche degli sms, dove *sei*?»

«Sono ancora al lavoro», rispondo con tono monocorde.

«Ma sono le sei passate. Pensavo che stasera avremmo cenato da te. Sono andato a casa tua, ma non c'eri.»

Cristo, con tutto quello che è successo oggi, avevo dimenticato il glorioso pasto pronto per due persone ancora nel frigorifero dell'ufficio. «Scusa... sono stata molto occupata... ho ancora un sacco di cose da fare.»

«Non puoi portare il lavoro a casa?», chiede.

«No.» Sto prendendo tempo. Voglio chiedergli che diavolo ci faceva oggi a braccetto con una bella donna. Ma ora non voglio affrontare una conversazione difficile e non lo voglio sentire mentire.

«Che cosa c'è che non va? Sembri diversa. Mi stai spaventando.»

Ho la nausea, non so da dove cominciare.

«Perché non mi hai richiamato, Hannah? Sono stato in tribunale tutto il giorno e sono dovuto uscire per usare il telefono.»

«Sei stato in tribunale *tutto* il giorno?»

«Sì, esatto, è quello che ho detto.» Quindi non me lo dirà. «Riuscivo a malapena a concentrarmi sul caso. Un caso anche importante...», aggiunge come ripensandoci.

Il suo tono di voce mi irrita. Come si permette! Sta mentendo spudoratamente e ha la faccia tosta di essere pure arrabbiato con me.

«Ho passato il pomeriggio a esaminare le opzioni per proteggere una povera adolescente che probabilmente sta subendo abusi sessuali.»

La sua voce si addolcisce. «Mi dispiace. È per questo che non hai risposto alle mie...»

«E *uno* dei motivi. Ho dovuto discutere il caso in dettaglio con Harry.» Una volta esaminati i fascicoli, mi ero seduta con Harry per vedere che cos'altro potevo valutare; è stato molto utile e anche Sameera aveva dato qualche suggerimento. Sono stata contenta del loro contributo, avevo la testa da un'altra parte. «Come ho detto, anche io oggi ho avuto un po' di cose da fare», dico.

«E bello che tu abbia avuto Harry per parlare di questo caso.»

«Cosa vuoi dire con questo?» scatto, sapendo benissimo che cosa intende. Sembra che abbia un problema con Harry, o con tutti gli uomini di cui sono amica.

«Niente, solo che... non *mi* parli tutto il giorno, ignori le mie chiamate e i miei messaggi, ma a quanto pare hai avuto il tempo per parlare con Harry.»

«Ti stai comportando da idiota», mi sento dire. Non posso credere che sia geloso del povero Harry. Sta sbagliando tutto e, inoltre, chi diavolo è lui per essere incazzato con me per aver parlato di un caso a un collega quando non mi ha nemmeno detto con chi ha pranzato? «Senti, non voglio fare questa conversazione al telefono, sto perdendo la pazienza e credo di aver bisogno di mangiare», dico, aggiungendo con tono più conciliante: «Hai pranzato oggi?»

«Non un vero e proprio pranzo, come detto sono stato sempre in tribunale.»

«Non hai nemmeno fatto un salto fuori?»

«No, non ho avuto tempo. Ho preso un panino in mensa e non sono mai uscito.»

Quindi ora so che Alex Higham, il mio Mr Right, l'uomo splendido e perfetto che ha chiaramente la stoffa del marito, mi dice delle bugie. E fa un male cane.

«Ma sono riuscito comunque a trovare il tempo per chiamarti», dice con voce ferita, il che mi fa arrabbiare ancora di più. «Siamo *entrambi* persone impegnate, Hannah, ma io ho trovato il tempo.»

Non rispondo, sono troppo arrabbiata.

«Hannah?»

«Cosa?»

«Sicuramente avresti potuto trovare due minuti nella tua giornata per rispondere alle mie chiamate. Non capisco.»

«*Tu* non capisci? Allora siamo in due», ringhio.

«Che intendi? Qual è il problema?» attende qualche secondo poi aggiunge, con voce più impaurita «Hannah, che cosa c'è, che cosa c'è che *non va*?»

«Hai detto che oggi non ti sei mai allontanato dal tribunale», sento la mia voce recitare il copione che ho preparato mentalmente per tutto il giorno.

«Sì.»

«E non sei mai uscito?» Mi sembra di essere l'avvocato che passeggia nell'aula mentre interroga l'imputato.

«No. Tesoro, che significa tutto questo?»

«*Questo*? So che *hai* lasciato il tribunale, anzi hai lasciato Worcester. Ti ho visto. A Pershore. Con una donna.»

Silenzio.

Il suo silenzio è la prova che mi ha mentito. Ma perché?

Sono vagamente consapevole che fuori ha iniziato a cadere la temuta neve - fiocchi grossi, vorticosi e roteanti. Penso al viaggio verso casa. Penso a Chloe Thomson e spero che stasera stia bene.

«Oddio, Hannah, avrei dovuto dirtelo», dice ora Alex.

«Sì, avresti dovuto.» Grido.

«Non ti sto nascondendo nulla», mormora.

«Non sembra così, Alex.» riesco a malapena a sentire la mia voce.

Silenzio, dentro e fuori. Nessun rumore di veicoli dalla strada. La neve riveste le finestre, come se qualcuno avesse gettato una grande coperta grigia sul mondo, soffocandolo in una calma inquietante.

Sto aspettando. Ho paura di quello che dirà. Devo sapere ma non sono sicura di essere abbastanza forte per sentirlo.

«Non volevo dirtelo perché, beh, non volevo allarmarti. Possiamo parlare? Come si deve? Voglio vederti.»

Un nodo mi stringe la gola. *No, no, non Alex.*

«*Dimmi* solo, chi è?» voglio stare male.

«Era Helen.»

«Non so che dire.» Sono confusa, ferita e sconvolta, non capisco come mi sento.

«Ma... ma tu devi sapere *tutto*», dice. «E quando te lo racconterò, dovrò stringerti a me, spiegarti tutto con attenzione, in modo che tu non ti faccia un'idea sbagliata.» Voglio disperatamente credere che andrà tutto bene, che Alex darà una ragione perfettamente plausibile per cui oggi ha pranzato con la sua ex e non me l'ha detto. L'ex che, fino a poco tempo fa, sembrava avere grossi problemi a dimenticare. Non dico una parola, voglio solo ascoltare.

«Hannah, ti prego, sei così importante per me...» la sua voce si affievolisce.

«Se sono così importante per te, perché mi hai mentito?»

Di nuovo il silenzio. Speravo che ridesse, che liquidasse le mie paure, dicendomi che sono una sciocca, che era solo una cliente, una collega, qualsiasi cosa. Voglio che mi convinca che non c'è nulla di cui preoccuparsi. Ma io *sono* preoccupata.

«Incontriamoci, Hannah, parliamo.»

«Non lo so.» Sospiro.

«Ti prego, ti supplico, non buttare via quello che abbiamo. Non c'è nulla di cui essere gelosa, te lo assicuro.»

«Gelosa? Non si tratta di gelosia, non sono un'adolescente. Posso capire che qualcuno si incontri con una ex; ma il problema è che tu non me l'hai detto.»

«Io... vediamoci da te», dice con fermezza.

«No, non voglio incontrarti da me. Ma voglio sapere cosa sta succedendo, quindi andiamo in un posto neutrale, così se non mi piace quello che hai da dire, posso andarmene.»

«Ok, ok, tutto quello che vuoi. Ma mi prometti che mi ascolterai?»

«Ci proverò, ma non ti prometto nulla. Dove ci vediamo?» Guardo fuori dalla finestra, la neve sta coprendo tutto di bianco.

«Il wine bar di Foregate Street? Dove siamo andati al nostro primo appuntamento?», dice. «Posso essere lì in cinque minuti.»

«Ok, ma sei a casa mia, giusto? Sono almeno dieci minuti di macchina, e sta nevicando, ti ci vorrà più tempo.»

«Oh. Sì... io... Senti, aspettami al lavoro.»

«No, ci vediamo al wine bar.»

«Perché non posso venire in ufficio...?»

«Ho ancora del lavoro da fare, quindi mandami un messaggio quando arrivi al wine bar così poi esco». Non mi importa se viene qui o meno, ma odio il fatto che a volte cerchi di dirmi cosa devo fare. Ha questo modo di convincermi, di intimorirmi, in modo gentile.

«Perché non mi vuoi mai lì al tuo ufficio?»

«Non è che non ti *voglio* in ufficio... Voglio solo che ci vediamo in campo neutro.»

«In realtà non mi hai mai voluto lì, che cosa mi nascondi?»

Ma che cosa sta dicendo? Mi sento improvvisamente arrabbiata e mi metto sulla difensiva. «Alex! Ma davvero? Sei *tu* che stai nascondendo qualcosa, quindi per favore, non cercare di deviare il discorso su di me. Ci vediamo al wine bar tra mezz'ora», dico con fermezza, mettendo giù il telefono, arrabbiata perché ha insinuato che io abbia un motivo per non lasciarlo avvicinare al mio ufficio. Si offre sempre di venirmi a prendere, ma non ce n'è bisogno e per ora voglio tenere separati casa e lavoro. Inoltre, dal punto di vista professionale, non è opportuno. In questo ufficio sono conservate informazioni riservate e Jas si arrabbierebbe se sapesse che qualcuno, oltre al team, entra qui dopo l'orario di lavoro. Ci mancherebbe solo che lei tornasse per aver dimenticato qualcosa o per controllare che io stessi bene e lo trovasse qui con me nella semioscurità.

Nell'ombra di questo ufficio ci sono scaffali su scaffali di fascicoli e armadietti chiusi a chiave. Tra i tanti appunti e registrazioni di riunioni e decisioni ci sono i segreti che le persone nascondono, le cose che dobbiamo tenere al sicuro. A volte, in questo lavoro, dobbiamo lasciare che la vita si manifesti in tutta la sua miseria e orrore. Ma alla fine è per cercare di migliorare queste vite.

Sento qualcosa, un movimento in fondo all'ufficio. Jas ha detto che pensa ci siano dei topi. Spero di no. Eccolo di nuovo. Proviene sicuramente dal fondo dell'ufficio. Mi guardo intorno, cercando di individuare la provenienza esatta del rumore, ma la luce è talmente scarsa che non riesco a vedere molto lontano.

Cerco di finire quello che sto facendo per andare a incontrare Alex, ma non riesco a concentrarmi. Ho l'orribile e irrazionale sensazione che qualcuno nell'ombra mi stia osservando. So che non c'è nessuno, ma mi volto di nuovo dietro di me nell'oscurità e vedo un movimento. Sicuramente *non era* un topo.

Rimango immobile e scruto nel buio per un po'; mi rendo conto che probabilmente sono solo la mia mente e l'oscurità a giocare brutti scherzi. Devo smettere di fare la stupida e finire di compilare il rapporto dell'incontro di oggi con Chloe e sua madre.

Torno al mio lavoro e continuo a scrivere, con la tastiera che ticchetta nella quiete profonda. Sento qualcosa e improvvisamente mi fermo. E aspetto. Silenzio. Mi guardo intorno. Niente. Ricomincio a scrivere, ricordando il modo in cui Chloe non riusciva a guardarmi negli occhi, il modo in cui sua madre parlava al suo posto. Come ha detto Harry, forse in Chloe c'è qualcosa di più di quello che sembra. Questa volta è lei la vittima o è il colpevole?

Sento sicuramente qualcosa e smetto di scrivere. Mi alzo e il cuore comincia a rimbombarmi nelle orecchie così forte da coprire qualsiasi altro suono. «C'è qualcuno?» Il solo sentire la mia voce che chiede mi spaventa.

Aspetto ma c'è solo silenzio, un silenzio denso e nevoso. Rimango in piedi per qualche altro secondo, consapevole di dover finire questo rapporto, ma distratta da qualcosa - e da niente. Vorrei prendermi a calci per aver permesso a ciò che è successo oggi di occupare tutta la mia mente, se non l'avessi fatto, avrei già finito e me ne sarei andata. Mi sto spaventando a morte quando invece avrei dovuto essere a casa ore fa.

Ho freddo, è inquietante e ho bisogno di vedere Alex. Così, senza finire il rapporto, chiudo il portatile, butto i documenti di Chloe Thomson in una borsa, prendo il cappotto e la borsa a tracolla e mi avvio verso la porta. So che non c'è nessuno qui, nessuno in agguato nell'ombra, ma mentre mi dirigo verso la porta impazzisco con pensieri folli e insistenti.

Quando arrivo alla porta d'ingresso, mi accorgo che è chiusa a chiave. Jas deve averlo fatto mentre usciva; nessuno poteva entrare, grazie a Dio. Sorrido tra me e me e alzo gli occhi al cielo per il mio nervosismo. Ma proprio in quel momento sento di nuovo qualcosa e cerco freneticamente le chiavi nella borsa. Di solito non sono così ansiosa, ma oggi mi sono ridotta così. Non riesco a trovare le maledette chiavi. Più cerco nella borsa e più mi prende il panico. «Merda, merda», ripeto sottovoce, e un urlo mi si forma in gola, ma lo ingoio. Miracolosamente, le mie dita afferrano finalmente le chiavi e alzo la testa per inserirle nella serratura quando vedo la sagoma del volto di qualcuno premuto contro il vetro.

Ora l'urlo che mi è rimasto in gola si libera, forte e stridulo. Non sapevo di poter fare un tale rumore, è come se venisse da qualcun altro. Ho il cuore in gola. Apro la porta e lascio entrare chiunque sia? O rimango chiusa qui dentro, da sola, al buio?

L'ombra si allontana leggermente dal vetro.

«Che cosa vuoi?», grido. «Chiamo la polizia.»

L'ombra si sposta di nuovo.

Afferro il telefono dalla tasca del cappotto.

«Hannah... Hannah? Sono io, tesoro.»

«Alex?» rispondo dubbiosa.

«Sì.»

Inserisco la chiave e apro la porta e, con grande sollievo, Alex è lì in piedi. Sorride, con le braccia aperte, felice di vedermi.

«Perché sei venuto qui?», dico, senza ricambiare il suo sorriso, né cadere tra le sue braccia, che ora lascia cadere goffamente.

«Io... ero preoccupato... ero già per strada quando ti ho parlato al telefono.»

«Ci siamo dati appuntamento al bar, no?»

«Cos'è questo, un interrogatorio?»

«Mi hai spaventata a morte, perché sei venuto qui?» «Hannah...» guarda dietro di me nell'ufficio. «C'è qualcuno con te?»

«No», rispondo irritata.

«Quindi sei sola?», chiede di nuovo.

«Sì, *certo* - perché me lo chiedi?»

«Ero preoccupato... mi sembrava di aver visto qualcuno.»
«Quando? Adesso?» sono *davvero* spaventata. C'è qualcuno
dietro di me? Non oso girarmi a guardare.

«Non ora, ma giuro di aver visto qualcuno uscire. Veniva dal
retro dell'edificio.» Sento un brivido lungo la schiena.

«Per questo sono venuto alla porta», spiega.

Ero l'unica nell'edificio, ma non posso fare a meno di
sentirmi in ansia. Anch'io pensavo che ci fosse qualcuno. E se
non fossi stata sola?

«Usciamo di qui», dico, accompagnandolo fuori e chiudendo la porta dietro di noi. La mia rabbia verso di lui può
aspettare, per ora voglio solo andarmene.

Ci incamminiamo verso il wine bar. È a pochi minuti a
piedi, quindi Alex lascia la macchina.

«Quando hai visto qualcuno... uscire poco fa, stavi andando
al bar?» chiedo mentre ci inoltriamo nella neve.

«No... ero...» fa una pausa. «Ero seduto in macchina. È
uscito di corsa dal retro dell'edificio e ha attraversato il
parcheggio.»

«Sei sicuro di aver visto qualcuno? È molto buio.»

«Beh, *credo* che sia scappato dal vostro edificio. Ho acceso i
fari, ho visto sicuramente qualcuno che si allontanava di
corsa.»

«Da quanto tempo sei seduto nel parcheggio?» chiedo.

«Non molto.» mi prende la mano, ma io la allontano. «Ero
così preoccupato e quando non ti ho trovata a casa tua, ho
guidato fino al tuo ufficio. So che per qualche motivo non ti
piace che mi presenti in ufficio... ma...»

Mi fermo per guardarlo. «Alex, perché continui a *dire* così?
Non ho alcun problema se vieni in ufficio, quindi smettila di far
credere che ce l'ho.»

Fa spallucce. «Mi sento come se ogni volta che suggerisco di
chiamare o...»

«Preferirei che non lo facessi. Ma non per altre ragioni se

non per il fatto che è il mio luogo di lavoro e Jas si arrabbierebbe molto.»

«A me sembra che Jas si arrabbi molto facilmente.»

Ignoro la sua osservazione. Ci inoltriamo nella neve che cade sempre più fitta; se le cose fossero andate diversamente, sarebbe stato così romantico, con le luci di Natale che scintillano lungo la strada principale, i fiocchi bianchi nell'aria. Quando passiamo davanti alla Guildhall, non posso fare a meno di osservare l'enorme albero di Natale, che risplende nel suo abito scintillante di luci.

«Allora, Alex», esordisco, «a proposito di oggi?» mi rifiuto di aspettare ancora.

Siamo quasi arrivati al wine bar e lui fa cenno di continuare a camminare, dicendo che me lo dirà una volta entrati. Si gela, mi battono i denti per il freddo, quindi faccio spallucce, tanto vale stare al caldo mentre lui dice quello che deve dire.

Una volta dentro, mi rendo conto che forse non era il posto migliore per una chiacchierata intima. È l'inizio di dicembre, ma le feste degli uffici sono già in pieno svolgimento. Mi fa male ricordare il nostro primo appuntamento qui e quanto ero felice rispetto a come mi sento solo un paio di mesi dopo. Allora era accogliente e romantico, ora è rumoroso e affollato, e invece dell'eccitazione e della speranza che avevo settimane fa, ora mi sento sconvolta.

«Sei sicura di non voler andare da me, dove possiamo parlare meglio?» Alex urla mentre ci facciamo strada verso il bancone.

Scuoto la testa. «Qui va bene», dico e, senza sorridere, distolgo lo sguardo da lui per evitare che cerchi di convincermi del contrario.

Alla fine veniamo serviti, lui ci ordina un bicchiere di Merlot a testa e, contro ogni previsione, troviamo un tavolo in un angolo abbastanza tranquillo.

«Parlami Alex», dico, sedendomi di fronte a lui, appoggiando la mia borsetta e la borsa con i documenti di Chloe sul pavimento; poi tolgo il cappotto e lo piego sulla panca accanto a me.

Alex mi supplica di ascoltarlo «Hannah, non *ti ho mentito*... io non è così che la vedo.»

«Ok, allora come la vedi?» sono impaziente, oggi ho passato le pene dell'inferno e solo lui può fermare questa orribile sensazione di malessere alla bocca dello stomaco.

«Non ho mentito. Non te l'ho detto perché non voglio...» fa una pausa. «Perderti.»

Sorseggio il mio vino, mantenendo il contatto visivo, ma resistendo alla tentazione di parlare. Ho solo bisogno che sia lui a parlare.

«Allora. La donna che hai visto oggi... con me, sì, era Helen. Come hai fatto a indovinare?»

«Ho visto una foto, nel tuo bagno. Qualcuno aveva... scarabocchiato il suo viso.» Lo guardo dritto negli occhi. «Quella era Helen?»

Capisce che l'ho scoperto e abbassa la testa. «Sì, non ne vado fiero. Ero molto arrabbiato allora.»

«Così sembrerebbe. Le hai deturpato il viso con una penna. Eppure oggi eri lì a pranzo con lei, come sono cambiate le cose», dico, senza riuscire a trattenere l'amarezza nella mia voce.

«Le cose *sono* cambiate quando ho incontrato te. Sono riuscito a perdonarla perché ho trovato una persona che amo davvero.»

Lo ignoro, non mi lascio sedurre dalle sue parole. «Allora... perché non mi hai detto nulla di oggi?»

«Perché...» un'altra pausa. Beve un sorso, so che sta prendendo tempo. «Perché è complicato.»

«Oh, per favore.» alzo gli occhi al cielo mentre mi aggrappo con discrezione al tavolo per sostenermi. «È complicato? Gli adolescenti lo mettono come stato su Facebook, non ha senso.»

«Sei arrabbiata.»

«Certo che lo sono. Stamattina, prima che uscissimo entrambi per andare al lavoro, mi hai detto che saresti stato in tribunale. E poi hai mentito di nuovo, dicendomi che non potevi incontrarmi a pranzo perché eri in tribunale. Ma probabilmente eri nel suo bagno!»

«No, no, ero al pub.»

«Peggio ancora. Mi parlavi da un bagno del pub perché non volevi rispondere al telefono davanti a lei.»

Questa volta bevo un sorso di vino più lungo e, mentre poso il bicchiere, lui mi fissa. Sta davvero lottando per trovare le parole, e più si sforza, più lo guardo, aspettando.

«Senti, Hannah, non sono stato del tutto sincero con te.»

«Ci risiamo.» Sospiro pesantemente. «Hai passato il pomeriggio in una stanza d'albergo? Hai capito che è la tua anima gemella e state tornando insieme?»

«No, niente di tutto questo. Ma... non è la mia ex.»

«Come? E allora chi è?»

«È mia moglie.»

15

Se si fosse alzato e mi avesse dato un pugno in faccia, non avrei potuto rimanere più scioccata.

«Tua *moglie*?» è tutto quello che riesco a dire. «Tua *moglie*?» ripeto. Mi trema il labbro, sto per scoppiare a piangere da un momento all'altro.

«Stavo per dirtelo, Hannah.»

Non ce la faccio più a sopportare tutto questo, non me ne starò qui seduta mentre lui cerca di spiegare. «Mi dispiace, Alex, ma questo è troppo.» Mi alzo, raccolgo borsetta e cappotto e faccio per andarmene.

«Per favore, Hannah, ascoltami, non è come pensi.»

«Che cosa *penso*? *Penso* che stiamo insieme da ottobre e ora siamo a dicembre. Quasi tre mesi - *tre* mesi - e nemmeno una volta hai detto che sei sposato.»

«È...»

«*Per favore*, non dirmi di nuovo "è complicato", sibilo, mentre cerco disperatamente di spingere indietro la panca su cui sto seduta, che ora si è incastrata contro il muro. «Non voglio sentire altro», borbotto, sull'orlo delle lacrime. La mia mente è stata un vortice di dubbi e diffidenze per tutto il giorno, ma anche nei miei pensieri più oscuri non avrei mai immaginato che fosse sua *moglie*! Sono stata presa alla sprovvista e sono governata solo dall'istinto primordiale. Devo scappare, come un animale che fugge dal dolore.

Alla fine mi stacco da quella maledetta panchina e dal tavolo, rovesciando il mio drink.

Alex è in piedi ora. «Sapevo che avresti dato di matto, ma sinceramente, ora io e lei non stiamo più insieme, per favore ascoltami, c'è qualcos'altro. Hannah!»

Non riesco ad ascoltare un'altra parola e scappo, mentre lui continua a chiamarmi. La sua voce si affievolisce mentre mi faccio largo tra la folla che festeggia il Natale, ad una ventina di metri dal bar. Quasi mi scontro contro la gente. Non riesco a sopportare di essere qui, dove tutti sono così pieni di alcol e di gioia, l'aria densa di fottuta felicità. Ho tante domande che mi bruciano nel cervello, ma non posso affrontare Alex adesso. Questa rivelazione è arrivata dal nulla e mi ha fatto mettere in discussione tutto di lui.

Alla fine raggiungo la porta e, spintonando altre persone per uscire, ingoio l'aria gelida della notte e inizio a correre lungo la strada principale. Non so dove sto correndo, né da cosa sto scappando.

Stringendo al petto il cappotto e la borsetta, corro per la strada, con le lacrime che mi si congelano sulle guance. Un gruppo di ragazze con le decorazioni natalizie che penzolano dalle orecchie mi grida: «Stai bene, amore?». Sono talmente in disordine che la gente mi fissa mentre passo.

Abbasso la testa e proseguo velocemente lungo la strada ghiacciata. Per poco non mi imbatto in una coppia affettuosa, uscita per una cena romantica, che si fa da parte e mi guarda con pietà. Probabilmente pensano che io sia solo triste, single e ubriaca. Vorrei sgridarli per il loro compiacimento e per aver dato per scontato di essere al sicuro come coppia. Vorrei dire loro che mi sentivo proprio come loro ventiquattr'ore fa, pensando di essere intoccabile. Ma Alex è *sposato*.

Avevo questa ingenua speranza annidata da qualche parte che, una volta arrivati al bar, lui avrebbe riso, dicendomi che la donna con cui l'avevo visto era la sorella perduta da tempo. E, in un fugace momento alla Bridget Jones, confesso di essermi persino permessa di sperare che avesse chiesto a un'amica di aiutarlo a scegliere un anello di fidanzamento. Che stasera si sarebbe presentato e si sarebbe inginocchiato, avvolgendo la mia preoccupazione in un fiocco rosso brillante come un regalo di Natale. Ma non l'ha fatto. Dopotutto, non sto vivendo in una commedia romantica. Questa è la vita reale. E la vita reale fa male.

Sto tremando per il freddo e cerco disperatamente di infilare il cappotto senza far cadere la borsa, quando sento qualcuno che corre accanto a me nella fitta nevicata. Alex mi ha raggiunto e sta prendendo delicatamente la borsa e il cappotto. Rimango lì, impotente, mentre lui mi infila le braccia nelle maniche del cappotto che tiene in mano, come un genitore che veste il proprio figlio. Una volta indossato il cappotto, chiude bene la borsa e se la mette in spalla prima di togliersi la sciarpa e avvolgerla con cura intorno al mio collo.

Si allontana per ammirare il suo lavoro. Mi ha ricomposta, ma le lacrime ora mi scendono sul viso.

«Come hai potuto mentirmi su una cosa così... *grande?*» singhiozzo.

«Ti prego, Hannah. Sei scappata senza ascoltarmi. È per questo che ho voluto dirtelo di persona piuttosto che al telefono. Sapevo che ti saresti arrabbiata.» Mi tiene per le spalle e, guardandomi negli occhi, parla lentamente. «Helen e io *non* stiamo insieme, Hannah.»

«A me sembrava di sì - non potevate stare più vicini, Alex!»

«No. Non è così.»

«Ma perché non mi hai *detto* che eri sposato?»

«Io... non lo so. Mi hai chiesto della mia ex, dando per scontato che fosse la mia ex compagna, non la mia ex moglie. *Avrei* dovuto dirlo subito, ma un appuntamento si è trasformato in un altro e poi in un altro ancora e...» alza lo sguardo verso l'aria della notte, il suo respiro come vapore. «Non volevo perderti.»

«Ma scoprirlo ora è molto *peggio*», piango. «Mi sento come se tutto ciò che pensavo fossimo - in realtà *non* siamo», dico maldestramente, incapace di esprimere ciò che provo.

Alex sposta le mani dalle mie spalle alla vita e cerca di attirarmi a sé, ma io mi allontano. «Questo non cambia nulla, io sono sempre io e tu sei sempre tu», mormora.

«Se non cambia nulla, perché non me l'hai detto al nostro primo appuntamento?»

«Perché... non è venuto fuori. E abbiamo passato una serata così bella... non volevo rischiare nulla.»

«Ma non dicendomelo, hai rischiato tutto. *Hai mentito*, per tutto questo tempo. Come potrò mai fidarmi di te?»

I suoi occhi si riempiono di lacrime. «*Puoi* fidarti di me, Hannah. Ti prego, ti prego, non punirmi per essere stato un idiota. È il passato.»

«Ma è *il tuo* passato», mormoro nel freddo. «Ti rende quello che sei.»

Siamo in piedi in mezzo alla strada principale, la neve turbina intorno a noi, mi sembra che la mia vita si sia appena fermata.

«Tesoro, stai congelando», dice lui, cercando di riprendere il controllo. «Andiamo da me, dove c'è caldo e possiamo parlare. Le nostre auto sono parcheggiate davanti al tuo ufficio, possiamo recuperarle domattina; abbiamo bevuto e credo che entrambi siamo troppo sconvolti per guidare. Prendiamo un taxi e andiamo a casa.»

Mi accompagna dolcemente lungo la strada e io mi sento improvvisamente claustrofobica, ho bisogno di spazio per pensare e, per quanto sia allettante salire su un taxi caldo e poi su un letto caldo con Alex, devo tenere il punto. Non sono ancora pronta a lasciarmi quanto successo alle spalle.

«No, prendo un taxi per tornare a casa. Non sono del tutto a mio agio con te in questo momento», dico, asciugandomi gli occhi con le mani guantate.

Sembra sinceramente scioccato. «Non ti lascerò andare via nella notte in questo modo.»

«Mi dispiace, Alex. Ci sono tante cose che non so di te e questo mi ha fatto mettere in discussione tutto. Ho bisogno di qualcuno di cui mi possa fidare - pensavo che fossi tu, ma ora non lo so più.»

«Oh, Hannah.» Vedo le lacrime nei suoi occhi. «Non farlo, ti prego, non farlo. Puoi fidarti di me, farò di tutto per dimostrarlo.»

«Non c'è nulla che tu possa fare.»

Rimaniamo per un po' sotto la neve, fissandoci l'un l'altro, senza sapere cosa dire o fare. Lui continua a guardarmi, ma io non ricambio il suo sguardo.

«Prendiamo almeno un taxi insieme e ti lascio al tuo appartamento, così hai un po' di tempo per pensare?», suggerisce.

Annuisco, ha senso e sono troppo infreddolita e stanca per discutere.

Chiama un taxi che, con mio grande sollievo, arriva subito e saliamo, seduti stranamente distanti. Alex non parla e nemmeno io. È già molto e ho bisogno di tempo per elaborare tutto questo. In pochi minuti ci fermiamo davanti al mio appartamento.

Scendo dal taxi, cerco di dare ad Alex una banconota da cinque sterline, ma lui ha pagato l'autista e sta scendendo dietro di me.

«Resta nel taxi, vai a casa», gli dico, ma lui si rifiuta. Sono arrabbiata, mi sembra di essere stata ingannata, il piano era che mi vedesse al sicuro e poi proseguisse per casa sua.

«Voglio solo assicurarmi che tu sia al sicuro a casa, non posso fare a meno di preoccuparmi. Il tuo ex potrebbe essere in agguato ovunque con un altro mazzo di fiori.» Mi viene un brivido lungo la schiena a pensarci, soprattutto dopo l'ombra di prima nell'ufficio. Nonostante tutto, sono felice che Alex sia qui con me. La neve sta cadendo più fitta e una banda di ragazzi rumorosi sta venendo verso di noi.

«Andiamo», dice Alex, tendendomi la mano.

Con riluttanza lascio che metta le sue dita tra le mie e mi guidi attraverso la neve fino alla porta d'ingresso, dove cerco le chiavi nella mia borsetta. Ho una gran voglia di entrare in casa per poterlo mandare via e avere un po' di spazio per riflettere.

«Merda.» All'improvviso mi rendo conto di non avere la borsa con dentro i fascicoli. «Oh no, ho lasciato la dannata borsa nel taxi», dico, guardando la macchina scomparire nell'oblio bianco.

«No, avevi solo la borsetta nel taxi», risponde Alex.

«Ma mi ricordo di aver appoggiato la borsa sulla panchina del wine bar... No, oh, merda.»

«Credi di averla lasciata al bar?»

«*Devo* averlo fatto.» ripenso disperatamente. «Sì, sono sicura di averlo fatto. Devo tornare a prenderla.»

«Non puoi, è tardi e stai congelando, chiamali domani.» «Non posso, ci sono dei documenti di lavoro lì dentro. Sono altamente confidenziali, dello psicologo di Chloe, non li ho ancora letti.» Ma ora chiunque potrebbe prenderli. Devo recuperare la borsa. Dio, spero che sia ancora lì.

Tiro fuori il telefono.

«Che cosa stai facendo?»

«Sto chiamando il wine bar.»

Cerco su Google il bar, trovo il numero e per i minuti successivi aspetto che qualcuno risponda. Niente.

«Chiamo un taxi e torno indietro», dico, in preda al panico più totale.

«No, no.»

«E' una cosa troppo importante per rinviare a domani, Alex.» sospiro.

Lui mi toglie delicatamente il telefono di mano. «Ci torno io» dice con calma ma con fermezza. «Sei gelata e sconvolta ed è tutta colpa mia se hai dimenticato la borsa. So esattamente dove eravamo seduti. Ora ricordo, l'hai appoggiata per terra.»

«Sono proprio un'idiota.»

«No, non lo sei. Sono io l'idiota per non essere stato onesto con te in precedenza e averti causato tutto questo turbamento. Tornerò a piedi così potrò prendere la mia macchina. Ho bevuto solo un bicchiere di vino, quindi posso ancora guidare. Se la borsa è lì, te la riporto. Non preoccuparti di nulla», dice puntando il dito verso di me e correndo all'indietro.

Non discuto con lui. So cosa sta succedendo, questa è la sua opportunità di riscattarsi e la sta sfruttando. Lo lascio andare, è quello che vuole fare.

Entro e, chiudendo il portone alle mie spalle, la luce condominiale del corridoio si accende un paio di volte e poi si spegne di nuovo, facendomi piombare nell'oscurità. «Dannazione», mi dico, mentre salgo lentamente su per le scale nel buio pesto. Mi faccio un appunto mentale per chiamare il padrone di casa, la luce è difettosa da quando mi sono trasferita qui un anno fa, ed è pericoloso.

Apro la porta del mio appartamento e all'improvviso mi rendo conto di quello che ho fatto. Sto confidando ad Alex i segreti di Chloe Thomson, e la mia carriera. Ieri non ci avrei pensato due volte - Alex è il mio fidanzato, è un avvocato, dormo nel suo letto, uso la sua doccia, penso di amarlo e di potermi fidare di lui. Ma non mi ha mai detto di essere sposato e ora mi chiedo quanto lo conosco davvero e se posso davvero fidarmi di lui.

Mi siedo nell'oscurità del mio salotto cercando di scervellarmi per ricordare indizi che possa aver seminato intenzionalmente o accidentalmente per me. Ma più penso a Alex, più mi rendo conto di non conoscerlo. Conosco quello che mi *lascia* vedere, la sua gentilezza, il suo umorismo, la sua cucina lucida e la sua doccia italiana in nero opaco. So che ama il cibo francese, i film stranieri e gli interni minimalisti, ma non ho conosciuto i suoi amici, la sua famiglia e nemmeno i suoi colleghi. A pensarci bene, sulla parete di foto a casa sua, non c'è neanche una sua foto, e quando gli ho chiesto chi era chi, è stato vago, ha detto che erano vecchi amici. Ma l'unica foto che riconosco è quella di Helen, che nasconde nella sua borsa da bagno. Quindi cos'altro nasconde?

16

I dubbi si sono fatti strada in quella che credevo fosse la mia relazione perfetta. Per quanto cerchi di chiudere la porta, la stanno abbattendo e non riesco a trattenerli. Mi sento estremamente ansiosa anche per i fascicoli, così mando un messaggio a Harry per sapere se sa se c'è qualche copia da qualche parte. Sono stata una sciocca, ho pensato solo a me stessa e a come mi sentivo, e così facendo ho inavvertitamente messo in secondo piano i miei assistiti. Non l'avevo mai fatto prima, e ora devo smetterla.

Il mio telefono improvvisamente squilla nel silenzio, facendomi sobbalzare. È il numero di Alex e rispondo subito.

«Dove vuole che venga consegnato questo pacco, signora?», dice scherzando.

«Ce l'hai?» grazie a Dio. Nonostante i miei dubbi, questa volta è stato fedele alla parola data.

«Certo che ce l'ho.»

«Grazie mille, non hai idea...»

«Ne ho un'idea abbastanza precisa.»

«Mi sarei sentita così in colpa a dirlo a Jas.»

«Beh, ora non c'è bisogno di farlo. Va bene se vengo in macchina a portartela?»

«Sei molto gentile, grazie.»

Il mio piano è di ringraziarlo sinceramente e poi dargli la buonanotte, ho ancora bisogno di tempo per pensare a come mi sento. Ma gli sono così dannatamente grata quando si presenta alla mia porta con la borsa in mano che lo invito a entrare. Mi sono quasi dimenticata che è la prima volta che viene a casa mia, sono così sollevata... Non mi imbarazzano nemmeno le pareti orribili, dipinte nel 1970, quando l'arancione psichedelico era "di moda" per la prima volta. E quando mi dice, «Sembri completamente esausta, lascia che ti prepari un po' di tè», non considero nemmeno le macchie sul lavandino bianco o il croissant mezzo mangiato abbandonato nel frigorifero una settimana fa. L'appartamento è malandato, i mobili sono vecchi e, a differenza di quello di un avvocato, il mio stipendio da assistente sociale non consente splendidi interni.

Avevo intenzione di tornare presto stasera e riempire la casa di candele per nascondere la carta da parati strappata, le crepe nell'intonaco e le macchie inamovibili. Il tutto sarebbe stato accompagnato da uno spruzzo di deodorante per ambienti e dal miglior piatto romantico di M&S, che è rimasto in frigo in ufficio. Tuttavia, questo è stato prima di vedere Alex quando il mio cuore è andato in frantumi, insieme ai piatti più costosi che abbia mai posseduto, anche se li ho avuti solo per pochi minuti. Ora è andato tutto a puttane e siamo entrambi qui senza la cena e la luce della candela, ma con le crepe, le macchie e il divano malandato.

Mi sento morire quando lui fa capolino dalla porta, tenendo il croissant rigido tra indice e pollice.

«È uno di quelli di Harry.» Alzo gli occhi. «Buttalo nel cestino.»

«Con piacere», dice dalla cucina, «insieme al latte. Immagino che berremo il nostro tè nero.»

Non ci ha messo molto a trovare il latte acido, di cui mi ero completamente dimenticata. «Scusa, sono una schifezza, vero?»

«Per niente», dice, uscendo dalla cucina con due tazze in mano. «Sei sempre stata da me. Non so perché hai comprato il latte... non sei mai qui. E quando Harry ha fatto una consegna a domicilio di croissant?» Posa la tazza sul tavolino, scuotendo lentamente la testa.

«Non l'ha fatto, l'ho portato a casa dal lavoro, secoli fa.» Sospiro. «È stata una giornata orribile, orribile.» Sento la mia voce affievolirsi mentre cerco di non piangere.

Come sempre, Alex sa istintivamente come mi sento, di che cosa ho bisogno, e mi abbraccia dolcemente. So che lo dovrei respingere ma sono così emotivamente svuotata dopo la giornata di oggi che non ne ho la forza.

«Mi dispiace tanto, tesoro. Potrai mai perdonarmi?», mormora.

«Non lo so. Al momento sono solo sconvolta, delusa. Pensavo fossi diverso.»

«Lo sono, te lo assicuro.»

«Ho bisogno di elaborare tutto nella mia testa, ma sono così stanca.» Appoggio la testa sulla sua spalla e, nonostante le nuove insicurezze, i dubbi lancinanti, mi sento bene e chiudo gli occhi.

«Tutto quello che faccio è per renderti felice.» Sospira. Continua a parlare all'orecchio, con toni morbidi e mielosi, dicendomi che si prenderà cura di me. «Ti terrò al sicuro», sussurra, mi bacia la testa, poi passa alle labbra e alla fine mi è impossibile resistere. Ben presto mi spoglia delicatamente, ripetendo in continuazione quanto gli dispiace per tutto, e io mi sciolgo in lui. Il mio vecchio divano malandato sembra improvvisamente un velluto di lusso e per un po' il mondo scompare.

«Dalla prima sera in cui ci siamo incontrati, quando abbiamo parlato del tipo di cane che avremmo voluto, dei figli, del tipo di vita che avremmo desiderato, ho capito che eri quella giusta per me», dice Alex.

«Devi aver provato la stessa cosa per Helen.»

Sono circa le 4 del mattino e siamo a letto - il mio letto - a parlare di tutto.

Alex è appoggiato su un gomito, la testa su una mano e l'altro braccio intorno a me. «No. È stato tanto tempo fa, ero innamorato, ma si è rivelato un sentimento superficiale. Quello che provo per te è molto più profondo.» Sospira e io vedo il mio volto in una fotografia e per un attimo mi chiedo cosa gli farebbe se me ne andassi. «Stai bene?», mi chiede.

«No. Non proprio», dico cancellando la visione dalla mia testa. «Ho bisogno di tempo per metabolizzare tutto, lo faccio sempre. Sono però pronta a fare domande», dico, perché ho bisogno di sapere esattamente come stanno le cose per poter decidere che cosa fare dopo.

«Ok.»

«Per quanto tempo siete stati sposati?»

«Due anni. Anche se ci conoscevamo da poco ci era sembrato il passo successivo da fare.»

«E quando se n'è andata?»

«Quasi dodici mesi fa. Dieci giorni prima di Natale. Tutto quello che ti ho già detto su di me e Helen è vero, non ho mentito, solo che non ti ho detto...»

«Del matrimonio, che sarebbe stato a dir poco opportuno.»

«Sì. Avrei dovuto...»

«E il divorzio, quando avverrà?» taglio corto. Non voglio altre scuse, voglio sapere a che punto sono.

«Presto. Abbiamo quasi completato l'iter e tutto dovrebbe risolversi entro qualche settimana, un mese al massimo.»

«Ci devono essere le foto del matrimonio, i conti bancari, insomma tutte le cose che legano mariti e mogli. Devi avermele nascoste accuratamente», dico a bassa voce. Nelle ultime ventiquattro ore sono tornata la bambina di un tempo, insicura della persona o delle persone di cui volevo fidarmi. Sono tornata a sentirmi vulnerabile, fragile, esposta.

«Ho buttato via tutto ciò che mi ricordava Helen e il nostro matrimonio, era troppo doloroso. Tutto quello che avevo, e che ancora ho, è una fotografia di lei scattata durante la nostra luna di miele.»

«Quella con la penna sul viso?»

«Beh, sì... non è il mio motivo di maggior orgoglio, ma, come ti ho detto, ero ferito e arrabbiato. Non posso immaginare di sentirmi così con te», dice. Sento le sue labbra sulle mie e mi sciolgo nel suo bacio, leggermente rassicurata.

Mi stacco dal bacio, non devo distrarmi a lungo. «Allora, parlami di Helen», dico. «Non Helen, la tua ex ragazza, ma Helen, tua moglie, e perché eri con lei ieri.» Mi rendo conto che lo sto invitando a frustarmi con i dettagli, ma sono pronta a sopportare questo dolore. Ho bisogno di sapere la verità, qualunque essa sia.

«Ok.» Prende fiato. «Come ti ho detto, mi ha lasciato dodici mesi fa e la settimana scorsa mi ha telefonato per chiedermi se potevamo incontrarci. Pensavo si trattasse di soldi, dell'accordo di separazione, della casa...»

«La *vostra* casa?»

«Sì. Io... le ho ricomprato la metà quando se n'è andata, lei ha avuto i soldi e io mi sono accollato l'ipoteca.»

«Quindi la tua casa è la casa coniugale? L'hai comprata con Helen?»

Lui annuisce.

«Avevo supposto che Helen fosse stata lì, come me. Ma, certo, essendo tua moglie...» Mi fermo a pensare alle implicazioni. Suppongo che abbia dovuto mantenere un insospettabile aspetto della casa perché non mi aveva detto di essere sposato, tanto per cominciare. Ma abbiamo fatto sesso per le scale, nel suo letto matrimoniale, un letto matrimoniale che presumibilmente condivideva con Helen.

Una delle cose che mi aveva fatto innamorare di Alex è che aveva preparato la sua casa con tanto amore per una futura moglie e dei figli. Credevo che l'avesse arredata per essere il suo nido e che stesse aspettando la donna giusta per riempirlo. Ma scoprire che non solo l'aveva già fatto, ma che quel nido era stato creato da entrambi, dalla splendida combinazione di colori alla doccia in cui facciamo l'amore, è deludente. *Loro* avevano già fatto l'amore sotto l'acqua calda, progettato una vita e una cucina insieme. La sua casa non è stata comprata o costruita pensando a una futura *me*, dopotutto. E ora mi sento come l'altra donna.

Cerco di raccogliere i miei pensieri, ho tante domande da fare, ma mi do delle priorità.

«Perché ti *ha voluto* incontrare?»

Fa un altro respiro profondo, sembra che la verità sia un luogo difficile per Alex. «Voleva dirmi di aver commesso un errore. Mi ha chiesto se potevamo tornare insieme...»

«Oh Dio.» Mi si stringe la gola mentre attendo in silenzio di saperne di più. È chiaro che l'ha ferito molto quando se n'è andata, ma penso alla fotografia imbrattata che tiene nella sua borsa da bagno. Prova ancora qualcosa per lei? «E tu che cosa vuoi *tu*, Alex?» lo incalzo.

«Io voglio *te*.»

Ricordo il modo in cui Helen l'aveva preso sottobraccio per strada, il modo in cui era salito in macchina così di buon grado.

«Ne sei assolutamente certo? Sapere che ti rivuole indietro mi fa sentire insicura, c'è un'ombra che incombe su di noi.»

«Capisco come ti senti e vorrei poterti dire che sparirà, ma in realtà non so che cosa farà.»

Vorrei che fosse più rassicurante. Sono piena di dubbi ho bisogno di reclamarlo, di assicurarmi che sia ancora mio.

Accendo la lampada del comodino. Voglio vederlo in faccia, guardarlo negli occhi.

«Helen è sempre stata difficile da capire», dice, «e per ora penso che sia più sicuro se entrambi rimaniamo fuori dalla sua orbita.»

«Cioè?», chiedo. Sembra molto serio e anche un po' nervoso.

Mi guarda senza sorridere, la sua espressione è illeggibile. «Helen e io abbiamo chiuso. E oggi le ho detto chiaramente che non sono interessato a lei, ma...» fa una pausa. «Non l'ha presa molto bene.»

«Ma sembrava abbastanza felice quando ti ha visto.» E anche lui.

«È stato dopo, in macchina, quando ha detto di provare ancora qualcosa. Ma le ho parlato di te... *ti* amo, Hannah.»

«E io amo te.» sospiro. «È solo che ora sento che c'è qualcun altro qui con noi.» Non riesco a chiamarla per nome, in questo modo la renderei reale e presente nella nostra relazione. D'altra parte, non è sempre stata qui, aspettando solo che si creasse un vuoto tra noi per poter tornare?

«No, siamo solo io e te. Noi siamo *per sempre* Hannah», dice Alex, toccando la mia mano con la sua per dare enfasi alla sua affermazione.

Come bambina che ha vissuto ai margini delle famiglie altrui, non ho mai un "per sempre", e sono sicura che Alex conosce il potere di questa parola per una persona come me. Il fatto di non avere avuto una casa fissa da bambina incasina la mia identità e anche adesso mi è difficile capire quale sia il mio posto. Oggi mi è tornato in mente un periodo in cui stavo iniziando ad ambientarmi in una famiglia adottiva. Mr e Mrs Rawson erano gentili e attenti e osai sognare che quella potesse essere la mia casa per sempre. Ma quando la loro unica figlia era tornata a casa dall'università, avevo capito che era un sogno impossibile. Era lei la *loro* vera figlia, quella era la *sua* casa, la *sua* famiglia, non la mia. Mi ero illusa di appartenere a quel posto, ma in confronto a lei non ero altro che un pezzo di arredamento. Erano tutti molto gentili, ma a volte smettevano di parlare quando entravo in una stanza, Mrs Rawson portava Shelly a fare shopping, andavano insieme al cinema e suo padre la portava alle partite di calcio. All'inizio a volte mi invitavano, ma credo che fosse più facile per tutti se rimanevo a casa. Avevano una storia comune, cugini, geni e sangue - qualcosa di cui io non avrei mai potuto far parte. Nessuno voleva fare lo sforzo di coinvolgere un bambino che non gli apparteneva. Mi sono lentamente ritirata, mangiando da sola nella mia stanza, non unendomi a loro durante le giornate in famiglia, perché mi sentivo un'intrusa, un cuculo nel nido. Mi sento così anche adesso. Ho imparato presto che le persone non mantengono le promesse e che, per quanto io sia brava, non lo sono mai abbastanza per spingerli a mantenerle.

Qualunque cosa Alex possa dire, qualunque siano le sue promesse, i dubbi sono già venuti a galla. Dopotutto, mi ha già mentito e, con il ritorno di Helen sulla scena, mi sembra che il nostro rapporto sia giunto al capolinea.

17

Alex si stacca da me e si mette a sedere sul letto, con le ginocchia al petto e la testa bassa.

«Stai bene?» gli chiedo con dolcezza.

«Sì», dice con amarezza, evidentemente pensando ancora a Helen. «Le ho dato tutto, sai, e lei se n'è andata.»

«Alcune persone non vogliono semplicemente sistemarsi», suggerisco, cercando di non essere sgradevole, dopo tutto non ho mai conosciuto quella donna, non posso giudicare. «Tom era così.»

«E guarda dove li ha portati. Lui manda messaggi avvelenati e lei implora di tornare con me.»

«Sì, se la metti così...»

Sembra quasi non accorgersi della mia presenza, mentre rimane con lo sguardo fisso davanti a sé prima di parlare. «Non eravamo sposati da molto, quando ha iniziato a rispondere alle telefonate in un'altra stanza, a sorridere ai messaggi, a parlare sempre di un tizio al lavoro... Poi ha iniziato a uscire. All'inizio era solo una o due volte a settimana, poi quasi tutte le sere. Sinceramente, Hannah, sono rimasto seduto in casa nostra da solo per notti intere, aspettando che tornasse a casa, preoccupato per lei.»

Il riferimento a "casa nostra" mi fa un po' male, perché mi viene in mente che prima di me l'ha condivisa con un'altra persona, sua moglie. Ma sono consapevole che ha bisogno di togliersi questo peso dallo stomaco, è importante per poter andare avanti.

«Chiamavo e chiamavo, mi chiedevo dove fosse, ma lei non rispondeva al telefono, diceva che aveva bisogno di spazio. Non mi faceva mai sapere dov'era. Era come se fosse scomparsa.»

«Oh Alex, deve essere stato terribile.» Non riesco a credere a quanto Helen sia stata egoista e offensiva.

«Già. Avevamo comprato quella bella casa, fatto montare una cucina nuova di zecca perché la voleva *lei*, riempito la casa con tutte le sue cose preferite: quelle stoviglie blu costavano una fortuna.» Sospira.

«Sono bellissime», dico, pensando alle ciotole rustiche grigio-blu di cui mi sono innamorata durante la mia prima visita a casa sua. Ma non mi ascolta, è come se fosse ancora lì con lei.

«Ho comprato il divano di velluto che desiderava, la doccia multigetto di cui non poteva fare a meno. Mi sono assicurato che avesse *tutto* ciò che desiderava, perché per me contava solo la sua felicità.»

Nonostante lui affermi di non provare per lei quello che prova per me, non gli credo, perché con me è esattamente così, cerca sempre di rendermi felice, mi regala sempre qualcosa. Piccoli regali sul mio cuscino, una confezione di tartufi, il mio champagne rosé preferito nella dispensa. Quando ho lasciato il mio profumo a casa, lui ne ha comprato un'altra boccetta da tenere in bagno. Riempie la casa di rose rosa pallido, perché sono le mie preferite, e l'altro giorno mi ha persino chiesto se i divani mi vanno bene.

«Se preferisci qualcos'altro, ce ne libereremo. Ti piace una tonalità di rosso, vero?», mi aveva chiesto. Gli ho detto che mi piaceva il velluto verde, e in effetti è così, ma non sapevo che fosse stato scelto da Helen. Ora mi sento un po' strana nei confronti della casa e di tutto ciò che contiene.

«Se era tutto per lei, anche se voleva andarsene, le deve essere stato difficile lasciare quella casa e tutto ciò che vi è dentro.»

«Non lo so.» Fa spallucce. «Mi viene da pensare che forse avesse intenzione di tornare.»

La cosa mi mette a disagio. «È evidente che non se n'è mai andata davvero, almeno nel suo cuore, e mi sembra che tu provi ancora qualcosa per lei», mi sento dire.

«Mi importerà sempre di lei. Pensi di aver dimenticato qualcuno e all'improvviso ritorna. È come il lutto, non è un viaggio lineare, va e viene. Ma non la *amo* ancora, se è questo che vuoi dire».

«Capisco», dico, sollevata di sentirglielo dire di nuovo. «Non amo Tom, non sono sicura di averlo mai amato, ma a volte, quando penso a lui, mi sento triste.»

«Perché?»

«Perché faceva parte della mia vita, non ha fatto nulla di male, solo che non eravamo fatti per stare insieme. E sono stata io a porre fine alla storia. Credo che questo gli abbia fatto capire che cosa aveva, ma era troppo tardi.»

Alex non dice nulla, si limita a guardarmi, presumibilmente aspettando che io dica di più, così continuo.

«Voglio dire, non era premuroso come te, non mostrava il suo amore, ma questo non significa che non mi amasse a modo suo.»

Un guizzo di risentimento lampeggia nei suoi occhi. «Mi hai detto che eri infelice, che non sapevi perché eri rimasta così a lungo con lui, che lui ti era indifferente», dice con tono accusatorio. «E ora, all'improvviso, ti amava: eravate fantastici insieme.»

«Aspetta, Alex, non è quello che ho detto. Stavamo insieme ma ora non più - fine della storia.»

«Ma non lo è, vero? È chiaro che è ancora così incasinato da mandarti biglietti ignobili e rose.»

«Credo che di tanto in tanto si arrabbi per qualsiasi cosa e non riesca a trattenersi. Ma ora ha incontrato un'altra persona e spero che questo significhi che andrà avanti come si deve.»

«Lo ami ancora?» Alex chiede all'improvviso.

«No. No, certo che no. Come hai detto per Helen, mi importa di lui, di quello che gli succede, ma è il passato. E per quanto riguarda il biglietto, non ci sono prove che sia stato lui a mandarlo. Sameera pensa che possa essere qualcuno che ho fatto arrabbiare per lavoro.»

Alex sta per dire qualcosa, ma sembra ripensarci.

«Comunque, non si tratta di Tom», dico. «Stavamo parlando di te e Helen... e penso ancora che tu nutra dei sentimenti per lei.»

«Quante volte te lo devo dire? NO! Certo che no!» Quell'improvviso lampo di rabbia mi mette a disagio, mi alzo dal letto e mi metto la vestaglia nel freddo del primo mattino.

«Ma tu provi ancora qualcosa per lui», sento Alex mormorare dal letto.

Mi avvicino alla finestra. «Ti sbagli, non è vero», dico distrattamente e guardo i marciapiedi bianchi, la strada nera e fangosa. Il buio fuori è punteggiato ora da pochi fiocchi di neve bianca, lo spettacolo è finito.

Rimango lì per un po' e all'improvviso mi accorgo che le braccia di Alex mi circondano, mi tiene ferma contro la finestra e mi sussurra all'orecchio.

«Tu e Tom avete fatto così?» Si spinge contro di me, mi sfiora il collo, ma abbastanza forte che i miei palmi sono ora appoggiati al vetro freddo.

«Alex», sussulto, mentre lo sento duro contro la mia schiena.

Mi solleva la vestaglia, mi afferra i fianchi e spinge dentro di me da dietro. «Te l'ha dato così, Hannah?» All'inizio spinge dolcemente, poi più forte, man mano che si eccita sempre di più. «Lo stai cercando in strada, pensi che possa vederci?»

Ora sono schiacciata contro la finestra e sono sorpresa di scoprire che sono stranamente eccitata. Non avevo mai visto questo lato di Alex, non sapevo che lo avesse, ma invece di sentirmi debole, usata da lui, mi sento più forte per il fatto che mi voglia così tanto mentre pensavo si struggesse ancora per Helen.

«È là fuori in strada a guardarci? Ci vede mentre ti prendo?» Alex è davvero eccitato da questa fantasia. «Spero capisca che ora *mi* appartieni.» Spinge dentro di me così forte che quasi urlo.

In seguito, ci sdraiamo a letto e lui mi dice quanto mi ama, e io gli rispondo lo stesso. Spengo la lampada e mi ritrovo tra le sue braccia, chiedendomi cosa sia appena successo. Sono leggermente turbata dal modo in cui abbiamo fatto l'amore, ma allo stesso tempo era così eccitante che non volevo che smettesse.

«Non riesco a capacitarmi del fatto che l'idea che Tom possa guardarci ti ecciti», dico.

All'inizio non mi risponde e, proprio quando penso che si sia addormentato, la sua voce si insinua in me nell'oscurità. «Ti sei eccitata?»

Esito. «Non era... male.»

«Ti è sembrato farlo con me?»

«No...mi è sembrato diverso.»

«Come se lo facessi con qualcun altro?»

«Io... sì, credo.»

«Come se lo facessi con *Tom*?», chiede.

Non rispondo, vorrei dire di no, ma mentirei se dicessi che non ho pensato a Tom, Alex ha fatto continuamente il suo nome.

Per qualche istante rimaniamo in silenzio, finché dice «Non mi hai risposto.»

Non voglio rovinare tutto, ammettendo la verità, che lo ferirebbe e lo farebbe ingelosire, quindi dico «No, eri sicuramente tu.» Sorrido nell'oscurità, aspettando la sensazione del suo bacio sulla mia testa, lo sfioramento rassicurante della sua mano sul mio viso, ma è ancora fermo e silenzioso, e poi lo sento mormorare, «Stronza bugiarda.»

È buio e non riesco a vedere il volto di Alex. Sta scherzando? Non ne sono sicura, così rimango sdraiata aspettando che aggiunga qualcosa, ma dopo qualche minuto sento il suo respiro lento mentre si addormenta.

Sicuramente mi sto sbagliando. L'adorabile e gentile Alex non direbbe mai una cosa del genere. A me. Ma come il ritornello di una canzone orribile che non se ne va, mi ritorna continuamente finché alla fine cado in un sonno difficile. *Stronza. Bugiarda.*

18

Stamattina Alex è affettuoso come sempre, ma io continuo a pensare alle parole che mi ha sussurrato nel buio. È un tipo di frase che suona orribile se è vera; non devo pensarci troppo. Probabilmente era mezzo addormentato, in quello stato tra la veglia e il sonno. Al momento, io e Alex siamo felici, sembra che stiamo risolvendo tutto, e prima o poi verrò a patti con il suo matrimonio, quindi non è il momento di fare altro. Spero che passare del tempo insieme ci aiuti a legare di nuovo e a cancellare i dubbi che ho adesso. Ma ricordare la notte scorsa, essere spinta contro la finestra e l'eccitazione di Alex all'idea che Tom ci guardasse, sembra piuttosto surreale. È stato così fuori dal personaggio. Non posso fare a meno di pensarci - era solo un'innocua fantasia sessuale o c'era qualcosa di più?

«Visto che è il weekend, ti preparo la colazione», dice Alex dalla cucina.

Questo è l'Alex che conosco e amo, l'uomo gentile e premuroso che vuole solo rendermi felice. Allora chi era quello che ieri sera mi ha preso senza calore, che ha mormorato che ero una puttana bugiarda? Vorrei poter cancellare quei dubbi, vorrei poter tornare a ieri mattina, quando pensavo di conoscere l'uomo che condivide il mio letto, la mia vita, il mio futuro. Ma non posso, quindi devo cercare di andare avanti.

«Sembra che tu non abbia niente da mangiare per colazione», dice ora.

«Oh Alex, mi dispiace. Ho persino lasciato la cena che avevo comprato per noi in frigorifero in ufficio.»

«Sì, dovevamo cenare qui ieri sera, vero?» spunta con la testa dalla porta. «A pensarci bene, ho fame, non mangio da... pranzo.» La sua voce si affievolisce sull'ultima parola e ci guardiamo.

«Ero troppo sconvolta», dico, ricordando velatamente che non tutto è dimenticato e che l'offerta di prepararmi la colazione del sabato mattina non cancellerà il fatto che mi ha mentito.

«Esco a prendere qualcosa», dice.

«C'è sempre il croissant secco di Harry nel frigorifero», scherzo.

«No, non c'è più. L'ho buttato nel cestino come da istruzioni.» Si infila i jeans. «E poi che cosa gli prende con quei maledetti dolci? È come se fosse responsabile del tuo sostentamento. E' strano.»

«Non è strano. Te l'ho detto, la sua ragazza lavora al bar in fondo alla strada; ci porta solo gli avanzi.»

«Beh, *io* penso che sia strano», dice, avvicinandosi a dove sono seduta. «Ha una cotta per te o qualcosa del genere?»

Lo guardo e sorrido. «Oh, Alex, credo che tu sia un po' geloso», dico, allungando la mano verso di lui, ma lui si allontana.

«Non sono geloso di un viscido qualunque che ci prova con te in ufficio», risponde, infilandosi la giacca.

«Non l'hai mai incontrato.»

«Lo so, ma... lo *so* e basta.» Ora indossa la giacca e va verso la porta. «Se mai dovesse presentarsi alla tua porta con un sacchetto di dolci, non farlo entrare, ti legherà al letto prima che tu possa dire pain au chocolat.»

«Harry è stato qui un sacco di volte», dico, offesa. Non ho

intenzione di fare questi giochetti; può avermi nascosto delle cose, ma io non gli nascondo niente. «Dava da mangiare alla mia gatta quando andavo in vacanza, prima che morisse. Mi fiderei ciecamente di lui. E non è inquietante. Cosa c'è che non va in te, Alex?»

«Cosa c'è di sbagliato in *me*? Non sono io quello che si fa lasciare dei regalini sulla scrivania da qualche pervertito.»

«Non è un *pervertito*.» Mi viene da ridere per la ridicolaggine della conversazione, Alex se ne accorge e sorride.

Si avvicina di nuovo a dove sono seduta, si inginocchia e mi prende delicatamente il viso tra le mani. «Ti amo, Hannah.» Mi guarda negli occhi, ma sembra che stia andando ancora più in profondità.

«Ti amo anch'io», dico, sorpresa di questo momento improvviso che si è creato, ma soddisfatta del fatto che sembra essersi scrollato di dosso qualsiasi preoccupazione che lo faceva reagire in modo eccessivo. Ora so che il tradimento di Helen lo ha colpito molto, quindi posso capire i suoi problemi di fiducia.

Alex continua a guardarmi per un po', come se stesse cercando la risposta a un enigma. Poi, altrettanto rapidamente, la tenerezza sembra abbandonarlo e le sue mani si posano più saldamente sul mio viso. «Era Harry quello che ho visto scappare dal tuo ufficio ieri sera?»

«Che diavolo?» spingo via le sue mani.«Non so cosa ti sia preso, Alex, ma non mi piace.» Mi alzo, quasi facendolo cadere, e mi dirigo verso la cucina.

Mi segue. «Hannah, stavo *scherzando*, non riesci più a sopportare uno scherzo?»

«Sì. So accettare gli scherzi, ma tu non eri divertente», sbotto.

«Pensavo di esserlo.»

«Davvero? Beh, che ne dici di questo? Ho fatto tardi perché io e Harry lo stavamo facendo sulla fotocopiatrice dopo che tutti gli altri erano andati a casa, e quando abbiamo finito è scappato prima che qualcuno lo vedesse.» Questa non è una battuta comica, sono arrabbiata e Alex lo sa.

«Divertente, molto divertente, Hannah», dice mono-tono. «Il fatto è, che non gliela farei passare liscia. Un vero perverti-to», ripete, ma questa volta con voce più rilassata e scherzosa.

«Harry è mio amico, per favore non chiamarlo così», dico seriamente. «E visto che stiamo parlando di tradimenti, non osare fare domande su quello che stavo facendo ieri», sibilo.

Mi guarda e fa un mezzo sorriso, aspetto una risposta scherzosa, una spruzzatina di fascino di Alex. Ma non riconosco l'uomo che mi sta di fronte con occhi freddi.

«Ieri non conoscevi la situazione, quindi posso perdonarti, ma ora lo *sai* - ti ho detto tutto, ed è la verità. Quindi, per favore, non accusarmi di averti tradito», dice con voce ferma.

Sembra una specie di gioco di potere, ma ha scelto la donna sbagliata se vuole giocarci. Ho imparato da giovane che bisogna farsi valere, perché se non lo si fa, si rischia di essere raggirati e di perdere il controllo della propria vita.

«Pensavo di sapere chi fossi, Alex», dico.

«Tu lo *sai*.» alza le mani in aria. «Cosa vuoi da me, Hannah? Devo continuare a dire che mi dispiace?»

Non gli rispondo e lui esce per andare in salotto. Prendo qualche minuto per calmarmi e ricompormi, poi lo seguo, ma proprio mentre entro nella stanza, il mio telefono trilla. È un messaggio di Harry:

Ehi, stai bene? Scusa se non ti ho risposto, ero fuori casa. No, non ho nessuna copia dei file di Chloe, li hai tutti tu adesso. Li hai recuperati?

Alex si gira e mi guarda con aria interrogativa.

«È solo Harry», mormoro, mentre scrivo un messaggio di risposta.

«*Perché ti scrive di* sabato?»

«Si tratta dei documenti. Gli avevo scritto che li avevo lasciati al bar», rispondo, adeguandomi al suo tono irritato.

«Quindi, nel momento in cui mi sono messo in cammino nella neve per prenderli per te, ti sei subito rivolta a Harry?» Mi cadono le braccia. «Gli ho mandato un messaggio ieri sera perché ero preoccupata. Speravo che tu me li riportassi, ma chiedevo se sapesse se ci sono delle copie, per sicurezza», gli dico.

«E *lui* che c'entra?»

«Era l'assistente sociale di Chloe», inizio a spiegare, ma mi rendo conto che sto cercando di giustificare un messaggio a un collega di lavoro e che non dovrei farlo. «Che cos'è questo, Alex? Che diavolo ti prende?»

All'improvviso sembra che stia per piangere. «Mi dispiace, mi dispiace.»

Si avvicina a braccia aperte. «Sento che ieri è stato uno spartiacque per noi. Ti ho detto di Helen e temo che questo abbia cambiato i tuoi sentimenti nei miei confronti. So che ti ha fatto sentire insicura, ma l'intera faccenda ha fatto sentire me allo stesso modo, non ti biasimerei se mi lasciassi, se scappassi con qualcuno semplice e senza complicazioni come Harry.»

«Oh Alex», dico, il calore mi invade. Mi avvicino alle sue braccia aperte e ci abbracciamo. «Sai che è ridicolo pensare che io ti lasci per Harry, vero?»

Appoggia il mento sulla mia testa mentre mi stringe a sè. «Ho rovinato tutto, vero? Poichè sono già stato tradito in passato, immagino ogni genere di cose e dico cose stupide. Se vuoi che me ne vada ora, allora me ne andrò.»

Lo prendo per mano e lo conduco sul divano, dove si sdraia e appoggia la testa sul mio grembo. Gli accarezzo i capelli, come farebbe una madre con un bambino dal cuore spezzato, e continuo a dirgli che va tutto bene, che *stiamo* bene e che non deve essere turbato. Lui chiude gli occhi e io appoggio la testa al divano e penso alle ultime ventiquattro ore e mi chiedo se questo *ha* cambiato i miei sentimenti verso di lui o se posso continuare come prima.

«Voglio che torniamo al punto di partenza», dice Alex. «Possiamo dimenticare ieri e andare avanti, Hannah?»

Annuisco lentamente e gli do una pacca sulla spalla. «Ovviamente sarà più facile quando sarete ufficialmente divorziati, ma ora potrebbe sembrarmi strano passare del tempo a casa tua, a casa *sua*.»

All'improvviso sembra prendere vita e ciò di cui abbiamo parlato fino a quel momento sembra cancellato in un istante. «Allora la farò diventare la *tua* casa! Posso farla ridipingere, comprare nuovi mobili, cambiare tutto. Di che colore vuoi che siano le pareti?»

«Non è necessario che tu lo faccia.» Sorrido. «Ho solo bisogno di tempo per ricalibrarmi.»

«Ok.»

«E se... se chiedesse di incontrarti di nuovo, me lo diresti?»

«Non la vedrò più. D'ora in poi parleremo solo attraverso i nostri avvocati.»

«Non siete obbligati a farlo, ma se avete bisogno di incontrarvi per qualche motivo, magari potrei venire anch'io.»

All'improvviso impallidisce. «No, non possiamo farlo», dice, guardando il divano. Comincia a grattare il tessuto.

«Non voglio dire di pranzare tutti insieme o altro, sarebbe imbarazzante. Ma se lei propone di incontrarvi, potremmo andarci insieme. Se mi conoscesse, capirebbe che sei felice, che hai voltato pagina e che non puoi tornare indietro.»

«Non lo farà, lei... lei lo *odierebbe*», dice, chiudendo il discorso, inorridito.

«Anche a me non piace molto l'idea. Ma potrebbe aiutarla ad accettare le cose.»

Scuote la testa, non vuole nemmeno parlarne.

Capisco che non voglia che la sua ex moglie e la sua nuova compagna si incontrino, potrebbe essere difficile, ma si tratta di fare chiarezza. Spero solo che ieri sia stato davvero onesto e chiaro con lei, e spero che sia stato sincero con me.

Non voglio provocarlo, quindi per il momento lascio perdere e cambio argomento. «Hai parlato di colazione?» dico.

«Sì, faccio un salto a prendere qualcosa.»

«Non sono esattamente una dea del focolare, vero?» scherzo. «No», sorride. «Mi sono chiesto quando è stata l'ultima volta che hai passato l'aspirapolvere su questo tappeto.»

«Wow», mormoro. Sono un po' sorpresa e combattuta tra il pensiero "come osa?" e il senso di vergogna. Mi vergogno già del fatto che abbia visto il frigorifero vuoto e il divano logoro. Ma non avevo nemmeno *pensato* allo stato del tappeto. Anche se ho passato l'aspirapolvere solo l'altro giorno e da allora sto da lui, quindi non può essere così sporco. Quando mi bacia sulla fronte e si alza per andarsene, rimango per un po' in silenzio a pensare. Non vorrei, ma non posso farne a meno, mi metto a quattro zampe per esaminare il tappeto. Immagino un mucchio di briciole che mi sono sfuggite da qualche parte, ma il tappeto sembra a posto, anche quando lo esamino con attenzione; forse la sua soglia di pulizia è più bassa della mia. Il suo commento mi lascia perplessa, ma da ieri sono perplessa su molte cose che riguardano Alex.

19

Alex ci mette un sacco di tempo a fare la spesa per la colazione, che ora sembra più un brunch. Ma conoscendolo, ha scoperto la vicina gastronomia e sta acquistando formaggi e salumi speciali. Si sofferma su ogni dettaglio, chiede la provenienza della carne e prova tutti gli assaggi, soffermandosi a lungo su ogni piccolo boccone. Una sera gli avevo detto che avevo fame, erano le undici passate, ma in pochi minuti aveva preparato una ciotola di pesto fatto in casa, delizioso e verde brillante, e ci aveva condito la pasta.

Come avevo raccontato a Jas, «Non avevo mai mangiato un bel piatto di pasta a letto, davanti a un uomo che amo. Chi lo fa?»

Jas aveva detto che le sarebbe piaciuto assaggiare la sua pasta, l'aveva accennato ad Alex, ma non era entusiasta alla prospettiva.

«Voglio tornare a casa e rilassarmi, non voglio fare conversazione con persone che non conosco», aveva detto.

«Ma mi piacerebbe fare qualcosa in coppia; e i tuoi colleghi o amici? Mi piacerebbe conoscerli.»

Ma non gli piaceva nemmeno quell'idea. «Passo già abbastanza tempo con loro», disse, «non è possibile che passi anche il mio tempo a casa con loro. Inoltre, il nostro tempo insieme è troppo prezioso, non voglio dividerti con nessun altro.»

Ci ripenso ora, mentre sono seduta nel mio appartamento. È come se non avesse nessuno, tranne me. E io sono entrata nella sua vita solo di recente. Ma poi so che non va d'accordo con il padre e la matrigna, e che non ha fratelli, è comprensibile che sia così preso da me. Ed è davvero un problema o sono solo alla ricerca di difetti, dopo le montagne russe delle ultime ventiquattro ore?

Decido di smettere di pensare e di fare qualcosa. Penso quindi di apparecchiare la tavola e preparare una caffettiera per quando tornerà con la colazione, non c'è niente di più bello dell'odore del caffè appena fatto in tutto l'appartamento. Apro l'anta dell'armadio per prendere la caffettiera, ma la mia mano finisce su una scatola di fagioli. Sono un po' sorpresa, perché è lì che sta la caffettiera. Mi alzo in punta di piedi per allungare la mano, ma niente. Incredula, cerco la caffettiera con le mani e con gli occhi, ma nel pensile ci sono solo otto scatole di fagioli e salsa di pomodoro. Li ho comprati secoli fa, all'inizio dell'anno, addirittura prima di Alex, ma stavano in un'altra anta.

«È strano», mi sento mormorare. Forse ho spostato la caffettiera per errore, ma le lattine in fila ordinata suggeriscono che non io c'entro niente con questo. Non so quando abbia avuto il tempo di spostare le cose, ma c'è il nome di Alex dappertutto. I suoi armadi sono così organizzati che di recente gli ho chiesto se sono ordinati in ordine alfabetico.

«No», mi ha risposto seriamente. «Mi piace che ogni cosa sia al suo posto, mi aiuta a pensare meglio.»

E ora sembra che abbia imposto quell'ordine anche alla mia cucina. «Ma che diavolo?» mi dico mentre apro le ante degli altri armadi alla disperata ricerca della caffettiera. Ma ogni armadio sembra essere stato "organizzato" allo stesso modo. I prodotti per la pulizia sono sotto il lavandino, ogni bottiglia è allineata con l'etichetta rivolta verso di me in modo da poter vedere cosa sto prendendo, e lo stesso vale per l'armadio sopra il lavandino, con gli strofinacci impilati in modo così ordinato da sembrare una pila di buste. Mi rendo conto che è molto più ordinato, più organizzato, ma l'idea che Alex si prenda la libertà di riordinare la mia cucina è un po' inquietante e, a dire il vero, piuttosto invasiva. Infine, nella credenza sopra il bollitore c'è la caffettiera. La sto tirando fuori quando sento la porta d'ingresso.

«Sono in cucina - anche se non come la conosco io!» dico, mentre Alex entra.

«Ahh hai visto cosa ho fatto? Volevo dirtelo.» sorride, molto soddisfatto di sé.

«Già. Quando hai fatto tutto questo?» chiedo con tono leggermente esasperato.

«Verso le 6 del mattino, non riuscivo a dormire e tu eri morta per il mondo. Sono venuto per prepararmi una tazza di tè e ho deciso di cercare di dare un senso a tutto questo. C'era di tutto e gli armadi non erano stati spolverati da tempo.»

«È molto gentile da parte tua e potrebbe avere un senso per *te*, ma io non riesco a trovare nulla», dico. Volevo rimanere calma, ma ora sono un po' arrabbiata per il suo commento sul fatto che gli armadi erano polverosi. «Prima sapevo dov'era tutto.» Mi sento dire mentre mi affanno a cercare il caffè americano - che è definitivamente scomparso.

«Se stai cercando il caffè americano, l'ho messo in un contenitore ermetico», dice Alex, leggendomi nel pensiero. «Il caffè perde aroma e sapore molto rapidamente una volta aperto, a causa del processo di tostatura. Per ogni ventiquattro ore in cui si lascia il caffè esposto all'aria a temperatura ambiente, si perde il dieci per cento della sua durata di conservazione.»

«Grazie per il "Ted Talk"», mormoro, tirando giù il contenitore in cui Tom teneva i vermi da pesca. «Dio, avrei dovuto buttarlo via.»

«Sì, non è esattamente un oggetto di design, ma se lo tieni nell'armadio, nessuno lo vedrà», dice Alex.

«Non mi interessa se qualcuno lo *vede*.» Scavo rabbiosamente nella sabbia marrone di arabica. «Preferirei solo non tenere il mio caffè in questo contenitore, perché era di Tom e lo usava per le esche vive.»

«Che schifo.» Alex fa una smorfia, poi fruga nella sua borsa e posa un grosso sacchetto di carta sul bancone della cucina.

Verso l'acqua bollente nella caffettiera e spingo lo stantuffo con una certa forza.

«Pensavo ti avrebbe fatto piacere», dice, con aria ferita. «Ieri sera dicevi quanto fossi disordinata, e in effetti tutto era negli armadi sbagliati. Non ho buttato via niente... beh, solo cose che erano *ovviamente* spazzatura.»

Questo mi fa arrabbiare. Mi sento come se fossi stata invasa. «Potresti aver gettato qualcosa che per te era *ovviamente* spazzatura, ma per me poteva essere prezioso.»

«Scusa, non ci ho pensato. Stavo solo organizzando la cucina per te.»

«Sì, lo so. Sei stato gentile, ma...», mi giro verso di lui «questo è il *mio* spazio, capisci?»

Annuisce lentamente, mentre inizia a prendere gli acquisti dalla busta di carta: baguette fresche, formaggio francese, un barattolo di marmellata di lusso. «Ho comprato il burro... non ne avevi», dice, tenendo sul palmo della mano come un'offerta di pace, una confezione di burro di Normandia. Probabilmente sono io che sono troppo sensibile, ma mi sembra un rimprovero, un giudizio.

«Grazie», dico, «ma io sto da te per la maggior parte del tempo, quindi non ha senso comprare roba deperibile che poi va a male - *ecco* perché non c'è burro in frigo.» Mi rendo conto che suona un po' sgarbato e che, alla luce del fatto che sta svuotando un sacchetto di delizie sul bancone della mia cucina, sono piuttosto cattiva. «Prendo i piatti e le posate», aggiungo, aprendo l'anta dell'armadio che *un tempo* ospitava piatti e tazze. «Aah», dico sbattendo lo sportello.

«Scusami, ho spostato i piatti, ho pensato che fossero più comodi vicino al fornello.»

«*Comodi* per chi?», non posso fare a meno di chiedere.

Alza lo sguardo mentre affetta una pagnotta francese. «L'ho fatto solo per renderti la vita più facile. Non riesco a fare *nulla* di buono, Hannah?»

Sospiro e appoggio i piatti sul tavolo.

«Forse preferiresti che Tom... o Harry fossero qui al posto mio?», dice stizzito.

«Ti stai comportando da stupido», dico, non volendo nemmeno impegnarmi in questa conversazione.

«Stupido? Tu vieni sempre da me eppure appena io resto qui una notte tu cominci a dire che è il tuo spazio e che ti senti invasa. Harry manda messaggi ogni cinque minuti e io ho osato usare il prezioso contenitore di Tom per un maledetto caffè e...»

«Harry mi ha scritto una sola volta per una questione di lavoro e il contenitore non è un dannato ricordo, ma non voglio che il mio caffè venga conservato dove una volta vivevano dei vermi.» Allargo le braccia in segno di disperazione. «Non ha *niente* a che fare con Tom... o Harry, o chiunque altro, se è per questo.» Alzo gli occhi al cielo. «Non riesco nemmeno a credere che sto facendo questa conversazione.»

«Cosa dovrei pensare? Sembra che tu non mi voglia qui, ma a quanto pare andava bene che Tom si trasferisse qui, che Harry avesse un'altra chiave per dare da mangiare al gatto.»

«Alex, smettila», dico con calma. «Ti stai comportando come un bambino.»

«E tu ti stai comportando come una *stronza*.»

Mi colpisce in pieno petto. Ancora quella parola.

Lo fisso ma lui non mi guarda, si limita a spostare il formaggio e ad aprire i barattoli di salsa chutney, come se non mi avesse appena dato della stronza. Vorrei lanciare la roba dall'altra parte della stanza, se non altro per farlo smettere, per attirare la sua attenzione, per fargli capire che cosa ha appena detto. E adesso penso che dicesse sul serio quando l'ha detto ieri sera. Questo non posso permetterglielo.

«Vorrei che te ne andassi, per favore», mi sento dire.

Lui mi guarda, scioccato.

«È una totale mancanza di rispetto, Alex, e non la posso sopportare.»

Non ha mai dato alcun segno di poter *essere* così. È solo stanco o è arrabbiato perché ho scoperto Helen? Non importa, qualunque cosa sia, non permetterò a nessuno di parlarmi così.

«*Per favore*, vattene», ripeto.

Vedo un lampo di qualcosa di indecifrabile nei suoi occhi mentre sbatte il barattolo sul piano di lavoro, prende la sua giacca ed esce di corsa dall'appartamento.

Resto in cucina, arrabbiata, ferita e delusa, maledettamente delusa. Vorrei piangere, ma la rabbia blocca le lacrime. So che quando arriveranno ci sarà un'inondazione.

Nel silenzio che Alex si è lasciato alle spalle, metto a sul fuoco il bollitore e quando, ore dopo, non ho ancora sue notizie e sono seduta in cucina a bere una tazza di tè freddo, chiamo Jas.

Non le dico subito di Alex, del suo appuntamento a pranzo e del nostro litigio al telefono, ma più tardi, mentre beviamo vin brulé al mercatino di Natale, le racconto tutto. Sono sconvolta e lei mi conforta con il suo solito ritornello sul fatto che tutti gli uomini sono bastardi e che non ne ha ancora incontrato uno che non lo sia. Sono grata che Jas non dica "te l'avevo detto", ma ovviamente lo pensa. Nonostante non l'abbia mai incontrato, è chiaro che non le piace l'idea di Alex, ma non vuole gettare sale sulla ferita.

«Pensavo davvero di aver incontrato quello che non era un bastardo.» Sospiro, asciugandomi discretamente gli occhi e sperando di non iniziare a dare in escandescenza. Mi sento male e vuota allo stesso tempo; l'alcol e l'aria gelida stanno facendo rapidamente effetto sul mio cervello. «Non mi ha detto che era sposato. Mi ha dato della stronza. Ha persino detto che avrei preferito andare a letto con Tom piuttosto che con lui *e* ha insinuato che ho una strana relazione con Harry, per l'amor di Dio.»

«Oh, questo è troppo.» Jas scuote la testa. «E, senza offesa, non riesco a immaginare nessuno che voglia andare a letto con Tom, era... beh, solo Tom, no?»

«Non ti è mai piaciuto nessuno dei miei ragazzi», dico. «Lo so che Tom era un po' scarso, ma aveva i suoi momenti.»

«Vedendo il biglietto che accompagnava quelle rose, posso solo immaginare quanto fossero rivoltanti.» Fa un'altra smorfia e suggerisce di bere ancora. È buio e si gela, il telone che copre le bancarelle del mercato sventola violentemente nella brezza e io mi sento persa. Non voglio ancora tornare nel mio appartamento vuoto, per poi ricordarmi di tutto quello che è successo con Alex, quindi acconsento e ordiniamo una caraffa di vin brulé. L'alcol caldo è l'unica consolazione.

«Grazie», dico mentre sorseggiamo un altro bicchiere, «Ci sei sempre per me.» Jas a volte può essere schietta e critica, ma il suo cuore è nel posto giusto ed è la persona a cui so che posso sempre rivolgermi nei momenti di bisogno, come adesso.

«Anche tu ci sei sempre stata per me.»

Sento gli occhi gonfi di lacrime, tutto è passato dalla meraviglia alla merda nel giro di un giorno.

«Smetti di piangere, non fare la scema, non ne vale la pena», dice Jas, scostandomi i capelli dietro l'orecchio con la mano guantata.

«Ma se lo conoscessi, capiresti, lui è tutto...»

«A quanto pare, però, lui non è *tutto*, vero?» sospira.

E devo ammetterlo, sembra che Jas abbia sempre ragione.

Dopo diversi vin brulé, Jas mi accompagna in taxi al mio appartamento. Sono un po' malconcia; a casa, osservo il brunch abbandonato ancora sul tavolo, le fragole fuori stagione, il mio chutney di datteri preferito - Alex aveva scelto ogni cosa pensando a me, aveva scelto con amore, e questo mi fa un po' male al cuore.

Poi inizio a pensare a come tutto mi sia sfuggito di mano e mi chiedo se ho reagito in modo eccessivo. Quello che ho visto come un tentativo di prendere il sopravvento, di invadere il mio territorio, era solo Alex che si prendeva cura di me a modo suo. In ogni altro aspetto della nostra vita, mi rende felice e a mio agio, quindi voleva solo farlo a casa mia, tutto qui.

Ma poi mi ricordo di come mi ha mentito e mi ha dato della stronza e allora le lacrime tornano a scendere.

Mi aggiro per l'appartamento leggermente traballante dopo i numerosi bicchieri di vin brulé. Alle 23.00 sono distrutta. Ed è allora che finalmente mi chiama.

«Mi dispiace, Hannah», dice. «Mi dispiace per... per tutto.»

Sembra che sia sull'orlo delle lacrime, con la voce roca.

«Mi hai dato della stronza», dico, ancora incredula. «Mi hai ferita, non pensavo fosse da te. Mai nei miei sogni più sfrenati avrei potuto immaginare che tu fossi così vile.» «Non so che cosa mi è preso. E non volevo farti arrabbiare con gli armadi.»

«Lo so.»

«Pensavo che fosse quello che facevamo. Anche tu sposti le *mie* cose. Voglio dire, solo la settimana scorsa hai detto che le cose da toilette in bagno stavano meglio sul ripiano più basso, dove potevi raggiungerle, e le hai spostate. Non ci ho proprio pensato. Non stavo cercando di prendere il controllo o di invadere la tua casa», dice sulla difensiva.

«Lo so, lo so.» Mentre parlo annuisco. Ha ragione. Sposto le cose nella sua cucina, a volte metto le cose nella credenza "sbagliata". Lui le rimette spesso a posto, perché è più ossessivo-compulsivo di me, ma non dice mai nulla, anzi ci ride sopra. «Mi sono comportata in modo irragionevole», dico. «E mi dispiace; è che sono solo abituata a stare qui da sola e a sapere dove si trova ogni cosa, tutto qui.»

Sono in piedi nel mio salotto, con il telefono in mano, e guardo fuori dalla finestra la strada buia sottostante. Non c'è nessuno, i resti della neve sono ammucchiati in cumuli grigi, la luce della strada ha una strana tonalità gialla.

«Hannah, possiamo mettere un punto alle ultime ventiquattro ore? Per favore, andiamo avanti, e torniamo a essere noi.» «Anch'io lo voglio», dico a bassa voce.

Fa una pausa, poi dice: «Hannah. C'è un'altra cosa che devo dirti. Riguarda Helen.»

20

Alex è arrivato da cinque minuti. Ho preparato del tè e lui è seduto con la testa tra le mani nel mio salotto. Porto le due tazze vicino a lui e le poso sul tavolino.

«Allora, cosa avevi da dirmi che non poteva aspettare fino a domani?», chiedo.

«Quando Helen ha chiamato la settimana scorsa, ha suggerito di incontrarci a pranzo per darci un vero addio.»

«Me l'hai già detto», dico, spazientita. Qualunque cosa Alex voglia dirmi così disperatamente, ho bisogno di saperlo subito.

«Ma il fatto è che ora mi sta bombardando di messaggi e sms, Hannah. Mi ha anche mandato... una foto nuda... È come se fosse ossessionata, credo che stia perdendo la testa.»

Prendo fiato. «Oh Dio.»

Mi guarda, impotente. «Ho passato le ultime ventiquattro ore a preoccuparmi e a decidere se dirtelo o meno. Non volevo angosciarti.»

«Sono contenta che tu me l'abbia detto.» Sospiro, quasi desiderando che non l'avesse fatto, non sono sicura di poter affrontare altre rivelazioni.

Lui scuote la testa. «Continua a dire che farà qualcosa di stupido e che mi dispiacerà.»

«Sembra che abbia bisogno di aiuto.» Mi avvolgo nella coperta, inorridita dalla piega che sta prendendo la situazione. «Se ti contatta di nuovo minacciando di fare qualcosa di stupido, forse potresti suggerirle con delicatezza di consultare un terapeuta, di parlare con il suo medico di famiglia.»

«Hannah, non capisci, quando ha detto che avrebbe potuto fare qualcosa di stupido, non parlava di fare del male a *se stessa*, ma di fare del male a te.»

«Mi stai prendendo in giro, vero?» Jas rimane a bocca aperta. Dopo quello che le ho detto sabato al mercatino di Natale, dubitava della mia sanità mentale per essere tornata con Alex. Ma ora che le ho appena detto che la sua ex minaccia di farmi del male, è inorridita, in piedi nella nostra cucina dell'ufficio, sotto shock.

«Wow. Proprio wow, Hannah!» Si colpisce la fronte con il palmo della mano. «Cosa c'è che non va in te, tesoro? Non ti ha mai detto di essere sposato, ti ha dato della stronza, si è ingelosito di un ex che non ha mai conosciuto... Ti ha persino *accusata* di avere una tresca con Harry!» Lo dice a voce così alta che Harry, che passa di lì per caso, fa capolino dalla porta della cucina.

«Chi sta avendo una tresca con me?», dice speranzoso.

Jas ride. «Il patetico fidanzato di Hannah pensa che lei abbia una storia segreta con te, il che è ridicolo. Senza offesa, Harry, ma voglio dire, la sola idea!»

«Scuse accettate.» ride e, prendendo una tazza, si prepara un tè.

«Sembra che tu pensi che questo sia un dannato scherzo. È come se ti divertissi davvero, Jas», dico con tono accusatorio.

«Assolutamente no. Sapevo solo che c'era qualcosa in lui

che non andava da quello che mi avevi detto. Ed eccolo qui - è sposato!» annuncia ad alta voce, e Harry, che in realtà non è così interessato, si unisce con un fischio seguito da un comprensivo «*Merda!*» mentre il bollitore bolle. «E non è tutto», aggiunge lei, incurante del mio disagio.

«La moglie psicopatica sta dando la caccia alla nostra Hannah e vuole farle del male.»

Faccio una smorfia imbarazzata a Harry, desiderando che Jas non dica tutto a tutti, e lui mi guarda con sincera preoccupazione.

«Stai bene, Hannah? So che ho scherzato sul fatto che fosse un serial killer, ma sembra che sua moglie possa esserlo.»

«Sì. Spero solo che siano solo chiacchiere, uno sfogo del momento, capisci?» borbotto, non sono contenta di essere protagonista del dramma dell'ufficio.

«A me sembra un po' di fuori.» Jas scuote la testa.

«Avete chiamato la polizia?» chiede Harry.

«Stavo per farlo. Avevo il telefono in mano per chiamarla subito. Ma Alex ha detto di lasciar perdere per ora. Il fatto è che lei è un avvocato, qualsiasi coinvolgimento della polizia potrebbe farle perdere il lavoro, e allora potrebbe essere ancora più un problema.»

«Merda», mormora Harry, mettendo tre zollette di zucchero nella tazza.

«Alex sa sempre dove si trova», gli spiego. «Ha un'applicazione collegata al suo telefono o qualcosa del genere di quando stavano insieme. Sa anche dove mi trovo io, così se lei è nelle vicinanze può almeno avvertirmi».

«Aspetta! Che cazzo?» Jas rimane a bocca aperta per la seconda volta in questa conversazione. «Sta seguendo te e la sua ex moglie e tu hai paura di *lei*?»

«Non è così sinistro come sembra, un sacco di gente lo fa, gli amici seguono gli amici, si tratta di essere al sicuro», suggerisco.

«È così che le aziende tecnologiche vendono queste applicazioni, ma il modo in cui vengono usate è tutta un'altra cosa.» Harry alza le sopracciglia.

«So che Alex lo usa solo per assicurarsi che io stia bene», dico sulla difensiva.

«Sono d'accordo con Jas, avrei più paura di *lui* che di lei», dice. «E se vuoi che tolga quell'app dal tuo telefono, fammelo sapere. Gemma andrebbe su tutte le furie se ne mettessi una sul suo.»

«Avrebbe ragione ad andare su tutte le furie. È un guinzaglio digitale per cani», dice Jas scuotendo la testa, mentre aspetta che Harry versi l'acqua bollente sulla sua bustina di tè verde.

Mi fanno sentire molto a disagio, sicuramente Alex si sta solo preoccupando per me. «Siete così drammatici, sono *felice* che Alex sappia dove sono», aggiungo con un filo di voce.

Jas mi guarda come se fossi pazza. «Hai davvero perso la testa, Hannah. Hai rimesso tutte le tazze al loro posto in cucina?», dice, prima di rivolgersi a Harry e informarlo del riordino notturno di Alex. «Ha praticamente spostato tutte le sue cose e riorganizzato la cucina. Lei non riesce a trovare un bel niente. Solo *lui* sa dov'è tutto, e a lui piace così.» Schiocca le dita e muove la testa.

Harry alza le spalle. «In realtà, a sua discolpa, Gemma è uguale. Mette sempre in ordine le cose a casa mia. A volte sono contento che vada a casa sua per la notte.»

«Vedi», dico a Jas, «è solo ordinato, tutto qui.»

«Sì, ma non si trattava solo di riordinare le cose, vero, Hannah? Era inquietante con tutte le etichette rivolte nella stessa direzione!»

«*Non* è inquietante, è *ordinato*», ripeto sulla difensiva.

«Non è quello che hai detto sabato, hai detto che ti ha spaventata.»

«Sì, beh, allora ero incazzata con Alex, ma ora l'ho perdonato.» Dico, rimproverandomi di averglielo raccontato.

«Devi mettere un lucchetto a quegli armadietti la prossima volta che il tuo amico è nella tua cuccia!», dice, facendo ridere me e Harry. Adora usare il linguaggio adolescenziale che tutti noi sentiamo dai nostri assistiti. Ora sta rovistando in fondo all'armadio alla ricerca di biscotti. «Oh, merda, è stato anche qui», dice. «Il tuo Alex è entrato e ha messo a posto i maledetti biscotti.»

Harry sta ancora ridendo mentre prende la sua tazza di tè e torna in ufficio, dove Sameera sarà sicuramente informata sull'ultimo fatto di cronaca riguardante lo "strano" fidanzato di Hannah.

«A parte gli scherzi, mi assicurerò che gli altri tengano gli occhi aperti, lo faremo tutti, amica», dice Jas mentre usciamo insieme dalla cucina. «Lavoriamo con adolescenti in preda agli ormoni, quindi l'ex moglie psicopatica è un giorno da ragazzi, non è vero?», dice rivolgendosi a Harry e Sameera, che, come sospettavo, è già stata informata.

«Io la tengo ferma e tu puoi prenderla a calci», propone Sameera. «Sul serio, però, Hannah, sembra una cosa terribile - dovresti chiamare la polizia.»

«Dobbiamo solo vedere che cosa succede», dico. «Non ha ancora fatto nulla, probabilmente sta solo cercando di attirare l'attenzione di Alex.»

«Sai che non ha fatto nulla?» chiede Jas.

«Sì... lo saprei se avesse cercato di afferrarmi per strada...» esclamo.

«Quando dice che ti farà del male, però, potrebbe non intendere fisicamente.»

«Oh Dio!» I fiori e quel biglietto vigliacco.

«Stai pensando quello che penso io?» dice Jas.

Annuisco.

«Cosa state pensando tutti? Posso partecipare?», scherza Harry.

«Oh, Harry, tieni il passo, probabilmente è l'ex moglie psicopatica che ha mandato i fiori e il biglietto in cui chiama Hannah "puttana"», spiega Sameera.

Non rispondo. Non ci avevo pensato, ma non è impossibile. Se Helen avesse saputo che Alex si vedeva con qualcuna prima di incontrarlo a pranzo, avrebbe potuto mandare le rose, forse il biglietto è stato un avvertimento.

Jas sembra preoccupata. «Mmm, beh, non voglio spaventarti, ma devi stare in guardia.» Sospira, poi abbassa la voce per non farsi sentire dagli altri.

«Senti, sei è un assistente sociale esperta e brava nel tuo lavoro. Se questo fosse accaduto a uno dei tuoi assistiti, avresti individuato questi segnali d'allarme a un miglio di distanza. Allora perché non ti accorgi che questo tipo è un problema? Sei troppo coinvolta per capire che cosa sta succedendo?»

Faccio spallucce. So cosa sta dicendo e vedo i segnali di pericolo, ma sto disperatamente cercando di ignorarli.

«Hannah, in questo lavoro ci prendiamo cura degli altri, siamo sempre all'erta per i pericoli degli altri - ma quando si tratta di noi stessi, non siamo sempre così attenti. Dovresti saperlo...»

«Lo capisco, ma non sono stupida, Jas. Capisco che le cose non vanno bene.»

«Allora perché stai con lui?»

«Perché nessuno si è mai preoccupato di me come lui, nemmeno i miei genitori. Io voglio il matrimonio e i figli, e anche lui. Jas, ho trentasei anni, questa potrebbe essere la mia ultima occasione...»

Sembra che stia per dire qualcosa, ma la fermo. «E vedo, vedo tutto.» Sento gli occhi riempirsi di lacrime. «Sono una donna intelligente, ma non si tratta della mia testa, ma del mio cuore. Non capisci? Non ho scelta. Devo dare una possibilità a questa storia, risolvere i problemi e vedere dove può portare. L'alternativa è dire addio a qualcosa che potrebbe essere fantastico. E poi potrebbe non accadermi mai più.»

Il suo volto è inespressivo mentre schiocca la lingua. «Credo che l'amore sia davvero cieco», dice, e mi fissa per un attimo di troppo. Poi improvvisamente sorride. «Ok, sei una donna adulta, credo che tu sappia cosa stai facendo.» Sospira. «Allora andiamo.» Mi prende sottobraccio e ci dirigiamo nel suo ufficio per discutere di Helen e del fatto che sia davvero un pericolo.

Non so perché sto seguendo Jas in questo psico-dramma. Credo di aver bisogno di esplorare tutte le eventualità per essere preparata. Nei venti minuti successivi valutiamo l'attuale stato d'animo di Helen, facciamo teorie sulla sua infanzia e giungiamo alla conclusione che è uscita direttamente dal libro dei giochi del narcisista, niente di tutto ciò è basato su fatti o sulla conoscenza della donna.

«Che aspetto ha, è bella?» chiede Jas. «Non che tu sia male. È utile però sapere quanto è attraente lo stalker della tua migliore amica.»

Alzo gli occhi. «Ma sì, è attraente.» Sospiro e cerco di descriverla. Ma poi mi ricordo che è un'avvocatessa che lavora, o *lavorava*, nella zona e, dato che non sono ancora divorziati, cerco su Google "Helen Higham".

La trovo subito su Whitney and Partners Solicitors, una piccola società sulla strada per Malvern.

«Allora usa ancora il cognome di Alex?» dice Jas, mentre io tengo in mano il mio telefono con la sua foto.

«Sì, al momento sono solo separati, ma anche quando saranno divorziati lei potrebbe mantenere il nome di lui - Higham - come cognome», faccio notare.

Jas sgrana gli occhi e avvicina il viso, poi si allontana con le sopracciglia alzate e una strana espressione sul viso. «È molto familiare», dice, con uno strano mezzo sorriso.

«Cosa? Oh merda, la conosci?» chiedo, costernata.

Lei mi guarda, ancora sorridendo. «Non riesci a vederlo, vero?»

«No, cosa?»

«E' la tua immagine sputata.»

Le tolgo il telefono e guardo di nuovo la foto. È difficile vedere se stessi in qualcun altro, ma so cosa intende, c'è sicuramente una somiglianza.

«Beh, Alex ha sicuramente un tipo», dice. «E non prenderla male, ma non è necessariamente una cosa positiva che tu le assomigli.»

«Perché?»

«Oh, cara, mi dispiace dirlo, ma forse è per questo che ha scelto te.»

«Pensi che io sia una sua sostituta?»

«Chi lo sa? Presumibilmente ha visto la tua foto sull'app, ha visto che assomigliavi alla sua ex moglie e...»

«Oppure ha solo un suo tipo.» Ripeto la sua teoria originaria, cercando di smorzare il suo dramma.

Jas alza le sopracciglia. «Potrebbe. Ma al momento non è questo il vero problema. Psycho Queen sa dove vivi?»

«No. Alex ha detto che le ha parlato di me, ma niente di più.»

«Perché sapeva che avrebbe reagito come un animale impazzito?»

«Non lo so, spero di no. Dice che è solo turbata e che starà bene quando si sarà abituata all'idea.» Lo dico con tutta la convinzione possibile, ma in fondo alla mente mi chiedo se non stia solo minimizzando per farmi stare tranquilla.

«In ogni caso, meglio prevenire che curare. Se fossi in te non starei da Alex in questo momento, ma a casa per un paio di notti, finché non saprai come stanno le cose.»

«Sì, probabilmente è una buona idea.»

«Voglio dire, potreste essere a casa sua, a sbaciucchiarvi sul divano, alzare lo sguardo e trovarvi lei davanti con un coltello da cucina.»

«Grazie, Jas», dico con sarcasmo. Sta solo scherzando, ma mi sento male. «È una minaccia senza senso. Lei è un avvocato e non rovinerà la sua carriera per introdursi nella casa di un altro avvocato», dico, «anche se è quella del suo ex. Sono sicura che andrà tutto bene», aggiungo, anche se non lo sono affatto.

«Vuoi che venga a stare da te?» chiede Jas. «Lavoro fino a tardi, ma potrei venire verso le nove - potremmo ordinare un takeaway. Porterò il gin. Sarà come ai vecchi tempi.» Sorride.

«Grazie, cara», rispondo, «ma chiederò ad Alex di stare da me, lui avrebbe più possibilità di respingerla», scherzo.

Sembra delusa, così, per attenuare il rifiuto, le sorrido e le dico, «Quando la situazione si sarà calmata, io e te dovremo uscire.»

«Come vuoi, ma fai attenzione. OK?»

Con ciò, lascio il suo ufficio, immaginando la visione di Helen e il luccichio di una lama.

21

Passo le due ore successive a definire un piano di protezione per Chloe Thomson e, dopo pranzo, Alex mi chiama.

«Ehi», dico, felice di sentire la sua voce.

«Oggi mi manchi più del solito.» Sospira. «Sei andata da qualche parte per pranzo?»

«Sì, ho comprato un panino e l'ho mangiato alla mia scrivania.»

«Ahh, mi chiedevo che cosa ci facessi in Foregate Street, ti ho vista dal mio cellulare.»

Grazie a Dio c'è la tecnologia. Non mi interessa quale interpretazione cinica voglia dare Jas, ma lui può vedere dove si trova la sua ex moglie e dove mi trovo io allo stesso tempo. E questo mi va bene se significa che può evitare che accada qualcosa di orribile.

«Va tutto bene, sai dov'è *lei*?», chiedo, sentendomi in ansia al solo pensiero di lei in libertà nella mia stessa città.

«È in centro città.»

«Al lavoro? Negli uffici degli avvocati Whitney?»

«Come fai a sapere dove lavora?» sembra un po' seccato. «L'ho cercata su Google.»

«Hannah, lascia fare a me e mi assicurerò che tu sia al sicuro, non andare a cercarla, *devi* stare attenta», dice.

«È la seconda volta oggi che qualcuno mi dice di stare attenta. Che cosa pensi che faccia, che corra nel suo ufficio e le chieda se vuole fare a botte?»

«Chi altro ti ha detto di fare attenzione?», chiede.

«Jas. Pensa che non stia prendendo abbastanza sul serio la minaccia.»

«Cosa? Non posso credere che tu ne abbia parlato con Jas. Accidenti, Hannah, devi proprio dirle *tutto*?»

«No, ma se la tua ex moglie è furiosa e dice di volermi fare del male, ho bisogno che i miei amici lo sappiano, in modo che possano stare all'erta. Potrebbe scoprire dove lavoro e presentarsi qui brandendo un coltello insanguinato.»

«Non lo farà, ma promettimi che se - *se mai* dovesse contattarti - non parlarle. Non parlarle, non... non *dirle* nulla. Non sa il tuo nome e di certo non voglio che sappia dove vivi o che sappia qualcosa di te. Fai attenzione anche a ciò che posti sui social media.»

«Ok, ok.» Il panico nella sua voce mi rende ancora più nervosa.

«E non perdere tempo con la polizia. Chiamami se sei preoccupata; la polizia non farà un bel niente. Ricordati che lo so come sono, lavoro con loro.»

«Anch'io a volte lavoro con loro, però sono sicura che farebbero *qualcosa* se chiamassi per dire che una donna che ha detto di volermi fare del male mi sta seguendo.»

«Hannah, vuoi fidarti di me? E non coinvolgere la polizia», sbotta lui. «Senti, devo andare, mi aspettano in tribunale.» Metto giù il telefono, sentendomi molto a disagio. Perché non vuole che chiami la polizia? Sicuramente la mia sicurezza verrebbe prima della carriera di lei, o di lui, se è per questo. So che non sarebbe bello per un avvocato essere coinvolto in un simile dramma, ma non ho intenzione prenderla come uno scherzo. Se mi sento minacciata in qualche modo, mi rivolgo subito alla polizia. E mi sento anche perfettamente giustificata a dire a Jas e agli altri della situazione. E se la psicopatica Helen facesse amicizia con uno di loro, oppure si presentasse in ufficio?

«È spaventato a morte dal fatto che tu possa avere qualsiasi tipo di contatto con lei», dice Jas poco dopo, quando le racconto della mia conversazione con Alex.

«Sì, perché non vuole che mi faccia del male, è molto imprevedibile.»

«Mmm, è quello che *dice* lui. Mi chiedo se non voglia tenervi separate per motivi tutti suoi», risponde.

«Tipo?» chiedo.

«Non lo so.» Sospira, appoggiando i piedi sulla scrivania. Siamo nel suo ufficio, è quasi la fine della giornata lavorativa e lei si sta limando le lunghe unghie rosse. Non ha affatto l'aspetto di un'assistente sociale senior. Jas era la cantante di una band quando era all'università, non la conoscevo allora, ma ho visto le foto. Ora è molto attraente, ma all'epoca aveva un aspetto feroce. Ha ancora quell'energia da "Chi comanda il mondo?". «Certo, quello che dice ha senso. Quando sei a letto alle 4 del mattino e senti una persona respirare pesantemente in fondo al letto, segui il suo consiglio e non *parli* con lei. Niente chiacchiere, niente discussioni sul tempo o su chi hai puntato nella gara di ballo di *Strictly* quest'anno.»

Anche nei miei momenti più bui, riesce a farmi ridere, e lo faccio anche adesso. Non dico che la prospettiva di vedere Helen in piedi in fondo al mio letto nel cuore della notte non mi spaventi, ma Jas ha questo modo di allentare la tensione.

Più tardi chiamo Alex e gli propongo di stare da me stasera, ma lui dice che lavora fino a tardi e vuole andare a casa per assicurarsi che la casa sia a posto "dopo tutto".

«Fai bene a rimanere da te, però. Non voglio che tu stia da sola nella mia, che lei sa dov'è», dice.

Il mio stomaco fa una piccola capriola.

«Potrei passare quando finisco, ma potrebbe essere tardi, dopo le dieci», aggiunge.

Non riesco a credere al tempismo di Alex. A volte lavora fino a tardi, ma dopo avermi fatto precipitare in questo incubo, vorrei che fosse presente per sostenermi. Sono riluttante a stare da sola stasera, ma non posso chiedere a Jas di venire a casa mia e poi farla andare via non appena lui arriva. Ho molto lavoro arretrato da recuperare, e Harry e Jas lavorano entrambi fino a tardi stasera, quindi decido di rimanere in ufficio. Preferisco stare qui con loro che a casa da sola con Helen in libertà. Così mi siedo a lavorare alla mia scrivania per un paio d'ore. Quando arrivano le nove, gli altri due sono ancora impegnati, ma io sono così stanca che decido di andarmene. Controllo la mia "cena per due", ancora in frigo dalla settimana scorsa. Avevo una vaga speranza di resuscitarla per stasera, ma quando la tiro fuori il coperchio è aperto e sembra che vi sia colato dentro del latte acido. E qualcuno ha appoggiato un enorme cartone di succo d'arancia sulle fette di cheesecake e le ha schiacciate. Rinuncio all'idea di una cena romantica. Sarà comunque troppo tardi quando Alex finirà di lavorare stasera.

«Vuoi che ti segua fino a casa ed entri con te?», si offre Harry con galanteria, ma so che preferirebbe cavarsi gli occhi. È chiaramente esausto e scommetto che l'ultima cosa che vuole fare sono chilometri per vedermi aprire la porta del mio appartamento.

«Ahh, sei dolce, Harry», dico. «Grazie, ma starò bene. Alex dovrebbe essere da me verso le dieci, quindi non starò da sola a lungo.»

«Basta che tu stia bene.» Sorride. «Non vogliamo che ci siano strani incontri.» Fa il gesto di un folle con un pugnale in mano e io faccio finta di ridere, ma non è divertente, sono spaventata a morte.

«Mandami un messaggio quando arrivi a casa», dice Jas dal suo ufficio. «Se non lo fai, mi preoccupo e mi presento alla tua porta, quindi è nel *tuo* interesse.» Non alza lo sguardo dal computer, ma mi saluta con la mano mentre esco.

Una volta a casa, apro il portone d'ingresso e per una volta si accende la luce. Finalmente il portiere deve aver risolto il problema e ora posso vedere in ogni angolo, dietro ogni porta. Salgo le scale di corsa, faccio gli scalini due alla volta, e quando finalmente entro nel mio appartamento e chiudo la porta dietro di me, mi viene da piangere di sollievo. So di essere completamente irrazionale, ma controllo di nuovo la porta d'ingresso prima di andare in soggiorno. Ho bisogno di una doccia per lavare via tutto ma poi penso alla scena della doccia in Psycho e decido di aspettare che Alex sia qui.

Sto per accendere il televisore, quando sento un rumore, una specie di sfarfallio che proviene... dalla camera da letto? Sì, proviene dalla camera da letto. Ricordo il rumore di passi alla porta di casa non molto tempo fa. Prendo una bottiglia di vino dal collo e, tenendola stretta, mi avvicino con riluttanza al rumore. Rimango in piedi nel corridoio, ondeggiando, aspettando, incapace di controllare il tremore che parte dai piedi e sale fino al petto e alla testa.

Qualcuno si muove in camera da letto. Lei sta aprendo e chiudendo i cassetti, rovistando tra le mie cose, probabilmente cercando di scoprire qualcosa su di me. La mia paura è soffocata dalla rabbia: come osa farmi spaventare in casa mia? Ma poi mi ricordo che vuole farmi del male e che probabilmente ha un'arma migliore della mia bottiglia di vino. Così mi allontano e, camminando lentamente all'indietro, tornando verso la porta d'ingresso. Ogni poro della mia pelle brucia, le punte dei miei capelli formicolano. Poi, proprio in quel momento, squilla il telefono. Un suono acuto e metallico buca il silenzio, facendomi sobbalzare. Vedo il nome di Jas lampeggiare sul telefono proprio mentre qualcuno esce dalla camera da letto.

d'ingresso. Ogni poro della mia pelle brucia, le punte dei miei capelli formicolano. Poi, proprio in quel momento, squilla il telefono. Un suono acuto e metallico buca il silenzio, facendomi sobbalzare. Vedo il nome di Jas lampeggiare sul telefono proprio mentre qualcuno esce dalla camera da letto.

22

Non mi giro per vedere chi è uscito dalla camera da letto, urlo più forte che posso e corro verso la porta.

«Hannah, Hannah, sono io!»

Mi giro e lo vedo lì in piedi, apparentemente sorpreso tanto quanto me.

«Alex!»

Per poco non mi viene un infarto. Mi appoggio al muro in preda allo shock e al sollievo, il telefono squilla ancora e il nome di Jas continua a lampeggiare.

«Gesù! Mi hai spaventata», dico, quasi cadendo su di lui. «Come sei entrato?»

Apre le braccia e mi abbraccia. «Pensavo che saresti stata qui quando sono arrivato, sono qui dalle otto, dov'eri?»

«Ho lavorato fino a tardi. Ma come hai fatto a entrare?», ripeto. Se Alex può entrare nel mio appartamento senza chiavi significa che chiunque può farlo.

«Oh, ho chiesto al portiere. Stava montando le lampadine nell'ingresso e mi ha fatto entrare dalla porta principale. Poi, quando non sono riuscito a entrare qui, mi ha aperto lui.»

«Gli parlerò, non può fare così.»

«Gli ho detto che sono il tuo fidanzato. Che problema hai a non volere che io sia qui?»

«Non si tratta di te, è... Per l'amor di Dio, Alex, mi hai appena detto che la tua ex moglie vuole farmi del male. *Tu* dovresti essere incazzato perché è stato così facile entrare nel mio appartamento.»

«Sì, sì, hai ragione.» Annuisce. «Ho finito prima del previsto.»

«Lo vedo. Pensavo fossi Helen, venuta a vendicarsi», dico, parlando come Jas e chiedendomi perché Alex si comporti come se non ci fosse nulla di cui preoccuparsi. Quando non risponde, chiedo, «Hai mangiato?»

«No, ma ho notato che tutta la roba che ho comprato in gastronomia è ancora nel tuo frigo.»

«Sì, non volevo sprecarla», dico, sentendomi un po' offesa dal fatto che sia entrato, abbia controllato il mio frigorifero e poi la mia camera da letto. Ma è il mio ragazzo, va bene così, suppongo.

«E vedo che sei già molto più avanti di me.» Ride, indicando la bottiglia di rosso che sto ancora stringendo.

«Ah, non era per bere, l'avevo scelta come arma.»

«Come tua arma?»

«Contro Helen», dico, sentendomi improvvisamente ridicola.

«Pensavo fosse lei in camera da letto.»

«Non l'ho sentita per tutto il giorno, quindi forse ha recepito il messaggio e sta iniziando ad andare avanti.»

«Così rapidamente, sicuro?»

«È così che è Helen.» Ride. «Te l'ho detto, è imprevedibile - un attimo prima sale, un attimo dopo scende. Ma basta parlare di lei. Tu apri quella bottiglia e io preparo un tagliere di formaggi che supererà qualsiasi cosa tu abbia mai mangiato prima.»

Afferro alcuni bicchieri, mentre lui mette insieme i prodotti di gastronomia su un grande tagliere di legno ed entra in salotto tenendolo in alto.

«Sembra delizioso», dico, mentre lo appoggia sul tavolino.

Verso il vino. Ci sediamo vicini sul divano; mi porge un piatto e un coltello da formaggio, affettiamo il pane francese, spalmiamo il burro salato di Normandia e tagliamo a spicchi il brie morbido e il blue cheese piccante. Mi siedo per godermi questa inaspettata serata a base di formaggio e vino, quando il mio telefono suona di nuovo, un bambino stridulo e fastidioso che chiede attenzione.

«Lascia perdere», dice.

Ma lo prendo per vedere chi è. «Devo rispondere, è Jas. Le ho promesso che avrei mandato un messaggio non appena rientrata a casa per farle sapere che ero arrivata sana e salva. Ha telefonato prima, vuole solo controllare che io stia bene.»

«Ci sono qua io. Sei al sicuro, non abbiamo bisogno che lei interferisca», dice Alex, irritato.

«È mia amica e ci prendiamo cura l'una dell'altra.» La sua apparente frustrazione mi turba, ma invece di essere incazzata con lui per la sua reazione, mi ritrovo irrazionalmente incazzata con Jas per avermi chiamato e aver creato tensione tra me e Alex. «Jas, sto bene, sto *bene*», dico prima che possa parlare.

«Oh, grazie a Dio! Io e Harry stavamo per venire lì. Ero così spaventata, tesoro, avevi detto che mi avresti mandato un messaggio appena arrivata a casa.»

«Scusa, sì, volevo...»

«Ho detto a Harry, perché non mi ha mandato un messaggio? Dove diavolo è? Stavamo immaginando un sacco di cose.»

Alex ha smesso di mangiare. Non mi guarda, ma so che la telefonata gli ha rovinato tutto.

«Sì, tutto bene. Grazie Jas.» Non mi dilungo oltre. Alex dice che le racconto tutto, quindi per dimostrargli che non è così, voglio essere molto sintetica.

«C'è qualcosa che non va? Non sembri te», mi dice.

Ho bisogno che attacchi quel dannato telefono. Sono stati giorni così stressanti e vorrei solo riprendermi davanti a una bottiglia di vino e un po' di formaggio con Alex. Ora è seduto ad aspettare che io finisca la chiamata e non ho bisogno che Jas continui a farmi domande.

«No, sto benissimo grazie, cara. Alex ora è qui, quindi va tutto bene», dico alla fine e alzo gli occhi su di lui, ma la cosa a Jas sembra subito un tradimento.

«Oh, quindi Mr Alex è lì, vero? Capisco, ecco perché non hai mandato messaggi, non puoi quando hai le mani occupate.» Ride forte e troppo a lungo.

Di solito rido con lei, ma Alex potrebbe pensare che stiamo ridendo di lui e, se non metto giù il telefono al più presto, diventerà un'altra persona. Incazzata. Capisco il suo punto di vista, Jas a volte non sa quando smettere di parlare.

«Senti, Jas, devo andare», dico. «Io e Alex stavamo mangiando qualcosa. Grazie per aver chiamato, cara.»

«Ok, ci vediamo», dice con voce tagliente e la linea cade prima che possa salutarla.

«Sapeva che stavo cercando di chiudere», dico. «Mi sentirò in colpa per tutta la serata.»

«Hannah, passi ogni singolo giorno con lei e, da quello che dici, lei vorrebbe passare anche tutte le notti con te.»

«Credo che le manchi la nostra amicizia. La vedevo di più prima di incontrare te, e le manco.»

«Oh, mi dispiace, se preferisci stare con Jas...» dice, facendo la parte del fidanzato ferito.

«Non essere sciocco, sai cosa intendo. È solo che a volte mi sento combattuta tra le persone. Odio ferire un amico.»

«Lo so, e non dubito che Jas sia una grande amica, ma non credi che ti manipoli un po'?», mi chiede.

«Forse - ma credo che lo faccia anche tu, con quegli occhi da cucciolo.» Sorrido, addolcendomi. «Quindi smettila di fare il bambino, Alex, o dovrò trattarti come tale», dico, e gioco a imboccarlo con pezzi di formaggio che gli infilo a forza tra le labbra chiuse finché non ridiamo entrambi. «So che ti ha fatto arrabbiare, ma ho dovuto rispondere alla chiamata di Jas», dico. «I miei amici sono importanti per me e voglio che continuino a far parte della mia vita, anche se mi sono innamorata. Temo che dovrai accettarlo se vogliamo stare insieme.»

Sorride. «Certo, capisco, mi sto solo preoccupando per te. Sono sicuro che sono tutti buoni amici, ma non li ho conosciuti. Tutto quello che dico si basa su quello che mi hai detto di loro. Sto solo prendendo le tue difese. Mi dispiace se la cosa è stata interpretata in modo diverso.»

«So che vuoi che io sia felice e so che i miei amici mi rendono felice.»

«Ma, da quello che vedo, gli amici come Jas usano solo le persone come te. Tu sei gentile e vuoi prenderti cura di tutti, ma Jas ti prosciuga. Fidati, ho conosciuto persone come lei, e lei non ti è amica.»

«Oh, Alex, tu sei un uomo, non puoi capire le sfumature dell'amicizia femminile. A volte mi dà sui nervi, sì, può essere un po' strafottente, un po' prepotente, e a volte penso che sia un po' invidiosa, ma nessuno è perfetto e un'amicizia è come ogni relazione: devi apprezzare i lati positivi e solo quando quelli negativi li superano devi uscirne. Jas non mi prosciuga, mi fa ridere e ci divertiamo molto insieme. Ne abbiamo passate tante insieme. Non è per tutti, ma io le voglio molto bene - a volte penso che mi conosca meglio di quanto io conosca me stessa.»

«Spero che sarete molto felici insieme», dice, prendendo il mio telefono dal bracciolo del divano e mettendolo fuori portata sul tavolino. «E ora, niente più lavoro, niente più Jas, solo io e te.» Fa scorrere le mani su e giù per la mia schiena. Cominciamo a baciarci, ci sdraiamo sul mio divano malandato e, proprio mentre sto per togliergli il maglione, il mio telefono squilla di nuovo. Esito per un attimo, ma l'espressione del suo viso mi dice che rovinerebbe un momento bellissimo, così ignoro la chiamata.

«Ciao Jas», dice in direzione del telefono, mentre io continuo a spogliarlo e ci spostiamo in camera da letto, lasciandoci tutto il resto alle spalle. E per un po' dimentico Jas, dimentico che oggi non sono riuscita a contattare Chloe Thomson e dimentico persino che la moglie alienata di Alex vuole farmi del male.

Ma più tardi, quando siamo a letto e Alex dorme profondamente, vado in salotto. Prendo il telefono del lavoro dalla borsa per controllarlo. Merda, Chloe Thomson mi ha chiamata tre volte. Pensavo che mi stesse evitando, ma deve avere davvero bisogno di parlarmi se ha chiamato così tante volte - e a quest'ora. Per fortuna ha lasciato un messaggio, così ascolto.

«Hannah, devo dirti una cosa... non so cosa fare, non so di chi fidarmi. Posso fidarmi di te, vero?»

La richiamo subito, ma risponde la segreteria telefonica, così le lascio un messaggio in cui le dico che sono qui, che mi chiami il prima possibile, non importa a che ora. Poi prendo il mio telefono personale dal tavolino. Un numero sconosciuto ha chiamato due volte e ha lasciato un lungo messaggio senza parole.

All'inizio penso che si tratti di un errore di composizione, o di un numero sbagliato, e che qualcuno l'abbia mandato per sbaglio. Ma quando ascolto di nuovo, sento un respiro pesante e poi giuro di sentire queste parole sussurrate e distorte.

«Ti è piaciuto puttana?»

23

Corro subito in camera da letto e sveglio Alex per farglielo ascoltare. Lui si gira dall'altra parte, mezzo addormentato e non proprio in vena, ma io faccio partire la segreteria telefonica e gli avvicino il telefono.

«Pensi possa essere lei?» gli chiedo, mentre è sdraiato supino, con il telefono all'orecchio.

Lui alza le spalle. «A dire il vero, riesco a malapena a sentire la voce e non sono nemmeno sicuro di quello che dice, Hannah.»

«*Devi* riuscire a sentirlo», dico, cercando disperatamente di convincerlo che ho sentito bene. «Ti è piaciuto puttana?»

Glielo faccio ascoltare di nuovo. Lui mi guarda dubbioso, e io glielo faccio ascoltare ancora e ancora, ma ora sto dubitando di me stessa e ogni volta riconosco sempre meno le parole.

Alex si appoggia ai cuscini e ascolta di nuovo, ma allontanando il telefono dall'orecchio scuote la testa. «Sinceramente non riesco a sentire bene.»

«Oh Alex», dico, strappandogli il telefono di mano. «Sono sicura che sia lei», sibilo, sentendomi un po' stupida. Ok, la voce è distorta e in teoria potrebbe essere chiunque, ma chi potrebbe essere se non Helen? E poi, come ha fatto ad avere il mio numero?

«Alex, quando l'hai incontrata, hai mai lasciato il telefono sul tavolo e sei andato al bancone?»

«Non mi ricordo.» Sospira. «Vorrei non avertelo mai detto. Da allora sei sempre stata nervosa.»

«Certo che sono nervosa, cosa ti aspettavi? Mi hai spaventata a morte dicendomi "Non fare amicizia con lei" e "Stai attenta".»

«Continuo a pensare che non dovresti interagire con lei. Ma quello che ha detto, voglio dire, è stato detto con rabbia.»

«Ti ha detto chiaramente che voleva farmi del male, e ora sono iniziate tutte queste stranezze. Non può essere una coincidenza, Alex», dico, consapevole di sembrare paranoica, ma sentendomi abbastanza giustificata.

«Una donna disperata...» mormoro.

«Penso solo che dobbiamo essere vigili e non correre rischi. Se devi andare da qualche parte, ti accompagno e ti vengo a prendere, e devi solo farmi sapere dove sei in ogni momento. E ricorda, ho ancora la sua posizione sul mio telefono, quindi anche se tentasse di fare qualcosa, potrei essere lì in pochi minuti.»

Sto per protestare che le basterebbero pochi minuti per fare qualcosa di terribile, ma lui si gira, dandomi le spalle. Mi sento abbandonata, è Alex che ha portato questa paura nella mia vita e ora si comporta come se non ci fosse nulla di cui preoccuparsi.

Sento il suo respiro rallentare mentre si riaddormenta e io rimango seduta in fondo al letto, sola, confusa e arrabbiata.

Ieri notte non sono tornata a letto. Dopo il messaggio telefonico e le chiamate perse di Chloe, non riuscivo a dormire. L'ho richiamata più volte, ma non ha risposto. Ho riascoltato il messaggio, ma mi sono spaventata, così ho preparato il caffè e sono rimasta sveglia fino all'ora di andare al lavoro. Sono uscita prima del necessario perché non volevo vedere Alex, avevo bisogno di spazio. Gli ho lasciato un biglietto in cui gli chiedevo di chiudersi la porta alle spalle, visto che non ha la chiave.

Una volta al lavoro, sono riuscita finalmente a contattare la madre di Chloe, che mi ha detto, «È andata via di casa». Proprio così. Non sono sicura di averle creduto ma, in ogni caso, sono preoccupata per l'incolumità di Chloe e ho chiamato un contatto alla polizia. Da allora ho passato la maggior parte della mattinata alla stazione di polizia a compilare moduli e a spiegare le mie preoccupazioni per Chloe. Non sono convinta che siano preoccupati quanto me per un'adolescente problematica che scappa da casa, soprattutto perché non è la prima volta, ma non posso fare a meno di pensare che sotto ci sia dell'altro.

«Mi ha chiamata ieri sera, dicendo che aveva qualcosa da dirmi», dico all'ufficiale di turno, «che non sapeva di chi fidarsi.»

Chloe ha solo sedici anni ma ha già una reputazione presso la polizia locale, che non vede la sua fuga come qualcosa di nuovo o di pericoloso. Ma io sì. Ha parlato di fiducia, e lo capisco, è scappata di casa perché è in conflitto con sua madre, presumibilmente per quello che sta succedendo con il fidanzato di sua madre. Ovviamente vuole parlarne con qualcuno. L'ho delusa, avrei dovuto essere lì per lei. Non c'è da stupirsi che non sappia più di chi fidarsi.

Tornata in ufficio, aspetto notizie di Chloe e mi rimprovero di non essere stata all'altro capo del telefono quando ha chiamato.

«Non ti abbattere, tesoro», dice Jas. Harry interviene con parole altrettanto rassicuranti.

«Ma voleva dirmi qualcosa, e Chloe parla raramente, sembra che abbia paura di farlo.»

Jas sorride. «Sono sicura che parlerà quando sarà pronta. Non preoccuparti troppo. Probabilmente Chloe Thomson è in grado di badare a se stessa per una o due notti; l'ha già fatto in passato.»

Per distogliere la mente da uno dei miei problemi, passo all'altro e chiedo ai miei colleghi di ascoltare l'inquietante messaggio sul mio telefono.

«È una voce di donna secondo voi?» chiedo e la metto in vivavoce.

Sameera sembra spaventata e Jas, che ama le situazioni drammatiche, ha un moto d'orrore.

«A me sembra uno scherzo, qualcuno ti sta facendo uno scherzo», dice Harry, tornando al suo schermo.

«Penso che probabilmente sia una donna», dice Jas, «e a *me* non sembra uno scherzo», aggiunge, lanciando a Harry un'occhiataccia per non averla presa sul serio. Capisco quello che Harry dice, la voce roca sembra davvero troppo drammatica, ma sono d'accordo con Jas che non è uno scherzo.

Cerco di concentrarmi sul lavoro, ma non è facile e più tardi, quando squilla il telefono, sobbalzo. Vedendo un numero sconosciuto, sono tentata di lasciar perdere, ma poi mi ricordo di Chloe e rispondo velocemente. È lei, grazie al cielo.

La sua voce lamentosa dall'altro capo del telefono mi colpisce. «Hannah sei tu? Ho chiamato...»

«Lo so, Chloe - e mi dispiace tanto. Dove sei? Mi sono così preoccupata, tesoro», le dico, volendo farle sapere che *qualcuno* tiene a lei.

Sembra in lacrime e riesce a malapena a parlare. Le chiedo se si tratta del fidanzato di sua madre.

«Non è Pete... Mamma dice che non posso... È una merda, tutto è una merda e voglio morire.»

Guardo Jas e Harry, che mi guardano con preoccupazione.

«Va tutto bene, cara», dico. «Dove sei?»

«Vicino al fiume...»

«No. Non fare niente di stupido, Chloe. Sono qui per te, ti prego vediamoci.» Ricordo un piccolo caffè in piazza della Cattedrale, l'ho già incontrata lì una volta, non è lontano dal fiume. Nel suo stato attuale, ho bisogno di allontanarla dall'acqua, quindi le propongo di andare lì, di aspettarmi e di ordinare quello che vuole.

«Sto uscendo dall'ufficio, sarò lì tra pochi minuti. Non andare da nessun'altra parte. Per favore, rimani lì e aspettami», ripeto, preoccupata che sparisca.

Al centro di Worcester si arriva più velocemente a piedi piuttosto che andare in auto e dover trovare un parcheggio, così corro verso il caffè. Ma quando sono quasi arrivata il mio telefono squilla. È Alex.

«Hannah, sei in piazza, vicino alla cattedrale?»

«Sì...sto andando a...».

«Lei è vicina. Ho appena controllato e Helen è in quella zona. Ovviamente non posso saperlo esattamente, ma questo dimostra che voi due non siete molto distanti l'una dall'altra.»

Sussulto. «Oh Dio, no.» Devo assolutamente raggiungere Chloe, se sono in ritardo potrebbe allontanarsi. Ero così preoccupata per lei, che avevo quasi dimenticato Helen, ma dubito che lei si sia dimenticata di me. I miei occhi scrutano l'area, mi sento improvvisamente molto esposta.

«Ma non può *fare* nulla, vero? È pieno giorno e c'è molto movimento...»

«Chi lo sa? Se lei è lì vicino, devi essere prudente!»

«Mi stai spaventando, Alex.»

«Mi dispiace», dice. «Sono sicuro che non farà nulla di così drastico, ma è potenzialmente pericolosa e non devi, qualunque cosa tu faccia, entrare in contatto con lei.»

«Non ho intenzione di farlo», dico. Ora sono davvero nervosa, giro la testa per vedere se lei è dietro di me. Un ragazzo in bicicletta mi passa troppo vicino e io emetto un piccolo grido.

«È lei?» Alex chiede. «No, no, sto bene. Mi dispiace.»

«Dio, Hannah, mi hai spaventato», dice, poi fa una pausa e chiede «Dove stai andando?»

«Al bar in piazza, devo incontrare Chloe.»

«Beh, sai dove lavora Helen, quindi non ti avvicinare.»

«Ok... devo andare.»

«Vi sto controllando, Hannah. Terrò d'occhio dove siete entrambe.»

«Ok... ma, Alex, non saprà comunque che aspetto ho.»

C'è un momento in cui esita a dire qualcosa, poi decide di essere onesto. «Le ho mostrato delle foto di te, quando ci siamo incontrati a pranzo. Mi dispiace tanto.»

«Oh, Alex.» Sospiro stancamente.

«Lo so. È stato stupido da parte mia, ma quando le ho mostrato la tua foto pensavo che sarebbe stata contenta, non mi sarei mai aspettato... questo.»

«Devo andare Alex», dico, non sapendo bene di chi preoccuparmi di più, se Chloe o Helen.

«Ok, ma sappi che è ancora lì da qualche parte. Continuerò a controllare.»

«Ok, grazie, ciao.»

Continuo a camminare cautamente, ma velocemente, lungo la strada principale. Ho paura di Helen, ma ho altrettanto paura che Chloe se ne vada, quindi continuo a muovermi, controllando ogni volto che mi passa accanto, finché non accade l'inevitabile. Alex mi ha detto che Helen era qui vicino e, proprio mentre passo davanti a Yo! Sushi, lei viene dalla direzione opposta, verso di me.

Vedo il suo viso da vicino, so che è lei, ho visto la foto scarabocchiata da Alex e quella pulita e professionale sul sito web dello studio. Sì, è proprio lei e per un nanosecondo i nostri occhi si incrociano. Trattengo un moto di terrore e continuo a camminare, come lei. Ma d'istinto mi volto per controllare che non mi stia seguendo e, mentre lo faccio, la vedo in piedi in mezzo alla strada che mi fissa. Mi volto nuovamente e comincio a camminare velocemente, con il cuore in gola, urlando dentro di me.

Controllo alle mie spalle; lei sta tornando verso di me e molto velocemente.

La sento chiamare il mio nome, grida: «Hannah, sei tu Hannah?» La sua voce si fa più forte man mano che si avvicina. Non c'è niente da fare, devo scappare, così mi precipito e mi nascondo in una portone ad aspettare, tremando. In pochi secondi mi rendo conto di quanto sia stupido, se mi trova qui non ho scampo. Mi sono letteralmente schiacciata contro un muro, fuori dalla vista di tutti.

Rimango lì per almeno cinque minuti, un tempo lunghissimo quando non hai idea se da un momento all'altro possa comparire la persona che vuole farti del male. Non riesco a respirare, ma anche adesso sono consapevole che Chloe mi sta aspettando e non posso deluderla di nuovo. Così mi faccio coraggio e, ancora senza fiato, faccio il breve tragitto fino alla caffetteria, controllando continuamente alle mie spalle. Quando entro, Chloe è seduta lì, da sola, in felpa e jeans, ma senza cappotto - starà congelando. Sono sollevata per essere entrata nella caffetteria, dove la gente beve, mangia e fa cose normali. Anche se Helen mi vede dalla vetrina ed entra, sicuramente non farà nulla, c'è troppa gente qui dentro. Terrò d'occhio l'ingresso, ma ora devo mettere da parte quello che è appena successo. È il momento di Chloe e troppe persone l'hanno già delusa, devo essere presente per lei. Quindi chiudo tutto il resto in quel cassetto nella mia testa, mi faccio forza e la raggiungo al suo tavolo.

Chloe alza lo sguardo quando mi siedo. Non sorride e sono subito colpita da quanto sia dimagrita da quando l'ho vista qualche giorno fa. La sua pelle è bianca come la carta, ha le occhiaie e le sue labbra sono screpolate e secche.

«Hai ordinato da mangiare, tesoro? Sembra che tu ne abbia bisogno.»

Annuisce svogliatamente. L'eyeliner scuro e duro le contorna gli occhi, una parodia grottesca di un'adolescente che, solo pochi mesi fa, stava iniziando a sbocciare. Tutto ciò di cui aveva bisogno era un po' di sostegno e di incoraggiamento, sapere che a qualcuno interessava ciò che le era successo. Nessuno lo capiva più di me e mi piaceva vederla crescere, nonostante la sua famiglia e il disagio per il fidanzato di sua madre. L'avevo anche convinta a studiare per gli esami a scuola, a pensare a un apprendistato, ma chissà dove è diretta ora. So solo che se non faccio qualcosa, si perderà, come sua madre prima di lei.

«Che succede, Chloe?» le dico, guardandola in faccia, cercando di capire perché a soli sedici anni abbia rinunciato alla vita. «Hai detto che volevi dirmi qualcosa, che avevi paura. Voglio che tu sappia che di me ti puoi fidare.»

Annuisce.

«Allora dimmi, voglio aiutarti.»

«Mamma mi ha buttato fuori casa per colpa di Pete... lui è...», interrompe, a testa china, senza guardarmi.

«Che cosa è successo?»

«Se n'è andato e mamma dice che è colpa mia, che sto creando solo problemi. Mi ha detto di andarmene e di non tornare.»

È poco più di una bambina, non riesco a capire come una madre possa abbandonare la propria figlia in questo modo.

«Oh, Chloe, mi dispiace tanto. Qualsiasi cosa accada tra tua madre e il suo uomo *non* è colpa tua, qualunque cosa lei dica. Lo sai, vero?»

Arriva una cameriera con una Coca per Chloe e io ordino un caffè.

«Ti serve un brownie per accompagnarla», dico, sapendo che è il suo dolce preferito.

Lei alza le spalle, ma io gliene ordino uno e, poco dopo, la cameriera torna con il piatto.

Chloe inizia a mangiare, spezzettando il brownie in piccoli bocconi che manda giù a forza mentre parliamo.

«È successo qualcosa tra te e Pete?» ho la sensazione che non mi stia dicendo tutto. Ieri sera, nel messaggio, ha detto che era spaventata.

Mi guarda, con gli occhi spalancati. «Il bastardo ha picchiato mia madre, così l'ho affrontato e poi è andato tutto a puttane. Se n'è andato, ha detto a mamma che non sarebbe tornato. Io ero contenta, ma poi la mamma mi ha dato contro, dicendo che avevo cominciato io. Ma, Hannah, non è vero, lui le stava facendo *male*.» Lascia cadere il brownie mezzo mangiato sul piatto come se fosse immangiabile.

«Quindi è stato allora che ti ha buttata fuori?»

«Sì.» Sta guardando in basso, non riesco a vedere il suo viso.

«Dove hai dormito stanotte?» Arriva il mio caffè e ringrazio la cameriera.

«Ho dormito lungo il fiume.»

«Oh, Chloe, mi dispiace tanto. Mi hai chiamata tardi e non ho letto il tuo messaggio fino a quando...»

«Non è colpa tua, Hannah. È mia.»

«No, non lo è, per favore non pensarlo mai. Non possiamo permetterti di dormire fuori, cara. Me ne occuperò io; mi assicurerò che tu sia al sicuro.»

Mi guarda con diffidenza.

«Nel messaggio che mi hai lasciato sul telefono mi hai detto che avevi paura. Avevi paura della tua situazione o di qualcuno...? Avevi paura di qualcuno?»

Per un attimo penso che stia per dirmi qualcosa. Ma si limita a guardare davanti a sè.

Ci riprovo. «So che pensi di non poterti fidare di nessuno in questo momento - ma puoi fidarti di me, te lo giuro.»

«Non posso.» Sospira, sconfitta, come se avesse rinunciato a tutti, compresa se stessa.

Mi si spezza il cuore, sento di averla delusa. Penso al consiglio di Jas di cercare di essere più distaccata, ma non so se ci riesco.

«*Puoi* fidarti di me», la incoraggio, «ma devo sapere cosa sta succedendo per poterti aiutare. C'è qualcosa di cui vuoi parlarmi, Chloe?»

«No.»

Non mi arrendo così facilmente. «E il fidanzato di tua madre - Pete? Hai paura di lui?»

Fa una smorfia.

«È qualcun'altro? Ti vedi ancora con Josh?» A volte esce con un ragazzo più grande che vive nella sua zona. Non è esattamente un frequentazione da sogno; si dice che sia uno spacciatore.

Non mi risponde.

Prendo fiato. «Ok. Qualcosa ti ha turbato, o *qualcuno* lo ha fatto. Stavi andando così bene, cosa è successo?»

Lentamente, Chloe inizia a parlare. «Non posso dirlo, dice che... che... che perderà il lavoro.»

«Non capisco, perderà il lavoro perché...?» Le prendo la mano attraverso il tavolo, ma lei la allontana.

Questo mi preoccupa. Tutto ciò che riguarda la vita di Chloe mi preoccupa in questo momento. Ecco una giovane ragazza con tutta la vita davanti, una sedicenne che si sente persa e confusa, come lo ero io un tempo. «Questa persona... Perché perderebbe il lavoro? Hai una relazione con lui, Chloe?» Ha compiuto da poco sedici anni, se recentemente ha avuto una relazione sessuale con qualcuno, probabilmente era ancora minorenne. In questo caso chiunque sia, potrebbe non solo perdere il lavoro, ma andare in prigione.

Beve un altro sorso di Coca. Questa è una Chloe più adulta e più difficile di quella con cui ho avuto a che fare negli ultimi mesi. Una delle cose più frustranti del mio lavoro è che i piani di protezione dei minori raramente coprono l'intera gamma di bisogni che un bambino vulnerabile può avere. Le pressioni lavorative, gli alti carichi di lavoro e le risorse limitate fanno sì che ragazzi come Chloe possano sfuggire alla rete troppo facilmente. La guardo ora, mentre sorseggia la sua Coca Cola, evitando il mio sguardo, e so che mi sta nascondendo qualcosa. Ma se ha una relazione inopportuna con qualcuno, persino con il fidanzato di sua madre, tutto ciò che posso fare è sconsigliarla di continuare e offrirle una via di uscita. Posso anche darle un aiuto pratico e trovarle un altro posto dove vivere, dove sia meno esposta alle sue avances.

«Parlami, Chloe», le dico gentilmente.

Non parla, abbassa solo la testa.

«Va tutto bene. Puoi parlare con me, non avrai problemi.»

«No, ma *lui* ne avrà. Mi ha fatto giurare di non dirlo mai.»

«Perché sa di essere nel torto.» Mi chino sul tavolo per poter chiedere a bassa voce «È molto più vecchio di te?» Annuisce, molto lentamente.

«Ok, allora, è da molto che state insieme?» dico con apparente noncuranza; devo farla parlare senza farla sentire sotto pressione.

«Un paio d'anni», mormora, e io cerco di non far trasparire il mio orrore. Ciò significa che aveva tredici o quattordici anni quando la relazione è cominciata.

«È un... amico di tua madre?»

Scuote la testa.

«Chloe, sta a te decidere se vuoi dirmelo o no. Io non posso costringerti a parlarne. Voglio solo che tu ti fidi di me; sappi che se ti ha minacciata o se hai paura di lui per qualsiasi motivo, io posso aiutarti.»

Smette di sorseggiare la sua Coca e mi guarda per una frazione di secondo, poi scoppia a piangere. La guardo, sorpresa, mentre cade a pezzi, in tutta la sua fragilità e si scioglie sopraffatta dall'emozione. La bambina ferita e confusa emerge da sotto il trucco duro e nero degli occhi. Le porgo un tovagliolo di carta e le dico che sono qui e che posso aiutarla, ma non sono sicura che mi senta.

Rimaniamo nella caffetteria per un'altra ora e io cerco in

tutti i modi di ottenere altre informazioni da lei. Ma le è stato ordinato di non dire niente, e anche le mie domande gentili, le mie offerte di aiuto e le mie rassicurazioni sul fatto che sarà tenuta al sicuro non fanno alcuna differenza; quando ormai il tovagliolo di carta è stato strappato tra le sue dita sottili da ragazzina coperte di anelli e tatuaggi fatti in casa, la mia speranza svanisce. Sarà per paura o per lealtà, ma Chloe non mi dirà nulla dell'uomo che va a letto con lei da quando aveva tredici anni. Le prometto che non appena vorrà dirmelo o avrà bisogno del mio aiuto, io ci sarò.

Mentre la cameriera spazza il pavimento e la luce si affievolisce fuori, i miei pensieri tornano alla situazione immediata di Chloe. In questo momento, forse non sono in grado di scoprire chi è che abusa di lei e forse non posso impedirle di vederlo, ma posso trovarle un posto sicuro dove stare stanotte.

«Allora, Chloe, farò il giro di alcuni ricoveri fino a quando non riuscirò a trovarti un posto dove dormire, ma voglio che tu mi prometta che poi resterai lì.»

«Sì, sì.» Fa spallucce, ma vedo che le sue spalle si sono leggermente rilassate sapendo che stanotte non dormirà in riva al fiume.

Prendo il telefono per chiamare i ricoveri della zona e, mentre racconto la sua storia a ogni sconosciuto che risponde al telefono, lei guarda davanti a sé svogliatamente. Quando prende il suo bicchiere di Coca, la sua manica si alza e vedo una serie di sottili cicatrici lungo il braccio. I nostri occhi si incontrano. Lei sa che io so e si tira giù la manica con imbarazzo, rendendosi conto che ho notato il piccolo segno rivelatore sulla sua carne. La guardo in faccia e vedo gli occhi di mia madre che mi fissano. Si sta facendo.

Cerco di sorridere in modo rassicurante, ma mi ricordo di quando ero una ragazzina, in un mondo oscuro e pieno di spigoli. Ho un tuffo al cuore, inizia una nuova battaglia.

La mia mente era così presa da Chloe che non ho pensato a Helen fino a quando non sono arrivata alla piazza dove l'avevo incontrata prima. Mi sento improvvisamente vulnerabile nel buio e, anche se è pieno di gente che fa acquisti natalizi, ogni tanto controllo alle mie spalle.

Non appena torno al lavoro, chiamo Alex per dirgli che Helen mi segue e mi chiama per nome. Gli altri sono sconvolti e continuano a dire che dovrei chiamare la polizia, ma Alex ha un paio di amici nella polizia e dice che ne parlerà con loro prima di fare qualsiasi altra cosa.

«Il problema è che non ha ancora fatto nulla», dice. «Sì, ma a te ha detto che vuole farmi del male», protesto. «Ho paura, Alex, e grazie a Dio mi hai detto che era in zona, almeno non ha potuto cogliermi di sorpresa.»

«Proprio così. L'app mi dà una posizione approssimativa e so quando siete nella stessa zona, ma non vi posso localizzare con esattezza.»

«Quindi non lo sapresti se fosse letteralmente a pochi centimetri da me?» chiedo, inorridita.

«No... non proprio», dice impacciato.

«Merda, Alex, pensavo che saresti arrivato in un lampo non appena si fosse avvicinata troppo, pensavo potessi saperlo.»

«Non esattamente, la tecnologia non è così precisa».

«Quindi *dovrei* chiamare la polizia la prossima volta che si trova nelle vicinanze.»

«No. Senti, devi fidarti di me, non vogliamo peggiorare una situazione già difficile. Conosco la legge in materia, è complessa; ti assicuro che ci penso io.»

«Ok», dico con riluttanza, «ma se succede di nuovo qualcosa di simile, o se sono anche solo leggermente insicura o spaventata, mi rivolgerò subito alla polizia.» Con questo, metto giù il telefono. Odio il fatto che Alex mi abbia messo in questa situazione e non posso credere che l'abbia peggiorata con il suo comportamento mostrandole una foto. Era sua moglie, doveva conoscerla e doveva immaginare come avrebbe reagito al fatto che ora lui ha una nuova fidanzata. D'altra parte, sono rimasta sorpresa dal comportamento di Tom da quando ci siamo lasciati, e pensavo di conoscerlo a fondo.

24

Il matrimonio di Sameera si terrà all'inizio di gennaio, quindi, a una settimana dal Natale, organizzeremo il suo addio al nubilato insieme alla serata natalizia dell'ufficio. Non si tratta di un addio al nubilato in senso stretto, perché Harry verrà con noi, ma sarà damigella d'onore per la serata e indosserà le orecchie da coniglietto, che - cosa preoccupante - non vede l'ora di fare.

«Non sono sicuro che riusciresti a farmi indossare delle orecchie da coniglio in una serata tra donne», dice Alex quando gli comunico i nostri piani.

«Penso che saresti carino.» Rido.

Sono tornata a casa sua dopo il lavoro, lui sta preparando la cena mentre io completo il mio rapporto su Chloe. Sono riuscita a trovarle un posto sicuro dove stare grazie ai servizi per l'infanzia, ma i problemi sono chiaramente più profondi. Tutto quello che riesco a capire parlando con lei è che ha una relazione con un uomo più anziano che sembra avere un ascendente su di lei. Si rifiuta di dire qualcosa su di lui e io sto elaborando una teoria che sottopongo ad Alex.

«E se invece di Pete che picchia la madre, Carol avesse

scoperto che c'è qualcosa tra Pete e Chloe e *per questo* l'avesse cacciata di casa?»

«Forse», mormora. Sembra distratto.

«Chloe a quanto pare non dice sempre la verità, ma chi può biasimarla?» continuo, sapendo che nel mondo di Chloe la verità è un posto orribile.

«Però non è un po' strano che Harry partecipi a un addio al nubilato?», dice, tornando improvvisamente alla nostra conversazione precedente.

«Cosa...?» Due mondi si scontrano e improvvisamente mi ricordo di che cosa stavamo parlando. «No, Harry sarà una di noi e in ogni caso potrebbe portare Gemma. Andiamo direttamente dal lavoro, quindi sarebbe un po' meschino non invitarlo, per non dire sessista.»

«Mi sembra giusto. Allora, posso venire anch'io?» chiede.

Non mi dispiacerebbe che Alex venisse con noi, ma non so come si sentirebbero gli altri. Non è una serata per coppie e, dato che non conosce ancora nessuno di loro, potrebbe sentirsi fuori luogo.

«*Potresti*, ma è un addio al nubilato, Alex.»

«Sì, ma se viene Harry?»

«È... ti ho detto che è una damigella d'onore. È anche la serata natalizia dell'ufficio. Lui ha un senso, tu no», scherzo, a metà.

«Va bene.» Sorride. «A che ora vuoi che venga a prenderti al bar?»

Sono passate quasi tre settimane da quando Helen mi ha rincorsa per Worcester e non ho più ricevuto messaggi strani o trovato l'auto piena di profumo, ma Alex mi accompagna al lavoro, per sicurezza. Ma ho voglia di vivere la mia vita, di guidare la mia auto e di non dipendere così tanto da Alex. Spero che Helen abbia iniziato a voltare pagina, accettando il fatto che io e Alex stiamo insieme.

«Non devi venirmi a prendere stasera», dico.

«No, io vengo», mi risponde con decisione.

«Veramente, non c'è problema, ci divideremo il taxi per tornare.»

«Ma, Hannah, è per la tua sicurezza.».

«Lo so, ma è un po' che non succede nulla. Qualunque cosa sia stata, sembra sia passata.»

Mi si mette di fronte, poi si appoggia al bancone della cucina e mi guarda in attesa.

«Che c'è?» chiedo.

«Perché non vuoi che ti venga a prendere? Hai paura che uno dei tuoi amici mi veda?»

«No, non essere sciocco, perché non dovrei volere che qualcuno ti veda?»

«Dimmelo tu. Forse ti piace far finta di essere ancora single quando esci la sera?»

«Non essere sciocco! Mi piacerebbe che presto li conoscessi tutti. Ma prendere un taxi ha più senso. Jas e Sameera vivono sulla strada di casa mia, e Harry probabilmente starà da Gemma, visto che vive solo a un paio di strade da me.»

Alza la testa con un «Ah, è così?» che mi fa subito irritare.

«Senti, mi rifiuto di uscire con i miei colleghi di lavoro per poi salutarli dalla macchina di lusso del mio compagno, lasciandoli sul marciapiede a chiamare un taxi nel freddo glaciale.»

«Ok, allora vi accompagno *tutti*.»

«Ho detto di no, Alex», sbotto, poi mi rendo conto di essere stata scortese e aggiungo «Scusa.»

Vuole prendersi cura di me, e lo capisco, ma devo far capire che sono in grado di badare me stessa, e quello che trovo più irritante è che Alex non accetta un no come risposta. Stamattina, Harry ha fatto una battuta sull'"autista di Hannah" e Jas mi ha chiesto proprio se ritengo che Alex sia "appiccicoso, bisognoso o semplicemente strano", e questo mi fa dubitare di come sia Alex veramente. Ma, dopo tutte le vicende di Helen, credo di non poter biasimare il suo modo di comportarsi a volte. Le cose si stanno finalmente sistemando, i miei sentimenti per lui sono forti e ho ancora voglia di far funzionare le cose. Amo Alex, ma non amo la sua ex moglie, e per quanto cerchi di dimenticarla e di godermi la compagnia di lui, lei è ancora un'ombra che si aggira in un angolo della nostra relazione. Mi fa pensare alla notte di qualche settimana fa, quando ho lavorato fino a tardi e ho avuto la sensazione di non essere sola. E se fosse stata *Helen* quella che Alex aveva visto uscire dalla porta sul retro? Aveva detto che era buio e aveva pensato che fosse un uomo, ma è possibile che fosse una donna quella che scappava dal retro dello stabile. E ieri Harry ha scoperto che la doppia serratura della porta sul retro è rotta.

«Pensi che possa essere entrata da lì?», avevo chiesto a Harry. «Non lo so», mi aveva risposto, ma dall'espressione del suo viso ho capito che pensava che *qualcuno* lo avesse fatto e che stava chiaramente cercando di tranquillizzarmi. Avevo sentito il dubbio nella sua voce, e poi il modo in cui aveva guardato Jas e lei aveva distolto lo sguardo.

Nonostante tutto, io e Alex abbiamo fatto uno sforzo per concentrarci su di noi. Finalmente abbiamo fatto insieme l'albero di Natale e lui ha realizzato una graziosa palla con i nostri nomi intrecciati. L'ha fatta appositamente.

«Quando dico per sempre, dico sul serio», aveva detto mentre l'appendeva all'albero. L'ho guardato immaginando di appendere quella palla a molti alberi negli anni a venire con i nostri figli.

Il venerdì mattina mi alzo presto per andare al lavoro. Stasera c'è l'addio al nubilato/brindisi natalizio di Sameera e, se dobbiamo lasciare l'ufficio prima per uscire, devo smaltire più lavoro possibile nella giornata. Ho una montagna di scartoffie da sbrigare. Quindi oggi non ho tempo per i pettegolezzi casuali con Jas in cucina, e non farò la pausa pranzo.

Alex si alza presto con me e prepara il porridge mentre io aggiro per casa per prepararmi. Non mi vesto per andare al lavoro, ma metto i trucchi e un top pulito in una borsa per indossarlo stasera.

Mi chiede: «Ti metterai quello?», mentre stropiccio il top leopardato nella borsa di M&S.

«Sì, l'altra sera quando l'ho indossato all'indiano hai detto che era bellissimo.»

L'espressione del suo viso dice tutto il contrario, il labbro è arricciato e la fronte aggrottata. «Oh, sì, è *OK*, ma forse staresti meglio con qualcosa di più scuro, più snellente.»

«Che cosa intendi?» sono inorridita. «Non sono una modella slanciata, ma hai appena detto che sembro grassa con la stampa animalier?» sto scherzando, ma non troppo.

«No... no, ma non ti dona un granchè, sbaglio?»

«Pensavo di si», dico, ancora sorpresa dalla sua mancanza di tatto.

«E quel top nero largo che indossavi nel fine settimana?»

Mi scervello per ricordare quale indossassi. «Intendi quello largo che sembra un bidone dell'immondizia? Non posso mettere *quello* per uscire.» Rido, stupita dal suo suggerimento.

«Beh, allora a quanto pare va abbastanza bene per essere indossato a casa per me?»

«Non lo indosso per *te*. Lo indosso per *me*; è un top comodo che metto per stare in casa.» Scuoto la testa per lo stupore. Non posso credere che mi abbia suggerito di indossarlo.

«Ma uscirai solo con gli amici del lavoro, quindi perché non vuoi indossare qualcosa di comodo? Perché hai bisogno di vestirti con un leopardato da quattro soldi?»

«Da quattro soldi? Non capisco dove stia andando a parare questa conversazione.» Non sorrido più e lo guardo perplessa.

«Sto solo dicendo...»

«Alex, puoi *dire* quello che vuoi, ma *non* indosserò un top nero informe per uscire il venerdì sera con i miei amici.»

«Come ho già detto, va bene per me, ma non per loro», mormora sottovoce mentre mi mette davanti una ciotola di porridge fumante. Improvvisamente non ho più fame.

«Alex, cerco *sempre* di essere carina per te, come tu lo sei per me, e mi piace che entrambi ci teniamo al nostro aspetto. Ma non sei onesto.» Alzo lo sguardo verso il suo viso e prendo la sua mano. Non ho davvero tempo per questo e sono consapevole che sto cercando di placarlo per poter andare avanti con quella che sarà una giornata impegnativa.

«Mi dispiace. Credo di essere un po' giù oggi... Non è colpa tua... o di quello che indossi.» Sospira e si volta dall'altra parte.

«Cosa c'è allora? Perché ti senti giù?» chiedo, consapevole di usare il tono che di solito uso con i miei adolescenti problematici.

«Non importa. È solo che...» Si volta di nuovo verso di me e vedo che ha le lacrime agli occhi.

«Alex. Che cosa c'è?»

«Niente. Davvero, non è niente.»

Mi alzo e mi avvicino a lui, mettendogli le braccia intorno alla vita e guardandolo dall'alto. «Mi dici che cosa hai?»

Insiste che sta bene, ma io vedo che non è così. Stamattina non ho tempo per affrontare il suo improvviso dolore, ma non posso andarmene quando è chiaramente in difficoltà, quindi continuo a chiederglielo. Alla fine, dopo molte insistenze, mi dice: «Oggi è il giorno in cui Helen se n'è andata. So che è stato un anno fa, ma fa ancora male.»

Questo mi punge leggermente e mi riporta sulla terra.

«Ok... capisco, ma forse è ora di andare avanti», dico, senza riuscire a trattenere la nota di ansia che si insinua nella mia voce.

«Non si tratta di lei, Hannah. A essere sincero, ora che sono con te sono contento che abbia chiuso. Il fatto che tu sia fuori stasera mi ricorderà solo le sere che ho passato in... attesa di Helen.» Sospira. «Non è colpa tua se stasera esci.»

Perché "non è colpa tua" mi suona come un'accusa? È come se Alex pensasse che dovrei stare a casa e tenergli la mano nel giorno dell'anniversario della fine della sua precedente relazione. Non sono sicura che sia salutare avere una data del genere in agenda, e anche se lui sa esattamente quando lei se n'è andata, non è certo un bene che ci rimugini sopra.

Mi avvicino di più lui, inclino la testa, gli sfioro il viso con la punta delle dita. Anche nella tristezza, ha un viso incantevole, ciglia lunghe, labbra morbide, e non c'è niente che vorrei di più oggi che darmi malata, stare con lui e baciare quel viso. Il suo dolore mi ha reso ansiosa, come se Helen fosse ancora una minaccia, ancora qualcuno a cui tiene, e ora il mio cuore vorrebbe continuare a parlarne. Ma la mia testa sa che non posso, perché sono le nove passate e a quest'ora speravo di essere già al lavoro. Sono in ritardo, con un milione di cose da fare, per non parlare dell'incontro delle 9.30 con Jas per aggiornarla su Chloe Thomson.

Chloe ora sta in un alloggio temporaneo che ho trovato per lei. Non è il massimo, ma almeno non è a casa con la madre e Pete, che a quanto pare è tornato. Spero di poterla aiutare a lungo termine, ma nel mio lavoro ci sono pochi lieti fine; ci sono sempre bambini in pericolo, che hanno continuamente bisogno della mia supervisione. E c'è il mio partner, qui in lacrime, che ha altrettanto bisogno di me. Sento il cuore battere più forte. È come quando ero bambina e la mamma era in overdose, cosa che le succedeva spesso. Mi sentivo come se il peso del mondo fosse su di me, che toccasse a me risolvere i problemi di tutti, assumermi tutta la responsabilità. Ora sento quella pressione e non mi piace come mi fa sentire. Mi chiedo quanto possa ancora reggere prima di crollare.

«Il ricordo della partenza di Helen deve essere terribile», dico ora ad Alex, «ma quello era il passato e *io sono* qui adesso. Anche se oggi sarò impegnata al lavoro, penserò a te e potrai chiamarmi in qualsiasi momento. Possiamo passare un bel fine settimana insieme.» Faccio una pausa. «Mi preoccupo solo che a volte...»

«Cosa?»

«Mi preoccupa che tu non l'abbia dimenticata», ammetto.

«*Ti* amo, Hannah. È solo che mi manchi quando non possiamo stare insieme», dice, senza rispondere alla mia domanda.

«Ti amo anch'io. Non vorrei davvero andarmene stasera e lasciarti solo e sconvolto in questo modo...» Comincio.

«Allora non farlo.»

Mi sento combattuta, so che Alex ha bisogno di me, ma questa è la grande serata di Sameera. «Non posso deluderli, Alex.»

«Ma puoi deludere me», dice amaramente.

«No. Non ti sto deludendo», dico con fermezza, consapevole che sta cercando di manipolarmi per farmi crollare e restare a casa stasera.

Sono abituata a riconoscere questo tipo di comportamento. Mi capita anche con i miei assistiti. Lo facciamo tutti in qualche misura, fa parte dell'essere umano e del gestire le nostre relazioni. Ma se si spinge troppo in là e una persona manipola troppo l'altra, non è salutare, perché porta l'altra a fare cose che non vorrebbe fare. Per questo stasera uscirò con i miei amici di lavoro e metto in chiaro con Alex che questo non cambierà, qualsiasi cosa possa dire, ma allo stesso tempo lo assicuro che non lo sto abbandonando.

«Ti amo molto, ma la mia uscita non riguarda me e te, ma me e i miei amici», gli spiego.

Tace, ma il suo palmo mi sfiora la guancia e scende lentamente lungo il collo, infilandosi dolcemente nella camicia. Sento un brivido di lussuria, ma non mi lascio sedurre da ciò che vuole, e con delicatezza tolgo la sua mano dal mio seno e mi allontano, prendendo i fascicoli e la borsa.

«Tesoro, ti amerò per *tutto* il weekend», dico mentre

raccolgo le mie cose, «ma stamattina non ho tempo per *niente.*» Mi giro verso di lui e gli do un bacio sulla bocca, al quale risponde con vigore, tirandomi a sé. Di nuovo, mi allontano con cautela.

«Ma non ti vedrò stasera.» Sospira, appoggiandosi al mobile della cucina, a braccia conserte. Sa essere piuttosto infantile, il che a volte è intrigante, ma non ora.

Mi giro su un piede solo, volendo andarmene. «Senti, Alex, devo andare, ma ci vediamo domani, ok?»

«Divertitevi», dice.

Ma so che non dice sul serio, che è incazzato con me, ma proseguo verso la porta, gli mando un bacio e me ne vado.

25

Dopo aver lasciato Alex in cucina, sono di cattivo umore per tutta la mattinata, completamente esausta dalla nostra conversazione. Sono confusa perché un attimo prima Alex non può vivere senza di me e un attimo dopo è arrabbiato perché è l'anniversario del giorno in cui Helen se n'è andata. Mi sono ripromessa di non fare pettegolezzi a caso oggi, non ne ho il tempo, ma non riesco a resistere dal parlarne con Jas durante il nostro incontro per Chloe. La cosa continua a frullarmi in testa e voglio la sua opinione distaccata.

«*Sapevi* che era l'anniversario della loro rottura?» dice lei.

«Beh, non lo sapevo finché non me l'ha detto lui.»

«Intendo dire, ti sta dicendo la verità o sta solo cercando di farti sentire in colpa per l'uscita di stasera?»

«Non ci avevo pensato. Ma sicuramente non mentirebbe su una cosa del genere.»

Mi guarda come se fossi stupida.

«Sì, hai ragione, è ovvio che mentirebbe su una cosa del genere; non mi ha nemmeno detto di essere sposato.»

Serra le labbra. «Te l'ho detto fin dall'inizio, piccola, non essere così presa da lui da diventare cieca. Prima che tu te ne accorga, ti ritrovi in una relazione di merda e io non ho nessuno con cui uscire per una serata tra donne!» Ci ride sopra, ma ha ragione, su tutte e due le cose.

Pochi minuti dopo che la riunione si è conclusa e ho finito di parlare con un assistito che è stato espulso da scuola, Alex chiama. Mi si stringe il cuore. So di avergli detto di chiamare in qualsiasi momento, ma gli avevo anche fatto un milione di allusioni al fatto che sarei stata molto occupata.

«Ehi, sono io!» la sua voce è sexy e dolce e la trovo immediatamente rilassante. Il mio cuore riprende a pompare, come se il solo sentirlo mi riportasse in vita. Sono così combattuta su di lui in questo momento. Deve essere amore.

«Ehi», dico dolcemente al telefono, il calore si insinua nel mio corpo, sono consapevole che mi sto accarezzando il collo.

Sameera mi guarda e sorride, e anche Harry mi guarda. Spero che non riescano a capire dalla mia espressione a che cosa sto pensando.

«Mi chiedevo», dice Alex, «visto che stasera non ci vedremo...»

Un commento carico di significato. Spero che non ricominci. Non rispondo, augurandomi che parli il mio silenzio.

«Allora... visto che non ci vedremo fino a domani», continua,«che ne dici di pranzare insieme oggi?»

Ora dovrò respingerlo per la seconda volta in un giorno. «Oh, Alex, sai che mi piacerebbe molto, ma oggi sono molto occupata e stamattina sono arrivata in ritardo, quindi devo recuperare. Sarò bloccata alla scrivania tutto il giorno, non potrò *fare* nemmeno la pausa pranzo.»

«Non puoi stare senza pausa pranzo, devi mangiare qualcosa.»

«Prendo qualcosa quando ho cinque minuti.» Mento.

«Ok, allora ci vediamo domani», sbuffa.

«Sì, appena mi alzo vengo da te?» dico con tono vivace,

cercando di risollevare il suo umore, di cancellare l'aria imbronciata.

«Se *vuoi*.»

«Certo che voglio», rispondo a voce troppo alta. Harry si gira e mi fa un sorriso. Io alzo gli occhi al cielo. «Mi dispiace di essere dovuta andare via stamattina», dico a bassa voce.

«Dispiace anche a me, e mi ha dato fastidio, sai?»

«Capisco. Ma a costo di sembrare... egoista, mi fa sentire un po' insicura il fatto che tu stia ancora soffrendo per tua moglie. Quella che ti ha mollato», aggiungo con decisione.

«Hannah, non hai nulla di cui preoccuparti, ma quando mi innamoro di qualcuna, non lo dimentico e basta. Provo ancora dei sentimenti...»

«Lo so, anch'io, sono uguale.»

«Vuoi dire con Tom?»

«Sì. Non è stato perfetto, ma come ti ho già detto, tengo ancora a lui, quindi capisco cosa provi per Helen.» Ma sospetto che i miei sentimenti per Tom non siano mai stati lontanamente vicini ai suoi sentimenti per Helen.

«Non lo contatteresti però, vero?» Alex sembra allarmato.

«Dio no», dico, rassicurante. «Non contatteresti Helen, vero?»

«Non ora.»

«Mi fa piacere.»

«Sì, e dopotutto, non vogliamo che ti insegua di nuovo per strada», dice. Provo un leggero brivido al pensiero di lei che mi corre dietro, del suono della sua voce che mi chiama per nome. Non posso sopportare di pensare a quello che sarebbe potuto succedere... a quello che potrebbe ancora succedere.

«Tesoro, devo andare, ma grazie per avermi chiamata. Ci vediamo domani. Facciamo pace nel weekend», aggiungo con un filo di voce.

«Tutto a posto tra noi?», chiede.

«Sì, credo di sì, e per te?» Sento la supplica nella mia voce, riconoscendo la necessaria debolezza che a volte viene dall'amore, per abbattere i muri dell'altro.

«*So* che lo è.»

«Bene». sospiro, riuscendo a respirare di nuovo ora che abbiamo fatto pace. «E, Alex...»

«Sì?»

«Grazie.»

«Per cosa?»

«Per avermi invitata a pranzo. Per esserti preoccupato che io mangi.»

«Perché a me importa. Nessuno si preoccupa di te come me. Nessuno lo farà mai.»

In apparenza le sue parole sono dolci, ma c'è qualcosa nel tono che mi fa sentire leggermente claustrofobica. Forse sono solo stanca, con molte cose per la testa a cui pensare. Metto giù il telefono e cerco di concentrarmi su quello che dovrei fare, ma grazie ad Alex non ci riesco e ho perso l'entusiasmo per i festeggiamenti di stasera. Mi sento una merda. Sto uscendo solo per una serata con i miei amici, dov'è il problema?

Circa venti minuti dopo, arriva una chiamata dalla reception. Margaret si è presa un giorno di riposo per fare gli acquisti di Natale, quindi una ragazza giovane la sostituisce.

«Qui c'è qualcuno che afferma di essere il tuo fidanzato», dice non troppo convinta.

«Oh?» Alex non ha detto che sarebbe passato. Inoltre, sa quanto sono occupata, quindi sicuramente non lo farebbe, ma chi altro potrebbe essere?

«È biondo, ben vestito? Ha detto il suo nome?»

«No, non me l'ha detto, mi dispiace. Però non è quello che si definirebbe ben vestito, è più casual. Comunque, ha detto che non c'è problema, che è già stato qui in passato e ora sta salendo.»

«Non è il mio fidanzato», dico, e metto giù il ricevitore. Alex sarà sicuramente in giacca e cravatta per il lavoro. Non può essere lui, comunque. Gli ho appena parlato al telefono.

Mi si stringe lo stomaco. Potrebbe essere Tom. Pensavo che avesse voltato pagina, sembrava piuttosto tranquillo quando ci siamo incontrati da Costa, ma è così che fa, fa finta di niente e poi attacca. Accusandolo di aver mandato i fiori e quel biglietto sgradevole, potrei aver innescato di nuovo qualcosa. Dopotutto, si è già presentato qui in passato, urlandomi contro per il suo lavoro e per come gli ho rovinato la vita. Jas gli aveva detto di andarsene, ma quando lui si è rifiutato ha dovuto portarlo al bar in fondo alla strada e ribadire che non sono io la causa di tutti i suoi problemi. Lei è specializzata in tutti i tipi di questioni psicologiche e può convincere le persone a fare praticamente tutto, e in quel momento sembrava che fosse riuscita a convincerlo. Ma lui continua a pensare che ci sia io dietro l'e-mail inviata al consiglio comunale e non importa che cosa dico, non mi perdonerà mai per questo.

Le lancio un'occhiata, probabilmente dall'espressione del mio viso capisce che sono preoccupata.

«Cosa c'è?», dice ansiosa, uscendo da dietro la scrivania e restando in piedi sulla porta del suo ufficio, con il braccio destro alto sul telaio della porta mentre si sporge. «È Chloe Thomson?»

Scuoto la testa. «Credo che sia Tom... è qui.»

«Devo chiamare la polizia?» chiede Sameera.

«No, prima lasciami parlare con lui», dice Jas, uscendo nell'ufficio principale. «La storia non può ripetersi». Con le sue lunghe gambe passa davanti alla mia scrivania.

«La ragazza dice che sta salendo, ci vado io», dico a mezza voce, ma Jas non ne vuole sapere e, prima che io possa discutere, è già uscita per mandarlo via.

Ho la nausea, non pensavo che questa giornata potesse peggiorare, ma sembra proprio che sia così.

26

Nel giro di un paio di minuti, Jas torna e ho il cuore in gola.

«Un fidanzato diverso», dice, e con questo si fa da parte come l'assistente di un mago e fa un gesto verso qualcuno in piedi dietro di lei, Alex.

Io, Harry e Sameera lo guardiamo con un misto di sollievo e sorpresa.

«Piacere di conoscerti, Alex. Ma puoi avvertire la prossima volta? Ci hai fatto prendere un bello spavento», dice Jas sorridendo, ma vedo che è irritata mentre entra nel suo ufficio e chiude la porta. Di solito vorrebbe chiacchierare, scoprire qualcosa su di lui, e sono sicura che è così, ma presumo che sia infastidita dal fatto che lui si sia presentato in ufficio, e forse è anche un po' gelosa. Jas è un ottimo capo, molto rilassato e amichevole, ma ha delle regole, e una di queste è che non dobbiamo permettere agli amici di venire in ufficio. Per la natura del nostro lavoro, tutto è riservato. Nelle rare occasioni in cui abbiamo degli assistiti qui, questi potrebbero trovarsi in difficoltà; assistenti sociali di altre équipe potrebbero avere conversazioni private e delicate, e questo non sarebbe professionale. Il fatto che Jas non abbia impedito l'accesso ad Alex, come faceva con

Tom, è una prova della nostra amicizia, ma non mi fa sentire più tranquilla sulla sua presenza qui.

Mi avvicino a lui, estremamente in imbarazzo, consapevole che gli altri lo stanno guardando. Non riesco a vedere da dove mi trovo, ma senza dubbio anche Jas sta assistendo da dietro il vetro del suo ufficio.

«Che cosa ci fai qui?», chiedo, cercando di non sembrare inorridita, ma vedo dal suo volto che capisce che non sono contenta.

«Ho portato la montagna a Maometto - il pranzo», dice, sollevando un grosso sacchetto di carta.

«Oh... grazie», dico, forzando un sorriso.

«Cosa intendeva con "un altro fidanzato"?»

«Niente, noi... ho pensato che potesse essere Tom.»

«Viene ancora qui?» Alex lo dice a voce alta, facendo voltare Sameera.

«No, no, lascia stare Alex», mormoro imbarazzata. Gli tolgo la borsa, sperando che se ne vada, ma lui non fa alcun tentativo di andarsene.

«È la tua scrivania?», mi chiede, passandomi davanti e dirigendosi verso dove ero seduta quando è entrato.

«Sì... sì, quella è la mia scrivania.» Faccio spallucce a Sameera e Harry, che sorridono e continuano a lavorare. «Allora, ora hai visto dove succede tutto», aggiungo, sperando disperatamente che lui capisca che è un velato saluto avvolto in un sorriso imbarazzato. «Grazie per il pranzo.»

Ma invece di andarsene, sposta i fogli sulla mia scrivania, li impila ordinatamente e ci si siede sopra. «Vedo che anche qui sei disordinata come a casa», dice, rivolgendosi al suo pubblico di due persone.

Rido, senza ridere, e mi rivolgo agli altri. «È molto ingiusto, sono molto organizzata, non è vero, ragazzi?»

Harry alza gli occhi. «Sotto quelle carte c'è roba che è lì da diversi anni», dice. «In effetti ha perso un Twix un paio di settimane fa e sono convinto che sia sotto quella pila di fascicoli.»

Alex sorride cortesemente e io mi sento in dovere di presentarlo. «Oh, Harry, lui è Alex...», dico goffamente.

Il buon vecchio Harry entra in scena, si alza dalla scrivania, si avvicina e stringe la mano ad Alex. Perché non possono essere tutti così semplici come Harry? Gli sono molto grata per aver allentato la tensione.

«Piacere di conoscerti, amico», dice Harry e gli dà una pacca sulla spalla, mentre Alex resta lì, rigido, a stringergli la mano.

Nel frattempo, Sameera è stressata per una ragazza che è scappata da casa questa mattina, per non parlare del problema degli abiti delle sue damigelle. Sono "troppo viola" e non sono del color lavanda sbiadito che aveva immaginato quando li aveva ordinati online. Ma riesce a sorridere e a fare un piccolo saluto dalla scrivania quando la presento, poi torna subito allo stress da adolescente in fuga e al troppo viola.

Harry alleggerisce l'atmosfera e, facendo un gesto verso il sacchetto di carta che Alex tiene in mano, dice «Stai tradendo il genere maschile, amico. Se la mia ragazza scopre che porti il pranzo ad Hannah, si aspetterà che io faccia lo stesso per lei.»

«Forse dovresti?» replica Alex, senza sorridere. Passa un momento e nessuno parla. Sembra un'eternità, finché non aggiunge, «Porti sempre da mangiare a Hannah. Forse dovresti fare lo stesso con la *tua* ragazza.» Fa quest'ultimo commento con un sorriso affabile e credo che non lo pensi davvero, ma se non lo conoscessi sembrerebbe che stia mettendo in guardia Harry. Mi sento arrossire e Harry sembra un po' sorpreso.

Alzo gli occhi e cerco di fare una battuta. «Alex, è Gemma che prepara il cibo, non avrebbe senso che Harry le portasse qualcosa. Sarebbe come portare acqua al mare.» aggiungo con una nota di disperazione nella voce.

«Beh, sei un uomo migliore di me, Alex», aggiunge Harry,

tornando alla sua scrivania. «Non sono sicuro che passerei la mia pausa pranzo a fare la cameriera.»

Entrambi sorridono, quindi spero che Harry non abbia preso male il commento di Alex e si sia voluto vendicare.

«Oh, non è la mia pausa pranzo», dice Alex, rispondendo a Harry, «ho preso il giorno libero.»

«Ah, mi chiedevo perché non fossi vestito come al solito», dico. «Non sapevo che oggi fossi libero.» Sono sorpresa, non me l'aveva detto stamattina.

«Sì, te l'ho *detto*.»

«Non mi ricordo.» Sorrido, con fare interrogativo.

«Oh, *davvero?*», rimane spospeso nell'aria, mentre ricordo che è l'anniversario del giorno in cui è finito il suo matrimonio. Ma non ha mai detto che si sarebbe preso un giorno libero per commemorarlo.

Non so cosa dire e c'è un silenzio *veramente* imbarazzante. Harry e Sameera trovano improvvisamente qualcosa di importante da fare e si concentrano sullo schermo del computer. Le nostre scrivanie sono tutte abbastanza vicine, quindi possono ancora sentirci e so che se fosse stato uno di loro non avrei resistito ad ascoltare, per quanto imbarazzante. Ora mi sento davvero esposta e vorrei solo continuare il mio lavoro, ma ora suggerire apertamente ad Alex di andarsene lo metterebbe in imbarazzo. Sembra che non si renda conto di quanto sia difficile per me.

«Quindi è qui che vieni ogni giorno quando mi lasci?», dice, guardandosi intorno tra le scrivanie malandate, le pareti ingiallite, le tazze sbeccate.

«Mmm, non è esattamente il quartier generale di Google.» Sospiro, aprendo la borsa di carta che Alex ha portato. «Grazie per il pranzo», dico di nuovo. Sono sinceramente toccata dal suo gesto, ma le circostanze lo offuscano.

Sameera è al telefono, Harry sta scrivendo al computer e Jas è nel suo ufficio, apparentemente immersa nelle scartoffie, ma non posso fare a meno di notare che continua ad alzare lo sguardo. Senza dubbio per vedere se Alex è ancora qui.

«Hai programmi per il resto della giornata?», gli chiedo, in modo piuttosto deciso, con l'insinuazione che io li abbia - come lui ben sa.

«No, ci penserò.» Sorride, apparentemente ignaro del mio disagio. «Allora, mangiamo?», chiede aprendo il sacchetto.

Noi?

Sto per protestare, per ripetere che sono molto occupata e che dovrà lasciarmi lavorare, ma prima ancora che riesca a dire una parola, dice «Pensavo che potremmo fare un picnic alla tua scrivania.»

È un ufficio minuscolo, non intratteniamo i nostri amici qui, non li facciamo nemmeno entrare, figuriamoci fare un picnic alle nostre scrivanie mentre tutti gli altri lavorano, ma prima che io possa dire qualcosa, lui continua. «Mi dispiace per prima. Sono solo contento che stiamo di nuovo bene», dice e si china a baciarmi sulle labbra.

Mi rendo conto della situazione, tutti vedono, mi sento come un'adolescente, e non in senso positivo. Se solo avessi accettato il suo invito a pranzo prima al telefono, sarebbe stato più facile sgattaiolare via e passare venti minuti in un caffè sulla strada principale piuttosto che questo. E mentre sono in piedi come un soldatino accanto alla mia scrivania, lui sta prendendo la borsa e sta tirando fuori tutto. Un. Articolo. Alla. Volta. Prima un cestino di prugne, poi una baguette, una crema di formaggio e una confezione di salmone affumicato a fette sottili. Ha anche portato una tovaglia di plastica a scacchi che ora sta stendendo sulla mia scrivania. Sopra il fascicolo di Chloe Thomson.

Mi sento avvampare, il mio viso deve essere scarlatto. Vedo Jas che osserva questo spettacolo da dietro il vetro del suo ufficio con un orrore appena celato. E se il responsabile regionale entrasse adesso? È risaputo che fa visite a sorpresa, soprattutto il venerdì pomeriggio, quando ha più possibilità di coglierci sul fatto. Oggi sarebbe piuttosto scioccato nel vedere una delle sue assistenti sociali senior godersi un pranzo "romantico" su una tovaglia a scacchi con il suo amante. Il fatto è che non mi sto godendo nulla di tutto questo.

«Senti, Alex, questo è... davvero bello», dico a bassa voce, non volendo metterlo in imbarazzo di fronte agli altri. «Ma non è permesso.»

Smette di sistemare la tovaglia e alza lo sguardo.

«Cosa non lo è?»

«Questo...» faccio un gesto verso la scrivania, impotente.

«Che cosa, il pranzo? Mi stai dicendo che non è *consentito* pranzare?», dice con incredulità, come se non riuscisse nemmeno a capire quello che ho appena detto. Poi allunga la mano nella borsa e tira fuori una bottiglia di qualcosa di frizzante. Gira il tappo e apre la bottiglia rumorosamente. Mi sento morire.

Vedo uno sguardo tra Sameera e Harry. Io guardo Alex, oltre la mia pila di scartoffie, il mio telefono che lampeggia e uno spesso strato di stress e imbarazzo.

«Non possiamo bere alcolici!» sibilo, inorridita dallo spettacolo di lui che ora versa quello che sembra un bloody champagne in una flûte di plastica.

«Non sono idiota», dice, compiaciuto di sé,«è analcolico.» Annuisco senza sorridere.

«Ho comprato il salmone affumicato che ti piace.» Sorride, orgoglioso della sua scelta, e mi presenta i vari prodotti, desideroso di farmi contenta. E all'improvviso provo una tale emozione che vorrei abbracciarlo, sta facendo tutto questo per me. Se avesse portato un picnic nell'ufficio di Helen, forse lei lo avrebbe accolto a braccia aperte. Non dovrei darlo per scontato, comportarmi come una stronza viziata e continuare a rifiutarlo. Quest'uomo si preoccupa di me al punto da portarmi il pranzo, nessuno ha mai fatto una cosa del genere per me prima d'ora, nessuno si è mai preoccupato abbastanza del fatto che io abbia mangiato o meno. Nemmeno mia madre. E sì, è leggermente inopportuno, e per tutti gli altri potrebbe anche essere un po' strano, ma come posso dirgli di no? So che è un gesto premuroso. E devo mangiare.

Allungo la mano e gliela tocco, poi inizio a mangiare il cibo che ha portato per condividerlo insieme. Cerco di ignorare gli sguardi che passano tra Sameera e Harry. In particolare, ignoro le evidenti occhiate di Jas attraverso il vetro. Conosce il mio carico di lavoro di oggi e, come me, si starà chiedendo come diavolo farò a finirlo in tempo per uscire stasera. Ma ho diritto a una pausa pranzo, e di Alex ci si può fidare nel nostro ufficio dei segreti, non è un criminale, è un maledetto avvocato, per l'amor di Dio.

Dopo aver mangiato, ripone con cura gli involucri nel sacchetto. Odio dirlo, ma sono contenta che sia finita perché mi sono sentita osservata dagli altri per tutto il tempo. Non li biasimo, è stato sicuramente uno spettacolo. Ma ora lo guardo mentre pulisce le briciole dalla mia scrivania e mi sento meschina per non averlo apprezzato di più. Ha fatto questo solo per me, per farmi sentire speciale, amata, ed è tutto ciò che ho sempre voluto, quindi perché non posso essergli grata e smettere di preoccuparmi di come appare agli altri? Si accorge che lo guardo e sorride, un sorriso gentile e genuino, e mi ricordo che, nonostante le recenti rivelazioni su Helen, non è una *cattiva* persona. Non dice esattamente bugie, solo che evita di dire quello che pensa possa ferirmi. Dovrei sentirmi lusingata dal fatto che un tipo così adorabile si sia preso la briga di fare tutto questo per me, e sono sicura che, dietro i loro sorrisi e le loro occhiate, sia Sameera che Jas amerebbero dei partner così premurosi.

Alex è in piedi accanto alla mia scrivania e io mi alzo per accompagnarlo all'uscita, ma prima che possa muovermi lui mi mette un braccio intorno alla vita.

«Alex», mormoro «se Jas lo vede si incazza di brutto.»

«Perché?» mi sussurra all'orecchio. «Sei la mia ragazza.» I suoi occhi scintillano, è divertito da questo, e mi tira a sè per un bacio. Un bacio lungo e prolungato sulle labbra, che devo ricambiare.

«Stai esagerando», sussurro, sorridendo.

«Lei non è il *mio* capo», dice Alex mentre mi tiene per la vita con un braccio, e con l'altro la saluta attraverso il vetro.

Per tutta risposta, lei alza la mano in un saluto a metà, e io le faccio un sorriso imbarazzato mentre lo accompagno all'uscita.

«Riesco a percepire il risentimento che emana dal suo ufficio», dice mentre ci avviciniamo alla porta. «È così gelosa - come se non riuscisse ad accettare di non essere più la numero uno nella tua vita.»

«Non è gelosa...» mormoro.

«Credimi, lo è. Quella donna è *ossessionata* da te», sibila.

Mi volto e guardo verso il suo ufficio, per vedere Jas che mi osserva attraverso il vetro.

27

Dopo aver salutato Alex, torno in ufficio e trovo Harry e Sameera intenti a discutere. Noto che si zittiscono quando mi siedo alla scrivania.

«Sembra simpatico», dice alla fine Sameera. Qualcuno deve dire qualcosa, è l'elefante nella stanza.

«Sì, è adorabile», dico. «Spero che la sua presenza qui non sia stata una distrazione», aggiungo. Lei scuote la testa. Ma evidentemente lo è stata.

«Oh mio Dio, che diavolo è successo?» la voce di Jas rimbomba dalla sua gabbia di vetro, mentre esce nell'ufficio principale. «Il tuo maggiordomo se n'è andato?»

Gli altri ridono e io sorrido, ma mi irrigidisco un po'; stanno ridendo di Alex.

Jas fa un gesto verso la porta con il pollice. «Porca miseria, ma che è? Si presenta come il maggiordomo reale con il suo cesto da picnic per la principessa Hannah.» Ride di nuovo e gli altri due ridacchiano.

«Sì, scusa, non sapevo che portasse il pranzo», dico, ancora senza partecipare all'ilarità.

«*Pranzo?* Era un dannato banchetto, e avete visto come

annusava la pagnotta?» Prende la mia spillatrice e se la mette sotto al naso, mentre gli altri si sganasciano dalle risate.

Non rido. Per la prima volta sento di non appartenere a questo piccolo gruppo di persone con cui trascorro la maggior parte della mia vita.

Più tardi, mentre sono sola a preparare un caffè in cucina, entra Jas. «Stai bene? Prima sembravi un po' incazzata.»

Annuisco. «Sì, sto bene. So che probabilmente pensi che Alex sia un po' troppo... e lo è. Ma è solo che vuole fare delle cose per me e si comporta in modo gentile, ma il modo in cui lo prendevi in giro, mi ha offesa.»

«Beh, forse la prossima volta lo incontrerai da qualche altra parte per il pranzo e non ti sentirai così, OK?»

So che non le piacciono le persone in ufficio, per motivi validi e professionali, ma il modo meschino in cui lo dice, senza sorriso, solo un luccichio di qualcosa negli occhi, mi fa pensare - Alex ha ragione, è gelosa?

Non ho nemmeno la possibilità di rispondere, perché Sameera fa capolino dalla porta per chiedere un consiglio a Jas su un caso ed esce dalla cucina.

Mi sento ferita, e Jas non mi ha mai fatto sentire così prima d'ora, nemmeno quando ha dovuto dirmi qualcosa di difficile sul lavoro. Non riesco a capire perché sia così contraria ad Alex e alla mia relazione, e questo mi rattrista perché dovrei poter condividere con la mia migliore amica il piacere di essere innamorata.

Ed è amore, non solo infatuazione o lussuria, ed è chiaro che Alex prova lo stesso. Anche quando non è stato sincero con me, mi sembra che lui mi abbia magicamente restituito la fiducia negli uomini e nell'amore. Avevo cominciato a pensare che non ci fosse nessuno per me, che tutti gli uomini fossero solo per se stessi, spaventati da un impegno che non erano in grado di mantenere. In effetti, avevo iniziato a parlare con lo stesso copione di Jas, che ora capisco essere negativo e inutile. Mi sto rendendo conto di molte cose su Jas, non c'è alcun motivo razionale per cui avrebbe dovuto prendersela con Alex come ha fatto. Non l'aveva nemmeno conosciuto e mi diceva di "stare attenta" e metteva in discussione tutto ciò che le dicevo su di lui. Mi viene da chiedermi se Alex non sia troppo lontano dal vero quando dice che è ossessionata da me.

Lavoro sodo per tutto il pomeriggio, ma quando alle 17.30 gli altri iniziano a lasciare le loro scrivanie per andare al wine bar, io ho ancora un'ora di lavoro da fare e prometto di raggiungerli più tardi. A dire il vero, sono contenta di essere finalmente sola; ultimamente mi sembra che mi stiano giudicando, e oggi è stato il giorno peggiore. Mi sento arrossire quando penso al modo in cui Jas ha preso in giro Alex che portava il picnic, e gli altri due che ridevano insieme a lei.

Quando arrivo al wine bar, mi accolgono come un amico perduto da tempo. Mi sento accolta con affetto e dimentico il precedente senso di esclusione. Mi sento fortunata ad averli nella mia vita. Dopo qualche bicchiere e la cena, anche Jas sembra un po' più rilassata e ci sediamo insieme in un angolo.

«Mi dispiace per prima, tesoro», dice toccandomi un braccio.

«Oh, non fa niente», rispondo. Mi sentivo solo un po' ferita e...»

«Sì, sì, sono stata un po' brusca, ma sai che ti voglio bene, vero?»

«Lo so.» Sorrido. «Capisco perché ti sei arrabbiata, ma non gli ho chiesto io di venire in ufficio, si è presentato.»

«Lo so, è solo che mi è sembrato tutto un po' falso... Mi guardava come se avesse ottenuto una vittoria su di me, capisci cosa intendo?»

«No, non lo so», ammetto. «Quindi non parliamone, non voglio litigare», dico con fermezza.

«Sì, assolutamente. Nessun uomo si metterà tra me e mia sorella, giusto?»

Continuiamo a chiacchierare e nessuna delle due fa più riferimento ad Alex o al suo picnic, ci limitiamo a ridere di cose divertenti, delle volte in cui ci siamo ubriacate così tanto da non riuscire a stare in piedi, di quando ci siamo scambiate i telefoni e abbiamo mandato messaggi agli uomini che piacevano all'altra, chiacchiere da persone mature e sofisticate, insomma. Ma è divertente e mi viene in mente perché siamo così buone amiche: ci facciamo ridere e ci copriamo le spalle a vicenda.

La serata prosegue. Jas, come al solito, vede un tipo che le sembra carino. Lui è al bar con i suoi amici e alle 22 mi chiede di andare a parlare con loro insieme a lei.

«Non voglio», dico. «Prendi Sameera.»

«Oh, lei non vorrebbe venire a chiacchierare con me - si sposa a gennaio, non è divertente.»

«Vai al bar e ordina al barista di portargli un drink», suggerisco, puntandole il dito contro, consapevole che forse sto biascicando leggermente.

«Non posso farlo, sarebbe strano.»

«No, non lo è.» Agito le braccia. «Jas... Jas, ascolta. Vai e prenditi quello che vuoi», biascico, ormai parlando a vanvera, ma visto che ho bevuto quattro bicchieri, penso di essere un grande filosofo qualificato e quindi consiglio e pontifico a tutto volume. «Punta la tua preda e vai a prenderla, non fermarti finché non l'hai catturata.»

«Udite, udite», dice Harry, alzando il bicchiere. Sta prendendo per il culo come al solito, ma non è mai cattivo, è sempre affettuoso.

«Sai, amico», gli dico, dandogli una pacca sulla spalla un po' troppo forte per l'entusiasmo che mi dà l'alcol. «Guarda te e Gemma, siete perfetti insieme, ma quel giorno abbiamo dovuto forzarti per andare al bar e chiederle di uscire.»

Lui annuisce e Sameera fa notare che ha aspettato quattro anni prima che il suo fidanzato si accorgesse di lei.

«Sì, amore, ma *era* sposato», sottolinea saggiamente Margaret, con il volto teso dalla disapprovazione. È passata la sua ora di andare a letto e deve tornare a dare da mangiare ai suoi due gatti, ma, Dio la benedica, resiste, "per i piccoli".

«Sì, ma io lo sapevo, *l'ho capito* appena l'ho visto», dice Sameera. «E, a mia discolpa, lei lo aveva già tradito - e il loro era un matrimonio infelice.» Ridacchia e anche Harry e le loro teste si toccano; ridiamo tutti senza motivo quando una ragazza passa di lì e si sistema su un tavolo vicino con la sua amica, dando chiaramente un'occhiata a Harry.

«È occupato», dico a voce alta, «quindi passa oltre, cara.»

Scoppio in una risatina sciocca.

«Hannah, che ti prende? Lei può guardare...» inizia Harry. «Ma non può toccare!» biascico, e io e Jas ridiamo a lungo e forte.

«Non preoccuparti per Harry», dice Jas senza farsi sentire da lui, «non mollerebbe mai Gem, è troppo felice con lei. Sapevo che sarebbe stata perfetta per lui quando l'ho vista la prima volta al bar, sono così carini. Sono davvero brava a mettere insieme le persone.»

«Sì, sei un genio, Jas.» Rido. «Spero solo che durino, sono così giovani.»

«Sì, mi fanno sentire vecchia. Gemma ha solo ventidue anni. Merda, mi sono appena resa conto che sono abbastanza vecchia per essere sua madre.»

«Fa sentire antica, non è vero?» annuisco, sentendomi piuttosto brilla, e chiaramente lo è anche Jas, ma ormai abbiamo toccato il fondo e non ridiamo più di tutto. «È come il bere», dico. «Questo prosecco mi sta davvero dando alla testa, è perché sto invecchiando?»

Ride. «No, è solo che non sei più abituata ad andare in giro a fare baldoria. È una conseguenza dell'essere in coppia, non si esce a bere come quando si è single. Quando Tony era vivo, non uscivo quasi mai a bere, non ne avevo bisogno». Jas sembra un po' triste.

«Credo che avrò sempre voglia di uscire a bere», dico per tranquillizzarla un po', non voglio che si senta triste pensando a suo marito. «Vorrei solo non sentirmi così di fuori così presto, non sono ancora le 22.30.»

«Non preoccuparti, ti guardo le spalle», dice, circondandomi le spalle con un braccio «E se sei troppo di fuori, puoi sempre rimanere da me.» Poi improvvisamente smette di sorridere. «Beh, che sorpresa.»

Fa un cenno con la testa verso il bar.

I miei occhi seguono il suo sguardo ed eccolo lì.

Alex è seduto al bar e sta bevendo un drink.

28

«Da quanto tempo è lì?», chiedo a Jas.

«Non ne ho idea, l'ho notato solo ora. Già è maledettamente strano che si presenti nel tuo ufficio.» Finge di ridere e mi fa l'occhiolino come se stesse scherzando. So che non è così.

Le dico che tornerò tra un minuto e lascio il tavolo per andare da lui. Non so come mi sento quando si presenta in questo modo.

«Ehi, che ci fai qui?», gli dico, avvicinandomi a lui. Mi abbraccia mentre scende dallo sgabello del bar per salutarmi.

Esita. «So che hai detto che non ti serviva un passaggio, ma ero preoccupato per te. Ti ho scritto e chiamato, ma non hai risposto. Ho pensato che potesse essere successo qualcosa.»

«Avevo spento il telefono perché volevo lavorare. Devo aver dimenticato di riaccenderlo», dico, tirando fuori il telefono e accendendolo per vedere un *sacco* di messaggi e chiamate perse. Tutti da parte di Alex. «Alex, quando sono fuori o sono occupata, non devi preoccuparti se non rispondo subito. Ci saranno venti messaggi qui», dico, porgendogli il telefono.

Fa spallucce. «Ma se non rispondi, che cosa dovrei pensare?» «Che sono fuori a divertirmi e per questo non rispondo?»

Cerco di essere decisa, ma non è facile perché sono consapevole che mi gira tutto attorno.

«Mi dispiace, non mi ero reso conto che ti avrei potuta infastidire.» Si siede di nuovo sullo sgabello del bar.

«Non è così, ma sono fuori con i miei amici. Se rispondessi a tutti i messaggi e a tutte le chiamate, non avrei la possibilità di stare con loro, no?»

«Allora torna dai tuoi amici e "unisciti a loro". Io vado a casa, è chiaro che non vuoi che ti rovini la serata.» Si gira e si volta verso il bancone, come se non potesse sopportare di guardarmi.

«Oh, Alex, smettila di fare la vittima. Sto solo dicendo che puoi *fidarti* di me... È di questo che si tratta, no? Helen ti ha ferito e tu ti aspetti che io faccia lo stesso.» Mi appoggio al bancone per guardarlo in faccia e allungo il mio viso verso il suo in modo piuttosto inelegante, con la consapevolezza di poter non riuscire a tenermi in piedi.

«In realtà, non si tratta del fatto che non mi fido di te», dice, allontanandosi da me.

«Oh, e allora? Pensavi che Helen mi avesse portato in un vicolo buio? So difendermi da sola», scherzo a metà.

«Il fatto è che... è stata qui stasera.»

«Qui? Nel bar... in questo bar?» faccio fatica a parlare.

«È per questo che ho cercato di chiamarti e ho mandato messaggi per tutta la sera. Ho visto sull'app che era in zona, probabilmente in questo bar, ma ovviamente non è così preciso. Ero preoccupato che potesse succedere qualcosa.»

Questo è come uno schiaffo secco che attraversa la nebbia causata dall'alcol. Sono consapevole che si tratta di una brutta notizia, ma non riesco a esprimere i miei sentimenti. Poi le mie gambe cominciano a cedere.

«È... è qui adesso?» Mi guardo intorno, ma tutto è sfocato.

«No, prima», dice.

Ora mi appoggio a lui mentre è seduto sullo sgabello del bar, consapevole che dovrei reggermi in piedi da sola, ma non sono sicura di riuscirci.

Alex mi tiene delicatamente tra le braccia. «Stai bene?»

«Non ne sono sicura.» Sono sconvolta da quello che mi ha appena detto. Speravo che fosse tutto finito, che avesse voltato pagina. Ma nel mio stato di ubriachezza non sono in grado di comprendere il significato di tutto questo, né di formulare parole.

«Ora puoi capire perché dovevo essere qui, vero? Ero così preoccupato», dice. «Credo sia meglio andare via da qui, ti accompagno da me appena sei pronta.»

Anche sentendomi così, sono consapevole che sta prendendo il sopravvento, che sta decidendo lui che cosa fare. Ma non posso permetterglielo. «Non posso abbandonare tutti», dico.

«Non c'è bisogno di farlo, ho detto quando *sei pronta*. Ti aspetterò qui finché non avrai finito con i tuoi amici.» Con discrezione lancia un'occhiata al nostro tavolo e aggiunge, «A me *interessa* quello che ti succede, a differenza del tuo capo che ci sta lanciando pugnalate.»

«Lei?» Mi giro velocemente per guardare e incrocio lo sguardo di Jas.

«Stai bene?» dice con la bocca; annuisco. Poi si volta a chiacchierare con Sameera.

Mi giro verso Alex, che sta sogghignando. «Visto?», dice.

«Sta solo controllando se stia bene, non ci sta lanciando pugnalate.»

Alza le spalle e mi ordina da bere, un bicchiere grande di Merlot, ma sto bevendo una seconda bottiglia di prosecco con Jas e le ho detto che sarei tornata dopo un minuto. Mi rendo conto che siamo passati da me che esco con i miei amici e torno a casa mia a lui che è qui, beve con me e pensa di tornare a casa sua. Ho voglia di protestare, ma allo stesso tempo mi sento molto brilla e se Helen è a caccia, l'ultimo posto in cui voglio stare stasera è a casa mia da sola.

Guardo di nuovo i miei amici. Jas è molto animata per qualcosa, mentre Sameera sembra dubbiosa, e mi fa pensare a quanto Jas possa essere forte e manipolatrice. Probabilmente sta convincendo Sameera a cambiare la combinazione di colori del matrimonio o la destinazione della luna di miele. Jas ama davvero essere coinvolta negli affari di tutti, e se ho sempre pensato che fosse perché ci tiene, Alex mi ha fatto vedere la cosa da una prospettiva diversa. Dice che le piace avere il controllo, organizzare tutto e tutti intorno a sé. Non me ne ero mai accorta prima, ma stasera, per esempio, ha scelto il locale, l'orario della cena e ha persino ordinato un giro di Porn Star Martini, il suo cocktail preferito, per tutti. E guardandola ora, con gli altri, dall'altra parte del locale, tutti con le orecchie da coniglio, anche questa è stata una sua idea. È gentile e divertente e ne ha comprate un paio per tutti, ma è buffo che quelle di Jas siano le più grandi e le uniche con le luci lampeggianti. Prima non l'avrei mai notato, ma ora capisco che c'è dell'altro. Lei è al centro dell'attenzione, con la sua voce squillante ed esilarante, facendo ridere tutti, mentre ballano al suo ritmo. Se non lo sapessi, penserei che si tratta del *suo* addio al nubilato.

Alex sta chiacchierando, con la mano sul mio ginocchio. Mi passa il grande bicchiere di vino e, mentre lo prendo, quasi mi cade la borsetta. Lui la raccoglie e mi aiuta a salire su uno sgabello, che trovo più precario di quanto pensassi, e sono contenta che ci sia lui, perché in pratica mi sorregge.

Bevo un sorso, un sorso abbondante, e sento gli occhi di Jas conficcarsi nella mia nuca. «Dovrei tornare là», dico, guardando oltre.

«Cara, certo, ma sembri molto stanca, o ubriaca. Non credi che sia ora di andare a casa?»

Mi sento pronta per andare a letto e, anche se rimango, l'ultima cosa che voglio fare è stare fuori al freddo in attesa di un taxi. In effetti, non sono sicura di riuscire a stare in piedi in questo momento. Un passaggio a casa nella calda macchina di Alex è sicuramente un'opzione migliore.

«Voglio andarmene, ma è un po' imbarazzante. Ci stavamo divertendo, io e Jas stavamo legando - di nuovo», ammetto. Ed era stato bello. Sembrava meno amareggiata, meno conflittuale stasera... finché non è arrivato Alex.

«Questo è un bene, ma devi dire chiaramente a Jas che quello che vuoi *tu* deve venire prima di tutto, a volte. Sono felice di dare a tutti un passaggio a casa, se può essere d'aiuto.»

Bevo un altro sorso di Merlot solo perché è lì, non lo voglio, so di averne avuto abbastanza e la stanza sta già ondeggiando. «Ok, allora vado là e dico "Alex è venuto a prenderci, quindi se Jas vuole un passaggio a casa, è meglio che sia gentile con lui"», dico a voce alta.

Alex sorride. «Non credo che la prenderà bene. Magari risparmiatela per un'altra volta», dice, dandomi una pacca sul braccio. «In realtà, non sono sicuro che tutti possano starci in macchina, e non vogliamo aspettare che finiscano di bere e si salutino. Nello stato in cui sei, non credo che dovremmo restare in giro. Possono tornare a casa da soli, no?»

Mi guarda con una tale sincerità che non posso fare a meno di sentirmi grata della sua presenza. Dopo tutto, il fidanzato di Sameera non si è offerto di venirci a prendere, ma Alex è uscito per assicurarsi che io stia bene e si è offerto di provare a far entrare tutti in macchina. Mi rendo conto di essere molto, *molto* ubriaca e questo mi fa sentire un po' vulnerabile e appiccicosa, e voglio solo che mi porti a casa e mi rimbocchi le coperte.

«Mi dispiace di non aver controllato il telefono prima, tesoro», farfuglio, sentendomi un po' debole. «Sono felice che tu sia qui. Mi sento al sicuro e... non mi sono mai sentita così... curata... amata», aggiungo. «Adoro stare con te», dico.

Lui mi cinge le spalle con un braccio e mi guarda negli occhi. Mi sento felice, anche se ho la sensazione che il pavimento mi venga incontro. Bevo automaticamente un altro sorso di Merlot e Alex sembra un po' sorpreso.

«Basta.»

«Sto bene.» Cerco di sembrare sobria, ma mi risulta sempre più difficile e quest'ultimo bicchiere sembra avermi quasi annientata. «Finisco questo e poi ce ne andiamo», dico, cercando di scendere dallo sgabello su cui ero a malapena seduta.

Alex sorride con indulgenza. «Hannah, non credo che ce la farai.» Mi tende le braccia mentre vacillo sullo sgabello.

«Vogliamo far venire gli altri qui a bere un ultimo drink con noi?» dico, facendo loro cenno di avvicinarsi.

Alex scuote la testa e cerca di aiutarmi a scendere dallo sgabello traballante. «Odio fare il guastafeste, ma credo che l'unica cosa che vada bene per te sia il letto», dice.

«Sono solo un po' brilla», replico, consapevole che la parola "brillo" che esce dalle mie labbra, sembra una strana accozzaglia di suoni. Finalmente riesco a scendere dallo sgabello con l'aiuto di Alex. «Sono solo brilla, tutto qui», ripeto, ma ancora una volta è solo un tentativo di suono, e la parte sobria del mio cervello sa che più lo dico, meno risulto convincente. «Jas continuava a versare prosecco nel mio bicchiere», dico, poi ridacchio. Troppo.

«Oh, l'ha fatto? Dovrò parlarle», dice Alex con disapprovazione.

«Va tutto bene, non c'è bisogno di parlare con lei. La prossima volta le dirò solo di non continuare a riempirmi il bicchiere... So badare a me stessa, Alex», farfuglio mentre per poco non inciampo nella mia borsetta.

«Hannah, non puoi badare a te stessa in questo stato. Accidenti, è un bene che io sia qui», dice, con la preoccupazione stampata in faccia mentre raccoglie la mia borsa dal pavimento.

«Grazie.» Alzo lo sguardo e i suoi occhi sono nei miei. So che vorrebbe baciarmi anche in questo stato. Lo vedo. Anch'io vorrei baciarlo, ma ondeggio tra la felicità, la sbornia e la nausea.

La sento crescere e devo essere pallida perché Alex ha smesso di sorridere.

«Devo portarti fuori?», chiede gentilmente, e il solo annuire mi fa venire il mal di testa e qualcosa mi sale rapidamente nell'esofago. Comincio a vomitare e mi accorgo che Alex mi allontana con decisione dal bancone e mi guida attraverso il locale affollato. A tutta velocità.

Una volta fuori, l'aria gelida della notte mi colpisce, la nausea mi invade e vomito. Davanti a lui. In modo spettacolare.

Quando sollevo la testa, quasi svengo e, nonostante mi senta così male, mi sento avvampare da un profondo imbarazzo. Come ho potuto lasciarmi ridurre così? Mi sento ancora male e temo che possa esserci dell'altro. Cerco di dirlo, ma non ci riesco, non riesco a formare le parole. Il prosecco non mi ha mai fatto questo effetto prima d'ora.

In tutto questo, Alex è meraviglioso; non so cosa avrei fatto senza di lui. Si toglie la giacca e me la mette intorno alle spalle. Sono irrazionalmente in lacrime, ho visto uomini fare questo per altre donne, ma finora mai per me. E con il mio vomito sul selciato, e la forte possibilità che ne arrivi dell'altro, sono piena di un tale amore per Alex che mi metto a piangere.

«Mi dispiace, mi dispiace», continuo a ripetere.

«Tesoro, davvero, va tutto bene. Sono cose che succedono...»
«Sono imbarazzata.»

«Non esserlo. Sono qui per te. Ti amo qualunque cosa tu faccia, lo sai. Ora saliamo in macchina.» Mi accompagna sul retro fino al parcheggio, dove mi fa accomodare con cura sul sedile del passeggero. «Ti porto a casa, sana e salva.»

«I miei amici?» dico. «Dovrei dire arr... arr... arrivederci.» La mia testa sembra di piombo e cade in avanti involontariamente. Gli occhi mi si chiudono, anche se non voglio. Non mi sono mai sentita così ubriaca prima d'ora.

«Dammi il tuo telefono e manderò un messaggio a Jas per farle sapere che stai andando via, altrimenti ti chiamerà ogni cinque minuti.» Apre la mia borsa e tira fuori il mio telefono. «Qual è il tuo pin?»

«Pin?»

«Per entrare nel tuo telefono, così posso far sapere che sei al sicuro e che stai tornando a casa.»

«Oh... tutti 5. Andiamo a casa allora? Dì a Jas che può accomodarsi qui accanto a me...» farfuglio. Non riesco a ragionare, niente ha senso, e all'improvviso Helen mi insegue per la strada, mi urla contro, e l'oscurità mi investe come una grande onda nera, cancellandomi. E tutto diventa nero.

29

La mattina dopo mi sveglio nel letto di Alex con il peggior mal di testa che abbia *mai* avuto.

«Non so quanto ho bevuto ieri sera, ma non mi sono mai sentita così male in tutta la mia vita», dico, mentre mi metto lentamente a sedere.

Alex è in piedi davanti a me con un vassoio per la colazione che appoggia con cura sulle mie ginocchia. Guardo i suoi occhi dolci e gentili e provo di nuovo un lampo di risentimento per il fatto che Jas lo chiama il mio maggiordomo. È dicembre, ma è riuscito a trovare le fragole più dolci, e sul vassoio c'è anche un piatto di pancake con spicchi di limone, una bottiglia di sciroppo d'acero, una caffettiera e due tazze. Vorrei abbracciarlo per essersi preoccupato così tanto.

«Questo caffè ha un buon profumo», dico, mentre lui versa il liquido marrone fumante nelle tazze e mi raggiunge a letto, dove facciamo colazione. Sabato mattina, oggi non si lavora, fuori c'è il gelo e qui, sotto il piumone, fa caldo. I nostri corpi si sfiorano mentre mangiamo, e sento il calore di Alex, l'odore del dopobarba di ieri sera, muschiato, dolce, e quell'eco di fumo segreto che sono sicura di poter percepire solo io. «Pancakes e caffè, il miglior cibo per i postumi della sbornia!» Dico, spingendo la pasta dolce e spugnosa nella mia bocca.

«I postumi della sbornia? E' questo che hai?»

«Sì, ma questo mi sta aiutando.»

«Hannah...»

«Si», dico, mentre un boccone di fragole accompagna il pancake. Non sta mangiando, si limita a guardarmi e a bere il caffè.

«Non hai poi bevuto così tanto ieri sera, vero?»

«No. Ma mi ha distrutta completamente. Non ricordo molto. Credo di essermi sentita male, poi niente.»

«Sì, stavi molto male.»

«Dio. Non mi sentivo male per l'alcol dai tempi dell'università, di solito riesco a sopportare il mio drink.»

«Sì, lo so. In passato abbiamo condiviso un paio di bottiglie di rosso a casa, e tu sei stata bene, e da dove ero seduto tutti gli altri al tuo tavolo sembravano relativamente sobri.»

«Oh no, davvero?» Ora mi sento ancora più in imbarazzo.

«Non lo so, non ha senso», dice, «e non era solo che stavi male, non riuscivi a reggerti in piedi.»

«Mi hai portata tu a casa?» chiedo.

«Certo, e meno male che c'ero, gli altri continuavano a bere e non sembravano accorgersi di quanto stavi male. Sei svenuta in macchina. Ero indeciso se andare in ospedale, ma poi ti ho portata qui e ti ho tenuta d'occhio per tutta la notte.»

«Aah grazie, come farei senza di te?»

«Ho pensato la stessa cosa.» Fa una pausa. «Mi sono chiesto se...»

«Cosa?» Smetto di masticare.

«Non è che qualcuno ha drogato i tuoi drink?»

Non ci avevo nemmeno pensato, ma di sicuro mi sentivo molto peggio di come mi sentivo normalmente dopo aver bevuto qualche bicchiere. «Intendi qualcuno del wine bar, del ristorante? Ma chi? Voglio dire, perché qualcuno dovrebbe *farlo*?»

«Chi lo sa? Ci sono tipi strani in giro. Una volta ho lavorato a un caso in cui un cameriere metteva della droga nei drink delle donne e, quando queste erano davvero fuori di testa, le accompagnava a casa e le violentava.»

«Gesù» scuoto la testa in segno di disgusto.

Alex alza le spalle. «Lo so. E sinceramente non credo che sia stato solo l'alcol a renderti così ieri sera, Hannah. Dovresti stare attenta, soprattutto se esci di nuovo in gruppo.»

«Che cosa stai dicendo?»

Si appoggia su un braccio e mi guarda. «*Tu* che cosa pensi?»

Immagino subito che stia parlando di Helen. «Oh mio Dio. L'hai vista sull'app, era nelle vicinanze, potrebbe essere entrata nel bar e... Ma potrebbe...? Helen potrebbe essere capace di...?»

«Forse», dice. «Ma d'altra parte non posso dire con certezza che fosse al bar e comunque si è allontanata dalla zona molto presto, molto prima della vostra seconda bottiglia.»

«Quindi tu eri lì, al bar, Alex devi essere stato lì tutta la sera.»

«Non so per quanto tempo...ci sono venuto non appena ho visto che Helen era nelle vicinanze.»

Prendo fiato. «È una buona cosa... credo, ma...» Sto per dire che non può passare la vita a guardare l'app e a controllare dove si trova lei. Ma credo che se c'è ancora la possibilità che sia arrabbiata per noi, è meglio così.

«Avrebbe potuto facilmente vedermi entrare...» Comincio, ma lui mi interrompe.

«Non credo che questo sia nello stile di Helen», dice. «No. Stavo pensando, ora non ti arrabbiare con me, ti viene in mente qualcuno con cui lavori che potrebbe volerti vedere uscire da questa situazione e tornare una di loro?»

Questo mi colpisce. «Intendi Jas, vero?»

«Me lo dici tu? Non la conosco, ma se qualcuno mi dicesse che uno di loro per scherzo ha cercato di tirarti fuori da questa storia, potrei pensare a Jas, o a Harry, o all'altra, Sameera?»

«Tutti i miei amici in pratica», dico, ormai infastidita. «E Margaret? È una sessantacinquenne malata di cuore, ma sono sicura che ha una qualche droga da stupro nella borsetta. Quindi perché non includiamo anche lei?»

Alex sospira. «Sapevo che ti saresti arrabbiata.»

«Certo che lo sono. Perché mai uno dei miei amici dovrebbe farlo? Non sarebbe nemmeno divertente.»

«*Jas* potrebbe pensare che sia divertente. Harry potrebbe vederlo come un modo per renderti vulnerabile e...»

«Smettila subito, Alex, è ridicolo e offensivo. Loro sono i miei migliori amici. Li conosco da più tempo di te. Cosa ci guadagnerebbero se io mollassi questa relazione?»

«Non lo so. Hai detto che Jas ti dice sempre quanto le manchi. Forse ha pensato che se tu fossi stata in difficoltà, saresti potuta tornare con lei e rimanere a dormire a casa sua, e ti avrebbe avuto lì con lei, dove ti voleva. A obbedire ai suoi ordini.»

Un vago flash di memoria della serata di ieri mi colpisce. Jas mi ha abbracciata e mi ha detto che potevo stare da lei. Ora sento un brivido. «Stamattina mi sono svegliata con un sacco di messaggi e chiamate perse di Jas, che mi chiedeva dove fossi», ammetto. Le avevo risposto immediatamente con un messaggio. So quanto si preoccupa, ma questo mi fa riflettere.

«Sì. Volevo mandarle un messaggio dal tuo telefono quando ti ho riportata qui, per dirle dov'eri, ma mi ha preceduto e ti ha chiamata. Quando ho risposto, ha continuato a pretendere che ti passassi il telefono, continuando a parlare della tua sicurezza, come se io fossi un serial killer.»

Il mio cuore perde un battito. «Ma sei stato gentile con lei?»

«Per quanto si possa essere gentili con qualcuno che ti accusa virtualmente di aver rapito la propria ragazza. Non è che non sapesse dove fossi. Quando siamo usciti dal bar dopo il tuo malore, ti ho lasciata in macchina, chiudendoti dentro, e sono rientrato per far sapere che eri con me e che ti stavo riportando a casa.»

«Eh?»

«All'inizio non riuscivo a trovarli, ma poi ho visto Jas al bar. Le ho detto che ti avrei portata a casa e che se voleva potevo darle un passaggio.»

«Era da sola?»

«No, era con dei tipi. Non li avevo notati prima e non credo che li conoscesse. Ma era tutta presa da loro...»

«A volte diventa così quando ha bevuto. Ha passato dei momenti difficili. Penso che le manchi Tony e che cerchi una spalla su cui piangere, credo. Ha avuto una vita difficile.»

«Sì, me l'hai detto, ma non è una scusa per come si comportava, era abbracciata a uno di loro e faceva ogni tipo di proposta oscena.»

Mi viene da ridere. «Alex, sembri così moralista! Probabilmente stava solo scherzando.»

Sorride. «Hai ragione, a volte lo sono un po' troppo, lo so, ma odio il modo in cui certe persone finiscono a letto.»

«Basta, giudice Judy», dico, e gli do un leggero schiaffo. «Spero che Harry e Sameera si siano presi cura di lei.»

«Beh, la tua amica è una donna adulta. Immagino che dipenda da lei chi molestare in un wine bar.» Sospira.

«Qualsiasi cosa le permetta di superare la notte», rispondo.

Mi guarda, come se stesse pensando a qualcosa, poi dice «Non capirò mai come fate a essere amiche, siete così diverse.»

«Non siamo poi così diverse.» Sospiro. Spero che non sia stato troppo brusco con Jas, lei sembra inimicarselo senza nemmeno provarci, e viceversa. È troppo volere che il mio partner e la mia migliore amica si piacciano? Credo che sia per il tipo di persone che sono, entrambe forti ed entrambe pronte a giudicare. Sono molto simili, a pensarci bene. «Sai», inizia lui, mettendosi comodo, «Jas non sapeva che sarei venuto al locale, quindi se ti avesse fatto bere troppo, avresti fatto tutto quello che voleva lei. Torneresti da lei e anche a frequentare quei tipi con cui stava.»

Vorrei che lasciasse perdere, sta sbagliando tutto. «Alex, non ha messo niente nel mio drink, nessuno l'ha fatto. Devo aver mangiato qualcosa che mi ha fatto male o il mio corpo ha reagito male al bere, tutto qui. E Jas non ha bisogno di *me* per rimorchiare.»

«Spero che tu abbia ragione, che mi sbagli. Ma fammi un favore, fai attenzione se esci di nuovo con loro, soprattutto con Jas.»

«Alex, non dirlo, sono miei amici», dico dolcemente, per fargli capire che sta esagerando. «Credo di essere io stessa una pessima amica al momento, per Jas. Non faccio quasi più nulla con lei.»

«Lo so. È solo che... ho visto cose del genere per lavoro, la gente fa cose pericolose quando ha paura di perdere ciò che ama, Hannah. I tribunali sono pieni di persone trascurate e abbandonate», aggiunge drammaticamente, «e se Jas si sente come se ti avesse perso, a causa mia, allora potrebbe... fare qualcosa di anomalo, qualcosa di strano.»

«Aspetta, Alex.» Mi sento in collera e sulla difensiva per la mia amica, ma sento anche che lui si sta comportando da ipocrita. «L'unica persona che fa qualcosa di strano qui è la tua ex moglie.»

«Voglio solo che tu sia al sicuro, Hannah.» Sospira. «E per quanto mi preoccupi che Helen sia un pericolo, non sono convinto che Jas abbia a cuore i tuoi interessi.»

«Chi lo fa?» Chiedo con stizza.

«Io e lo sai.» Mi guarda serio. «Ricorda quello che ti ho detto, fai attenzione.»

«Ok, *starò* attenta la prossima volta che uscirò con lei», dico, sicura che si sbagli.

30

«Hai detto che Alex lavora fino a tardi questa settimana? Magari potremmo fare una delle nostre leggendarie serate tra donne?» Questa è la mossa iniziale di Jas appena entro lunedì mattina. Mi ha già chiamata diverse volte nel weekend e quando le ho spiegato sottovoce dal bagno perché Alex si era presentato al wine bar, ha riso di gusto.

«Quindi è questo che sta facendo adesso, vero? Fingere che Helen sia a piede libero, per avere una scusa per essere ovunque tu sia?»

«No.» Ho sospirato, incapace di avere una conversazione vera e propria perché Alex avrebbe potuto sentire e poi dire di nuovo che racconto troppo a Jas. Le dico quasi tutto, è la mia migliore amica e questo è quello che fanno gli amici, è quello che abbiamo sempre fatto. Ma le sue telefonate hanno fatto arrabbiare Alex, perché la prima volta stavamo cercando di guardare un film insieme, la seconda ha chiamato mentre stavamo cenando, poi ha chiamato più tardi mentre stavamo facendo l'amore.

«Per l'amor di Dio, non la smette mai?», diceva ogni volta che il mio telefono squillava. Ciò ha reso molto teso quello che avrebbe dovuto essere un fine settimana piacevole e rilassante. Sembra che averla incontrata in ufficio e poi vista con degli uomini occasionali venerdì sera abbia trasformato un'antipatia irrazionale in qualcosa di molto peggiore.

«Allora, quale sera facciamo una serata tra donne?» Jas chiede di nuovo. «Dopo tutto, la prossima settimana è Natale e dobbiamo festeggiare.»

«Lo faremo», rispondo vagamente. Non voglio dirle di no, ma ho molto lavoro da recuperare e dato che Alex lavorerà fino a tardi questa settimana, speravo di poterlo fare anch'io. Ho in mente di passare un paio di notti a casa mia. Sono settimane che non ci vado, se non per prendere i vestiti, e non vedo l'ora di rimanerci un po'. Mi piace passare del tempo con Alex, ma trovo difficile concentrarmi con qualcun altro intorno. Al lavoro è già abbastanza seccante essere distratti dall'ultimo disastro di Jas, dai continui preparativi per il matrimonio di Sameera e da Harry che ci prende in giro e mi sventola in faccia sacchetti di croissant. Non voglio rinunciare a una preziosa serata da sola nel mio appartamento.

«Allora, dimmi una data - quando andiamo in centro io e te?» Jas inclina la testa di lato, con un sorriso sulle labbra.

Come posso dire di no? E smetterebbe mai di chiedermelo anche se lo facessi? Accetto di uscire con lei mercoledì e Jas sembra più felice.

«Sento che abbiamo bisogno di una bella chiacchierata», dice. «Mi manchi, e Alex ti ha portata via presto venerdì, proprio mentre ci stavamo divertendo.»

«Sì, è stato bello, ma non stavo bene. Mi sono sentita molto male dopo pochi bicchieri», aggiungo. Non credo nemmeno per un attimo che Jas abbia qualcosa a che fare con questo, ma non posso fare a meno di pensare a quello che ha detto Alex; scruto il suo viso per cogliere qualche espressione rivelatrice. Immediatamente mi vergogno di me stessa per aver pensato che la mia amica avrebbe potuto correggere il mio drink.

«Potrebbe essere stato qualcosa che hai mangiato?», ipotizza poco convinta.

«Sì, è probabile. A ogni modo, ti prometto che non mi farò prendere la mano mercoledì, sarò solo piacevolmente di fuori», dico.

Ridacchia. «Anch'io!»

La guardo mentre rientra nel suo ufficio, con i capelli neri e ricci raccolti con un elastico, le lunghe gambe fasciate in spessi leggings di lana e ai piedi le solite Converse. Ha un bell'aspetto, non sembra una quarantaduenne, si veste come una diciottenne e si comporta come tale. Mi piace il modo in cui non si preoccupa di niente, è come è e non cambierebbe per nessuno. Allo stesso tempo, vuole una relazione e ultimamente ho l'impressione che sia passata dagli incontri occasionali a desiderare molto di più. Nonostante la sua spavalderia, credo che le piacerebbe quello che ha avuto con Tony e che io ho con Alex. È uscita con qualcuno quasi tutte le sere la scorsa settimana, ma non le è piaciuto nessuno. Sostiene di non volere un altro Natale da sola, ma io le dico che molto dipende dalla fortuna, dall'uomo giusto, dal momento giusto e da tutto il resto.

Per quanto mi piacerebbe condividere la mia felicità con la mia migliore amica, cerco di non sventolargliela in faccia. A volte trovo più facile parlare di Alex a Sameera, perché anche lei è innamorata e possiamo perdonarci a vicenda per aver annoiato il mondo con i nostri fidanzati. La settimana scorsa le ho raccontato di come lui lasci dei bigliettini in giro per casa per dirmi quanto mi ama, e lei ha strillato di gioia.

Harry ha sentito e ha sorriso. «Potrei lasciarvi dei biglietti in giro per l'ufficio, se volete», ha detto. «Con scritto tipo "Smettetela di spettegolare e continuate a lavorare".»

«Anche no, eh?». Avevo ridacchiato. «Ma, Harry, tu non lasci mai dei biglietti romantici per Gemma?»

«No.» Aveva scosso la testa come se fosse la cosa più ridicola che avesse sentito, e io e Sameera avevamo riso. Se non fosse stato per Jas, non avrebbe nemmeno chiesto a Gemma di uscire. È un'ottima organizzatrice di incontri e forse accetterebbe di più Alex, se fosse stata lei ad averci messo insieme. So che l'ha trovato lei sull'app, ma non è la stessa cosa e non è così coinvolta come avrebbe potuto.

Le sue critiche ad Alex non sono però qualcosa che dovrei prendere sul personale. Jas ha bisogno della mia amicizia e del mio sostegno, e probabilmente ne avrà sempre bisogno, quindi se questo significa scambiare una serata di pace e tranquillità a casa per passare la serata a ridere in un wine bar con lei, va bene.

Durante la cena a casa sua, dico ad Alex che questa settimana passerò un paio di notti nel mio appartamento mentre lui lavora fino a tardi. «Ho pensato a mercoledì e giovedì, so che anche tu sei impegnato, sarebbe bene per entrambi dedicare un po' di tempo al lavoro», gli dico.

«Ma mi piace averti qui. Potremmo lavorare *insieme* la sera», dice, e io sorrido con un ombra di broncio.

«Alex, mi piace stare qui, ma devo assicurarmi che il mio appartamento sia a posto, e tu lavorerai fino a tardi e anch'io ho un sacco di lavoro e...» Avverto un senso di panico crescente solo pensando a Chloe. È ancora in un alloggio temporaneo, ma per quanto tempo? Ho chiamato la madre, Carol, che a dire il vero sembrava preoccupata per la figlia o almeno era in grado di parlarmi senza ringhiare. Quando le ho chiesto cosa sapesse di una possibile relazione di Chloe con qualcuno, ha detto che lo aveva sospettato e ha anche accennato al fatto che potrebbe essere uno degli insegnanti di Chloe. Era fermamente convinta che non ci fosse nulla con il suo fidanzato Pete e si è offesa per il mio velato suggerimento che potesse essere Pete ad avvicinarsi troppo a sua figlia. Carol ha detto di sentirsi in colpa per aver cacciato la figlia, ma si è lamentata del fatto che "ha causato problemi" tra lei e Pete. Odiava l'idea che dormisse fuori e avrebbe voluto che tornasse a casa, ma quando ho telefonato a Chloe per darle la buona notizia, lei ha rifiutato. Sono convinta che il fatto che non voglia andare a casa abbia a che fare con un uomo più anziano che frequenta.

Nel frattempo, c'è un ragazzo di tredici anni, Jack, che mi preoccupa. Siamo stati contattati dal medico di famiglia che sospetta che il ragazzo sia vittima di abusi fisici da parte del padre. Ho visitato la casa, la famiglia è ora nel nostro radar, ma il ragazzo non ci dice nulla. Questo è il problema di lavorare con le famiglie; anche se sei lì per aiutare sei un estraneo, tendono a proteggersi a vicenda, anche quando questa "protezione" fa del male, o peggio. Forse è per questo che ho scelto questa professione, sono sempre stata fuori a guardare dentro, la mia esperienza di outsider mi permette di osservare un'unità familiare in modo oggettivo. Ma con i singoli è diverso, le mie giornate sono legate a piccoli orribili nodi della vita che devono essere sciolti, e certi giorni la mia testa è piena di abusi, ferite e sofferenze. È da questo che devo allontanarmi, è per questo che Jas, giustamente, dice che devo staccare. Ma nelle poche occasioni in cui spengo il telefono e cerco di godermi un po' di tempo libero con Alex la sera, mi rendo conto che alcuni dei miei ragazzi stanno soffrendo. E per quanto mi dica che va bene così, perché questa è casa e quello è lavoro - non è così. Non per me. Gli abusi non si fermano dopo le 17, quando finisce l'orario di lavoro. Non posso chiudere la porta a questi ragazzi quando torno a casa e fingere che tutto vada bene. E con il Natale alle porte, può essere un momento particolarmente difficile. Se per molti adolescenti la stagione è divertente ed emozionante, per altri è qualcosa di molto più oscuro. Questo è il mio lavoro, ma è anche la mia vita, e capisco che non deve essere facile per Alex, che a volte deve sentirsi come se fosse in secondo piano rispetto al mio lavoro e al disordine delle vite umane coinvolte.

«Capisci, vero?» dico subito. «Ho solo bisogno di un po' di tempo per sistemare tutto.»

«Anch'io ho delle cose da fare», risponde. «Sto lavorando a un caso importante. È importante, ma non più importante di te», sbuffa.

«Aspetta, Alex, non sto dicendo che il mio lavoro sia più importante di te. Ma devi capire che il tipo di lavoro che svolgo a volte è 24 ore su 24, 7 giorni su 7. *Deve* esserlo, perché i ragazzi non hanno problemi dalle 9 alle 17.»

«Ora sei sarcastica.» Sospira.

«Sto solo dicendo che non ci si può limitare a un orario d'ufficio e che a volte ho bisogno di spazio, di poter *pensare* a ciò che sta accadendo, di fare e ricevere telefonate riservate.»

«*Riservate? Spazio?* Ma sono il tuo compagno, no?»

«Sì, ma non sarebbe etico fare telefonate agli assistiti davanti a te. Anche in ufficio abbiamo una piccola stanza dove possiamo fare telefonate riservate per rispetto a loro.»

«Capisco, ma non vedo perché tu debba tornare nel tuo appartamento per avere un po' di spazio, qui ce n'è tanto. E devi trovare un equilibrio, essere un'assistente sociale non significa che non puoi avere una vita privata. Ci sono le linee di emergenza, sai.»

«Sì, ci sono. Ma non sono diventata un'assistente sociale per essere disponibile solo durante l'orario d'ufficio, questi ragazzi hanno bisogno di sapere che sono lì per loro. Con qualcun altro, potrebbero sentirsi insicuri... traditi.»

Alex si avvicina e mi abbraccia. «Capisco, anche il mio lavoro è confidenziale, ma potresti andare in un'altra stanza, o potrei farlo io.»

«No, non voglio che tu ti senta costretto a lasciare una stanza di casa tua perché io ci lavoro, non è giusto nei tuoi confronti. E ho bisogno di spazio, di pace... capisci?»

Prima Jas, ora Alex. Voglio solo un po' di tempo per me, per concentrarmi sul mio lavoro e sui miei assistiti. Comincio a sentirmi un po' claustrofobica nella mia vita.

«Certo, capisco. Hai bisogno di stare da sola in un posto tranquillo per lavorare, è la natura del tuo lavoro. Lo capisco», dice, arrendendosi alla fine. Mi stringe il braccio e mi bacia la guancia.

«Grazie, tesoro.» Ricambio il bacio, sorpresa dalla facilità con cui ha accettato; di solito non accetta un no come risposta.

«Quindi lavorerai dal tuo appartamento mercoledì e giovedì sera. Giusto?» Sta raccogliendo le nostre tazze.

«Sì. Beh, in realtà giovedì sera lavoro, ma domani esco con Jas.»

Si alza, tenendo le tazze, sorride ancora, ma si è irrigidito. «Esci con *Jas*? Ma pensavo che avessi del lavoro da fare. Pensavo che fosse questo il motivo per cui non saresti rimasta qui.»

«Alex», gemo, «smettila. Voglio solo passare un paio di notti nel mio appartamento. E posso combinare il tutto con una serata fuori con Jas.»

«Non capisco perché tu voglia passare una serata con lei e non con me. La settimana scorsa hai detto che ti dava sui nervi, che era autoritaria.»

Sono esasperata. Gli uomini capiranno mai le sottigliezze, i legami complessi, i sentimenti contrastanti delle amicizie femminili? «A volte non mi *piace*. Ma è la mia migliore amica e le voglio bene. È difficile da capire, lo so, ma ridiamo così tanto quando siamo insieme e, come ho detto nel fine settimana, sono stata una pessima amica e l'ho trascurata da quando ti ho conosciuto.»

«Mi dispiace», dice con sincerità.

«No, non scusarti, è una mia scelta, voglio stare con te, preferisco stare con te. Ma mi piace la sua compagnia e credo che si senta abbandonata, soprattutto ora che io ho una relazione stabile mentre lei passa da un appuntamento ad un altro e dorme con uomini che non ama. Non è una persona cattiva, è solo che non ha ancora trovato quello che cerca.»

Posa le tazze sul tavolino, si siede accanto a me e mi stringe le braccia intorno alla vita. «Mi dispiace, a volte dimentico che gli altri non hanno quello che abbiamo noi.» Sorrido, provo la stessa sensazione, come se ci conoscessimo da sempre.

«E non biasimo Jas per essersi sentita trascurata», aggiunge. «Entrambi ti vogliamo solo per noi.»

Appoggio la testa al suo petto. «Grazie per la comprensione.»

«Ma terrai il telefono acceso, così saprò dove sei, vero?» annuisco, grata che non ne abbia fatto un dramma.

«Potrei venire a prendervi entrambe?», propone.

Sospiro, è come un loop che mi gira in testa; penso che un paio di notti da sola per ricaricarmi è proprio quello che mi serve. «No. No, va bene - anzi - pensavo di andarci in macchina dal lavoro, così Jas non mi può mettere sotto pressione per bere. Per quanto abbia bisogno di passare un po' di tempo con lei, per il lavoro in questo momento ho anche bisogno di avere la mente libera.»

«Si», dice. «Ha senso che guidi tu.» Si alza, mi prende per mano e mi conduce al piano di sopra verso il letto, e aggiunge, «Stai attenta. Se non ci sono io a sorvegliarti, potrebbe succedere di tutto.»

31

Oggi, come al solito dopo il lavoro, vado direttamente da Alex, ma sono sorpresa di vedere la sua macchina nel vialetto quando arrivo, questa settimana dovrebbe lavorare fino a tardi. Quando entro, è al telefono e, mentre appendo il cappotto e mi tolgo gli stivali nel corridoio, lo sento parlare.

«No, domani non c'è tutto il giorno e la sera, quindi potresti venire di prima mattina dopo che è andata al lavoro», sta dicendo. «Di solito se ne va verso le 7.30, quindi se vieni alle 8 la via sarà libera...»

Sono in piedi su un piede solo e mi sto togliendo il secondo stivale quando perdo l'equilibrio e cado contro l'appendiabiti.

Ovviamente ha sentito mentre chiudeva la telefonata e un minuto dopo grida, «Tesoro! Stai bene?»

«Sì, tutto bene», dico imbarazzata e, dopo essermi ricomposta, vado in cucina, dove lui ha messo giù il telefono e ha iniziato a preparare la cena. *La via sarà libera*, aveva detto. Helen ha insistito per incontrarlo qui?

Mi chiede della mia giornata, mi racconta della sua, ma mentre apparecchio la tavola continuo a ripetermi quello che ho sentito, cercando di inserirlo in contesti diversi. Gli chiedo se domani è impegnato, dandogli l'opportunità di dirmi con chi stava parlando al telefono, ma non rivela nulla. Ovviamente non si rende conto che l'ho sentito. E non posso fare a meno di concludere che Helen verrà qui e lui non me lo dice. Mi chiedo se lei stia facendo pressione su di lui perché la veda, lo sta minacciando di farmi qualcosa se lui non fosse d'accordo? Vuole tornare nella casa che un tempo condividevano? O c'è un'altra spiegazione, molto meno drammatica? Deve incontrare un cliente qui? O un collega? Ma se è così, perché non me ne parla?

Così, poco dopo, ci riprovo, mentre mangiamo un risotto col pollo al tavolo di cucina. «Come sarà la tua giornata domani?» Chiedo con noncuranza, macinando pepe sul riso cremoso.

«Bene, bene», dice distrattamente, poi alza lo sguardo dalla cena. «E la tua? Vai subito in ufficio domattina?»

Annuisco e continuo a mangiare. Vuole sicuramente assicurarsi che mi tolga di mezzo.

Mentre beviamo un caffè sul divano davanti a un telefilm, non riesco a concentrarmi. Sono sul punto di dirgli che l'ho sentito al telefono e di chiedergli che cosa stia succedendo. Ma questo mi fa sembrare subdola. Gli ho chiesto di fidarsi di me e quindi mi rende anche ipocrita; le persone ascoltano i loro partner di nascosto solo quando non si fidano di loro. Il che porta alla domanda: io mi fido di lui? Dopo la rivelazione di Helen, come potrei?

Dico ad Alex che non mi sento bene e che vado a farmi una doccia e a dormire presto. Sembra preoccupato, ma vedo che si sta godendo la TV e vuole davvero continuare a farlo, così vado di sopra per stare da sola e pensare.

Quando ho detto che sarei andata a casa mia per un paio di notti questa settimana, ha cercato di farmi cambiare idea. Voleva disperatamente che restassi qui con lui, quindi mi sta punendo per averlo lasciato, invitando Helen? Dio, sarebbe una cosa da malati, lo farebbe davvero?

Poco dopo, quando viene a letto, faccio finta di dormire. Sono arrabbiata e ferita, ma non è il momento di iniziare a fargli domande. Domattina andrò a lavorare presto, passerò le prossime due notti da me, mi schiarirò le idee e sarò "me stessa" per un po'. Dopodiché tornerò qui e, se ancora non me ne parlerà, glielo chiederò, sperando che non mi menta. Ma per ora devo solo fidarmi di lui.

***

Stamattina sono arrivata al lavoro con una sensazione orribile. Non riuscivo nemmeno a gradire il regalo quotidiano di Harry, un croissant alle mandorle avanzato. È ancora sulla mia scrivania, non mangiato, e il grasso del burro ha ormai unto il tovagliolo di carta. Mi fa venire la nausea. Dovrò sbarazzarmene senza che lui se ne accorga, ma ora sono troppo occupata a cercare di risolvere una richiesta di assistenza per Phoebe Cross, una nuova casa popolare per Craig Jackson e, cosa preoccupante, non riesco a contattare Chloe Thomson. Nel frattempo, Jas ha fissato un meeting con me alle 11.30 per il quale non ho tempo. Spero solo che non sia una delle sue riunioni "vitali" che si trasformano in una discussione dettagliata su cosa indosseremo stasera. Non mi interessa che cosa si mettono gli altri, non con tutto il resto che ho in testa. Jas però la pensa chiaramente in modo diverso perchè noto che ha portato al lavoro la sua enorme borsa per il trucco e una borsa da viaggio che contiene, senza dubbio, una selezione di abiti.

«Non hai mai sentito parlare di capsule wardrobe?» le avevo detto, mentre entrava barcollando con tutte le sue borse.

«Non esiste una cosa del genere. Un capsule wardrobe è costituito da abiti da lavoro con un tocco di classe. E quello che indosso al lavoro è quello che indosso quando non mi interessa ciò che mi metto. Oh, come dimentichi in fretta, Hannah.»

Aveva sorriso. «Quando sei single, devi vestirti come se ogni sera possa essere "la sera".»

«Mi spiace rovinare il tuo film, Jas, ma dubito che ci sarà George Clooney stasera all'Orange Tree», aveva detto Harry ridendo.

«Non si sa mai. Amal potrebbe essere impegnata in un grosso caso legale. Alex lo è, non è vero, Hannah?», ha aggiunto Jas.

«Ahh, ecco, quindi mentre il povero vecchio Alex lavora fino a tardi, voi due andate a fare una serata tra donne? Attenti, ragazzi, le ragazze sono a caccia!» Harry pensava chiaramente che l'idea di me e Jas in giro per la città fosse esilarante.

«Non siamo a caccia, come hai detto tu con tanta delicatezza», avevo alzato gli occhi al cielo.

«Parla per te», aveva risposto Jas, barcollando sotto il peso della borsa del trucco e di quella da viaggio.

«Sì, ma...» Avevo iniziato, sul punto di ricordarle che sono fidanzata, poi mi sono ricordata di non rinfacciarglielo.

«E se mi imbatto in quel tipo carino che lavora al comune e ha un amico, ho bisogno che tu stia al gioco. Non voglio che tu parli del tuo fidanzato e rovini tutto», mi aveva avvertito, come se mi avesse appena letto nel pensiero.

Due ore e mezza dopo, non sono sorpresa di trovarmi alla riunione delle 11.30 a fare esattamente quello che non avrei voluto fare. Stiamo discutendo su come Jas dovrebbe vestirsi, mentre le chiedo cosa ne pensa della telefonata che ho sentito fare ad Alex ieri sera. Non avevo intenzione di parlarne, so che l'avrebbe usata per creare una storia in cui lui è il cattivo, ma volevo qualcuno con cui sfogarmi e lei era lì. Stava aprendo la sua borsa e stava mettendo tutti i suoi abiti sulla scrivania, quando le ho spifferato tutto tra una tuta scarlatta e un vestito di lamé.

«Oh, cara, mi dispiace», dice, piegando il vestito e appoggiando il mento su entrambe le mani sulla scrivania. «"Vieni quando la via è libera" non suona molto bene, in effetti.» Sbatte il pugno sulla scrivania e vedo Sameera che si volta a guardare e a dire qualcosa a Harry, che poi si volta a guardare con un'espressione piena di significato.

«Potrebbe non essere niente», dico, pentendomi immediatamente di aver aperto bocca, perché così facendo ho reso tutto più reale. «Potrebbe essere qualsiasi cosa...» cerco di minimizzare.

«Ok.» Mi parla con il tono da assistente sociale. È un po' condiscendente e sento che mi metto sulla difensiva. «Allora, secondo *te*, quale potrebbe essere il motivo per cui lui ha detto "Esce presto, vieni verso le otto, quando la via è libera"?»

«Non lo so. Non so *cosa* pensare, ma non voglio saltare alla conclusione sbagliata. Non voglio rovinare qualcosa di buono, Jas».

Alza le sopracciglia e schiocca la lingua. «Mi sembra che l'abbia già fatto», dice, scuotendo lentamente la testa. «Mi chiedo se la moglie non sia solo una fissazione e se tutti questi discorsi sul divorzio siano solo... discorsi.»

«No. No», dico. Non ci avevo pensato.

«Sei sicura di non essere l'altra donna, Hannah?»

Dopo questa conversazione, torno alla mia scrivania e mi sento ancora più paranoica. Alex si è sempre visto con Helen? Penso di andare direttamente a casa sua per parlarne. Ma se ho ragione, c'è la possibilità che li sorprenda, e non potrei sopportarlo. Devo proteggermi. Mi atterrò al piano A e affronterò la questione venerdì, quando andrò da Alex dopo il lavoro, come previsto.

Il mio telefono squilla, annunciando un messaggio di Alex. Mi fa sobbalzare, il che diverte Harry.

«Oggi sei un po' nervosa, Hannah», ride.

«Ho un sacco di cose da fare.» Poi aggiungo rapidamente, «Dal punto di vista lavorativo.» Non voglio che tutti sappiano ogni singolo dettaglio dei miei affari personali, è un ufficio piccolo e sappiamo già troppo delle vite degli altri.

Controllo il telefono.

Ehi, bellezza, passa una bella serata stasera. E non dimenticare che se cambi idea sul guidare, sono libero di fare l'autista. Sono a casa tutta la sera. Xxx

Questo messaggio mi dà un barlume di speranza. Perché mai si sarebbe offerto di venirmi a prendere se Helen o altri si fermassero a dormire? Non avrebbe senso.

«Potrei tornare a casa di Alex dopo che saremo uscite stasera», dico a Jas poco dopo. Non riesco a sopportare il non sapere, il continuo altalenare di possibilità che mi frullano per la testa.

«Cosa? Perché? Torna a casa tua. Meglio ancora, vieni a casa mia. Così puoi lasciare qui la tua macchina e...»

«No, no. È stupido pensare di poter fare finta di niente. Ti lascio dopo che siamo uscite e vado direttamente da lui. Preferisco affrontare qualsiasi cosa stia succedendo piuttosto che torturarmi per questo. L'ironia della sorte è che volevo prendermi del tempo per lavorare da casa, ma non riesco nemmeno a ragionare.»

«Pensavo che ti prendessi una pausa per uscire con me.» Sembra un po' ferita.

«Sì, certo. Anche questo», dico.

«Stai bene?» mi chiede Sameera, mentre esco dall'ufficio di Jas.

«Sembra che voi due abbiate molti segreti femminili oggi», ci prende in giro Harry.

«Oh, non è niente, non vi voglio annoiare.» Sospiro. Jas ha buone intenzioni, ma credo che Alex abbia ragione, che *voglia* passare più tempo con me e che questo influisca sulla sua valutazione della situazione. Vuole solo rafforzare l'idea che Alex stia tramando qualcosa di brutto, d'altronde, tutte le prove puntano a questo.

Questo è il problema degli incontri online, per quanto si pensi di conoscere qualcuno, non lo si conosce davvero, non si conosce la sua storia, la sua vita, i suoi amici. Quando ci siamo incontrati, Alex mi ha fatto un quadro del suo passato e del suo presente, ma ha tralasciato ciò che non andava bene, come il suo matrimonio. E sentirlo al telefono ieri sera mi fa domandare, che cos'altro ha lasciato fuori dal quadro perfetto?

32

Alle 16.30 sono riuscita a fare tutto quello che dovevo fare, a parte contattare Chloe Thomson; anche sua madre non risponde al telefono. Non voglio lasciar perdere, l'ho vista un paio di giorni fa e non stava bene. Credo che si droghi ancora, anche se ha negato, è emotivamente vulnerabile e avrà bisogno di sostegno per smettere di farlo. Non so ancora con chi si vede, ma se *è* il fidanzato di sua madre, tutto ha senso. Chloe si rifiuta di parlarmene e credo che sia perché lui la sta minacciando. Non so cosa mi preoccupi di più: le droghe, l'autolesionismo o il fatto che Chloe sia invischiata in una relazione con un uomo più grande e violento.

Non riuscendo a contattare lei, o qualcuno a lei collegato, inizio a chiamare tutti gli altri, dalla polizia alle agenzie per l'infanzia, ai ricoveri per i senzatetto. Niente. Alle 18.15, come ultimo tentativo per trovarla, chiamo gli ospedali.

La prima chiamata è al Worcester Royal Infirmary, il più grande ospedale della zona, e vengo messa in contatto con vari reparti per verificare se c'è una Chloe Thomson tra i ricoverati. Alla fine parlo con qualcuno che mi dà qualche informazione. Sembra che Chloe sia stata portata al Pronto Soccorso alle

14.30 di oggi per una sospetta overdose. È stata trovata in una baracca abusiva appena fuori dal centro città. Sua madre è stata informata e ora è con lei. Chloe è viva, ma è in coma.

Mi precipito subito lì, ma non mi è permesso vederla perché è in terapia intensiva. Parlo con una delle infermiere che mi dice che è stata trovata nel pomeriggio da uno squatter, che l'ha creduta morta. A giudicare dalle sue condizioni, i medici sembrano pensare che sia andata in overdose la notte scorsa. A questo punto nessuno sa dirmi di più, né fornire alcun tipo di prognosi, e dopo un po' decido di andarmene e di tornare domani.

Torno in ufficio e cerco su Google informazioni sulle sue condizioni, ma non trovo nulla di utile, se non che più a lungo un paziente rimane in coma, più scarse sono le possibilità di recupero e maggiore è la possibilità che entri in uno stato vegetativo. Tutto questo mi spezza il cuore e non posso fare altro che sperare. E con questa consapevolezza, cerco ottimisticamente di pianificare un lieto fine e di richiedere il supporto di uno psicologo, se e quando si riprenderà.

«Sono d'accordo con te», dice Jas, «e come coordinatore dell'assistenza spetta a te organizzare tutto per lei. Ma, tesoro, devi sapere che le cose potrebbero non andare bene.»

«Lo so, ma devo avere speranza. Mi sento come se avessi perso la palla, Jas», dico, con sincerità.

Mi abbraccia, un abbraccio di cui ho bisogno. «Cara, a volte restiamo ai margini - non vogliono o non possono farci entrare - ma tu hai fatto tutto, tutto quello che potevi per Chloe. Hai coinvolto le altre agenzie, hai attivato la protezione - ma a volte le cose accadono al di fuori del nostro controllo. Fai questo lavoro da abbastanza tempo per saperlo. Quindi, per favore, non abbatterti.»

«Non voglio che si svegli senza nessuno accanto. Ho detto alle infermiere di chiamarmi se c'è qualche segno che si riprenda, e domani mattina per prima cosa tornerò all'ospedale. Mi sento come se l'avessi delusa, Jas.»

«Non è vero, sei stata bravissima con lei e le cose andavano bene. Con la tua guida avrebbe fatto passi da gigante, ma non possiamo essere sempre presenti. Tutto ciò che puoi fare è esserci per lei in futuro.»

Da quando ho parlato con l'ospedale e mi hanno confermato che Chloe è lì, mi sono sentita responsabile della situazione. Non posso fare a meno di pensare che se fossi stata più presente, più concentrata, forse non sarebbe successo.

Propongo a Jas di rimandare la nostra serata, non sono proprio dell'umore giusto, ma la classica Jas dice che è un motivo in più per uscire.

«Hai bisogno di un po' di tempo libero e di qualche drink. So che può sembrare senza cuore, vista la situazione di Chloe, ma questo è il nostro lavoro, non è la nostra vita. E se restassimo a casa a sentirci in colpa ogni volta che succede una cosa del genere, non usciremmo mai.»

Ha ragione, ma sento che in qualche modo è sbagliato essere fuori a divertirsi quando Chloe è in questo stato.

Harry mi fa sentire un po' meglio. «Chloe ci è già passata», dice, «e, benedetta, probabilmente ci cascherà ancora. E come tutte le Chloe precedenti e future, non possiamo fare molto per loro. È una tipa tosta, se c'è qualcuno che può farcela, è lei.»

Spero che abbia ragione.

«Allora, hai pensato seriamente al tuo piano di andare a intrufolarti nella sua serata romantica?» Jas chiede mentre ci incamminiamo verso il parcheggio. Non posso fare a meno di essere colpita dalla crudeltà delle sue parole. Sembra che le piaccia l'idea che Alex abbia una serata con Helen mentre io sono via, e scelgo di ignorare il suo commento. Penso che sia un po' caustica perché non è molto contenta che io guidi e non beva, ma non mi lascio influenzare da lei. Voglio mantenere il controllo, sono scossa da quello che è successo a Chloe e l'ultima cosa che voglio fare è bere. Voglio anche andare da Alex a fine serata e scoprire cosa diavolo sta succedendo. E per questo devo assolutamente rimanere sobria.

Una volta che siamo entrambe in macchina, inserisco le chiavi nell'accensione e sento il rumore che nessun guidatore vorrebbe mai sentire, un sinistro clic.

«Oh merda.» Sospiro. Ho fatto fare il tagliando la settimana scorsa, quindi non ha senso, l'officina non avrebbe dovuto accorgersene?

Ci guardiamo entrambe, Jas schiocca la lingua ma sul suo volto appare un sorriso.

«Sembra che, alla fine, berrai con me, piccola!»

La cosa più sensata sarebbe chiamare il soccorso stradale, ma, come fa notare Jas, si gela e dovremo stare in piedi per almeno un paio d'ore e questa è la nostra serata.

«Andiamo ora, andiamo a bere. Puoi fermarti da me stanotte e ti accompagno domani. Possiamo chiamare il carro attrezzi e fargliela riparare quando saremo in ufficio al caldo.» Sembra decisa a farmi bere con lei e a rimanere a casa sua, come voleva che facessi venerdì scorso quando siamo usciti. Sto anche cercando con tutte le mie forze di allontanare la strana ipotesi di Alex che Jas quella sera possa aver messo qualcosa nel mio drink. Ma mi ricordo che conosco Jas da diversi anni e che per me è sempre stata solo una buona amica, quindi chi è Alex per dirmi di stare attenta a lei? Dio solo lo sa che cosa sa cosa sta combinando. La verità è che mi sento molto insicura e sto iniziando ad impazzire.

«Qui nel parcheggio è sicuro, è chiuso a chiave di notte; probabilmente è solo l'alternatore», dice Jas.

«Da quando conosci parole come *alternatore*?». Sorrido, scaldandomi leggermente all'idea di un bar poco illuminato e di qualche bevuta fresca.

«Quel tipo con cui sono uscita... Carl? Craig?» non se lo ricorda davvero, il che mi fa sorridere. «Comunque, era un meccanico, mi ha fatto vedere come si riparano le macchine.»

«Scommetto di sì», dico mentre iniziamo a camminare verso la strada principale. L'abbiamo appena imboccata quando un'auto ci passa accanto, schizzandoci entrambe, il che ci fa strillare e poi ridere. Poi l'auto si ferma, facendosi quasi tamponare dall'auto dietro.

«Guarda», dice Jas a voce alta, «è la macchina di Harry, ma sta bene?»

Accorriamo entrambe e Harry abbassa il finestrino. «Hai preso un colpo di frusta?» chiedo.

«No. Quella testa di cazzo mi stava proprio attaccato al culo». Ride.«Dove andate voi due? Hannah pensavo che *andaste* al wine bar.»

Spieghiamo la situazione e in pochi secondi io e Jas siamo sedute sul sedile posteriore dell'auto di Harry, che ci accompagna per la breve distanza fino all'Orange Tree.

«Una di voi avrebbe potuto sedersi davanti con me», dice. «Mi sento come un dannato tassista.»

Jas ridacchia. «Perché lo sei.»

Si ferma fuori dal locale e noi, grate, lo invitiamo a unirsi a noi per un drink, ma lui ci dice con un sorriso: «Gemma mi aspetta a casa con qualcosa di caldo.»

Jas sospira. «Smettila di vantarti.»

Lui alza gli occhi al cielo. «Voi due pazze riuscirete a tornare a casa più tardi?»

«Staremo bene, grazie», dice Jas, «prenderemo un taxi fino a casa mia.»

«Beh, se rimanete bloccate, non c'è problema a venirvi a prendere.»

«Grazie, è carino da parte tua, Harry», dico, «ma staremo bene.»

«Eh, Hannah?» dice, mentre scendo dall'auto.

«Sì?»

«Non ti preoccupare per Chloe Thomson, si riprenderà.»

Mi commuovo. All'apparenza Harry sembra sempre un ragazzo, sorride e si prende gioco di tutto, ma la sua preoccupazione mi commuove. Chloe può anche non essere più una sua assistita, ma poiché è bravo nel suo lavoro ha ancora un legame e, soprattutto, ci tiene ancora.

«Spero che si riprenda», dico, «ma è messa male.»

«I miracoli possono sempre accadere». Sorride e io penso a quanto sia maturo ed è solo un ragazzo di vent'anni.

«Se avesse dieci anni di meno», mormoro a Jas mentre entriamo nel bar.

«È un ragazzo», dice, «tu hai bisogno di un *uomo*.»

Sorrido. «Pensavo di averne uno. E, a proposito, hai detto a Harry che avremmo preso un taxi per tornare da te più tardi? Beh, credo ancora di dover andare da Alex.»

«Oh, non farlo, Hannah. Onestamente, non vorrai scherzare col fuoco e trovarlo con lei, *immagina*! Dimentica tutto questo, rimani con me. Possiamo andare in quel nuovo locale notturno, ballare e ridere - *forza*, sarà divertente. Hai bisogno di rilassarti, hai avuto tanti problemi di recente. Non rovinare una bella serata per un uomo, non ne vale la pena, tesoro», dice.

Ripenso a quello che ha detto Alex sul fatto che non ha a cuore i miei interessi. Sento che sta cercando di orientare la serata nel modo in cui vuole lei, senza considerare i miei sentimenti. «Godiamoci la serata», dico, «e qualsiasi cosa deve accadere, accadrà.»

L'Orange Tree è caldo e festoso, le pareti sono ricoperte di luci fiabesche e un albero di ramoscelli alla moda si trova in un angolo, spigoloso e bianco, con neve finta e decorazioni argentate. Mi sento un po' in ansia e penso al fine settimana e ai piani miei e di Alex di fare gli ultimi acquisti natalizi e poi guardare i film di Natale. Ma mi ricordo con un sussulto che potrei non essere con lui per il weekend.

Nel frattempo, Jas ordina quattro Porn Star Martini, due a testa, due al prezzo di uno, per lei è una grande serata e proprio allora mi assale un pensiero triste. Mi sento sola. Mi manca Alex. È come la nostalgia di casa - qualcosa con cui ho convissuto fin da bambina. Sono stata davvero stupida a non chiedergli apertamente della telefonata. Ho cercato di risparmiarmi il dolore, sperando disperatamente che se avessi lasciato perdere abbastanza a lungo, mi avrebbe detto qualcosa, ma non l'ha fatto, e ho capito che il vero dolore è nel non sapere.

«Voglio chiamare Alex», dico a Jas.

«Per l'amor di Dio, Hannah, non possiamo passare una serata insieme senza parlare solo di lui?» poi si addolcisce un po'. «Lo dico per il tuo bene, cara.»

«Ok, lo chiamerò più tardi», dico, perché non ha tutti i torti, non è giusto che la nostra serata tra donne ruoti intorno a lui.

Alle 23.30 abbiamo bevuto entrambe diversi Porn Star Martini e Jas sta facendo gli occhi dolci al barman, cosa che ci fa ridere entrambe, perché dopo tanti cocktail tutto è divertente. Poi, all'improvviso, in un turbinio di luci fiabesche e Porn Star (i Martini!), il mio telefono vibra. È Alex.

«Ehi, ti stai divertendo?», mi chiede quando rispondo. «Sì... più o meno. Io, io... Alex», comincio, allontanandomi leggermente da Jas, che ora sta cercando di sembrare sobria mentre parla con il barman. Riesco a malapena a sentirlo con tutto il rumore, e "I Wish it Could be Christmas Every Day" che ha appena iniziato a suonare, a volume altissimo. Mi copro l'orecchio libero, ma non serve.

«Sembra che vi stiate divertendo molto», dice.

«Sì, avevo bisogno di tirarmi su», replico e gli racconto di Chloe.

«Oh, tesoro, hai lavorato così duramente per tenerla al sicuro.»

«Sono i rischi del mestiere, purtroppo - a volte si vince, a volte si perde.» Sospiro, cercando di sembrare disinvolta, ma la situazione di Chloe mi ha tormentata tutta la serata.

«Mi dispiace tanto. Non abbatterti, non avresti potuto fare di più.»

«Grazie per averlo detto.» Nel silenzio sono costretta a parlare. «Alex... c'è qualcos'altro che mi preoccupa.»

«Ok, cosa c'è?»

«Hai... Helen è venuta a casa tua oggi?»

«No.»

«Ti ho sentito al telefono ieri. Stavi dicendo a *qualcuno* di venire da te dopo che fossi uscita per andare al lavoro.»

«Oh?»

«Stavi dicendo che sarebbe dovuto venire alle otto del mattino.» Ho la testa un po' confusa, ma l'ho ripetuto così tante volte nelle ultime ventiquattro ore che certe parole e frasi sono impresse nel mio cervello.

«Non sono sicuro di capire di che cosa stai parlando», dice.

Do un colpetto sulla spalla a Jas per dirle che mi sto spostando verso l'ingresso, per allontanarmi dalla musica e dalle chiacchiere. Lei annuisce e torna a flirtare con il barman. Alla fine sono costretta a uscire a causa di tutto il rumore e ora sono in piedi sotto la pioggia e il freddo, e sto congelando, ma almeno riesco a sentire Alex.

«*Ieri* ti ho sentito», ripeto con ansia. «Stavi dicendo a qualcuno a che ora sarei uscita per andare al lavoro, e lo hai invitato... hai detto» - mi viene da piangere - «hai detto che la via sarebbe stata libera.»

«Oh... oh quello.» Lo sento ridere sommessamente. Poi, silenzio dall'altro capo del telefono. Sento solo la pioggia scrosciante e i deboli echi di "I Wish it Could be Christmas" che rimbombano dall'interno. Cerco di ripararmi nell'ingresso e qualcuno all'improvviso spalanca la porta facendomi quasi cadere. Mi volto e vedo un ragazzo sui vent'anni che esce barcollando, seguito da un amico più sobrio.

«Ciao, bellezza», dice quello ubriaco e quasi mi cade addosso.

Il sobrio sgrana gli occhi e lo allontana. «Mi dispiace, amore.»

«Non c'è problema.» Gli sorrido.

«Chi è?» La voce di Alex è tesa al telefono.

«Nessuno, non è nessuno.»

«Sei bellissima!» dice il ragazzo ubriaco e il suo amico mi sorride.

«Ignoralo, fa sempre così dopo un Babycham.»

«Ne bevo intere pinte, io», dice con finta spavalderia, battendosi i pugni sul petto.

Non posso fare a meno di sorridere, ho a che fare con adolescenti ogni giorno e questi ragazzi non sono molto più grandi.

«Ti accompagniamo a casa? La accompagniamo a casa?», dice all'amico.

«Sto bene così, grazie.» Sorrido. «Notte notte.»

«Sì, sta bene, Josh, e tu devi andare a casa a piedi.» Il suo amico ride. «Notte, amore.»

«Un bacio natalizio?» chiede il ragazzo di nome Josh mentre mi passa davanti per andare a casa, ma il suo amico lo trascina via ridendo. Mi giro dall'altra parte e mi riparo nell'ingresso; all'improvviso c'è un movimento frenetico e sembra che i ragazzi stiano facendo a botte tra loro. Succede tutto così in fretta e prima che io possa rendermi conto di che cosa sta succedendo, il ragazzo ubriaco si accascia a terra, facendo il verso di un animale ferito.

«Ma che caz...?», dice il ragazzo più sobrio.

Grido e qualcuno mi afferra, stringendomi troppo forte. «Lasciami!» urlo e scalcio, la mia faccia è ora contro il suo petto, ed è allora che riconosco l'odore caldo e affumicato del suo maglione. È Alex.

«Tesoro, va tutto bene, va tutto bene. Sono io!» mi urla in

faccia mentre le sue mani mi afferrano le braccia in modo troppo stretto.

«Cosa... cosa è successo?» sono confusa, sotto shock.

«Amico, che *hai*?» Il ragazzo sobrio è a terra e cerca di svegliare l'altro che è svenuto.

«Ti stava per aggredire, erano in due», dice Alex.

A quel punto mi rendo conto, è stato Alex a colpirlo.

Abbasso lo sguardo. Le luci del pub brillano sotto la pioggia e illuminano la scena. Il ragazzo è steso a terra e, insieme alla pioggia che scorre sul terreno e nel canale di scolo, qualcosa di rosso si sta facendo strada. Sangue.

33

«Sta... sta bene?» Sto tremando, probabilmente per lo shock.

«Sta bene, l'ho solo spinto», dice Alex.

«Gli ha dato un *pugno* in testa!» urla l'altro ragazzo.

«Alex, che diavolo!» urlo, isterica.

«Ma... ti stava aggredendo...»

Spingo Alex sulla strada con entrambe le mani e mi chino per vedere se posso fare qualcosa. Da vicino non si direbbe, e il suo amico è in lacrime e grida «Chiamate un'ambulanza, qualcuno chiami un'ambulanza.»

«Sembra... sembra...» Sto per dire morto, ma non riesco a pronunciare la parola.

«Andiamo via di qui», esorta Alex, tirandomi per un braccio. «No, non possiamo lasciarlo, dobbiamo chiamare aiuto.»

«No, Hannah! Sta bene, respira, è solo svenuto, tutto qui.»

«NO, Alex.»

Il ragazzo - Josh - comincia ad agitarsi e a gemere, con mio grande sollievo.

«Vedi, si sta riprendendo.» Alex cerca di allontanarmi.

Una coppia esce dal wine bar e chiede che cosa sia successo. «Merda», sento Alex borbottare al mio fianco, mentre l'amico dice loro che il suo amico è stato picchiato. La donna tira fuori il telefono per chiamare aiuto.

«É stato lui», urla il ragazzo, indicando Alex, che china la testa e cerca di trascinarmi via con una certa forza.

«Alex, NO!», urlo di nuovo.

Arrivano altre persone e fanno sedere Josh, riparandolo con i loro cappotti. Sta ancora gemendo, ora si tiene la testa. Tutto ciò che riesco a pensare è che grazie a Dio non è morto.

«Non posso stare qui, NON POSSO!» Alex mi dice mentre mi fa scendere dal marciapiede e mi trascina in strada. Ora sono in lacrime. Non ho idea di dove stiamo andando o del perché lui sia qui. Poi, all'improvviso, vedo la sua auto parcheggiata dall'altra parte della strada verso la quale mi sta tirando, con le macchine che suonano mentre mi trascina alla cieca nel traffico. Apre la portiera del passeggero e quasi mi spinge dentro, poi corre verso il lato del guidatore. In pochi secondi ha messo in moto e guida troppo velocemente lungo la strada.

«Alex, non possiamo andarcene così.» Sono ancora leggermente ubriaca e non riesco a capacitarmi di quello che è appena successo.

«*Dobbiamo* farlo.»

«Alex, che diavolo sta succedendo? Perché l'hai fatto? Perché eri lì?»

«Hannah, stai zitta! Ho bisogno di *pensare*», dice di getto. Non l'ho mai visto così, è spaventato, pietrificato. Arrabbiato.

Mi guardo indietro e una folla si è ormai radunata intorno al poveretto steso sul marciapiede.

«Alex, che ti succede? Potevi ucciderlo!» dico tra le lacrime.

Non mi risponde, ma lo guardo nella luce tremolante del traffico e dei lampioni e vedo la sua mascella tesa. Continua a guidare finché il pub non scompare dallo specchietto retrovisore e finalmente non ci sono più né urla, né grida, né "BUON NATALEEE" che mi rimbombano in testa.

Quando ci fermiamo davanti alla casa di Alex, sto

tremando. Alex spegne il motore e restiamo a lungo seduti al buio nel silenzio dell'auto.

Alla fine dico qualcosa. «Perché, Alex? PERCHÉ?»

Fissa lo sguardo davanti a sé per un po' e alla fine si volta verso di me. «Te l'ho detto. Pensavo che ti stesse facendo del male.»

«Non lo era, stavano andando a casa. Stavano ridendo, così come me. *Devi* averlo visto.»

Si prenda la testa tra le mani. «Non so che cosa ho visto. Mi sono seduto lì, ad aspettarti al freddo, chiedendomi se avresti mai lasciato quel bar...»

«Che diavolo ci facevi lì? Non avevamo concordato che venissi a prendermi. Ti ho detto che non avevo bisogno che mi venissi a prendere, stavo bene. Pensavo che ne avessimo parlato.»

«Lo so, lo so. Ma ho controllato il telefono e Helen era in giro - e ho iniziato a preoccuparmi. Poi ho temuto che Jas potesse mettere qualcosa nel tuo drink, come l'altra volta, per scherzo, e... mi dispiace tanto, sono andato nel panico e sono saltato in macchina.»

«Tu mi stavi seguendo», dico, guardando dritto davanti a me, senza riuscire a guardarlo. Ricordo quello che ha detto Jas sul fatto che usa Helen come scusa per presentarsi senza preavviso dappertutto; credo che abbia ragione. Sento la rabbia ribollire nella mia testa.

«Ho esagerato», dice, «ma sono preoccupato che Helen possa fare qualcosa, e il modo in cui Jas non riesce a smettere di chiamare e di *ossessionarti*... e poi quei ragazzi.»

Mi ricordo che ho lasciato Jas al bar. Sono un'amica di merda! Le mando subito un messaggio per chiederle se sta bene e le dico che sono andata a casa, che avevo un terribile mal di testa e che ero saltata su un taxi in attesa, ma che ci saremmo viste l'indomani.

«A chi stai scrivendo?»

«Jas», dico «Ancora una volta sembra che tu mi abbia portato via da una serata, solo che questa volta Alex hai esagerato», sibilo.

«*Ti* stavo proteggendo, Hannah.»

«Non voglio *questo* tipo di protezione, Alex. Non sapevo nemmeno che fossi lì. Voglio dire, che diavolo? E lascia Jas fuori da tutto questo. Sei ridicolo e paranoico per quanto riguarda le dannate bevande drogate e le ex mogli strane. Comincio a chiedermi se non sia Helen ma tu il maledetto strano, che mi segue ovunque e mi controlla!»

Il mio telefono trilla, è Jas che mi scrive che sta legando con il barman, che è carino e che lei sta bene e mi vedrà domani. Grazie al cielo Jas non è incazzata con me, se lo fosse avrebbe tutte le ragioni. Rispondo al suo messaggio, dicendole di farmi sapere quando è a casa, così non mi preoccupo.

«Hannah, mi dispiace tanto.» Cerca di prendere la mia mano. «Non toccarmi», urlo.

«Sono un idiota, ho rovinato tutto.»

«Sì, l'hai fatto, e prima sei scappato da quello che hai fatto come un codardo, senza pensare a quel ragazzo, solo a te stesso.»

«L'ho fatto. Ma io e te non potevamo farci trovare lì nel caso fosse arrivata la polizia. Io sono un avvocato, tu un assistente sociale - immagina.»

«Non è questo il punto. Inoltre, io non ho *fatto* nulla.» «No, ma saresti stata una testimone, o... vista come una complice.»

«Sappiamo entrambi che non è così. Ma se... se fosse gravemente ferito? Significa qualcosa per te?» Faccio fatica a conciliare quest'uomo freddo ed egoista con la persona che pensavo di amare.

«*Certo* che significa qualcosa per me - merda - non so se riuscirei ad andare avanti se...»

Ho tutta l'intenzione di chiamare io stessa la polizia domani, ma non glielo dico perché è già arrabbiato.

«Sono così... sono così preso da te e non posso farci nulla», dice. «Non posso sopportare di non sapere dove sei, se stai bene. Voglio solo prendermi cura di te.»

«Ma non è sano, Alex. Non hai bisogno di stare con me 24 ore su 24, 7 giorni su 7. Perché devi essere così? Rovina te, rovina *tutto*.»

«Non dire così, per favore... Sono molto preso da te, mi capita sempre. Per questo è stato difficile con Helen. Una volta che mi innamoro di qualcuno, è per sempre.»

«Lo capisco, sei coinvolto e questo mi piace in un partner. Ma lo sei troppo.»

«Lo so, lo so, lo sono. Non sei la prima persona che me lo dice, ma per favore non...»

«Non posso continuare, Alex.» sento la mia voce e stento a crederci. «Ti amo davvero, ma quello che è successo stasera...»

«No, no, ti prego.» comincia a piangere e io mi sento così impotente.

«Alex, penso che abbiamo bisogno di un po' di tempo. Ho bisogno di spazio.»

Mi circonda con le braccia e mi ritrovo abbracciata mentre lui piange. Non posso e non voglio confortarlo. Sono insensibile.

«So che mi aspetto molto da una partner. Credo di aver bisogno di aiuto, Hannah. Lo guardavo mentre la picchiava, le sbatteva la testa contro il muro. Riesco ancora a sentire quel tonfo; mi fa venire voglia di vomitare.»

«Cosa? Di chi stai parlando? Non capisco. Alex?»

«Non riesco a perdonarmi, per tutti quegli anni che ha sofferto, e io non ho mai fatto nulla.»

«Tua madre?»

Annuisce. «Non l'ho mai detto a nessuno... Io e mia sorella ci nascondevamo nell'armadio quando ha iniziato. Mamma ci diceva sempre di andare lì. Ero molto piccolo, all'inizio non capivo. Ma anche da piccolo sentivo le sue urla, e più tardi mia sorella le medicava le ferite. Papà faceva finta di niente. Era un codardo, e lo sono anch'io.»

Non sapevo nulla di tutto questo, non sapevo nemmeno che avesse una sorella.

«Dio, mi pento di quello che ho fatto stasera, non hai idea quanto. Ma quando l'ho visto venire verso di te, ho rivisto mia madre e tutte le volte che non l'ho salvata.»

«Non ne avevo idea. Mi avevi detto che tua madre era morta quando avevi nove anni.»

Annuisce. «La mamma è morta di cancro.» Fa una pausa. «Ma lui è ancora vivo. Non gli parlo, non l'ho mai perdonato per quello che ha fatto. Mia sorella è una persona migliore di me, è riuscita ad andare avanti, ma io sono ancora così arrabbiato. Lei lo va a trovare ma io non vedo nemmeno lei. È stata una vita fa, ma se lo rivedessi lo ucciderei.»

Lo guardo e la sua espressione mi fa correre un brivido lungo la schiena.

«Alex, non dire così.»

«Voglio solo che tu capisca perché questa sera... è successo quel che è successo. Mi sento malissimo, non so cosa fare, Hannah.»

«Dovremmo contattare la polizia e raccontare ciò che è accaduto. Hai bisogno di aiuto, Alex.»

Annuisce e si gira verso di me. «Tu mi aiuterai, Hannah?»

Avrebbe potuto dire qualsiasi altra cosa e io me ne sarei andata, ma chiedere il mio aiuto è una cosa che mi tocca nel profondo. Ho sempre voluto fare il mio lavoro perché voglio aiutare le persone. Non potrei mai respingere qualcuno che sta soffrendo, e in questo momento Alex sta soffrendo. Quello che ha fatto stasera è stato spaventoso, ha reagito senza pensare, fuori controllo, ma era spinto dalla rabbia e dal dolore della sua infanzia. Deve essersi sentito così impotente nel vedere suo padre aggredire sua madre, e ora si porta dietro questo ricordo e il senso di colpa, che spiega perché è quello che è. Ad eccezione della parte di lui che ha reagito questa sera causando il ferimento di qualcuno, io amo quello che è. E non so se riuscirò mai ad allontanarmi da lui.

«Rimarrai stanotte?», mi chiede, con la voce ancora roca per le lacrime. «Non posso stare da solo.»

Annuisco. «Sì, ma dobbiamo parlare. All'improvviso mi sento come quando ho scoperto di Helen. Ti vedo da una prospettiva diversa. Devi dirmi tutto prima di poter pensare di lasciarci o rimanere insieme.»

«Ma l'ho fatto, ormai sai tutto di me.»

«Non sapevo della tua infanzia, né del perché sei così iper-protettivo nei confronti delle persone che ami. È difficile per tutti voltare pagina , ma per un anno tu hai continuato a sperare che Helen tornasse, e temo ancora adesso.»

«Te l'ho detto, non la rivorrei mai indietro ora che ho te.»

Sospiro. «Smettila di mentire. Ti ho detto che non possiamo andare avanti se continui a farlo. La telefonata che ho ascoltato. Stavi organizzando un incontro con lei, vero?»

Inizia a ridere. All'inizio è una piccola risata, poi diventa più grande, più fuori controllo. Sbatte la testa sul volante e mi rendo conto che non sta più ridendo. Sta piangendo.

Resto seduta e aspetto che finisca. È un attacco di panico, una leggera isteria, l'ho già visto con alcuni dei bambini con cui ho lavorato, devi solo abbracciarli o lasciarli sfogare per superarlo.

Alla fine smette di piangere e gli tocco il braccio.

«Stai bene?»

Lui scuote la testa e ride, con le lacrime che ancora gli rigano il viso. «Probabilmente non starò mai bene, ma se mi lasci, Hannah, non so che cosa farò.»

«Non me ne vado. Non stanotte. Parliamo ancora un po'. Discutiamo di ciò che possiamo fare per farti sentire meglio. Il primo passo è la fiducia. Tu devi fidarti di me, ma anche io devo potermi fidare di te, e dobbiamo essere completamente onesti.»

«Credevi davvero che avrei incontrato Helen?»

«Sì, e penso ancora che l'hai invitata a casa. Non so perché. Ma vorrei che me lo avessi detto.»

«Non stavo incontrando Helen, stavo organizzando qualcosa per te. Vieni», dice scendendo dall'auto, «te lo faccio vedere.»

34

Scendo dall'auto e lo seguo lungo il vialetto di accesso. La porta d'ingresso è decorata con una bella ghirlanda natalizia. Mi rattrista pensare che avevamo programmato di fare l'albero di Natale. Ma ora mi sembra di vivere in un universo parallelo. Siamo appena scappati da un bar dove Alex ha pestato qualcuno e l'ha dato per morto.

Il mio telefono squilla; è Jas. Ho tre sue chiamate perse. Le rispondo con un messaggio per sapere se è già a casa. Mi viene in mente che potrebbe essere ancora al bar e mi chiedo se sia al corrente della lite e se sospetti qualcosa. Ho così tante cose per la testa che non riesco a pensare alla "sorpresa" di Alex, qualunque essa sia, ma lui è deciso a mostrarmela e mi accompagna alla porta con grande entusiasmo. È come se non fosse successo nulla, come se non avesse appena preso a pugni un uomo, come se tutto ciò che conta fosse quello che succede qui, a casa sua, tra noi due. Questa è la sua unica realtà.

«Vieni di sopra» mi fa cenno dal gradino più basso. Si è appena aperto con me in macchina, si è messo a nudo, e non sono sicura che abbia la forza di gestire un mio rifiuto a questo punto. Così, a malincuore, lo seguo di sopra e lui si ferma sul pianerottolo, in attesa. «Ora ti coprirò gli occhi», mi dice, facendomi sentire un po' vulnerabile. Non mi sono mai sentita così con Alex, mi sono sempre fidata ciecamente di lui, ma ora? Non ne sono sicura al cento per cento, ma che cosa posso fare?

«Non vorrai mica chiudermi in una stanza e tenermi lì legata, vero?» dico, con una risatina senza senso. Non sono nemmeno sicura di stare scherzando.

«Zitta, vieni da questa parte», dice, guidandomi in avanti. Mentre ci muoviamo, istintivamente apro gli occhi, ma non riesco a vedere nulla attraverso la sua mano.

«Non si sbircia», dice, mentre lo sento aprire una porta. Sono così nervosa che ho la bocca secca e faccio fatica a deglutire. Nel silenzio, lo sento chiudere la porta dietro di noi.

Sento che mi manovra con fermezza per farmi mettere in piedi in un punto che ha ovviamente pianificato, e aspetto nervosamente, incerta di voler vedere quale sia la "sorpresa".

«Sai, hai detto che non puoi lavorare qui perché hai bisogno di una scrivania, di privacy e di un telefono e...» leva le mani dai miei occhi. Mi trovo in quella che era la stanza degli ospiti e che ora è un lussuoso ufficio, con due scrivanie abbinate, che si affaccia sul giardino sul retro. Ci sono due lampade ad angolo che proiettano una luce calda e giallastra sui computer Apple Mac per lui e per me. Alle pareti ci sono foto incorniciate di noi due in bianco e nero. Completano l'arredamento un piccolo divano con un tavolino contro la parete di fronte alle scrivanie, una macchina del caffè e un frigobar.

«Oh!» dico, perché non so come sentirmi. Sono contenta che si tratti di qualcosa di così normale, perché mi stavo immaginando cose strane come una prigione appena dipinta, una cella imbottita. No, questo è da molto Alex - e so che l'ha fatto col cuore, che non ho nulla da temere - ma sono leggermente sopraffatta.

«La telefonata che hai sentito, "la via è libera", parlavo con gli arredatori», dice con un sorriso raggiante. «Ho anche dovuto organizzare l'arrivo dei computer e delle scrivanie», aggiunge con orgoglio. «Ora io e te possiamo lavorare da casa insieme, fianco a fianco.»

«Oh, è... fantastico», dico incerta. È così contento di quello che ha fatto e vuole che io sia felice che non riesco a schiacciarlo, e non voglio sembrare un'ingrata. Ma non ha colto il punto. Il problema principale che ho è che voglio lavorare da sola e ho bisogno di privacy.

«Oh, e se stai pensando a quando devi fare quelle telefonate riservate, non preoccuparti, puoi chiedermi di uscire.» Sorride. È come se riuscisse a leggermi nel pensiero.

«Ok», ripeto lentamente.

Si avvicina al tavolino e sembra non accorgersi della mia reazione. O non si è accorto della mia mancanza di eccitazione, o non vuole farlo.

«Potremmo vivere in questo spazio e non avere mai bisogno di nulla», dice, spalancando le braccia e abbracciando il suo piccolo mondo, l'universo che ha creato qui per noi due. «Immagina, Hannah, io potrei lavorare da casa e tu potresti seguire un corso. Ricordo che al nostro primo appuntamento mi hai detto che ti sarebbe piaciuto fare un master in assistenza sociale un giorno.»

Mi sposto da una gamba all'altra. «Sì, sì, lo *vorrei* fare, ne ho parlato con Jas... ma lo farei in orario di lavoro, il comune potrebbe anche pagarmelo.»

«Tesoro, quando saremo sposati e io diventerò socio del mio studio, non avrai *bisogno* di lavorare. E ti pagherò tutti i corsi che vorrai frequentare, non dovremo dipendere dal comune.»

«Ma non avrebbe senso *fare* un master in assistenza sociale senza essere un'assistente sociale; e io amo il mio lavoro, non *voglio* lasciarlo.» Mi sento leggermente in preda al panico.

«Va bene, come vuoi», dice lui con aria indifferente. «Basta che tu sappia che questo è il tuo rifugio, l'ho fatto per te. Voglio che tu sia felice e che abbia tutto ciò di cui hai bisogno». È eccitato, addirittura esaltato, non l'ho mai visto così. «Guarda, ho anche fatto dipingere le pareti di quel rosso rosato che ti piace tanto.» Fa scorrere le mani lungo la parete.

«È bello», mormoro, senza riuscire a stargli dietro. È tutto troppo.

«Allora?»

Lo guardo, leggermente perplessa.

«Allora, Hannah, vuoi venire a vivere con me?»

Non gli rispondo, mi limito a guardarmi intorno nella stanza.

«Se vuoi ristrutturare completamente, cucina nuova, qualsiasi cosa, per me va bene. Sarà anche casa tua, Hannah. Hannah?»

Lo ascolto parlare. È come un venditore e mi sta vendendo il sogno che ho sempre desiderato: una casa tutta mia, con qualcuno che mi ama. Penso al nostro primo appuntamento, quando parlavamo di bambini, cani e staccionate bianche. E io gli ho creduto, nonostante i dubbi di Jas, sapevo di potermi fidare di lui, e lui non ha mai vacillato. Non si è raffreddato con me, non ha mai perso interesse, e la sua passione e i suoi progetti per il nostro futuro sono più forti che mai. E fin dall'inizio ho desiderato vivere con lui in questa bella casa, con i miei vestiti negli armadi e le mie fotografie alle pareti. Ho immaginato estati a guardare le rose sbocciare in giardino, Alex e io insieme, abbracciati, nelle lunghe e buie notti d'inverno, al sicuro e al riparo in questa bella casa. Sono ancora quella bambina in affido che cerca la sua casa per sempre, e pensavo davvero di averla trovata, ma ora... Non ne sono più così sicura.

Alex si avvicina alle scrivanie, una accanto all'altra. Due scrivanie perfette. Ma io riesco solo a pensare a *due bare perfette*.

«E non è tutto», dice. «Ho altre sorprese per te. Volevo tenerle come regalo di Natale, ma sono troppo eccitato per aspettare.» Mi prende per mano e mi accompagna al piccolo divano. Sul tavolino c'è un opuscolo di quella che sembra un'agenzia di viaggio di lusso.

«Allora, il Labrador giallo è stato prenotato, ma potremo prenderlo dopo Natale. Oh, a proposito, si chiama Kevin, ho dovuto dargli un nome per fargli fare le vaccinazioni e tutto il resto, a quanto pare i veterinari hanno bisogno di un nome. Ho pensato che Kevin fosse piuttosto divertente.»

Annuisco lentamente. Volevo un cane femmina e volevo chiamarla Rosie.

«Pensavo che saresti stata più entusiasta, tesoro. Ricordi, abbiamo parlato di avere un Labrador al nostro primo appuntamento?»

«Sì, ma mi sarebbe piaciuto andare a sceglierne uno - quando sarebbe stato il momento giusto.»

Alex butta leggermente la testa all'indietro, in preda a una leggera sorpresa. «Oh... ok, beh, credo che possiamo disdire Kevin e quando pensi che sia il momento giusto, possiamo prenotarne un altro.»

«No, non intendevo...»

«Allora *teniamo* Kevin.» Sorride, di nuovo impaziente.

«Alex, non lo so, smettila, è troppo da assimilare.»

«Ma abbiamo parlato di tutto questo al nostro primo appuntamento mi hai raccontato i tuoi sogni e io li sto realizzando. Come ho detto che avrei fatto.»

«Non lo so più. Mi sento leggermente sopraffatta, ad essere onesta.»

«Oh, mi dispiace, l'ho fatto di nuovo, vero? Non riesco mai a fare le cose giuste.» È sconsolato e io mi sento malissimo. Guardo i suoi occhi da cucciolo e allo stesso tempo ricordo il pugno, l'atterraggio pesante, il sangue che cola sul marciapiede e si mescola alla pioggia.

«Penso solo di aver bisogno di tempo per pensare a ciò che voglio davvero», dico a bassa voce.

«Oh.» La tristezza sul suo volto è difficile da sopportare. È ovvio che era molto eccitato per la casa-ufficio e per il cane, e per quanto voglia avere tempo per pensare, non voglio rovinargli tutto. Forse non ha dato davvero un pugno a quel tizio stasera. Ha detto di averlo solo spinto. Forse è stata solo sfortuna che sia caduto e abbia sbattuto la testa. E quando l'abbiamo lasciato, si stava riprendendo.

«Posso avere un po' di tempo per pensare al trasferimento?», chiedo. Non voglio ferirlo, quindi gli dico: «È più che altro una questione logistica e...»

«Sì, certo, ma non vedo cosa c'entri la logistica. Qui sei più vicina all'ufficio che dal tuo appartamento che, diciamolo, è fatiscente.»

Annuisco, non ho la forza di parlarne adesso. «È una decisione importante», dico. «È molto tardi, domattina devo lavorare e sono esausta. Voglio solo dormire.»

«E Kevin?» Il suo volto si illumina come quello di un bambino. «Non ho mai avuto un cane da bambino, ero così entusiasta di prenderlo.

«Ok, vada per Kevin», dico, incapace di dire no al pensiero che un cucciolo solitario non venga adottato. So che lo sta facendo per me, ma anche Alex lo vuole, ed è un piccolo conforto sapere che se decido di non trasferirmi, almeno avrà la compagnia di un nuovo cucciolo.

«So che sei stanca, tesoro, ma...» Ora sta sventolando la brochure e non posso fare a meno di sentirmi leggermente in preda al panico per la nuova "sorpresa" che ha in serbo. «Al nostro primo appuntamento, insieme al cane e ai tre bambini, avevamo anche parlato di trascorrere una vacanza al mare nel Devon.»

Sono seduta in attesa, sapendo qual è la sorpresa, ma non sono felice come dovrei.

«E questo weekend io e te andremo qui», annuncia.

«Non posso scappare nel Devon, Alex. Ho delle cose da fare.»

Ignorandomi, apre l'opuscolo con la foto del più bel cottage. All'esterno è un tradizionale cottage per pescatori dai colori pastello, ma le foto successive mostrano che l'interno è contemporaneo, con tutto ciò che può servire per un romantico weekend invernale. È perfetto, ma non è il momento *giusto*.

«Non preoccuparti per il cibo e le bevande, ho fatto un ordine da questa fantastica gastronomia vicino al cottage. Li ho chiamati oggi e mi hanno detto che consegneranno non appena arriveremo venerdì.»

Non riesco quasi a respirare. «Alex, mi dispiace, non posso prendermi il venerdì libero, è l'ultimo giorno prima della pausa natalizia. È un periodo pieno di impegni.»

«Non preoccuparti», mi dice, «ho pensato a tutto. Oggi ho chiamato Jas e le ho detto che devi prenderti il venerdì libero.»

«Io non... Senti, Alex, mi dispiace. Non mi piacciono le sorprese. Ho bisogno di sapere cosa sto facendo. Le sorprese e i cambiamenti improvvisi mi spaventano - deriva dall'essere stato una bambina in affido - quando qualcuno entra nella mia vita e inizia a dirmi che devo trasferirmi o andare da qualche parte, mi sento come se stessi perdendo il controllo. So che per te è difficile da capire, è solo il mio modo di essere. Ti sono grata e apprezzo la tua premura, ma mi sento molto a disagio con quello che sta succedendo ora.»

«Oh.» Posa l'opuscolo sul tavolo, avvilito. «Mi dispiace. Sono così maledettamente sconsiderato, che idiota.»

«No, non lo sei. Non puoi sapere come la penso su tutto.» «Sono il tuo compagno, *dovrei* saperlo. Dovrei sapere *tutto* di te. Domani per prima cosa annullerò il nostro viaggio nel Devon, mi dispiace tanto.»

Sospiro profondamente. «Non scusarti, sei stato gentile e premuroso. È solo il mio modo di essere. Hai versato una caparra?» chiedo.

«Sì, ma non importa.»

Ora mi sento ancora peggio. «Dormiamoci sopra e parliamone domattina, eh?» Ho bisogno di tempo per riordinare le idee su tutto quello che è successo stanotte. In questo momento sono stordita e non riesco a prendere una decisione su nulla.

«Sì, va bene. Faccio un po' schifo, non è vero?», dice, con la fronte aggrottata, l'euforia e la speranza di prima ora distrutte.

«No, non è vero, non fai affatto schifo», dico, ma in fondo comincio a pensare di non sapere nemmeno chi è Alex.

Più tardi, a letto, ci abbracciamo e Alex parla di tutte le cose che potremmo fare nel Devon.

«Fish and chips, passeggiate romantiche lungo le spiagge sferzate dal vento, il cottage, caldo e accogliente. Oh, Hannah, tutti questi problemi con Helen, e io che ho fatto quella cosa stupida stasera, mi sembra che ci siamo allontanati. Un lungo weekend, solo noi due, è proprio quello di cui abbiamo bisogno in questo momento, ti prego, dì di sì.»

E nel mio dormiveglia, ci vedo mano nella mano, a sfiorare le pietre, al calduccio, con una bottiglia di Merlot aperta accanto a un fuoco vivace. E so di essere stata sconfitta.

«Sembra perfetto», sussurro, prima di cadere in un sonno esausto e agitato.

35

Questa mattina, con Alex tutto è tornato alla normalità. È affettuoso, divertente e brillante. Non voglio rovinare l'atmosfera, ma voglio sapere se aveva ancora intenzione di contattare la polizia per quanto accaduto ieri sera.

«Certo», dice, con un caffè in una mano e un toast nell'altra. «Oggi andrò dal mio amico alla stazione, gli racconterò tutto e vedremo cosa possiamo fare.»

«Non vuoi mica dire che te ne tirerai fuori?» Sono ancora inquieta per quello che è successo ieri sera.

«No, ma ci potrebbe essere la possibilità di confessare, trovare un accordo privato con il tizio - un risarcimento o qualcosa del genere.»

«Ok, ha senso.»

«Dopo tutto, non posso rimanere disoccupato proprio ora, ho una futura moglie e dei figli a cui pensare.» si illumina. «Per non parlare del mantenimento di Kevin, in cibo per cani!»

Non gli rispondo. Parla di una moglie, ma non ricordo una proposta di matrimonio, né di aver detto di sì. Alex si lascia trasportare dai suoi piani ed è così meticoloso che ha praticamente reso impossibile che io non vada nel Devon. D'altra parte, che male può fare un paio di giorni di vacanza? Forse passare del tempo insieme, senza distrazioni, mi darà la possibilità di decidere cosa voglio davvero. Se ricomincerò a sentirmi bene con lui, potremo forse trovare una soluzione. In caso contrario, dovrò trovare una via di uscita.

Chiamo l'ospedale per chiedere di Chloe. L'hanno spostata dal reparto di terapia intensiva e quindi dovrei poterla vedere, così esco di casa e ci vado subito. Sono successe così tante cose da ieri che mi sembra di non vederla da settimane, e una piccola parte di me spera disperatamente di arrivare e trovarla seduta sul letto. Le porto una scatola di brownies e una rivista di moda, ma l'infermiera al desk mi dice che non ci sono stati cambiamenti. In qualità di assistente sociale, mi viene concesso l'accesso e mi fa entrare nella sua stanza.

Chiedo all'infermiera «Sua madre è stata qui?», sapendo che per le persone in coma gli amici e i familiari sono incoraggiati a rimanere e a parlare con loro.

«Sì, è appena andata a casa a cambiarsi, è qui da ieri», risponde.

Sembra che Carol abbia finalmente iniziato a farsi avanti, il che è già qualcosa, anche se è troppo poco e troppo tardi.

Quando entro nella stanza sono scioccata nel vedere Chloe attaccata a tubi e monitor. Una macchina respira per lei e la sua pelle è bianca, come porcellana. Solo il monitor sopra il letto dà segni di vita; so che le possibilità per Chloe sono scarse in questo momento. Stare qui mi ricorda la prima volta che sono entrata in una stanza come questa, anni prima, quando ero molto più giovane. Mia madre giaceva in un groviglio di tubi proprio come questo. Ho toccato la sua carne bianca e come di carta, la pelle scura intorno agli occhi, le sue occhiaie, prima di dirle addio. Non posso sopportare di dire addio a Chloe - non posso farmi sfuggire dalle mani anche lei.

«Posso concederle solo un paio di minuti», dice l'infermiera, prima di sparire.

Mi siedo accanto al letto di Chloe e le prendo la mano. «Penso di averti delusa, Chloe», le dico, «ma ti prometto che se ti sveglierai, sarò qui per te.»

Apro i brownies e li avvicino al suo viso, sperando che l'aroma del cioccolato la svegli, ma niente. Le parlo mentre sfoglio la rivista patinata, sapendo che le piace questo genere - moda, celebrità, un mondo completamente diverso da quello in cui vive lei.

Dieci minuti dopo, l'infermiera torna per dirmi che devo andare. Lascio la rivista, le chiedo di salutare la mamma di Chloe e le dico che tornerò domani. Dubito che Carol voglia vedermi, non le piacciono gli assistenti sociali. Harry ha detto che era un incubo quando lavorava con Chloe, quindi so che non è solo colpa mia. Lascio l'ospedale sentendomi una fallita, sperando che Chloe si svegli, che ce la faccia, in modo da poter dimostrare a lei e a me stessa che c'è una redenzione, una speranza, un futuro.

Appena arrivo al lavoro, Jas mi afferra. «Ehi, hai visto qualcosa ieri sera?»

«Che cosa?» chiedo.

«Quando hai lasciato il bar? A quanto pare, un tizio ne ha quasi ucciso un altro sul marciapiede fuori dal locale.»

«Oh no... deve essere stato dopo che me ne sono andata», mento, sperando che non senta il mio cuore battere forte.

«Sì, l'hanno portato dentro al bar. Aveva un aspetto orribile, sangue dappertutto.»

Mi prende un senso di nausea. «Oh Dio. Stava bene?»

«Non lo so, hanno chiamato un'ambulanza.»

«Hanno... preso il responsabile?»

«Non credo. Voglio dire che stava parlando, ma non credo che sapesse chi fosse...»

«Stava parlando... Stava parlando con la polizia?» Sento il sangue affluire alla testa.

«No, la polizia non c'era. Intendevo dire che parlava, nel

senso che non era morto. Non è nemmeno voluto salire sull'ambulanza, se n'è andato.»

«Oh bene, bene. Quindi non è stato ferito troppo gravemente?»

Scuote la testa. «No, c'era molto sangue, ma quando se n'è andato sembrava stare bene.»

Sono così sollevata che mi vengono gli occhi lucidi e devo fare finta di cercare qualcosa nella borsa per non farmi vedere. Sarebbe potuto andare in modo molto diverso. Alex non si era nemmeno fermato a pensare, aveva solo reagito e si era scagliato contro di lui.

«Allora, che cosa è successo?» Jas insiste.

«Non so nulla. Ti ho detto che deve essere successo dopo che me ne sono andata.»

«Non parlavo della lite, scema, ma di quello che è successo tra te e Alex. La telefonata in cui diceva a qualcuno quando la via era libera? L'hai affrontato?»

«Oh, quello» Di nuovo, mi sento sollevata. «Sì, stava organizzando l'arrivo dei decoratori e la consegna delle attrezzature. Ha trasformato una delle camere da letto in un ufficio.»

«Cazzo.»

«Lo so.»

«Sta progettando di farti diventare una specie di smart-worker per chiuderti in casa?», scherza.

Alzo gli occhi, non sono proprio dell'umore giusto.

«E quindi...» Mi guarda in cerca di una reazione a ciò che sta per dire. «Perché mi ha chiamata stamattina alle cinque e mezza per chiedermi se potevi avere domani libero?»

Mi si stringe lo stomaco. «Vuole che andiamo via... nel Devon per il weekend. Ma ieri sera ha detto che tu avevi già autorizzato. Che aveva parlato con te e che avevi detto che mi andava bene avere il giorno libero.»

Lei scuote lentamente la testa. «No, mi ha svegliata all'alba e me l'ha chiesto - e va bene. Mi chiedevo solo perché non me l'hai chiesto tu.»

Mi sento in imbarazzo, avrei dovuto essere io a chiedere le ferie per il mio lavoro, non il mio dannato fidanzato. So come sembra a Jas, devo darle una spiegazione prima che lo accusi di essersi impadronito della mia vita *e* del mio lavoro e di trattarmi come una moglie degli anni Cinquanta. Non è proprio come sembra, e tutto considerato non è niente di che, ma lui mi aveva *detto* che l'aveva già chiamata quando non l'aveva fatto, e io mi sono chiesta ancora una volta perché sembra nascondermi così tante cose.

«Il Devon doveva essere una sorpresa», dico. «Ma quando mi ha fatto la "sorpresa" ieri sera gli ho detto che non era possibile perché dovevo essere al lavoro e non potevo semplicemente andarmene. Ma poi mi ha detto che te l'aveva già chiesto.» Alzo le sopracciglia, confermando che per me è difficile capire quanto per lei.

«Wow, è davvero *molto*», dice.

«Mmm.» Poi mi rendo conto di una cosa. «Non sapevo nemmeno che avesse il tuo numero», dico. Non glielo avevo mai dato. Perché avrei dovuto?

«Il mio numero? Oh sì, quando è venuto a prenderti alla festa di Sameera che eri di fuori, lui è tornato nel bar per dirmi che ti stava portando a casa. Gliel'ho dato allora, chiedendogli di chiamarmi per farmi sapere che stavi bene.» Annuisco. Poi lei diventa seria. «Penso che tu debba sapere che quando ha chiamato stamattina ha accennato al fatto che state parlando di matrimonio.»

Lo stomaco mi si blocca di nuovo. «L'ha fatto?»

«Sì, in realtà non ha *detto* nulla, ma ci sono state delle pesanti allusioni. Sei sicura di questo, vero?»

«Non sono sicura di *nulla*, Jas», ammetto. «Ma ho intenzione di andare via e vedere come vanno le cose tra noi. Il fatto è che mi sembra di non conoscerlo... Sembra che tenga tante cose per sé e poi all'improvviso me le spiattelli davanti.»

«Per esempio?» si alza e chiude la porta dell'ufficio, cambiando immediatamente tono. «Cristo, ti ha già buttato addosso il suo precedente matrimonio. E adesso?»

«Oh, niente che ci riguardi direttamente - solo che ieri sera mi ha detto che sua madre era vittima di violenza domestica e che lui si nascondeva in un armadio quando suo padre la picchiava. Non ha mai parlato di sua madre o di suo padre prima d'ora. Ha anche una sorella, e sono sicura che aveva detto di essere figlio unico!»

«Ooh.» Fa una smorfia di dolore. «Sembra un po' incasinato, cara. Ed è comodo far uscire le cose dal cappello come un mago quando gli conviene», dice, ispezionando le unghie. «Non credo che si inventi nulla - credo che voglia solo impressionarmi, compiacermi, e quindi cerca di presentarsi in questo modo perfetto.»

«E lui non è perfetto, ma chi lo è? Quindi gli si ritorce contro?», osserva.

«Proprio così. E poi io sono disillusa, lui si sente una merda e discutiamo. Vorrei solo che fosse più... sincero.»

«Sì, ma il vero problema è che lui vuole essere tutto per te e non vuole nessun altro intorno. Ad esempio... ogni volta che esci senza di lui, è sempre seduto in fondo al bar o si presenta a fine serata. E poi la settimana scorsa, all'addio al nubilato di Sameera; e poi c'è stato il picnic organizzato in ufficio.»

Il ricordo mi fa leggermente rabbrividire.

«E non ti sembra strano che non voglia che tu vada in palestra?» il suo viso è corrucciato, con il labbro imbronciato, lui non le piace proprio.

«Beh, non ha mai detto che non *voleva* che ci andassi, ha solo pensato che sarebbe stato romantico allenarsi insieme», dico sulla difensiva.

«Romantico? Più che altro claustrofobico. Voglio dire,

guarda i fatti, Hannah. Non ti lascia uscire senza di lui, ha allestito un ufficio in una stanza al piano di sopra, organizzato una palestra nel garage, non vuole che tu esca mai da quella maledetta casa, tesoro!»

Penso alle due scrivanie affiancate, al rumore della testa del ragazzo che sbatte a terra, al sangue e all'acqua piovana. Mi dico di smetterla, sto di nuovo pensando troppo. Alex l'ha colpito, sì, ma è caduto, ecco perchè la botta in testa. Lui poi oggi andrà alla polizia, porterà tutto alla luce del sole e risolverà la questione, senza nascondersi. Non voglio spiegare tutto questo a Jas, mi sembra di doverle sempre spiegare ciò che lo riguarda, quindi continuo a tenere per me quello che è successo ieri sera.

«Dopo avermi mostrato l'ufficio di casa ieri sera», dico, «mi ha detto che aveva prenotato un Labrador giallo. Jas, vuole solo rendermi felice.»

Stringe le labbra con disapprovazione, poi si china verso di me. «Senti, Hannah, non pretendo di sapere cosa sta succedendo nella vostra relazione, ma comprare roba per la palestra, per l'ufficio, cani di razza e un weekend nel Devon? Quando lo dici sembra tutto ok... addirittura bello, ma non riesci proprio a vederlo per quello che è? Tutto ciò che sta facendo è costruirti una gabbia dorata.» Si siede. «E buona fortuna a uscirne una volta *che* lui avrà chiuso la porta.»

Mi sento molto a disagio. Io e Jas abbiamo un'interpretazione diversa del comportamento di Alex: io ci vedo amore e gentilezza, mentre lei ci vede possesso e controllo.

«Stai attenta, Hannah. Non mi fido di lui», conclude.

Che è esattamente quello che lui dice di lei.

36

Dato che stiamo per partire, abbandono l'idea di trascorrere il giovedì sera nel mio appartamento, dopo il lavoro mi fermo a casa per preparare la valigia e torno da Alex. Quando arrivo, lui è di ottimo umore e mi conferma quello che Jas mi ha raccontato, che il ragazzo che ha investito sta bene e se ne è andato via.

«Ho visto il mio amico Dave, il sergente di polizia. Gli ho detto che un mio cliente temeva di essere stato trascinato in questa storia dai testimoni, ma che non era stato lui. Così ha controllato con la centrale e nessuno ha riferito nulla finora.»

«Grazie a Dio. Quindi in teoria è tutto finito?» chiedo, non sono sicura che non abbia mentito alla polizia, ma è un avvocato e Dave è suo amico. L'amicizia influenza forse i loro rapporti professionali? Inoltre, se nessuno si è fatto male, forse ha imparato la lezione e possiamo andare avanti.

«Sì, voglio dire, ovviamente, se in futuro il ragazzo deciderà di sporgere denuncia, allora è un'altra cosa», dice Alex. È seduto su uno sgabello in cucina e si sposta sul sedile, chiaramente a disagio per la verità, perché vuole sempre darmi solo buone notizie «Al momento va bene così, ma non facciamoci troppe "illusioni".» Forse c'è ancora una speranza per noi.

«Spero che stamattina si sia svegliato con i postumi di una sbornia infernale», continua, «e che né lui né il suo amico ricordino che cosa è successo o chi è stato. E prima che tu dica qualcosa, questo non giustifica quello che ho fatto e non dovrei passarla liscia. Ma oggi pomeriggio ho donato cinquecento sterline a un'associazione che si occupa di violenza domestica - chiamali soldi per il senso di colpa, se vuoi, ma deve venire fuori qualcosa di buono da questa cosa orribile che ho fatto.»

Questo è più simile all'Alex che conosco. Essenzialmente è una brava persona, quello che è successo non è nel suo carattere ed è chiaro che si sente in colpa per quanto accaduto. Credo che questo sia stato un campanello d'allarme per lui, e forse ora capirà che non può essere sempre dove sono io. Il suo approccio non proprio impeccabile alla verità è sempre stato proiettato su di me, sul volermi dare un'immagine perfetta da amare. E c'è molto da amare. È stato per molti versi il partner migliore, più affettuoso e più attento che abbia mai avuto, e chi non ha problemi nella propria relazione? Nessuno è perfetto. Bisogna decidere se gli aspetti positivi superano quelli negativi, e in questo caso penso di sì. Devo darmi almeno un'altra possibilità prima di gettare la spugna. Non sono una che si arrende e sarebbe un vero peccato se chiudessi tutto e lo perdessi a causa di alcuni aspetti su cui potremmo lavorare.

«Alex, io ti amo...», esordisco.

Ma lui mi interrompe. «Non voglio perderti, Hannah.» Sembra sconvolto.

«Se - e l'accento è posto sul "se" - vogliamo restare insieme, dobbiamo affrontare alcune questioni e ci devono essere dei cambiamenti, Alex.»

«Come vuoi, farò tutto il necessario... posso cambiare», dice, abbracciandomi con dolcezza.

«Devi essere sincero con me e non nascondere le cose perché pensi che ti vedrò sotto una luce diversa. E devi smetterla di preoccuparti per me, di presentarti nei posti dove sono io. E dobbiamo parlare con Helen. Io e te dobbiamo affrontarla, parlarle e chiederle di smettere.»

Sembra dubbioso. «Possiamo provare...»

«*Dobbiamo* farlo, Alex. È l'unico modo in cui posso pensare di continuare, perché al momento non sono sicura del futuro.»

Annuisce entusiasta. «Qualsiasi cosa tu voglia. Se questo significa che resterai. Parliamone nel fine settimana mentre siamo via.»

«Ok, d'accordo», dico, sperando che il weekend fornisca le risposte e che io sappia come procedere in futuro.

Partiamo venerdì mattina presto. Il viaggio dalle Midlands durerà almeno tre ore e, poiché sono previste neve e nevischio, potrebbe durare di più, ma Alex è fiducioso che riusciremo ad arrivare per mezzogiorno.

«Troveremo un posto delizioso per il pranzo», dice mentre ci immettiamo sull'autostrada.

Ama il buon cibo, le cose belle, e vuole solo cose belle anche per me. Allora perché questo non mi rende felice? Cerco di pensare agli aspetti positivi, di ritrovare quella bella sensazione, di amarlo come prima, ma continuo a sentire il tonfo di quell'uomo sul marciapiede. La paura di Alex, la sua codardia. Il sangue che scorre nell'acqua piovana. Riuscirò mai a superarlo?

Penso a quello che ha detto Jas, alla palestra in garage, alla casa-ufficio, al modo in cui vuole accompagnarmi ovunque, al modo in cui si presenta alle mie serate con gli amici. I modi sottili, quasi intangibili, con cui mi fa sentire leggermente a disagio a stare con qualcun altro che non sia lui. Voglio questo per il resto della mia vita? Ad alcune donne potrebbero piacere queste attenzioni. Helen una volta è scappata; forse si sentiva come mi sento io adesso? Ma si è subito resa conto di aver commesso un errore ed è tornata indietro di corsa. Sono sicura che le piacerebbe essere al posto mio, come oggetto del suo affetto, guardare il giardino da dietro il suo modernissimo Apple Mac, senza pressioni per lavorare, solo per stare tutto il giorno a farsi adorare. Alex vorrebbe che la sua compagna fosse al sicuro alla scrivania nella stanza degli ospiti, senza mai uscire senza di lui o parlare con altri esseri umani. Ma questo non fa per me e io non cambierò per lui. Deve accettarmi così come sono, essere felice della mia indipendenza e imparare a fidarsi di me, altrimenti non riusciremo ad andare avanti.

Guardo fuori dal finestrino, il paesaggio è bianco di neve, ma sta diventando sempre più aspro. Devo smettere di cercare gli aspetti negativi e di trasformare i gesti gentili in qualcosa di diverso. Faccio un respiro profondo e, mentre il cielo bianco incontra la terra bianca, mi dico di godermi questo weekend romantico e natalizio e dare ad Alex un'altra possibilità.

Ma poi il mio telefono trilla e lui mi lancia un'occhiata. «Chi è?»

Abbasso lo sguardo sullo schermo. «Jas.»

«Merda! Ma non può proprio lasciarti in pace? Onestamente, Hannah, è come se fosse con noi ovunque andiamo.»

«Mi chiede solo se siamo già arrivati», dico.

Il mio telefono trilla di nuovo, Alex sospira e stringe un po' di più il volante, cosa che mi irrita. Non voglio litigare mentre guida, ma accettare che Jas faccia parte della mia vita è un'altra delle cose che devo affrontare con lui.

Tesoro, mandami un messaggio con l'indirizzo del tuo alloggio. Harry e Gem sono in visita da amici nel Somerset questo fine settimana, quindi se le cose dovessero andare male, puoi sempre farti dare un passaggio da loro.

Le mando un messaggio con l'indirizzo. Non mi aspetto che la situazione diventi così grave da richiedere un passaggio, ma è sempre meglio essere sicuri che poi pentirsene.

«È così *dannatamente* gelosa», dice Alex. «Vorrebbe essere

al tuo posto, in partenza per un fine settimana.» Supera un'auto davanti a lui un po' troppo velocemente.

«Attento, Alex», dico, mentre l'auto sbanda leggermente. Tutto diventa bianco davanti ai nostri occhi e la strada diventa scivolosa. «E non ti illudere, Jas non vuole partire per un fine settimana con *te*», dico con cattiveria, la mia rabbia ha la meglio su di me.

«Lo *farebbe*», insiste.

È il modo in cui lo dice che attira la mia attenzione. «Di che cosa stai parlando?»

Sospira. «Non volevo dire nulla, ma Jas - mi ha detto che le *piaccio*.»

«Le *piaci*? In che senso?»

«Le piaccio, *nel senso che le piaccio*.»

Sicuramente sta scherzando, non potrebbe essere più lontano dalla verità. «Non dirai sul serio, vero, Alex?»

«Sì.» I suoi occhi sono sulla strada, quindi non posso vederli, ma la sua voce è seria. «Me l'ha detto. Quando siete usciti tutti insieme per la vostra festa, ti ho lasciata in macchina e sono tornato al bar per dirle che ti portavo a casa.»

«Sì, ma hai detto che stava chiacchierando con dei tipi al bar.»

«Sì. E ti ho detto che gli stava addosso?»

«Sì», dico, sentendomi sempre più a disagio.

«Beh, era vero che c'erano, ma era *me* che puntava. Ero disgustato. Quando te l'ho raccontato il giorno dopo hai detto che ero pomposo o qualcosa del genere, ma è per questo che ho detto che era ignobile, perché quella sera avrebbe fatto *qualsiasi cosa*... ma non con loro, con me.»

«No, no. Stava scherzando, non faceva sul serio», ribatto cercando di convincere me stessa quanto lui.

«Non la conosci proprio, vero?», dice, fissando la strada davanti a sé. «Mi ha detto che le piacevo prima ancora che tu mi incontrassi.»

«Cosa?» sono perplessa.

«Ha detto che era con te quando avete visto la mia foto sull'app Meet Your Match. Ha detto che ti ha detto di provarci perché ero così bello.»

«Ma che diavolo?» sono scioccata e inorridita, soprattutto perché quello che sta dicendo è vero. Non ho mai detto ad Alex che io e Jas avevamo consultato insieme l'app alla ricerca di una persona adatta a me, non gli ho mai raccontato nulla. Mi era sembrato un po' irrispettoso, come se stessimo frugando in un mercato della carne. E lei aveva continuato a dire quanto fosse bello.

«Ha detto che se le cose non avessero funzionato tra me e te, lei sarebbe stata interessata, e che non le dispiacevano i tuoi scarti.»

Oh Dio, l'aveva detto. L'*aveva* detto davvero. Me lo ricordo fin troppo chiaramente: eravamo all'Orange Tree, lei mi ha aperto l'app, ha trovato la foto di Alex e mi ha detto che se non avesse funzionato, avrebbe preso lei i miei scarti. Era tipico di Jas. Ma stava scherzando, vero?

Sono sotto shock. «Non lo farebbe, sei il mio fidanzato.»

«Credi che questo la fermerebbe? Il fatto che io stia con te mi rende più attraente per una donna come lei. E, diciamocelo, le piacerebbe molto farci lasciare. Non te l'avrei mai detto, ma devi saperlo. *Ti ho già detto che non ha a cuore i tuoi interessi. E poi, Hannah... ha cercato di baciarmi.»*

Per un po' restiamo seduti in silenzio. Lui non dovrebbe sapere nulla di tutto questo, quindi deve dire la verità - e se *sta* dicendo la verità, allora lei potrebbe averci provato con lui. Penso agli avvertimenti di Jas contro Alex, alla sua disperazione nel trovare un partner, e comincio a chiedermi perché abbia sempre cercato di tendere un'imboscata alla mia relazione con lui. Non mi era mai venuto in mente fino ad ora, ma lei vuole Alex per sé?

Mi sento ferita, come se la mia pelle si fosse lacerata per

aver pensato troppo. Non molto tempo fa mi sarei fidata ciecamente di Alex e di Jas, e ora non so di chi mi posso fidare. Posso
fidarmi di uno di loro? Mi trovo qui a vivere una storia d'amore
con un uomo che ha dato per morto un altro uomo perché
diceva di proteggermi, e la mia migliore amica mi dice continuamente che non ci si può fidare di lui perché è *lei* l'unica che mi
protegge. Non so davvero più a chi credere.

Arriviamo al cottage ed è incantevole come nelle foto della
brochure. Si erge solitario in ettari di verde, ora coperto di neve,
e sembra proprio una cartolina di Natale. Una volta entrati,
rimango incantata dalle travi in legno, il camino, un letto
enorme, morbido e tutte piume. E nella piccola e graziosa
cucina con la stufa a legna e le tovagliette da tè, il cesto di cibo e
vino della gastronomia sta aspettando, proprio come aveva
promesso Alex.

Guardo Alex che accende il fuoco e mi sento felice e appa-
gata; fuori c'è la neve e lui sta accendendo questo fuoco per noi,
per me. E mentre le fiamme cominciano a divampare e noi ci
scongeliamo davanti, penso a come casa non sia un luogo, ma
una sensazione. In questo momento, qui con Alex, mi sento a
casa.

«Apriamo un po' di vino per riscaldarci un po'?» suggerisce.
In pochi secondi siamo seduti davanti al fuoco, con un bicchiere
ciascuno in mano, al caldo, mi sento al sicuro. Ecco la tela pulita
che speravo.

A Worcester mi ero lasciata coinvolgere dalle critiche di
Jas nei confronti di Alex e, nonostante avessi difeso la nostra
relazione con lei, i commenti mi erano entrati nel cuore e mi
avevano confuso. Ma ora, stando qui con lui, sento di aver fatto
bene a dare una possibilità ad Alex e penso che potremmo
essere in grado di superare tutto quello che è successo ed
essere felici. Non posso perdonare le sue azioni dell'altra sera e

ci sono cose su cui dobbiamo lavorare, ma mi volto a guardarlo, i suoi occhi tremolano alla luce del fuoco, e in questo momento so che nessuno mi ha mai amata e forse mi amerà mai come lui.

Cominciamo a baciarci, e proprio in quel momento il mio telefono inizia a vibrare, e il "nuova" Alex si allontana. «Vuoi rispondere?»

«No, no», dico, e mi avvicino a lui. In breve facciamo l'amore con passione, la neve cade fitta all'esterno, il fuoco divampa all'interno e noi due finalmente ci uniamo, cancellando tutti i dubbi, le paure e il dolore.

«Sei felice?», chiede poi Alex.

«Sì, è proprio quello che sognavo», dico, sdraiati insieme sul pavimento davanti al fuoco.

Versa il resto del vino e va in cucina a prendere qualcosa da mangiare dal cesto.

«Porta tutto», dico, «sto morendo di fame.»

«Fammi almeno mettere su un piatto, sei una selvaggia.» Ride e lo sento scartare il contenuto, senza dubbio ispezionando ogni barattolo, scrutando ogni grammo di paté.

Questo è il mio Alex, credo - e mi piace come suona - *il mio Alex.*

Sapendo che ci vorrà un po' di tempo, controllo pigramente il telefono per vedere se ci sono novità su Chloe, ma mi irrita vedere un sacco di chiamate perse e messaggi di quella maledetta Jas. Anche lei di solito non chiamerebbe così tanto quando sono via, soprattutto durante un presunto weekend romantico. Forse, visto che non l'ho richiamata, teme che Alex mi abbia detto che ha cercato di baciarlo. Probabilmente è in preda al panico per il fatto che ho finalmente capito cosa sta combinando. Apro l'ultimo messaggio, che contiene un allegato.

Ti prego, dimmi che stai bene. Mandami un messaggio. Sono preoccupata. Ho appena trovato questo - ricordi la sera in cui

*abbiamo inserito il tuo profilo nell'app? Eravamo al wine bar e
ci siamo fatte dei selfie. Beh, guarda questo.*

Perplessa, apro l'allegato e vedo me e Jas che guardiamo
nell'obiettivo, tutte lucidalabbra e cocktail. All'inizio penso che
mi stia mandando la foto solo per ricordarmi dei bei momenti
trascorsi come amiche. Mi chiedo se non stia limitando i danni
nel caso in cui Alex mi abbia detto che ha cercato di uscire con
lui. Ma guardando di nuovo, vedo che ha messo un anello rosso
intorno a qualcosa sullo sfondo, e più guardo da vicino, più è
incredibile.

Alex, l'uomo con cui non avrei avuto un primo appuntamento fino a diverse settimane dopo lo scatto della foto, è in
piedi dietro di noi - e mi guarda dritto negli occhi.

37

Guardo la foto ancora e ancora, sempre più spaventata. Istintivamente so di doverlo tenere per me per il momento, ma Alex mi sta chiamando per dirmi che "il banchetto della gastronomia" è quasi pronto, così gli dico che vado in bagno, chiudo la porta e rispondo a Jas con un messaggio.

Cazzo? Perché era lì? Non capisco.

Aspetto la sua risposta.

Lo so, è strano! Sembra che ti stesse pedinando ben prima del vostro primo appuntamento, vero? È così inquietante. Stai bene?

Sto per rispondere, ma da dove comincio? Non so cosa significhi, ma so che ora la bolla è definitivamente scoppiata. Arriva un altro messaggio da Jas.
Vuoi che chiami la polizia? Mi scrive.

NO! Tutto bene, ne sono certa. Non è un crimine fare photo-bombing. Ma glielo chiederò.

Non credo che sia tutto a posto, voglio solo farla smettere di preoccuparsi, lei smetterà di mandare messaggi e potrò pensare. Potrebbe essere una coincidenza che lui fosse lì quella sera?

«Hannah? Dove sei, tesoro?» Sobbalzo alla voce di Alex. È in piedi fuori dal bagno, sento la sua mano che sfiora la porta.

Tiro lo sciacquone, metto il telefono in silenzioso e lo ripongo nella tasca dei jeans.

«Sarò da te tra un minuto, Alex», chiamo, non sapendo come mi sento, non sapendo di chi fidarmi.

Faccio scorrere l'acqua per guadagnare tempo e vedo di lato la sua borsa da bagno, quella in cui era nascosta la foto scarabocchiata di Helen. Non so perché, ma la tocco per vedere se la foto c'è ancora, ma le mie dita toccano qualcos'altro, qualcosa di stoffa. Lo estraggo lentamente dalla tasca interna dove è nascosto e lo tengo in mano. È un tovagliolo. Ma non un tovagliolo qualsiasi, riconosco il rossetto; è il mio tovagliolo del nostro primo appuntamento, quello che gli ho visto mettere in tasca mentre uscivamo dal ristorante. Cerco ancora di più nella borsa e trovo il cucchiaino da caffè, il mio cucchiaino da caffè. Sono ricordi, solo ricordi di una serata meravigliosa, o qualcos'altro? Riesco quasi a sentire la voce di Jas, «È un serial killer e quelli sono i suoi trofei. VATTENE SUBITO!»

Sono terrorizzata, ma so che devo uscire dal bagno, quindi mi ricompongo e cerco di entrare con disinvoltura nel soggiorno. Il fuoco è ancora acceso, il mio bicchiere di vino è stato rabboccato, c'è un piatto di cibo delizioso sul tavolino e Alex è lì accanto al fuoco. Per un attimo mi rendo conto che tutto questo avrebbe potuto essere così diverso, così meraviglioso, l'inizio di una vita che ho sempre sognato. Lo voglio ancora così tanto che, contro il mio istinto, oso chiedermi se c'è ancora una possibilità per me di afferrare questo futuro. Forse c'è una spiegazione perfettamente innocente per il fatto che Alex sia sullo sfondo di una fotografia che ritrae me e la mia amica, prima che lo conoscessi? Non mi viene in mente, ma con l'ultima possibilità di avere un lieto fine, mi faccio forza, consapevole che quello che sto per dire potrebbe cambiare tutto.

Mi siedo accanto a lui e accavallo le gambe. Voglio mantenere il controllo, non voglio che mi freghi.

«Alex...», comincio.

«Sì?» Distoglie lo sguardo dal fuoco e allunga la mano, ma io la allontano rapidamente. Sembra in allarme. «Cosa c'è?» Si alza e mi guarda in faccia. «Hannah?»

Tiro fuori il telefono, apro il messaggio e gli mostro la foto. Prende il telefono dalla mia mano. Il suo sguardo perplesso va da me alla foto.

«Me l'ha mandata Jas», spiego.

«Oh, capisco, un *altro* messaggio di Jas. Cosa sta cercando di fare adesso, dividerci?», ringhia.

«Dimmelo tu. Quella foto è stata scattata prima che ci conoscessimo. Che diavolo, Alex?»

Sta studiando la foto, molto attentamente, come se stesse cercando di trovare un motivo.

«Per favore, non cercare di dirmi che è una coincidenza, perché non sono un idiota», dico.

«Sì, ok, sono io, certo che sono io. Ti ho vista quella sera, ho pensato che fossi la ragazza più carina che avessi mai visto», dice, fissando intensamente la foto.

Sono sorpresa dalla sua sincerità, ma allora come può anche solo provare a negare di essere stato lì?

«Quindi, lo stai ammettendo? Mi *pedinavi*?»

«Passi davvero troppo tempo con Jas, è così drammatica.» scuote la testa.

«*Dimmi* solo che cosa ci facevi lì, Alex», dico, ignorando le sue lamentele su Jas.

Sospira e guarda il piatto di cibo. «Ha rovinato tutto, di nuovo.»

Non rispondo, continuo a fissarlo, aspettando una sua spiegazione.

Sospira di nuovo. «Hannah, vuoi che io mi fidi di te, ma tu quando ti fiderai di me? Ero andato a bere qualcosa. In realtà stavo cercando Helen. Avevo sentito che era tornata dalla Scozia e pensavo che potesse essere all'Orange Tree. Ma non c'era, stavo per andarmene quando sei entrata tu.»

«E...?»

«Eri seduta al bar con Jas - la tua fastidiosa amica. Parlava a voce alta e continuava a ordinare troppi drink, e tu sembravi adorabile, molto carina, ma avevi un'aria un po' triste. Ho sentito che entrambe parlavate di un'app per appuntamenti, così... ho preso un drink e mi sono seduto abbastanza vicino da sentire tutto quello che dicevate. Dirti questo ora, lo ammetto, suona un po' inquietante...»

«Ci puoi scommettere!»

«Ma in realtà non lo è. È stata solo una conversazione ascoltata per caso in un bar. E quando hai creato il tuo profilo ero già innamorato.»

«Per ripiego, piuttosto», dico, immaginandolo andare al bar quella sera sperando di vedere Helen e, non avendola trovata, attaccarsi alla prima donna bionda che le assomigliava vagamente. Io!

«No, ti assicuro che non era un ripiego, ci eravamo lasciati mesi prima. Ti ho vista e mi sono sentito sollevato, rinvigorito. Era come se sapessi che, grazie a te, potevo amare qualcun altro oltre a Helen; è stato liberatorio.» I suoi occhi sembrano scintillare al solo ricordo.

«Non puoi sapere che amerai qualcuno che vedi in un bar», mormoro, non sapendo come comportarmi.

«Io l'ho fatto. Sono un romantico. Credo nell'amore a prima vista, e con te è stato così. E quando ti ho sentita parlare di Meet

Your Match, ho caricato la mia foto e la mia biografia e ho lasciato il resto al destino.»

«Ma questo non è il destino, Alex. Mi hai sentita dire a Jas cosa volevo nella vita, lo ricordo chiaramente. L'ho elencato: un fidanzato gentile che mi desse attenzioni, un Labrador giallo... tre figli... un weekend nel Devon.» Mi guardo intorno nella stanza. «Ed eccoci qui.»

«Sì, ma, Hannah, lo fai sembrare subdolo, noi ci siamo innamorati. Il fine giustifica i mezzi. Ho semplicemente usato le informazioni che avevo per dare una mano al destino», dice con tanta sincerità, come se davvero non capisse qual è il problema.

«Ma, Alex, è *disonesto*! Mi hai fatto credere che volevamo le stesse cose, mentre hai semplicemente copiato tutto quello che ho detto. L'amore non è una lista della spesa; si tratta di due persone che sono oneste e aperte l'una con l'altra, e tu non lo sei, non lo sei mai stato», grido, rendendomi conto fin dall'inizio che questa relazione è stata una menzogna.

«Come puoi *dire* questo?» mi guarda con occhi supplicanti. «Per tante ragioni, e oltre a frequentare il bar prima che tu mi conoscessi, spuntando la mia lista, c'è anche la piccola questione che non mi hai detto che eri SPOSATO!», urlo per la frustrazione, la rabbia e il dolore. «Ci sono sempre così tanti strati, così tante bugie con te, non posso credere di aver lasciato che tutto questo andasse avanti così a lungo, pensando che saresti cambiato, che avremmo avuto una possibilità.»

«Hannah, non dire così. È solo che a volte mi è difficile dirti tutto, perché penso che ti disamorerai di me. Ti prego, non far finire tutto questo... ti prego! Voglio solo amarti e che tu mi ami a tua volta», dice, afferrandomi entrambe le braccia con le mani, voltandomi verso di lui, cercando di farsi guardare negli occhi. «E non ho mentito sul fatto di volere le stesse cose che vuoi tu. Per la cronaca, *amo* molto i Labrador gialli, voglio tre figli. E il Devon sembra piuttosto adorabile.» È senza fiato, il suo viso è contro il mio, le sue mani mi tengono ancora per le braccia.

«Non sei mai stato nel Devon prima d'ora?» chiedo nel silenzio denso e teso.

«No, non prima di oggi, ma non importa. So che amerò questo posto tanto quanto te. Lo amo già quanto te.»

«Non è questo il punto, però... hai mentito, mi hai detto che lo amavi.» Provo a spiegare, ma lui non mi ascolta, abbassa lo sguardo su di me. I suoi occhi sono nei miei, ma non mi *sta guardando*.

«Scommetto che non vedeva l'ora di mandarti quella foto. Ha sempre cercato di dividerci.»

«Alex, perché non lo capisci? Non si tratta di Jas, ma di *te*. Ho passato gli ultimi mesi credendo di amarti, desiderando così tanto di essere innamorata, che ho ignorato i segnali di pericolo.»

«Non ci sono segnali di pericolo. E ti ho detto che cambierò, dimmi solo cosa fare», esorta. «Cosa vuoi, Hannah? Farò di *tutto* per rimanere insieme, non posso vivere senza di te.»

«Pensavo di amarti, Alex, ma ora non lo so più. Forse mi sono solo innamorata dell'uomo che ho incontrato al nostro primo appuntamento. Ma non sono sicuro che esista.»

Gli si riempiono gli occhi di lacrime, so che questo lo sta uccidendo, e sta uccidendo anche me, perché lo amo ancora, non posso semplicemente girare un interruttore.

«Posso capire che scoprire che ti ho vista prima e che non ti ho mai detto nulla...»

«E hai mentito sui cani e... il Devon e molto altro», lo interrompo.

«Ma, Hannah, pensaci, se tu avessi avuto una pagina Facebook, avrei potuto guardare lì e avere tutte queste informazioni, conoscere i tuoi gusti e le tue preferenze, i tuoi sogni. Non ho fatto nulla di grave o di inquietante - onestamente.»

«Ma il fatto che tu non me l'abbia detto mi fa sentire come se non potessi fidarmi di te, Alex. Non appena inizio a fidarmi di te, arriva qualcos'altro e tutta la fiducia svanisce.»

«Hannah, ti prego, ti prego, non lasciare che questo ci divida, è solo Jas che è gelosa e contorta e cerca di farmi sembrare strano. Ti avrei detto di averti visto al wine bar...»

«Lo avresti fatto? Vuoi dire, come tutto il resto che non mi hai detto?»

Abbassa lo sguardo e inizia ad accarezzarmi la mano. Non rispondo, mi limito a fissare il fuoco, che ora fuma invece di guizzare.

«Preparo la pasta per cena», dice. «Ti piacerà. Ho pensato che sarebbe stato bello rintanarsi qui dentro e mangiare fino a scoppiare, bere vino e chiudere fuori il mondo. Sarà perfetto, Hannah, solo io e te.»

Non ha ascoltato una sola parola di quello che ho detto. Pensa che se rende tutto più accogliente e cucina un pasto, tutti i problemi saranno cancellati. Lo pensavo anch'io e, da persona che un tempo sognava una casa e una famiglia, credevo che un futuro con un uomo amorevole in una bella casa valesse tutto. Ma non è così, tutte le notti in casa e i pasti cucinati del mondo non cancelleranno le criticità del nostro rapporto. Sento la pressione della sua mano sulla mia e guardo la porta di legno del cottage che si è assicurato di chiudere a chiave quando siamo tornati dalla spiaggia. Mi chiedo dove sia la chiave - e che cosa farebbe se cercassi di andarmene.

38

Alex è in cucina a preparare la pasta al forno quando rispondo a Jas.

Non sono sicura di cosa stia succedendo qui. Io sto bene ma A non ha preso bene la foto. Teniamoci in contatto x

Vado in cucina, dove Alex sta affettando i peperoni e canticchia tra sé e sé; è il ritratto della felicità domestica. Ma è solo questo: un'immagine.

«Dio, adoro questo posto», dice mentre entro.

«Anch'io», dico, cercando di sembrare sincera mentre guardo il coltello che si conficca nei peperoni come se fosse burro. «Vado un attimo in bagno», aggiungo, lasciando la cucina e dirigendomi al piano di sopra per vedere dove ha messo le chiavi della porta d'ingresso. So per esperienza che di solito mette le chiavi di casa nella tasca dei jeans, ma indossa pantaloni da jogging senza tasche, quindi le chiavi devono essere da qualche parte. Prendo i suoi jeans, piegati ordinatamente sulla sedia della camera da letto, metto la mano nella tasca ed eccole!

Le infilo nella tasca della felpa, cercando di non far scricchiolare il pavimento della camera da letto.

«Sai, stavo pensando...», chiama da giù in cucina.

Lascio cadere i jeans e vado in bagno, tirando lo sciacquone per fargli credere che sono stata lì. Non voglio che sappia che sono in camera da letto, potrebbe fare due più due. Sa che non sono felice e spera che la pasta al forno cambierà tutto, ma non è così.

«Aspetta...» rispondo, scendendo le scale. «Cosa stavi dicendo?»

Si gira quando entro in cucina e mi sorride. «Eccoti qui. Stavo dicendo, tesoro, che potremmo trasferirci qui, comprare un bel villino e crescere i nostri tre figli in riva al mare.»

Annuisco. «Sembra una buona idea», dico, ma dentro di me grido NO!

Lui ride, quasi da solo. «Voglio dire, abbiamo già il cane, andiamo a prendere Kevin la prossima settimana... Ho realizzato un sogno, non è vero, piccola?»

«Certo, sì.» Sorrido e vado lentamente in salotto, come se stessi facendo un giro, ma una volta dentro nascondo le chiavi sotto la seduta del divano.

Non so che cosa fare ora. Ha anche le chiavi della macchina ma Dio solo sa dove sono. Mi chiedo quanto velocemente potrei uscire e mettere in moto l'auto prima che se ne accorga e mi insegua, quando prendo il telefono e vedo diverse chiamate perse e un messaggio di Jas negli ultimi minuti. Cristo, perché ho lasciato il telefono qui? Ovviamente è entrato mentre ero di sopra e deve aver visto le prime righe del suo messaggio, che diceva:

Esci da lì il prima possibile!

Sento il rumore del tritatutto e Alex che canta da solo in cucina, così apro rapidamente il messaggio di Jas. Mi ha mandato un link di notizie e per un attimo il mio cuore si ferma, pensando che si tratti di Chloe, che la polizia abbia arrestato chi le ha dato la droga o, peggio ancora, che non ce l'abbia fatta. Ma quando lo apro, vedo che si tratta della notizia di un uomo *ucciso* fuori dal wine bar The Orange Tree mercoledì sera. *Ucciso?* Ha rifiutato l'ambulanza che è arrivata, insistendo che stava bene, e si è incamminato verso casa, ma poi è stato trovato e portato in ospedale, dove è morto per le ferite riportate. Guardo in cucina Alex che sta ancora canticchiando. Lo *saprà?*

Continuo a leggere, pare che la polizia stia cercando un uomo che è fuggito dalla scena. Non avevo mai parlato a Jas di quella notte, e Alex aveva detto di aver visto il suo amico poliziotto, che gli aveva detto che il ragazzo stava bene.

Rispondo immediatamente a Jas con un messaggio.

Come lo sai?

> *Il tizio ha detto che ad aggredirlo è stato un uomo d'affari in giacca e cravatta. Ho tirato a indovinare. Il giorno dopo eri piuttosto nervosa. Sapevo che c'era qualcosa sotto. Ora DEVI dirlo alla polizia. x*

Proprio mentre metto giù il telefono, entra Alex. Sono seduta tra i cuscini accanto al fuoco e lui mi si mette davanti.

«Chi è al telefono, Hannah?»

«Nessuno.»

«Deve essere *qualcuno*.» Sorride, ma il sorriso è solo stampato sul suo volto. Ha ancora in mano il coltello con cui stava tagliando i peperoni.

«Lo *sai?»* chiedo, alzando lo sguardo su di lui.

«Sapere cosa?»

«Il tizio che hai preso a pugni è morto.»

Fa un respiro profondo, poi annuisce, lentamente. «Sì, lo so. L'hanno detto al notiziario stamattina…»

Sussulto. «L'ho appena visto. Devi chiamare la polizia.»

«Non posso. Hannah, devi capire - perderei tutto - anche te.»

«Mi hai già persa», dico.

«No, non l'ho fatto. Devo trovare una soluzione, ma dammi solo un po' di tempo. Appena l'ho saputo, ho chiamato l'agenzia che gestisce questo cottage e l'ho prenotato per altre due settimane. Con un altro nome.» Poi mi guarda con un'espressione così strana. «Ti prego, dimmi che non hai detto a quell'idiota della tua amica dove siamo.»

«No, non l'ho fatto», mento. «Ma non possiamo nasconderci qui. Dobbiamo chiamare la polizia.»

«Nessuno sa che sono stato io, ce ne siamo andati prima che arrivasse qualcun altro. Hannah, possiamo passare il Natale qui», dice entusiasta, come se nulla fosse.

«Alex, sei fuori di testa? Stai parlando di Natale - un uomo è morto, tu l'hai *ucciso*. È una cosa da cui non puoi nasconderti, la polizia ti troverà.»

«Va tutto bene, non preoccuparti. Se mi troveranno, dirò che l'ho colpito perché stava cercando di aggredirti. Ti ho salvata, e tu puoi garantire per me, dire quanto eri spaventata. Potresti anche dire che ti ha maltrattata un po'. E poi diremo che eri così sconvolta che ho dovuto portarti via dalla scena.» Lo dice come se stesse leggendo un copione ben preparato. «Ma è molto improbabile che qualcuno sappia che sono stato io», dice, tendendo le mani come se aspettasse che mi congratuli con lui per la sua versione dei fatti.

«Ehi, aspetta», dico, alzandomi in piedi. «Sono tutte bugie e lo sai.»

Solleva entrambe le mani come per calmarmi, ma dato che in una delle due ha un coltello da cucina, ottiene l'effetto contrario. Non oso distogliere lo sguardo mentre mi parla lentamente, come se fossi un bambino che non capisce.

«Hannah, ascoltami, dobbiamo attenerci a questa storia e se

diciamo che è stato fatto per autodifesa, tutto andrà bene. La farò franca.»

«Ma è una *bugia*, Alex, è uno *spergiuro*, dobbiamo dire la verità. Non volevi ucciderlo, è stato un incidente.»

«Non è una soluzione», dice, iniziando a camminare avanti e indietro. «Mi accuseranno di omicidio colposo. Sarò rinchiuso per anni. Non ti vedrò, non potrò occuparmi di te», dice, con la voce di un bambino che sta per perdere il suo giocattolo preferito. «Qualcuno potrebbe portarti via da me o tu potresti lasciarmi.»

Mi alzo dal pavimento dove ero seduta accanto al fuoco e mi siedo sul divano. Quando sono sicura che non sta guardando, allungo una mano sotto il cuscino della poltrona, tenendo d'occhio il luccichio del coltello che ha ancora in mano.

«Non mi lascerai, vero, Hannah?», dice allarmato, mentre smette improvvisamente di camminare e si gira verso di me.

«Io... No, no, non lo farò», dico, recuperando con discrezione le chiavi e continuando a tenere gli occhi sul coltello - vicino alla sua coscia. Lo sta girando tra le dita e sono fin troppo consapevole che basta un movimento rapido, una parola sbagliata, e il coltello potrebbe essere nel mio petto.

Ho le chiavi della porta d'ingresso nel palmo della mano, ma lui mi osserva con attenzione.

All'improvviso si sente un cicalino in cucina, che ci fa sobbalzare entrambi.

«La pasta», mormora quasi tra sé e sé e si gira per una frazione di secondo.

Vedo la mia occasione e mi precipito verso la porta. Infilo la chiave con forza, è rigida e ci vuole tutta la mia energia per girarla e poi spalancare la porta di legno. Non riesco a credere di avercela fatta e urlo mentre varco la porta. Ma Alex grida il mio nome e corre verso di me. Proprio quando mi raggiunge e cerca di afferrarmi, gli sbatto la porta in faccia, con forza. Lo sento gridare di sorpresa e di dolore, ma io sto già correndo nel vento pungente in ciabatte e maglione sottile.

È buio e si gela, ma non mi importa. Non sento nulla, solo un urgente bisogno di fuggire, di sopravvivere. Devo solo allontanarmi abbastanza da lui e chiamare la polizia. Ora mi sto dirigendo verso la strada principale, una strada costiera, dove il vento è forte e implacabile, ma continuo a correre. Non sono abituata a questo sforzo e alla fine, a poche centinaia di metri dalla strada, devo fermarmi, anche se lui potrebbe essere dietro di me. Mi nascondo dietro gli alberi sul ciglio della strada, con le mani sulle ginocchia, il respiro corto e affannoso. Tengo in mano il telefono, pronta a usarlo, ma all'improvviso mi si rivolta lo stomaco e vomito sull'erba ghiacciata. Aspetto in silenzio. La strada è davanti a me vuota e nera, mentre dietro di me c'è solo il sussurro degli alberi. Dopo un po', quando sono sicura che di Alex non c'è traccia, accendo il telefono e provo a chiamare la polizia, ma non c'è campo.

Il vento fischia e le piccole gocce di pioggia ghiacciata ora sono neve che scende dall'alto, una coperta silenziosa sul mondo. È allora che lo sento chiamare il mio nome, attenuato dalla neve, ma sento la perdita, la disperazione, il dolore nell'oscurità.

Lui ha il coltello e io ricordo le sue parole, quando eravamo felici e innamorati e il mondo era un posto diverso. «Le persone fanno cose pericolose quando hanno paura di perdere ciò che amano, Hannah.»

Che cosa farà adesso? Così rimango accanto all'albero, in attesa, con la sua voce flebile in lontananza. Non riesce a trovarmi e, come un bambino smarrito, diventa sempre più disperato, più sconvolto. Poi, all'improvviso, vedo una macchina in lontananza. È più pericoloso restare qui tra gli alberi senza speranza e morire di freddo, o aspettare che Alex mi trovi e mi riporti al cottage, e mi tenga lì in un'orribile parodia d'amore che si trascina in settimane, anni? Oppure correre in strada e far cenno alla macchina di fermarsi?

Prendo una decisione improvvisa. Non è nemmeno una decisione razionale presa col cervello, il mio corpo si lancia sulla strada, agitando le braccia. Piango e chiedo aiuto. Mentre l'auto si avvicina, i fari mi impediscono la visuale e per un attimo penso che possa essere Alex a venire dalla direzione opposta con l'auto, per ingannarmi. Trattengo il respiro, sapendo che il mio destino è nell'auto, ma poi sento Alex in lontananza che chiama di nuovo il mio nome.

Corro verso la macchina. So che è dietro di me, spero solo che chi sta guidando mi faccia salire e se ne vada senza fare domande. Se non riusciamo a scappare, Alex potrebbe aggredire anche lui o lei. Ha già ucciso un uomo e ora so che lo potrebbe rifarlo.

L'auto si ferma, la portiera del guidatore si apre ed è Harry che mi saluta. «Hannah, Hannah, sei tu, amica?»

Quasi crollo per la sorpresa e il sollievo. «Harry, Harry.» Ora sto singhiozzando, lui corre verso la portiera del passeggero e mi aiuta a salire. Entrare in quell'auto calda è una sensazione bellissima, mi sento debole per la corsa, il pianto e il freddo.

«Ho fatto su e giù per la strada, ti ho cercata dappertutto.»

«Grazie a Dio. Ma come hai fatto a...?» poi rido. «Jas?»

«Mi ha chiamato, dicendo che era preoccupata per te.»

«Tu e Gemma siete nel Somerset questo fine settimana?»

«Sì, mi ci è voluta meno di un'ora per arrivare qui, poi un'altra mezz'ora per trovare il cottage, ma non c'era nessuno.»

«Jas sapeva che qualcosa non andava.» Ansimo, ancora senza fiato per il freddo, la corsa e la paura.

«Sì, mi ha chiamato per dirmi della... della colluttazione... del tizio che è morto.»

«Sì, non...»

«E quella foto di Alex che vi guarda all'Orange Tree... Gesù!»

«Lo so, era così strano che fosse lì...» non finisco la frase. Non riesco nemmeno a spiegare Alex a una persona sana e gentile come Harry, che non perseguita qualcuno per diventare la sua ragazza o uccide persone fuori dai wine bar.

Mi accarezza il braccio. «Va tutto bene, Hannah, non dobbiamo parlarne.»

Sono così sollevata. «Non potrò mai ringraziarti abbastanza, Harry. Se non fossi venuto, avrei potuto... ero così spaventata...» Inizio a piangere, e so che lui trova le emozioni un po' eccessive perché è un ragazzo di vent'anni, ma si volta verso di me e parla con calma.

«Hannah, ti prego, non piangere. Odio quando le ragazze piangono. Non so cosa diavolo fare.»

Questo mi fa sorridere, nonostante tutto; appoggio la testa sulla sua spalla e gli stringo il braccio, desiderosa di un abbraccio confortante. Con una mano sul volante mi abbraccia a sua volta, come può, quando all'improvviso un'auto si ferma davanti a noi e Alex scende.

«Ha un coltello», grido a Harry, che ferma l'auto.

«Va tutto bene, risolveremo. Non sta facendo del male a nessuno», dice con calma, senza mai distogliere lo sguardo da Alex, una figura scura che si staglia nei fari, con le braccia in aria.

Si avvicina, al finestrino del passeggero e vede Harry. La consapevolezza gli fa spalancare la bocca per la sorpresa e inizia a sbattere con forza sul mio finestrino, come se volesse colpirmi in faccia.

Sussulto e urlo «Vai, Vai», e Harry abbassa il piede sull'acceleratore, sterzando sulla strada ghiacciata, con la neve che aggiunge ulteriore slittamento mentre le ruote girano, dando ad Alex il tempo di risalire in macchina. Lo guardo dallo specchietto laterale, gridando di nuovo a Harry «Vai, vai», e alla fine cominciamo a muoverci e a scivolare sul terreno, con Alex che ci insegue.

Harry è spaventato quanto me e guida così velocemente che temo per le nostre vite. Sulla strada costiera, il dislivello è terrificante, e sul ghiaccio nero è pericoloso. Al buio non riusciamo a vedere nulla e Harry ha difficoltà a tenere la macchina sulla strada. Giriamo una curva e per poco non finiamo oltre il bordo, e Harry è così spaventato che accosta al primo slargo visibile della strada, con Alex proprio dietro di noi.

«Harry - non possiamo fermarci qui.» Guardo dietro di me e vedo Alex che si ferma a pochi metri di distanza. «Harry! Sta scendendo dalla macchina! Ti prego, guida», lo imploro, terrorizzata.

«No», dice con calma, spegnendo il motore e le luci. «Vado a parlargli.» Apre la portiera, il vento gelido sferza l'auto, freddo e pericoloso, ma lui esce nell'oscurità.

«NO!», urlo a squarciagola. Ma lui se n'è andato, si è chiuso la portiera dell'auto alle spalle e ha bloccato le portiere. Lo guardo dallo specchietto retrovisore mentre torna indietro di qualche metro, dove presumo che Alex lo stia aspettando. Non lo vedo, e ora non vedo nemmeno Harry. Seduta aspetto, chiedendomi se avrei dovuto scendere dall'auto e aiutare Harry. So che voleva parlare, ma Alex potrebbe trasformare l'incontro in una rissa e ho visto com'è quando si arrabbia. In due potremmo sopraffare Alex, ma da solo non credo che Harry avrebbe molte possibilità se Alex lo attaccasse. Harry ha sempre detto di essere un amante, non un combattente, e mentre lui pensa che parlare con Alex funzionerà, io non ne sono convinta. Spero vivamente che non sia Alex a tornare e a trovarmi chiusa in macchina, un bersaglio facile. Controllo il telefono per chiamare la polizia, ma qui non c'è ancora campo. Non ho nulla per difendermi se Alex fa del male a Harry e torna con il coltello, so che la mia vita è finita.

Alla fine vedo qualcuno nello specchietto retrovisore. Sta camminando verso la macchina e giuro di aver visto un lampo di metallo. È Alex, deve aver accoltellato Harry e ora sta venendo a prendermi. Mi abbasso, appoggiando la testa sul cambio, senza riuscire a respirare, tanto sono spaventata. Sento il rumore della serratura aperta dalla chiave e mi sento ansimare, poi sento un mugolio e capisco che sono io. La portiera si apre, una folata di vento gelido entra nell'auto e io alzo lentamente la testa per vedere chi è.

«Stai bene?» È Harry e, mentre sale, lo afferro e lo abbraccio troppo forte.

Mi abbraccia anche lui e restiamo seduti a lungo così, mentre io singhiozzo sul suo petto.

Alla fine ci separiamo. «Ti ha fatto del male?» chiedo, ma lui non risponde, rimane con la testa sul volante e per qualche istante sembra scosso.

«Harry, cos'è successo, dov'è?» Dico, guardando dietro la macchina - il mio sollievo è stato solo temporaneo, ora ho di nuovo paura.

Harry accende la luce interna, è visibilmente sconvolto. «Hannah, non posso credere che tu sia stata con quel tipo. Avresti dovuto sentire le cose che diceva, il modo inquietante in cui parlava - le cose, le cose terribili che aveva intenzione di farti in quel cottage.»

Il mio stomaco crolla. Non sono del tutto sorpresa, ma non è comunque facile sentirlo. Mi guardo di nuovo alle spalle per vedere dov'è Alex; forse sta ancora progettando quelle cose terribili.

«Andiamo», dico. «Potrebbe cercare di buttarci fuori strada se ritiene di non avere nulla da perdere.»

«No, non lo farà, te lo assicuro. Gli ho parlato seriamente, credo di averlo fatto ragionare. Da quello che ha detto, è più probabile che si tolga la vita.» Sospira.

«Oh no.» Comincio a piangere, anche dopo tutto quello che è successo non voglio che accada qualcosa di terribile ad Alex. Non farò parte della sua vita, ma non voglio che muoia.

«Ehi, ehi, sono sicuro che starà bene. È per te che sono preoccupato», dice Harry.

«È solo che... non so... non riesco a immaginare cosa sarebbe successo se Jas non ti avesse chiamato.»

Annuisce. «Sì, sì. Ehi, non piangere», dice con dolcezza e mi asciuga le lacrime con il polsino del suo maglione. «Ho chiamato la polizia, stanno arrivando. Dobbiamo aspettarli qui, hai abbastanza caldo?», mi chiede, e io annuisco, ma lui si toglie il cappotto e me lo mette addosso.

«Grazie, devo molto a te e a Jas.»

«Un sacco di alcol.»

Sorrido e gli prendo la mano, ho bisogno di sentire il calore di un'altra persona. «Non lo conoscevo - pensavo di conoscerlo, stavamo parlando di matrimonio. Ma per me è un estraneo.»

«Beh, hai schivato un proiettile, amica.» Sorride e mette in moto l'auto per riscaldarci. «Al telefono ho spiegato il più possibile alla polizia, ma quando arriveranno vorranno parlare con te.»

«Sì, certo. Credi che Alex scapperà?» chiedo.

«No, è distrutto.» Harry sospira. «Sa cosa deve fare. L'ho lasciato seduto sul ciglio della strada, sa che la polizia sta arrivando, credo che si consegnerà senza fare resistenza.»

Pochi minuti dopo, sentiamo le sirene e vediamo le luci lampeggianti.

«È tutto finito, Hannah.» Harry sorride. «La polizia può occuparsi di lui ora. E dopo aver parlato con la polizia, ti porterò a casa.»

«Mi sento proprio una stupida, Harry.»

«Non lo sei», replica «Ti sei solo innamorata della persona sbagliata. Speriamo che la prossima volta sia quella giusta.»

39

Alex diceva sul serio di non poter vivere senza di me e oggi gli ho detto addio per l'ultima volta. Mi è ancora difficile accettare quello che è successo, ma sembra che quando ha capito che era finita, in quella notte fredda e nevosa, pochi giorni prima di Natale, si sia tolto la vita.

Harry e io aspettammo in auto l'arrivo della polizia, supponendo che Alex fosse ancora in fondo alla strada dove Harry l'aveva lasciato. Ma quando arrivò, la polizia non lo trovò e disse che doveva essere scappato. Fino al giorno successivo, quando l'equipaggio di una scialuppa di salvataggio recuperò il corpo in fondo alle scogliere di Salcombe. Harry disse che dal modo in cui parlava immaginava fosse arrivato alla fine, ma anche se sapevo che era disperato, lo shock di Alex che si toglie la vita mi lasciò comunque triste e col senso di colpa. Non mi ero mai resa conto di quanto fosse tormentato o in difficoltà. Pensavo di amarlo, ma non lo conoscevo davvero. Vorrei solo averlo potuto aiutare.

È stato così difficile e triste cercare di capire la vita e la morte di Alex. Ogni giorno imparo qualcosa in più su di lui, a riprova di quanto poco lo conoscessi davvero. Purtroppo, sembra che io sia la persona più simile a lui, come lui sarebbe stato il più simile a me. Eravamo poco più che bambini senza radici, entrambi alla ricerca di una famiglia e di una casa, che credevamo di aver trovato l'uno nell'altra.

Ho trovato il recapito di sua sorella, Lara, e ho invitato lei e chiunque altro della famiglia a venire al funerale. Lara mi ha risposto dicendo che Alex era stato profondamente colpito dalla morte della loro madre e aveva sempre avuto problemi emotivi. Mi disse che suo padre era troppo malato per partecipare al funerale e che lei non poteva lasciarlo, quindi non ci sarebbe stata nemmeno lei. Questo mi ha spezzato il cuore, pensando che la persona più vicina al suo funerale sarei stata io, una persona che conosceva da meno di un anno.

Il funerale è stato orribile e, come se non bastasse, per tutta la durata della funzione ho visto Helen in piedi, come una vedova nera, in fondo alla chiesa. Ho ascoltato a malapena le parole del parroco, volevo solo che finisse. Avevo il terrore che Helen potesse incolparmi della sua morte e che potesse vendicarsi. L'ultima cosa di cui avevo bisogno era una ex moglie vendicativa che mi desse la caccia.

Io, Jas, Harry - e naturalmente Helen - siamo stati gli unici a partecipare al funerale, il che mi ha spezzato il cuore. Anche gli ex colleghi di Alex non sono venuti; il fatto che fosse ricercato per la morte di un giovane non li ha fatti accorrere per celebrare la sua vita o commiserare la sua morte. Lo capisco, ma è stato comunque sconvolgente pensare che la sua vita abbia significato così poco per così pochi.

Dopo il funerale, Jas rimase accanto a me come una guardia del corpo mentre Helen si avvicinava. Trattenni il respiro, temendo un confronto.

«Così tu sei Hannah», dice, tendendomi la mano. Le porgo cautamente la mia e ci sorridiamo con imbarazzo.

«Grazie per essere venuta.» Scrollo le spalle, non sapendo bene cosa dire.

«So che Alex era un po' impulsivo, ma sono rimasta sorpresa nel sapere che cosa è successo. Voglio dire, un suicidio? Non è da lui, ha sempre avuto un tale ottimismo... un ottimismo cieco, in realtà. Come fa una persona come Alex a togliersi la vita?», dice, confusa.

«Sì, è scioccante l'oscurità che le persone hanno dentro», rispondo, stupita che Helen sembri così affabile e amichevole.

«Spero che tutte quelle stupidaggini con te siano finite adesso.» Jas va dritto al punto, senza giri di parole.

«Cosa? Non so di cosa tu stia parlando», risponde Helen.

Non so quanto sia brava come attrice, quindi non sono sicura che la sua confusione sia reale.

«Le rose con il biglietto, le telefonate dal respiro pesante, le minacce di farmi del male», dico «Capisco, so che lo volevi indietro, ma hai reso la mia vita un inferno, Helen... e anche la sua.»

Si stringe le braccia al petto, con un'espressione di assoluto orrore sul volto. «Oh, Hannah, hai sbagliato tutto», scuote vigorosamente la testa. «Non ho mai minacciato o chiamato... le rose?»

«Ma gliel'hai *detto*... mi hai inseguito per Worcester... hai gridato il mio nome, hai...»

«Sì, perché volevo parlarti.» Sembra ancora completamente spiazzata, ma o è un'attrice brillante - o sta dicendo la verità.

«L'hai invitato a pranzo, gli hai detto che provavi ancora qualcosa per lui... vero?» chiedo, non essendone più sicura.

«Sì. Avevo chiesto ad Alex se potevamo vederci a pranzo qualche mese fa, ma non perché volessi tornare con lui. Dio, no. Mi sono sentita sollevata quando mi ha detto che aveva incontrato qualcuno. Mi ha mostrato delle foto di te sul suo telefono, sembrava così felice. Non lo volevo indietro. Era una brava persona, gentile e premurosa, ma troppo premurosa, voleva tutto di me e quella che era iniziata come una bella relazione è diventata claustrofobica.»

Ascolto, rendendomi conto che si sentiva come me. Anche lei era stata sedotta dal suo apparente calore e gentilezza e imbrigliata in una relazione che non voleva.

«Era diventato troppo dispotico, così possessivo», continua. «Odio dirlo, date le circostanze, ma non ho mai voluto rivederlo dopo che me ne sono andata - che sono dovuta scappare - alcuni dei miei vestiti erano ancora nell'armadio. Sono corsa via.»

Mi ricorda come mi ero sentita quel giorno nel cottage. Anch'io sono corsa via.

«Quando mi hai vista a Worcester quel giorno, perché mi volevi parlare?», chiedo.

«Pensavo potessi convincerlo a lasciare la casa.»

Non capisco e devo sembrare perplessa perché lei sorride all'improvviso. «Ah, ho capito... doveva farti credere che lo volevo indietro e che ti stavo *minacciando*. Doveva farti avere paura di me perché non voleva rischiare che ci parlassimo mai.»

«Non capisco...»

«Ti nascondeva delle cose. Ha fatto lo stesso con me.»

«Sì, non era sempre del tutto sincero... ma perché volevi che lo convincessi a vendere la casa?» chiedo, non ancora sicura di credere a ciò che sta dicendo.

Scuote la testa. «Non si trattava di *venderla*; la mia amica voleva *riavere* la sua casa.»

«Ma l'ha comprata da te quando vi siete separati.»

Di nuovo, Helen scuote la testa e sgrana gli occhi. «No, la casa non era nostra, appartiene a una mia amica dell'università. Aveva un ottimo lavoro all'estero e me l'ha data in affitto mentre era via, ma poi ho lasciato Alex e lei gli ha permesso di continuare a tenerla per conto suo. Non voleva la seccatura di riaffittare, soprattutto a qualcuno che non conosceva. Inoltre, era l'inquilino perfetto. Sapeva che non avrebbe messo a soqquadro la casa; al contrario, era un maniaco dell'ordine. Tutte le sue cose erano in quella casa, capisci. Le sue stoviglie, le sue foto, persino i suoi libri... Noi ci abitavamo e basta. Non abbiamo comprato un mobile. Probabilmente è stato un bene, perché quando ci siamo lasciati non c'era nulla da dividere, non c'era il mio e il tuo e tutte quelle incasinate questioni di soldi, solo il divorzio.

Ad ogni modo, il lavoro della mia amica è terminato all'inizio di novembre, lei è tornata nel Regno Unito e voleva tornare a vivere a casa sua, ma lui si è rifiutato di andarsene. Così ho organizzato un incontro con Alex quel giorno per dirgli che *doveva* trasferirsi. Era tutto piuttosto imbarazzante, essendo lei mia amica e tutto il resto. Il fatto è che lei era già passata da lui un paio di volte ma lui non le ha nemmeno aperto la porta. Non solo aveva cambiato le serrature, ma aveva messo le doppie serrature a tutto, anche al garage. La mia amica conosce persone poco raccomandabili che avrebbero fatto di Alex carne da macello, ma nonostante le numerose minacce si è rifiutato di andarsene. Quando l'ho visto, mi ha detto che tu amavi la casa e che voleva rimanere lì per te. Avevo la sensazione che ti avesse detto che era sua, per questo speravo che, se fossi riuscita a beccarti a Worcester quel giorno, avrei potuto chiedere a te di intervenire e di farlo sloggiare. Ma, tipico di Alex, voleva che tutto fosse perfetto, anche se era tutta una menzogna, voleva disperatamente farsi un nido, anche se non era il suo nido.»

Sono rimasta scioccata da questa rivelazione. Ora mi rendo conto che le telefonate, le note, erano tutti tentativi di Alex di spaventarmi e di non farmi contattare Helen. Forse anche gli episodi precedenti, prima che sapessi della sua esistenza, l'odore di profumo nella mia auto e le rose erano opera sua, preparando il terreno, pianificando di farla apparire come una ex gelosa.

Questo spiega anche perché chiudeva sempre a doppia mandata la porta d'ingresso quando eravamo a casa, perché aveva guardato attraverso il vetro la prima sera che ero andata a cena. In seguito ho pensato che fosse perché temeva che Helen, "la nostra stalker", potesse presentarsi alla porta di casa. Ma ora credo a Helen, sembra che lui avesse paura che la proprietaria della casa mandasse qualcuno a sfrattarlo, o addirittura a fargli del male.

«Avremmo dovuto parlare prima, Helen.»

«Non l'avrebbe mai permesso.» Sorride «Sembra che ogni momento sia stato meticolosamente pianificato nei suoi rapporti con entrambe.»

«Anche dopo che te ne sei andata non è riuscito a lasciarti andare», dico, sapendo che se fosse vissuto non si sarebbe arreso facilmente con me. Le racconto che usava un'app del telefono per sapere dove eravamo entrambe in ogni momento, e di come aveva ascoltato la mia lista di desideri e le aveva usate al nostro primo appuntamento.

«Sì, è da Alex.» annuisce «È inquietante che sapesse dove eravamo, ma doveva tenerci lontane, viveva in un mare di bugie. Era come un foglio bianco, e so che può sembrare crudele ora, ma quando ero con lui non sembrava mai avere pensieri e opinioni propri, i suoi sembravano riecheggiare i miei. Ha persino iniziato a bere gin perché era quello che bevevo io, diceva che era il "nostro drink", ma una volta l'ho sentito dire a un amico che lo detestava.»

Penso al "*nostro* drink", alle bottiglie di Merlot che condividevamo e che lui professava di amare, e mi chiedo di nuovo se qualcosa in Alex fosse reale.

«All'inizio sembrava il partner perfetto.» Sospira. «Abbiamo passato dei bei momenti, ma ripensandoci, fin dall'inizio ho avuto la sensazione che stesse mettendo alla prova i miei sentimenti per lui.»

Rifletto solo per un attimo e capisco che cosa intende. «Sì, il nostro primo appuntamento è stato meraviglioso, ma mi ha fatto aspettare prima di chiedermi un secondo appuntamento, non molto, giusto il tempo di farmi venire qualche dubbio», dico mentre il ricordo mi torna in mente. «E poi era in ritardo per il nostro secondo appuntamento, e ho dovuto aspettare secoli sotto la pioggia gelata.»

«Sì, quello era Alex.» sorride. «Voglio dire, che test, farti aspettare con il brutto tempo, solo per vedere se ti piaceva abbastanza da rimanere. Probabilmente ti stava osservando dall'altra parte della strada.»

«Dio, ora che mi ci fai pensare, ha detto "dov'è il tuo ombrello?", come se sapesse che ne avevo uno mentre lo aspettavo. Quindi doveva essere in giro», dico, sorpresa di quanto avesse osato.

«Questo è il classico Alex», dice. «Mi ha fatto aspettare all'ufficio anagrafe e poi si è lasciato sfuggire che era lì da un'ora. Era il suo modo di assicurarsi che mi aveva davvero conquistata.» Ridacchia al ricordo.

«Credo che fosse perché sentiva di non essere abbastanza bravo, di non riuscire a credere che a qualcuno importasse davvero di lui», osservo.

«Oh, Alex voleva così tanto piacere, vero? Credo che questo derivi dalla sua infanzia. Sua madre morì quando era piccolo, suo padre era molto crudele, sai».

Annuisco, riconoscendo questo barlume di verità in mezzo a tutte le bugie.

Helen, non lo dimenticherò mai, si fa improvvisamente seria e mi tocca il braccio. «Ma Hannah, sai una cosa? L'ho amato e, nonostante tutto, nel mio cuore ci sarà sempre un posticino per Alex.»

Ci siamo sorrise a vicenda nel riconoscere che, alla fine, Alex voleva solo quello che tutti noi vogliamo, amare ed essere amato - ma lo faceva nel modo sbagliato. Le sue bugie di solito erano un tentativo di far sembrare le cose migliori, ma poi causavano solo più dolore.

Purtroppo, dopo la sua morte ho scoperto altre bugie di Alex. È venuto fuori che in realtà non era un avvocato, ma un assistente legale ed era stato licenziato dal suo lavoro solo poche settimane dopo il nostro incontro. Sembrava che avesse perso la concentrazione, che avesse commesso degli errori e che regolarmente non si presentasse al lavoro senza nemmeno avvisare. Mi chiedevo spesso come facesse a trovare il tempo per lavorare a casi legali complessi e a cucinare pasti luculliani quando tornavo a casa la sera, ma a quanto pare aveva praticamente abbandonato il suo lavoro per occuparsi di me. Senza reddito negli ultimi mesi, è morto dovendo una fortuna alle carte di credito, spese per cene stravaganti, per il garage riconvertito in palestra, per lo studio in casa e per i weekend romantici. Mi rattrista pensare che ha fatto tutto questo per me, ho sempre voluto qualcuno a cui importasse di me, ma Alex ci teneva troppo.

Dire addio ad Alex è stato difficile e mi manca, ma non mi mancano i continui messaggi e le chiamate, il modo in cui sembrava non gradire tutti i miei amici, era geloso di chiunque mi desse attenzioni.

«Non gli piacevo proprio, vero?» ha detto Jas l'altro giorno.

«Non è mai piaciuto neanche a te», le ho fatto notare. «So che ti preoccupavi solo per me, ma mi irritavano i tuoi commenti sui segnali di pericolo e il fatto che mi dicessi sempre di stare attenta. In qualche modo lo avevi capito, credo che tu sia molto più intuitiva di me», ho detto, ma d'altra parte ero innamorata e l'amore è cieco. Non ho visto nulla finché non è stato troppo tardi.

Non ho mai detto a Jas quello che Alex ha detto sul fatto che lei ha cercato di baciarlo. Sento che non ha senso parlarne adesso, la ferirebbe soltanto. Stiamo ricostruendo la nostra amicizia e inoltre mi fido di Jas. Ancora una volta, dubito fortemente che ci abbia provato col mio uomo, non è quello che fanno le migliori amiche. Io e Jas siamo forti come sempre e siamo tornate a bere Porn Star Martini ogni martedì sera all'Orange Tree, e per ora non stiamo cercando incontri online.

Dopo il Devon, ho persino trascorso il Natale con Jas. È stato un po' difficile, pensando a come sarebbero potute andare le cose con Alex, ma Jas ha fatto del suo meglio per distrarmi.

Anche il lavoro mi ha tenuta occupata. Vado in ospedale ogni giorno per controllare Chloe. Dopo la morte di Alex, vedere Chloe è ancora difficile, ma sono determinata a starle vicino. Carol, sua madre, sembra essere tornata alle sue vecchie abitudini ora che Pete è tornato in scena e viene a trovarla forse una volta alla settimana, quindi mi sento ancora più tenuta a essere presente per Chloe. So che sarà un lungo percorso di ritorno per lei e che avrà bisogno di qualcuno al suo fianco, qualcuno che non la deluderà o si allontanerà. Sia io che Alex abbiamo avuto un inizio difficile nella vita e questo ci ha condizionato e voglio che Chloe abbia una possibilità nella vita, il sostegno e la guida che io non ho mai avuto. È in coma da tre settimane e le cose non vanno molto bene, ma, come ha detto il medico, "i miracoli accadono", e io spero in un miracolo.

40

L'ho sempre amata. Hannah, bella, bionda, con le gambe lunghe e una risata contagiosa. Lei pensava che fossimo solo amici, ma io sapevo che un giorno saremmo stati insieme, dovevo solo aspettare.

Tutti la volevano, ma nessuno di loro la amava come me. Ero sempre lì per lei, in attesa, nell'ombra. Restavo fino a tardi in ufficio, la seguivo a casa, mi assicuravo che fosse al sicuro.

Quando finì la sua storia con Tom, ero pronto a farmi avanti, ma lui continuava a chiamarla e temevo che potesse sfinirla. «Mi sento così in colpa», continuava a ripetere. «Non ha fatto nulla di male.» Ma diciamocelo, non aveva fatto *nulla*, punto e basta. La mia euforia per la loro separazione si trasformò in paura che lei lo incontrasse di nuovo e che tornassero insieme. Hannah può essere facilmente manipolata e sapevo che lui la voleva indietro. Perché non avrebbe dovuto? Così decisi di mettere i bastoni tra le ruote e inviai a tutti i membri del consiglio comunale un'e-mail da parte di un gruppo di donne che Tom aveva "molestato sessualmente", chiedendo al consiglio di prendere provvedimenti. Ci andai giù pesante, catturando l'essenza delle donne infuriate del #Metoo che, con la schiuma alla bocca, chiedevano la sua morte immediata. Conclusi dicendo che era un pericolo per le donne e che avremmo intrapreso un'azione legale. Pensai che se avesse perso il lavoro al Comune, avrebbe lasciato la zona e sarebbe tornato da dove era venuto.

A quanto pare, all'interno del consiglio, la mia e-mail ebbe l'effetto di una bomba nucleare; tutti ne parlarono. Il mio amico che lavora lì disse che era sulla bocca di tutti. Non dovetti aspettare molto per le conseguenze, perché Tom si presentò nel nostro ufficio, era un disastro, era davvero incazzato e accusò Hannah di aver inviato l'e-mail. Hannah era sconvolta, ma lui stava quasi piangendo. Fu tutto molto imbarazzante. A quanto pare, il consiglio lo dovette sospendere mentre indagava e per un po' sembrò che potesse essere licenziato, ma purtroppo, senza riscontri, senza vittime indignate disposte a parlare e senza prove reali, fu mantenuto in servizio. Non fu un fallimento completo, però, perché lei, con il resto dell'ufficio, aveva assistito alla sua rabbia e, da quel momento, pensò che le telefonate dal respiro pesante e qualsiasi altra cosa strana fossero opera di Tom. Il che significava che lo evitava e lo temeva, quindi aveva funzionato, anche se non era proprio come avevo previsto.

Ma vederla, osservare il modo in cui si leccava le labbra, come buttava indietro la testa quando rideva e come mi guardava davanti alla sua tazza di caffè, era un'agonia. Così vicina eppure così lontana. Ma mi dicevo che dovevo essere paziente, non volevo fare mosse improvvise e spaventarla. Ma guardarla digitare al computer, sfiorarla in cucina, respirare il suo profumo, il suo shampoo e la sua luce... A volte mi fermavo alla sua scrivania a chiacchierare, solo per poterla respirare. Era come una malattia, mi sentivo così male che l'unico modo per sentirmi meglio era starle vicino. Certe sere, di solito nel cuore della notte, restavo dall'altra parte della strada del suo appartamento, solo per guardare la finestra.

A volte mi prendevo cura del cane di un'amica - sono bravo con gli animali domestici - e lo portavo a fare una passeggiata fino a tardi. Poteva piovere, nevicare, o qualsiasi altra cosa, ma io trascinavo quel cagnolino fino a casa di Hannah.

Una sera qualcuno non aveva chiuso bene il portone dello stabile, così entrai nel suo palazzo e rimasi a lungo davanti alla sua porta, premendo la guancia contro il legno fresco, immaginando che fosse il suo viso. Cominciai a pensare a lei lì dentro, sdraiata a letto, nuda, e ammetto che mi eccitai parecchio. Ma poi quel maledetto cane iniziò a far scorrere il suo muso lungo la parte inferiore della porta, emettendo un suono mentre annusava; ero sicuro che l'avrebbe svegliata, era questione di tempo prima che iniziasse ad abbaiare e mi facesse scoprire. Devo essere chiaro, non volevo farle del male e lo stavo facendo solo per controllare la sua sicurezza; chiusi bene il portone mentre uscivo, in modo che fosse al sicuro dagli altri.

Dopo averla amata a lungo da lontano, capii che i miei sentimenti erano ricambiati quando mi comprò una grossa confezione di Smarties a forma di Babbo Natale. «So quanto ti piacciono Harry», mi disse, e sapevo che era il suo modo di dirmi che mi amava. Ero al settimo cielo. Era più o meno il periodo in cui aveva iniziato a frequentare Alex e credo che fosse il suo modo di dirmi che le dispiaceva, che ero io quello che voleva, ma ormai stavo con Gemma e quindi pensava che fossi già impegnato. Ma questo non le aveva impedito di flirtare. Una volta mi disse persino, «Cosa farei senza di te, Harry?» Era così eccitante, con i suoi lunghi capelli biondi e quel sorriso nascosto che a volte mi rivolgeva in ufficio.

Chiusi con Gemma settimane fa, ma nessuno se ne accorse. Uscivo con lei solo perché Hannah viveva con Tom e volevo farla ingelosire. Alla fine rimasi con Gemma per quasi un anno. L'unico punto a favore era che viveva vicino a Hannah, quindi non era lontano per me andare a controllarla. Lasciai che Gemma si legasse a me nel periodo di Tom di Hannah, pensando poi di chiudere la storia e di rivolgermi ad Hannah per avere una spalla su cui piangere. Non volevo assolutamente entrare a gamba tesa con lei, era troppo speciale, quindi avrei fatto in modo che Gemma mi scaricasse e Hannah, che è la persona più gentile che conosca, non sarebbe stata in grado di resistere ai miei occhi tristi da cucciolo. Ma mentre pianificavo tutto questo e mi comportavo male con Gemma per farmi scaricare, Hannah andò su un'app e conobbe quell'idiota di Alex. Ero così incazzato.

Avevo davvero lavorato su di lei, mi ero fatto raccontare tutti i suoi problemi con Tom, le avevo comprato i croissant alle mandorle tutti i giorni, avevo persino dato da mangiare a quella maledetta gatta finché non era morta. E no, non l'ho uccisa, non mi piacciono le azioni scontate. Inoltre, era utile dare da mangiare alla vecchia Tiddles, perché mi dava accesso al suo sancta sanctorum e la possibilità di guardare tra le sue cose, di avvicinarmi *veramente* a lei. A volte prendevo qualcosa di suo, niente di grande o di importante che lei potesse notare, solo piccole cose, come un fermaglio per capelli, un rossetto. Comunque, dopo tutto questo, lei iniziò a scopare con una testa di cazzo rimorchiata online. Incredibile!

Alex. Dio, lo odiavo. Ricco, sontuoso e stupido - a dire il vero, ho sentito che non era poi così ricco -. Come ho detto, Hannah può essere facilmente manipolata, è un po' ingenua, ma per me questo fa parte del suo fascino. Volevo proteggerla, tenerla al sicuro, ma capii di averla delusa quando incontrò lui. Detestavo tutto di lui, anche prima di conoscerlo. Era tutto un "Alex dice questo e Alex pensa quello" e ammetto che ero geloso. La notte, a letto, pensavo a come torturarlo. Ma continuavo a ripetermi che dovevo tenere duro, e che se avessi aspettato abbastanza a lungo, avrei potuto risolvere la situazione. La chiave era la pazienza.

Quando iniziò a frequentarlo, venne in ufficio tutta eccitata e civettuola, raccontando di essersi presa una cotta per lui tanto che dovetti andare in bagno a vomitare. Non potevo rimanere fermo e stare a guardare questo disastro, dovevo farne parte, anche se in modo meschino, ma era l'unico modo per rimanere sano di mente! Al lavoro mise in frigo un pasto romantico per due, e l'idea che loro due lo mangiassero e probabilmente facessero sesso dopo mi divorava. Così strappai il coperchio e versai del latte acido nel manzo, o quel che era, e poi, quando non c'era nessuno, schiacciai la scatola con le fette di cheesecake. La pestai con gli stivali fino a ridurre le fette in poltiglia, poi la rimisi in frigo sotto un grosso cartone di succo d'arancia. Non so dirvi quanto piacere mi dette.

Lasciava sempre le chiavi della macchina sulla scrivania e un giorno non resistetti e le presi. Volevo spaventarla, così spesi una fortuna per un profumo unisex di Creed per appestare la sua auto. Era il tipo di profumo che pensavo indossasse Alex e volevo che credesse fosse lui a controllarla. Divertente. Non dimenticherò mai quella sera in cui uscì per andare a prendere la macchina. Era buio e la osservai dalla porta sul retro. Odio ammetterlo, ma mi eccitava molto vederla spaventata e indifesa. E quel profumo valeva tutti i soldi, perché più tardi, quando lei scoprì che lui era sposato, il fatto che il profumo non fosse specifico di genere le fece pensare che potesse essere Helen, la sua ex, a perseguitarla. Sì, il fatto di essere perennemente spaventata rendeva Hannah vulnerabile, cosa che ho trovato molto attraente, ma le impediva anche di diventare troppo intima con qualcuno. Non sapeva di chi fidarsi.

Un'altra volta spesi un centinaio di sterline in rose, stampai un biglietto, lo chiusi e chiesi al fioraio di consegnarlo insieme ai fiori. Jas e Sameera avevano parlato di quanto Alex fosse dispotico, così pensai di esagerare un po' per far sembrare che li avesse mandati lui. Ma non ha funzionato un granchè, perché Hannah pensò che fosse stato il maledetto Tom, il che la spinse ad appoggiarsi ancora di più ad Alex - un boomerang e un centinaio di sterline buttate al vento.

Comunque, subito dopo ci raccontò che la sua ex era una psicopatica che voleva farle del male, il che fu un regalo per me. Facevo le telefonate da un telefono a pagamento, così Hannah pensava che l'ex la stesse perseguitando e aveva così tanta paura che l'avrebbe scaricato.

Nonostante abbia sempre saputo che era quella giusta per me, ci sono stati momenti in cui ho messo in dubbio i suoi sentimenti, chiedendomi se stessi sprecando il mio tempo. Ma poi lei mi sorrideva in un certo modo, o diceva qualcosa di carino su di me e ci cascavo di nuovo. Non dimenticherò mai Jas che mi disse che Alex pensava che Hannah avesse "una storia segreta" con me; ci risi sopra ma in segreto ero molto contento. Insomma, se il suo uomo pensava che avesse un debole per me, allora era proprio così. E quando uscimmo tutti a bere qualcosa sotto Natale, vidi con i miei occhi come diventava gelosa quando una ragazza mi guardava negli occhi. «È occupato», aveva gridato. Sì, aveva decisamente una cotta per me.

Certo, non sono stato perfetto e ci sono cose di cui non vado fiero, ma l'ho sempre fatto solo per lei, come la sera stessa della festa di Natale, quando pensavo che sarebbe tornata a casa da sola. Avevo intenzione di portarla a casa io stesso, quindi ammetto di averle corretto il drink, ma la cosa mi si ritorse contro perché arrivò lui e la portò a casa al mio posto. Potrebbe sembrare sbagliato, ma non avrei *fatto del male* a Hannah, volevo solo passare la notte con lei.

Poi un'altra volta, quando doveva uscire con Jas, le manomisi l'alternatore dell'auto, così non riuscì a metterla in moto. Mi ero appostato fuori dall'ufficio e spuntai dal nulla per dare loro un passaggio. Jas disse che ero l'autista del taxi - stronza sfacciata. Speravo di poter fare lo stesso più tardi, quando se ne sarebbero andate; presentarmi fuori, dire che ero di passaggio e portare Hannah a casa. Pensavo che mi avrebbe invitato a prendere un caffè, allora le avrei detto come mi sentivo e lei sarebbe caduta tra le mie braccia, ma il suo patetico fidanzato rovinò *anche* questo. Non riusciva a starle lontano, e questa volta quando arrivò si infuriò per un tizio che parlava con lei fuori dall'Orange Tree. Sceso dall'auto lo prese a pugni, e poi scappò trascinando Hannah con sé - un codardo. Comunque, il tizio stava bene, era solo un po' ubriaco e quindi era caduto quando quello smidollato di Alex gli aveva tirato il pugno. Vidi tutto dalla mia auto, che avevo parcheggiato poco più avanti, sperando di essere casualmente nei paraggi e di offrire alle "ragazze" un passaggio a casa. Scesi dall'auto e rimasi in giro per un po' in attesa dell'ambulanza, ma quando questa arrivò, il tizio non volle salire. Stava bene, era solo ubriaco e ormai stava smaltendo la sbornia, ed era un po' imbarazzato per tutto il trambusto. Dopo qualche minuto lui e il suo amico si avviarono lungo la strada e qualcosa mi suggerì di seguirli. Dopo circa dieci minuti si separarono. Non c'era nessuno in giro, era molto tardi e molto buio: lo colsi di sorpresa e lo presi a pugni. Lo colpii alla testa, come aveva *tentato* di fare Alex, in modo che cadesse nello stesso modo in cui era caduto prima e che i lividi corrispondessero. Solo che questa volta mi assicurai di fare un danno vero e proprio. Il povero ragazzo sbatté la testa sul marciapiede - di nuovo - e quando qualche passante lo trovò la mattina dopo mentre andava al lavoro, era spacciato. Anche se non c'erano testimoni che potessero identificare Alex la sera prima, alcune persone lo avevano visto allontanarsi dalla scena, me compreso. Avrei detto che ero di passaggio e avrei aiutato la polizia fornendo il numero di targa della sua auto. Ma non ce n'è stato bisogno, perché le cose hanno iniziato a muoversi rapidamente quando la polizia aveva ipotizzato che le ferite che avevano ucciso il ragazzo fossero state inferte dall'uomo che lo aveva colpito all'esterno del bar. Peccato, il morto era piuttosto giovane ma, se me lo chiedete, secondo me è stato stupido farsi picchiare due volte.

Nel frattempo, al lavoro, le cose non andavano così bene. C'erano problemi con una ragazza, che a un certo punto sembravano poter far deragliare tutto, me compreso! Il fatto era che Chloe Thomson aveva *sempre* avuto una cotta per me quando ero il suo assistente sociale. Non l'avevo incoraggiata - diavolo -, non aveva bisogno di alcun incoraggiamento, credetemi. All'inizio si trattava solo di un flirt, e ok, forse mi sono dilungato un po' troppo nelle visite quando sua madre era fuori. Poi ci baciammo e una cosa tira l'altra. Voglio dire, lo voleva, lo voleva davvero, la piccola schiava. Sapevo che non avrei dovuto, dannazione, a quel tempo aveva solo quindici anni, quindi era minorenne e *mia* assistita, mi sarei beccato una denuncia. Ma lei ne aveva voglia e so che non è una difesa, ma truccata sembrava una diciottenne.

Poi successe il peggio, Chloe mi fu tolta e affidata ad Hannah. Se apriva quella sua stupida boccaccia ero rovinato, su più fronti. Così, per impedirle di parlare, tenni Chloe a bada e all'inizio pensavo di averla fatta franca. Ma poi Hannah mi disse che le erano state inviate delle informazioni dallo psicologo di Chloe riguardo a un recente colloquio e mi preoccupai molto. E se Chloe avesse detto qualcosa? Chiesi a Hannah se avesse avuto modo di leggerle, cosa che non aveva fatto, ma preparai il terreno dicendo, in modo gentile, che quella stupida stronzetta non aveva detto la verità. Avevo anche lanciato pesanti allusioni sul fidanzato della madre a chiunque volesse ascoltare, in modo che se Chloe avesse detto qualcosa sul sesso con un uomo più grande avrebbero pensato a lui. Sapevo di dover venire a conoscenza di qualsiasi cosa fosse contenuta nei fascicoli inviati a Hannah, così una sera, quando pensavo che tutti fossero andati a casa, mi insinuai nell'ufficio dalla porta sul retro sperando di prenderli. Ma Hannah era lì e io dovetti rimanere in piedi nell'angolo buio dell'ufficio a guardarla. Di solito mi sarebbe piaciuto, avrei anche potuto fare rumore per spaventarla, ma questa volta ero troppo preoccupato di mettere le mani sui documenti.

Cercai di non fare rumore, pregando che se ne andasse, ma

lei deve avermi sentito, perché cominciò a dire «Chi c'è? Chi c'è?». Pensai, «Merda, se mi vede non riuscirò mai a dare una spiegazione», così me ne andai. Ma mentre me ne andavo lo vidi, seduto nella sua bella macchina fuori dall'ufficio, maledetto stalker, e sono sicuro che mi ha visto scappare. Mi nascosi dall'altra parte della strada e quando uscirono insieme li seguii con discrezione fino al pub, dove, con mia grande gioia, ebbero una brutta discussione. Ma la ciliegina sulla torta fu che lei lo mollò lasciando la cartella con i documenti per terra! Non potevo credere alla mia fortuna, li recuperai; portai i fascicoli nel bagno, eliminai tutti gli appunti dove lo psicologo di Chloe riferiva che lei aveva ammesso di "avere una relazione con una persona più anziana in una posizione di autorità, ma si rifiutava di farne il nome".

Non smisi di vedere Chloe, non potevo perché la rendeva felice e, cosa più importante, la faceva stare tranquilla. Inoltre, non era esattamente un dovere, aveva un bel corpo, beh, quale adolescente non ce l'ha? Ma io non sono un pedofilo, in realtà preferisco le donne più grandi, come Hannah. Chloe era solo divertimento, un diversivo mentre aspettavo le cose serie.

Alla fine, dopo un breve periodo di luna di miele, sembrava che il rapporto tra Hannah e Alex rischiasse di andare a rotoli, così ero pronto a scaricare Gemma, per essere stato libero quando Hannah avesse scaricato Alex. Ma c'era Chloe, e se non l'avessi gestita bene, avrebbe potuto mandare tutto all'aria, così la feci sedere e le dissi che ci tenevo molto a lei, ma che era troppo giovane. Le avevo raccontato un po' di sciocchezze, come che un giorno saremmo stati insieme quando sarebbe stata più grande, pensando che le avrebbe bevute. Ma non avevo previsto che fosse una vera e propria stronzetta. «Ma Harry, io *sono* grande, ho sedici anni», disse. Le dissi che era ancora troppo giovane e che la cosa doveva finire. E a quel punto mi si rivoltò contro. Quella scema minacciò di dire di noi a sua madre e alla sua assistente sociale, a Hannah. Disse che avrebbe raccontato che avevamo fatto sesso quando lei aveva quindici anni, che l'avevo costretta a farlo - cosa che non avevo fatto - e che avrebbe detto che le avevo dato delle droghe, cosa che a volte, lo ammetto, avevo fatto. Dovetti tenere i nervi saldi e credetemi, non è stato facile con lei così maledettamente infantile e irragionevole. Poi seppi che era scomparsa e Hannah la stava cercando dappertutto, ma io dovevo trovarla per primo.

Così chiesi ai senzatetto di Worcester, alcuni dei quali sono ex assistiti, e alla fine riuscii a rintracciarla. Era così contenta di vedermi, mi ha quasi spezzato il cuore il modo in cui si era aggrappata a me, come un piccolo cucciolo. Era così grata quando le avevo dato la roba, che quasi rinunciai, ma poi pensai ad Hannah e a quanto avevo da perdere. Respirava un po' a fatica mentre la adagiavo su quel vecchio cappotto vicino al fiume; sapevo che era solo questione di tempo, così le dissi che era una ragazza adorabile e che mi dispiaceva che dovesse finire così, ma ero innamorato di Hannah. Le spiegai che non potevo permetterle di rovinare tutto spifferando tutto su di noi - che cosa avrebbe pensato Hannah?

Pensavo che i miei problemi fossero finiti e che Chloe Thomson sarebbe diventata un'altra voce statistica nella classifica dei senzatetto morti per droga, pace all'anima sua. Ma il giorno dopo, Hannah annunciò tra le lacrime che Chloe era in ospedale, in coma ma ancora viva. *Ancora viva!* Non ci credevo, quando l'avevo adagiata sulla riva del fiume era praticamente morta. Così telefonai all'ospedale come una delle sue "assistenti sociali preoccupate" e quasi piansi di sollievo quando mi dissero che le prospettive non erano promettenti. Grazie a Dio! È in coma da tre settimane e, finché dormirà, starò bene. Inoltre, più a lungo rimane in questo stato catatonico, meno possibilità ci sono che si riprenda e più possibilità ci sono che a un certo punto chiedano il permesso di staccare il respiratore. Per allora sarò a casa e al sicuro. La bella infermiera con cui ho fatto amicizia mi ha detto con tristezza che è solo questione di tempo.

Andai a trovare Chloe un paio di volte, ma dovetti abbandonare il suo capezzale quando Hannah partì per il Devon con quel pazzo. Andai là lo stesso giorno in cui lo fecero loro, in modo da poter essere presente se qualcosa fosse andato storto. Ok, *quando* fosse andato storto. Sapevo che venerdì pomeriggio il morto sarebbe stato trovato, tutti i presenti nel pub sarebbero stati interrogati e un testimone anonimo (io) avrebbe inviato il numero di targa dell'auto dell'assassino. Così accennai casualmente a Jas che sarei stato da amici nel Somerset per il fine settimana e che se fosse stata preoccupata per Hannah me lo avrebbe potuto far sapere, visto che non ero lontano. Jas pensò che Gemma fosse con me, ma ovviamente non lo era; l'avevo scaricata da tempo. Così, da solo, mi sistemai in un Travelodge hotel nel Somerset, ordinai del cibo da asporto, accesi la TV e aspettai la richiesta di aiuto. Devo ammettere che non mi aspettavo che Alex si rivelasse lo psicopatico che era. Dio, sarei intervenuto prima e di certo non avrei lasciato che Hannah andasse via con lui se l'avessi saputo.

Quando vidi Hannah nei fari, era come un sogno che si avverava e lei era così felice di vedermi che non avrei potuto chiedere di meglio. La mia auto era calda e pulita, l'avevo fatta lavare quel giorno, per sicurezza, quindi era pronta per lei. Era così spaventata; quando Jas mi aveva chiamato per dirmi che era "impazzito", ad essere sincero mi ero un po' spaventato anch'io. Non sapevo quanto sarebbe stato "pazzo" quando l'avessi trovato. Ma la lasciai in macchina e "coraggiosamente" uscii nella notte, e lui era lì che tremava sul ciglio della strada. Era buio e c'era vento e lui non era più così grande ed elegante.

La prima cosa che mi disse fu «Che cosa ci fai *tu* qui?» Come se fossi stato dello sporco sulle sue scarpe. Non dissi nulla, rimasi immobile. Ci eravamo già scontrati in passato, credo che avesse sempre saputo istintivamente che ero una minaccia, che io e Hannah eravamo più che semplici colleghi.

Disse che sapeva di avere dei problemi, che poteva essere dispotico, possessivo, ma che l'amava e bla, bla, bla.

Risposi che non volevo ascoltarlo. Dissi «So solo che hai un coltello e che lei ha paura.»

Questa, tra l'altro, è stata un'altra cosa straordinaria a mio vantaggio - portare un coltello! Alex continuava ad essere pieno di sorprese.

«Non capisci, stavo affettando i peperoni, l'avevo in mano in cucina. Per l'amor di Dio, non la stavo *inseguendo* con questo», disse con la sua stupida voce snob. Continuava a ripetere che non l'avrebbe mai usato come arma. Continuava a parlare. E io non ne potevo più di quella voce lamentosa, così lo colpii in faccia. Vorrei poter dire che era stato pianificato, perché siamo onesti: è stato un omicidio perfetto, ma non l'ho pianificato. E mentre si agitava scioccato per lo schiaffo che gli avevo appena dato, lo spinsi. Con la punta delle dita. Non ho sudato. E prima che me ne accorgessi, era caduto all'indietro ed era scomparso nel dirupo. E questo è quanto. Non riuscivo a credere a quanto fosse stato facile e a quanto fosse stato veloce. Ma, come sempre, pensai bene di chiamare immediatamente il 999 e di dire alla polizia che avevo trovato il tizio che stavano cercando, quello che aveva ucciso "quel pover'uomo" fuori da quel pub a Worcester. Dissi che aveva appena confessato che non sopportava il senso di colpa e che minacciava di gettarsi dalla scogliera.

«Presto», dissi al telefono, «non posso più trattenerlo, vuole andarsene.»

È stato così facile e pochi minuti dopo, quando sono risalito in macchina, l'abbraccio ricevuto da Hannah è stato *tutto*.

«Allora Io non vuoi un Labrador?» chiedo con un sorriso.

«No, preferirei un setter rosso», dice lui.

Un altro primo appuntamento in un altro ristorante. E sta andando bene, è divertente, gentile e simpatico. Ma il vero bonus è che questo tipo evidentemente non mi ha segretamente pedinato prima dell'appuntamento, perché non mi corrisponde affatto... mi ha appena detto che vuole QUATTRO figli!

Sto ridendo e mi sto divertendo molto. Ho la sensazione che questa sera sarà la prima di molte altre, e no, non sto parlando troppo presto, e sì, ho imparato la lezione. Non si tratta di un affascinante sconosciuto incontrato online, ma di una cosa diversa. Come ho fatto a non accorgermene? Chi l'avrebbe mai detto che si potesse lavorare fianco a fianco con qualcuno per anni e improvvisamente rendersi conto che è gentile, divertente e *molto* attraente?

Il fatto è che avevo sempre pensato a lui come a un fratello, un fratellino fastidioso e dispettoso, che aveva anche dieci anni meno di me. Ma quella sera, quando è arrivato nel Devon e ha preso il comando, ho visto Harry sotto una luce completamente diversa. È intervenuto, ha preso con calma il controllo della situazione e probabilmente mi ha salvato la vita. Credo che sia stato durante tutto il dramma e la paura che sono nati i miei sentimenti per lui. Ricordo che mi è sembrato così inopportuno desiderare improvvisamente di stargli vicino ma quella sera, nella sua auto, ho avuto l'istinto di affondare la testa nel suo maglione di lana. Ovviamente in quell'occasione ho resistito, ma stasera voglio rimediare, voglio abbracciarlo, baciarlo e non vedo l'ora di dormire con lui. È come se qualcosa si fosse risvegliato dentro di me, qualcosa che non posso ignorare, e non voglio farlo perché questa volta mi sembra giusto *così*.

Harry mi ha detto dopo Natale di aver rotto con Gemma e ho capito che stava soffrendo. Ma, nonostante tutto, è stato così solidale e gentile dopo Alex e ho sentito che le cose tra noi sono cambiate da quella terribile notte nel Devon. Harry dice di averlo sentito anche lui.

Naturalmente Jas come suo solito, anche oggi mi ha detto «Non andare a questo appuntamento stasera, non puoi iniziare una storia con un collega, sarà imbarazzante quando non funzionerà.» Ha persino avuto la faccia tosta di dire che lui potrebbe non essere così innocente come sembra, e che mi innamorerò troppo in fretta e me ne pentirò - di nuovo.

Ma, come le ho detto, «Solo perché avevi ragione su Alex non significa che ogni relazione che inizio finirà in un omicidio e in un caos. Insomma, è di *Harry* che stiamo parlando.»

Ora mi rendo conto che dice queste cose perché trova difficile che io abbia una relazione e lei no, non vuole perdere la sua migliore amica. Ma non succederà, io ci sarò sempre per lei come lei c'è sempre stata per me.

«Non voglio essere presuntuoso, ma mi chiedevo se venerdì ti andasse di provare quel nuovo ristorante indiano in Foregate Street.» dice ora Harry, con un luccichio negli occhi. «Sei libera?»

«Lo sono», dico, avvertendo un'eccitazione familiare, come se stessi per intraprendere un viaggio emozionante. La mia testa mi dice di tenere duro, ma il mio cuore si butta a capofitto. Dopo tutto quello che è successo, si potrebbe pensare che io sia riluttante a iniziare un'altra relazione, ma questa mi sembra la cosa giusta. A conferma di ciò, Harry si avvicina e mi stringe la mano.

«Chi l'avrebbe mai detto?» Sospira. Entrambi con altre persone, continuando a vivere le nostre vite, non ci siamo nemmeno accorti l'uno dell'altra. E ora, eccoci qui.»

«Sì, e ne abbiamo passate tante per arrivare fin qui», dico.

«Pensi che racconteremo ai nostri quattro figli *tutto* quello che è successo per giungere a questo?», chiede.

«Forse non *tutto*.» Dico con un'espressione allarmata e lui ride. Poi il mio telefono inizia a suonare.

«È l'ospedale», dico. «Deve essere Chloe.»

Mi guarda ansioso mentre rispondo al telefono, vedo che è disperato quanto me per le notizie, entrambi preghiamo perché lei si svegli e stia di nuovo bene.

«Che cosa?», fa con la bocca, mentre io annuisco nel ricevitore.

«Sto arrivando», dico al telefono, mentre lui mi fissa in attesa.

«Non indovinerai mai...» Esordisco, mentre lui mi fissa, incerto se la notizia sia buona o cattiva, senza sapere come reagire.

«Chloe si è svegliata e...» Faccio una pausa. «Sta *parlando*, Harry.»

Impallidisce e capisco che per Harry è stata una grande prova, come lo è stata per me.

«Va tutto bene, la polizia è con lei», aggiungo senza fiato. «A quanto pare conosce il tizio che le ha dato la droga, era quello con cui andava a letto. E proprio in questo momento sta raccontando tutto.» Lo guardo negli occhi e mi sciolgo nel vedere le lacrime.

«Forza, vecchio tenerone, andiamo a trovarla», dico. Non riesco a togliermi il sorriso dalla faccia mentre mi alzo per andarmene. «Harry, abbiamo avuto il nostro miracolo!»

UNA LETTERA DA SUE

Voglio ringraziarvi di cuore per aver scelto di leggere *Il primo appuntamento*. Se ti è piaciuto e vuoi rimanere aggiornato su tutte le mie ultime uscite, iscriviti al seguente link. Il tuo indirizzo e-mail non verrà mai condiviso e potrai cancellarti in qualsiasi momento.

italia.bookouture.com/subscribe/

Ho amato scrivere *Il primo appuntamento*. Essendo autrice anche di commedie romantiche, volevo esplorare come qualcosa che all'apparenza sembra la storia d'amore perfetta, una volta scavato sotto la superficie, possa essere marcio all'interno. Al mio editor è venuta l'idea di una donna che incontra il suo uomo perfetto su un'app di incontri e che al primo appuntamento scopre di condividere gli stessi gusti e le stesse preferenze, persino gli stessi sogni. Sembra quasi troppo bello per essere vero - ma in perfetto stile thriller psicologico, non passa molto tempo prima che la felicità svanisca e si insinui l'oscurità.

Quindi, se vi date agli appuntamenti online, vi auguro ogni successo e spero che vi porti a un amore meraviglioso e sconvolgente e a un grande "vissero per sempre felici e contenti". Ma non lasciatevi travolgere troppo in fretta, pensate a Hannah e ricordate sempre che se sembra troppo bello per essere vero, di solito lo è...

Spero che abbiate amato *Il primo appuntamento* e, se lo avete fatto, vi sarei molto grata se poteste scrivere una recensione. Mi piacerebbe sapere che cosa ne pensate, e le recensioni fanno una grande differenza nell'aiutare i nuovi lettori a scoprire uno dei miei libri per la prima volta.

Mi piace comunicare con i lettori, quindi vi prego mandatemi un saluto! Potete contattarmi sulla mia pagina Facebook, su Twitter, su Goodreads o sul mio sito web.

Grazie,

Sue

www.suewatsonbooks.com

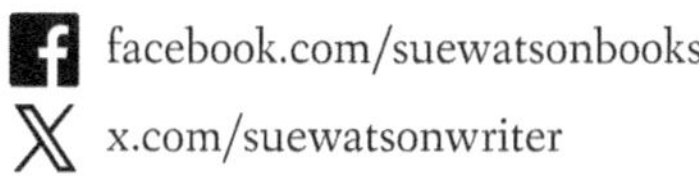

RINGRAZIAMENTI

Come sempre, il mio enorme ringraziamento va al meraviglioso team di Bookouture, che dà tanto a ogni singolo libro.

Grazie alla mia editor, Isobel Akenhead, per aver avuto l'idea originale di questo libro, per avermi accompagnata nel vortice degli appuntamenti online e per avermi aiutata ancora una volta a trasformare i miei fogli pieni di parole e pensieri in un romanzo.

Grazie a Kim Nash, Noelle Holten e Sarah Hardy per il loro duro lavoro nel far conoscere i miei libri, a Jade Craddock per il suo meraviglioso copyediting e a Lauren Finger, la mia brillante correttrice di bozze da Down Under. Un ringraziamento speciale va anche a Sarah Hardy per aver letto questo libro nella sua fase iniziale e per avermi fornito la sua saggia e preziosa visione. Un enorme ringraziamento va anche ad Ann Bresnan per aver gentilmente esaminato ogni capitolo con il suo occhio forense, proponendo alcune idee favolose - e non perdendo nulla!

Un enorme ringraziamento a Lisa Horton, per aver creato un'altra straordinaria copertina che mi dà la carica ogni volta che la vedo. Ho scritto questo libro durante il lockdown, quindi un grande abbraccio a mio marito Nick e a mia figlia Eve che non hanno avuto altra scelta che unirsi a me nel mio viaggio creativo. Hanno condiviso gli alti e i bassi, l'ispirazione e la disperazione, e la celebrazione finale con il Porn Star Martini, quando il lockdown si è allentato, proprio nel periodo in cui ho scritto *Fine*.